80년 5·18 당시 광주시 중심가 요도

80년 5·18 당시 광주시 요도

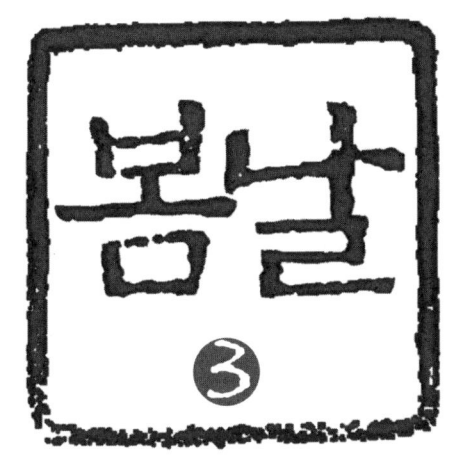

임·철·우·장·편·소·설

1997
문학과지성사

임철우 장편소설
봄날 3

초판 1쇄 발행 1997년 12월 10일
초판 8쇄 발행 2025년 9월 26일

지은이 임철우
펴낸이 이광호
펴낸곳 ㈜문학과지성사
등록번호 제1993-000098호
주소 04034 서울 마포구 잔다리로7길 18(서교동 377-20)
전화 02) 338-7224
팩스 02) 323-4180(편집) / 02) 338-7221(영업)
전자우편 moonji@moonji.com
홈페이지 www.moonji.com

© 임철우, 1997. Printed in Seoul, Korea
ISBN 89-320-0965-1
ISBN 89-320-0962-7(세트)

이 책의 판권은 지은이와 ㈜문학과지성사에 있습니다.
양측의 서면 동의 없는 무단 전재 및 복제를 금합니다.

> 너의 이름을 불러보면
> 벌써 우리는 목이 메인다
> 아름다운 꽃과 청춘의 고향
> 우리들의 사랑과 희망이
> 무등산보다 더 푸르고 높았던 곳
> ──문병란,「송가」에서

5월 20일 08 : 00, 금남로 4가

 거리엔 가랑비가 흩뿌리고 있었다. 밤새 제법 세차게 쏟아지더니 이젠 기세가 한풀 꺾인 모양이었다.
 K일보 광주 주재 기자인 김상섭은 지사 건물을 향해 서둘러 걸었다. 자신의 셋집이 있는 서석동에서 금남로 4가까지는 도보로 삼십 분 남짓한 거리였다. 그는 여느 날 같으면 택시를 이용했겠지만, 시가지 정황도 살필 겸 오늘은 일부러 걷기로 했다.
 노동청 로터리에서부터 시민관 앞까지 오는 동안 의외로 별다른 낌새는 느낄 수 없었다. 아스팔트길 위에 흩어져 있는 돌멩이며 벽돌 조각들말고는 연이틀째 시내에서 벌어졌던 참상의 흔적이라곤 얼핏 찾아보기 어려웠다. 아마 비 때문일 것이다. 어제 오후까지만 해도 길바닥에 허옇게 덮여 있던 최루탄 분말이 빗물에 대부분 씻겨내려간 모양이다. 그런데도 대기 속엔 매운 냄새가 여전히 남아 있었다.
　비에 젖은 거리를 달리는 차량들의 모습이 오히려 낯설고 새삼스러워 보였다. 평소에 비해 절반 이하로 줄어든 숫자이긴 했다. 어제 오후까지만 해도 시내 중심가 일대는 거의 차량 운행이 불가능했었는데, 오늘은 택시들이 많았고 간간이 시내버스들도 운행되고 있었다. 소강 상태에 접어든 것인가. 일터를 향해 오가는 행인들의 표정도 불안함과 함께 조금은 어리둥절해 있는 것 같았다.
　공용터미널 모퉁이에서 김상섭은 한 무리의 얼룩무늬들과 마주쳤다. 일순간 그는 긴장하며 주춤 걸음을 멈추었다. 로터리 양쪽 도로변에 바리케이드를 치워놓은 채 병사 서넛이 비를 맞으며 허리에총 자세로 경계중이다. 나머지 칠팔 명은 조금 떨어진 모퉁이 건물 입구 계단에서 비를 피해 서 있거나 쪼그려앉아 있다. 하나같이 우의도 없이, 비에 흠뻑 젖은 모습이었다.
　되돌아갈까 하다가 김상섭은 그냥 그쪽으로 걸었다. 그러기엔 이미 늦은 데다가, 저만치 앞서서 행인 두서넛이 병사들 앞을 지나가고 있었던 것이다. 그는 숨을 크게 들이마시며 태연한 척 빠른 걸음으로 그들 쪽으로 다가갔다. 병사 몇이 그를 힐금 돌아보았다. 잰걸음으로 앞을 지나치려는 순간이었다.
　"이봐요. 나 좀 봅시다."
　계단 끝에 서 있던 얼룩무늬 중 하나가 불쑥 튀어나왔을 때, 그는 눈앞이 아찔했다. 저도 모르게 그는 기자증이 들어 있는 저고리 주머니에 손을 넣으려 했다.

"나…… 말입니까?"

그는 질린 낯빛으로 엉거주춤 돌아서며 중얼거렸다. 철모에 대위 계급장을 붙인 건장한 사내가 뚜벅뚜벅 다가왔다.

"혹시 라이터 있소?"

"라이터요?"

그는 주머니를 뒤져 그걸 대위의 손에 건네주었다. 하지만 사내는 담배에 불을 붙이기 전에, 어째선지 묘한 웃음을 흘렸다. 체구에 비해 약간 마른 얼굴이 검고 강인해 보이는 사내였다.

"여기가 시외버스 터미널, 맞습니까?"

"예, 그런데요."

무슨 소린가 싶어 김상섭은 사내를 쳐다보았다. 눈앞 건물 정면에 붙은 '시외버스 공용정류장'이라는 커다란 간판을 못 보았을 리가 없다. 김상섭은 이마에 진땀이 돋았다. 사내가 다시 묘하게 씨익 웃으며 말했다.

"아, 오늘 아침에야 도착했기 때문에, 광주 시내 지리가 서툴러서요. 우리는 어제까지 있던 부대가 아닙니다."

"예에."

"부대가 새로 교체되었습니다. 우린 조금 전에야 도착한 전혀 다른 부대란 말요. 어제까지 진압 작전을 수행한 그 부대는 전라북도 금마에 있던 부댄데, 간밤에 우리 부대와 교대한 뒤, 광주 지역에서 완전히 철수했단 얘기요."

대위가 또 씨익 웃더니, 그제서야 담배에 불을 붙였다. 검게 그을린 얼굴에 유난히도 희게 빛나는 앞니가 왠지 섬뜩했다. 대위의 등뒤에 서 있던 병사들 몇이 재미있다는 듯 이쪽을 쳐다보며 싱글싱글 웃고 있었다.

"고맙소. 이젠 가보시오."

대위가 건네주는 라이터를 받아드는 둥 마는 둥 하고 김상섭은 재빨리 그들 앞을 지나쳐왔다. 잠시 머릿속이 얼떨떨했다.

'그자가 왜 그런 엉뚱한 얘길 걸어왔을까. 라이터가 필요한 게 아니었음이 분명하다. 일행 중 두엇은 분명 그 순간에도 담배를 피우고 있지 않던가. 게다가 부대가 교체되었느니 하는, 묻지도 않은 그 얘긴 또 뭘까.'

그러다가 문득 김상섭은 깨달았다. 그자는 바로 그 얘길 하기 위해 일부러 불러세웠을 것이다. 다른 부대로 교체되었다고? 시민들의 적대감을 해소시키기 위한 일종의 선무책임이 빤했다.

그러고 보니, 그 장교의 짐짓 부드러운 표정과 말투는 지난 이틀 간 시내를 공포 속으로 몰아넣었던 공수부대원의 그것이라고는 상상키 어려운 것이었다. 뒤를 돌아보니, 로터리 한가운데서 병사 하나가 총을 어깨에 멘 채로 교통 정리를 하고 있는 참이다. 그는 쓴웃음을 지었다.

김상섭은 지사가 세들어 있는 이층 건물 현관 앞에서 우산을 접고, 바짓자락의 빗물을 대충 털었다. 현관 기둥에 걸린 'K일보 광주지사'라는 목제 현판 한쪽이 움푹 패어 있었다. 그제 오후에 지사 사무실까지 난입했던 공수부대 병사가 진압봉으로 남겨놓은 흔적이다.

문을 열고 들어서자, 책상 앞에 앉아 있던 지사장 이씨가 놀란 표정으로 맞았다. 지사 사무실은 일, 이층을 빌려 쓰고 있는데, 김상섭은 이층 한쪽을 칸막이로 막아 사용했다.

"난 또 누구라고. 어서 와."

"왜요, 무슨 일이 있었습니까?"

"무슨 일이라니, 아침에 일어나면 아직 목숨이 붙었는가 하고 모가지부터 만져보는 판인데…… 문 여는 소리만 들리면 간이 깜짝깜짝 놀라서 말이여."

"원, 선배님도."

김상섭은 피식 웃었다. 지사장 이씨는 그의 고등학교 선배이기도 했다. 그제, 18일 오후에 지사 사무실도 한바탕 난리를 치렀다. 대학생으로 보이는 두 청년이 허겁지겁 쫓겨들어왔고, 이내 공수부대원 셋이 한꺼번에 들이닥쳐 순식간에 사무실을 쑥밭으로 만들었던 것이다. 책상에 앉아 구독자 명부를 정리하고 있던 총무가 진압봉에 머리를 맞고 쓰러졌다. 도망쳐온 청년들은 거의 빈사 상태로 끌려나갔다. 피투성이가 된 총무마저 끌고 가려는 걸 지사장이 매달려 빌다시피 해서 구해내어, 간신히 병원으로 데려갔던 것이다.

"커피 한잔 어때? 마침 마시려던 참이야."

"좋죠. 근데, 어째 오늘 아침엔 사무실이 조용하군요."

김상섭은 의자를 끌어다놓고 이씨와 마주앉았다. 아침 시간이면 늘 북적거리던 사무실엔 지사장과 남자 직원 강씨 둘뿐이었다.

"낸들 아나. 안총무가 없으니까 나랑 김군이 새벽부터 나와서 설쳤다구. 미스 오하고 이군은 아직 출근 전인데, 집이 변두리라 빠져나오기가 쉽잖겠지."

"오늘 신문, 나왔죠?"

"왜, 집에 안 들어왔던가?"

"빠진 모양이던데요. 못 봤습니다."

"참, 자네 집은 서석동이지. 그쪽 구역은 좀 늦었을 거야. 배달

원 녀석이 안 와서 다른 아일 조금 전에야 내보냈으니까. 이짓도 정말 못 해먹겠구만. 오늘 아침엔 자그마치 천오백 부나 배달 펑크라구. 애들이 셋씩이나 무단 결근했어."
"설마 무슨 사고가 생긴 건 아니겠죠?"
"그래얄 텐데 말야. 세 놈 다 전활 안 받네. 알고도 일부러 안 받는 건지, 아니면 간밤에 공수부대한테 잡혀갔는지, 그걸 누가 알겠어. 하긴, 이런 판국에 신문 돌리라고 불러내는 놈이 미친놈 같다는 생각도 들고. 안 그래? 백주에 대한민국 국군이 길바닥에서 닥치는 대로 생사람을 때려죽이는 판국인데, 명색이 신문이랍시고 헛소리만 늘어놓고 있으니. 빌어먹을! 이거 한번 보라고!"
이씨가 책상 위로 휙 밀어주는 신문을 김상섭은 말없이 집어들었다. 중앙 일간지인 K일보는 석간 발행이었지만, 이곳 광주 지역에선 다음날 조간으로 배부되고 있었다. 밤새 수송 차량을 통해 내려온 물량을 지사에서 받아, 새벽에 구독자들에게 배달했다. 어제 오후부터 시 외곽 지역을 계엄군이 차단한 까닭에 차량 통행이 쉽지 않다는 소문이었는데, 본사 수송 차량이 용케 시내로 들어올 수 있었던 모양이다.
김상섭은 1면부터 재빨리 눈으로 대충 훑어내려갔다. 역시 예상대로였다. 광주에서 벌어지고 있는 사태에 대한 언급이라곤 단 한 줄도 없다. 2면, 4면도 마찬가지다. 지방판까지 훑어봐도 없다.
'이럴 수가 있단 말인가.'
그는 신문을 북북 찢어발기고 싶은 충동을 간신히 억눌렀다. 어제만 해도 두 차례나 본사에 전화로 기사를 송고하지 않았던

가. 그것도 한번은 부장이 직접 전화를 걸어, 전체 상황을 최대한 상세하게 파악, 보고해달라고 독촉까지 했었다. 최루탄 범벅이 된 채 온종일 이리 뛰고 저리 뛰며 취재해서 부랴부랴 송고해주었더니, 이게 무슨 꼴인가.

"엠병할! 설마 했더니, 역시 우리 신문도 마찬가지구만. 민족 정론이 어떻고 정통 야당지가 어떻고 떠들어대더니, 정작 필요할 때는 입 꾹 처닫고 자빠졌으면 뭘 해? 자네가 송고한 기산 완전 헛수고잖냐구."

"본사에서도 오죽하면 그럴라구요. 서슬 시퍼런 계엄 시국이니……"

"누가 그걸 몰라? 바로 이럴 때일수록 언론이 한몫해야 할 거 아닌가. 필시 서울 쪽에선 지금 여기서 무슨 난리가 벌어지고 있는지 전혀 파악조차 못 하고 있는 거 아닌가? 안 그러고서야 이럴 수가 있느냐 말여."

정치면에는 광주에 대한 언급 대신 18일 오후에 발표된 '대통령 특별성명'이 머릿기사로 실려 있다. '이번 조처가 공공의 안녕 질서와 사회 안정을 위한 불가피한 조치였으니 국민 모두의 대동단결을 당부한다' 운운……

그런데 바로 그 곁에 색다른 기사가 2단으로 실려 있었다. 뉴욕발 합동통신 기사였다. 보안사령관 겸 중앙정보부장서리인 전두환이 18일 『타임』지와의 단독 회견에서, 한국은 한국 자체의 조건에 부합되는 정치 제도를 개발해야 하며, 민주주의가 서방식이건 어떤 다른 방식이건간에, 한국 자체의 국가 발전에 기여할 민주주의를 건설하는 것이 긴요하다고 말했다는 것이다. 미국 시각으로는 18일이지만, 한국 시각으로는 확대계엄령 발표 직전에 있었던 회견이었다.

　전두환 장군은 『타임』지 도쿄 지국장 에드언 라인골드 기자와의 인터뷰에서, 한국이 지정학적 위치로 인해 끊임없이 침략의 위협에 직면해왔으며, 현재도 전쟁의 위협에 노출되는 등 지극히 어려운 상태에 놓여 있음을 지적하고, 한편으로 적과 대치하고 또 한편으로 경제 건설을 해야 하는 한국으로서는 스스로의 상태에 적합한 정치 제도를 개발해야 한다고 강조했다. 그는 이어 북괴 동향을 언급, 최고 권력이 김일성에서 김정일에게로 옮겨가고 있으며, 이는 오는 10월 노동당대회에서 공식 발표될 것이라고 말하고, 군사적으로 북괴는 모든 남침 준비를 완료, 지난 2월부터 그들의 육·해·공군의 대규모 군사 기동 훈련을 실시중이며, 현 한국 사태를 적화의 결정적 계기로 생각하고 있다고 지적했다. 북괴는 한국민을 분열시키려고 위장 평화 공세를 강화하고 있으며, 지금 한국에 필요한 것은 창조적인 민족주의라고 전장군은 말했다……

"뭐가 어째! 창조적인 민족주의를 개발해야 한다고? 빌어먹을, 개 같은 소리 말라고 해!"
　김상섭은 울분을 짓씹는다. 그 기사 바로 아래엔 한미 연합군 사령관인 존 위컴이 한국 사태와 관련 18일 오후 특별기 편으로 급거 귀임했다는 기사가 붙어 있다. 당초 한국내의 사태 등에 대해 워싱턴 당국과 협의차 미국으로 귀국했다가 27일쯤 귀임할 예정이었으나, 계엄 확대 조치 때문에 급히 돌아왔다는 것이다.
　'가만…… 문맥상으로만 보자면, 미국이나 위컴조차 한국내의 이번 조치가 돌발적이었다는 인상을 풍기고 있는 것 같은데……

하지만 설마 미국이 사전에 한국내의 사태가 어떻게 진전되리라는 걸 전혀 예측하지 못했을까?'

그러나 이내 김상섭은 혼자 고개를 젓는다.

'그럴 리가 없을 것이다. 적어도 현 정권, 아니 군부가 그 같은 중대 사안을 미국과의 사전 협의 없이 독단으로 결정하기란 사실상 불가능하다는 건 상식이지 않는가. 최소한 양자간 사전에 어떤 교감이라도 있었을 것은 분명하다. 하필이면 계엄령 포고 전날 전두환과 『타임』지와의 회견 내용이 실렸다는 점, 게다가 전두환이 당당하게도 '한국 실정에 맞는 정치 제도가 필요하다'고 거리낌없이 공언한 사실만 두고 보더라도 충분히 짐작이 가지 않는가 말이다. 그렇다면, 오히려 이번 조치 역시 미국 쪽의 묵인하에 군부에 의해 이루어졌다고 보아야 옳겠지. 위컴이 부랴부랴 돌아온 것도 빈손으로가 아니라, 뭔가 모종의 대안을 미국 정부로부터 받아왔을 터이고…… 그 대안이란 무엇일까. 아마 둘 중 하나일 것이다. 한국 국민의 민주화 열망에 대한 지지? 아니면 과도 정권을 배후에서 조종하고 있는 군부 실세에 대한 지지이거나……'

미국이 그 어느 쪽을 선택했는지, 혹은 선택할 것인지는 아직 모를 일이다. 하지만, 김상섭은 아무래도 후자 쪽일 거라는 추측이 간다. 미국이 지금까지 제3세계에서 취해온 수많은 선례들이 그렇지 않은가. 만약 그게 사실이라면, 그것은 참으로 암담하고 불길한 일이었다.

김상섭은 지사에 투입되는 다른 중앙 일간지들까지 모조리 훑어보기 시작한다.

예상했던 대로, 기사 내용은 물론이고 편집 형태까지 모든 신문들이 거의 똑같이 닮아 있다. 검열 정도가 아니라, 각 언론사 편집국 데스크마다 기관요원들이 아예 진을 치고 있을 게 뻔했다.

그때 전화벨이 울렸다. 직원 강씨가 받아, 뭐라고 연신 변명조로 대답한다.

"아, 예에. 우리도 잘 알고 있습니다. 그러게 말입니다. 하지만, 아시다시피 계엄 시국이라…… 그럼요. 그 사람들이 맨 먼저 때려잡으라고 하는 게 바로 언론 아니겠습니까. 아하, 구독 사절하시겠다뇨. 그러지 마시고…… 예. 조금만 기다려보십시오. 우리 신문이 가만 있을 신문이 아닙니다. 선생님. 예예."

"뭐야?"

지사장 이씨가 물었다.

"구독잡니다. 어째서 광주에 대한 언급이 전혀 없느냐고, 당장 구독 취소하겠다고 야단이지 뭡니까."

"염병헐! 벌써 몇 번째야. 전화통 불나겠구만. 이거 원, 입이 있어야 뭐라고 변명을 하지. 시민들이야 오죽하겠어? 나부터도 당장 열불이 터져서 죽겠는디!"

지사장 이씨는 부채를 집어들고 사납게 흔들어대기 시작한다.

김상섭은 경쟁지인 A신문과 B신문도 훑어보았다. 마찬가지였다. 그쪽이라고 무슨 뾰족한 수가 있을 것인가. 언제 당장 군바리들의 칼날이 목을 쳐내버릴지 모르는 판국일 테니. 김상섭은 속이 부글부글 끓어올라, 그것들을 책상 위로 휙 내던지고 일어났다.

"아참, 본사에서 출발한 기자들 도착했다고 좀 전에 전화가 왔었네."

"알고 있습니다. 여관에서 눈 좀 붙인 담에 아홉시까지 이리로 오겠다고 하더군요."

"아홉시라. 금방 오겠구만."

중앙지 기자들은 어제까지만 해도 보이지 않았다. 어제 오후부터 UPI, AP 등 외신 기자들이 완장을 차고 카메라와 무비 카메라를 든 채 바삐 뛰어다니는 모습이 처음 눈에 띄기 시작했다. 뒤늦게 K일보 본사에서는 오후에야 기자들을 내려보냈다고 알려왔었다. 다른 대부분의 신문사들도 마찬가지일 터였다.

따르릉. 지사장 책상 위의 전화벨이 숨가쁘게 울렸다.

"아이구, 이번에도 보나마나 항의 전화야."

투덜거리는 이씨를 남겨둔 채 김상섭은 이층 자신의 방으로 들어와 소파에 털썩 주저앉았다. 담배를 찾는데 호주머니에서 종이쪽 하나가 손에 잡혔다. 유인물이었다. 아침에 대문간에 떨어져 있더라며 아내가 주워온 거였다. 그는 그것을 다시 펴보았다.

민주 시민아! 일어서라!!
광주 시내 일원에 특수부대 대량 투입!
무자비한 총칼로 학생, 젊은이, 시민 무차별 구타!
최소 시민 3명, 학생 4명 이상 사망 확인!
500명 이상의 부상자 속출
전주 일원의 유혈 폭력
학생 젊은이 1,000여 명 조대 운동장에 불법 감금!
아! 이럴 수가 있는가?
저 개 같은 유신 잔당놈들과 유신 독재자의 아들 전두환놈은 최후의 발악을 시작하였다.
민주 시민들이여, 당신의 아들딸들이 죽어가고 있다!
일어서라! 일어서라!! 끝까지 투쟁하자!!
(오늘부터 시내 각처에서 대규모 시위 전개)
(매일 12시, 오후 3시에 도청·시청 앞 집결)

80년 5월 19일
조선대 민주투쟁위원회

누르께한 16절 갱지에 희미하게 등사된 필사체였다. 글자 일부는 잘 보이지도 않을 만큼 흐리고, 종이는 비에 젖어 얼룩지고 구겨진 상태였다. 그것말고도 또 다른 유인물을 어제 오후 김상섭은 입수했었다. 마찬가지로 대단히 조잡하게 등사된 거였다. 아마 학생들은 어디선가 다급하게 그것들을 작성한 다음 밤새 시내 주택가에 배포하고 다녔으리라. 계엄군의 경계망을 피해, 어둠과 쏟아지는 빗속에서 위험을 무릅쓰고 밤새 내내 뛰어다녔을 대학생들의 모습이 떠올랐다.

불현듯 김상섭은 부끄러웠다. 그 조잡하기 그지없는 유인물을 준비하고 배포하기 위해 노력한 사람들에게 너무나 부끄러웠다.

지난 이틀 동안 이 도시에서 벌어진 그 기막힌 만행과 참극에 대해 이 나라 언론은 모두 입을 다물고 있다. 수많은 무고한 사람들이 거리에서, 골목에서, 공수부대의 숙영지에서 지금 이 순간에도 죽거나 불구가 되어가고 있는데도, 이 나라의 모든 방송과 신문들은 하다못해 '광주'라는 단어 하나조차 언급하지 않고 있는 것이다. 오직 이 조잡한 16절 갱지의 등사물만이 그 사실을 알리고 있지 않는가.

'명색이 기자라는 난 지금 무얼 하고 있는 건가. 이 나라의 언론과 지식인들은 대체 이 엄청난 상황 앞에서 무슨 짓을 하고 있단 말인가. 아니, 대관절 광주시 바깥의 몇 사람이나 이 사실을 알고 있겠는가……'

김상섭은 끓어오르는 분노와 자괴감에 울컥 구역질이 치밀 것만 같았다.

김상섭은 지난 이틀 동안 수없이 많은 전화를 받았다. 이름도 모르는 시민들의 분노에 찬 항의가 대부분이었다.

"대검으로 닥치는 대로 쑤셨어요. 사람을 둘씩이나 장갑차로 밀어버리고 갔단 말요. 여학생을 발가벗기고 질질 끌고 가는 걸 내 두 눈으로 똑똑히 봤단 말요……"

그들은 시내 곳곳에서 저마다 목격한 사실들을 제보했다. 분에 겨워 엉엉 우는 이들도 있었다. 그러면서 그들은 하나같이 따지듯, 하소연하듯 외치는 거였다.

"여보쇼, 이 판국에 신문은 뭘 하고 있습니까. 당신은 시방 뭘 하고 있소……"

소문을 듣고 시외전화로 물어오는 외지의 친지들도 많았다. 야당의 국회의원도 있었고, 교수, 수배중인 사회 운동가, 그리고 본사의 기자들까지도. 그들은 하나같이 이렇게 되물었다.

"그게 정말요? 진짜로 그렇게 심각합니까……"

그렇게 되물어올 때마다 그는 분통이 터졌다.

"정말이오! 진짜란 말요!"

그는 고래고래 고함을 질러대다가 끝내는 수화기를 내동댕이치듯 내려놓고 말았던 것이다. 전화. 전화. 전화. 끊임없이 울려오는 벨소리에 그는 간밤 내내 거의 잠을 이룰 수가 없었다.

김상섭은 잠시 생각을 가다듬은 다음, 수화기를 들고 서울 본사로 다이얼을 돌렸다. 어제 아침 본사에선 광주 문제 특별 취재반이 임시로 편성되었고, 그 책임자가 사회부 차장이었다. 그러나 마침 차장이 자리를 비운 참이어서, 그는 대신 부장과 통화를 했다.

"아, 김기자. 안 그래도 전활 하려던 참인데 잘됐군. 어제 오후에 우리 박기자하고 사진부 오기잘 내려보냈는데, 만났나?"

"아침에 통화만 했습니다. 잠시 후면 이리로 올 겁니다."

오늘따라 부장의 빠르고 사무적인 음성이 왠지 귀에 거슬렸다.

"오늘 그쪽 상황은 어때? 뭔가 색다른 조짐이 보여? 각 신문사마다 광주 쪽에 총동원된 눈친데, 다행히 우리 쪽이 한 발 앞서 움직인 거야. 이게 말이지, 현 정국에 엄청난 변수가 될 게 틀림없어······."

부장의 음성은 약간 들떠 있는 듯하다.

"참, 어제 오후에 굉장했다면서? 사망자, 부상자 합계 나왔나? 뭐, 어떻게 된 거야. 그게 무엇보다 핵심이라는 거 알잖아? 허참, 일났네. 여기선 광주 쪽에 모조리 신경을 곤두세우고 있는데. 힘들 게 뛰는 거 알고도 남지만, 어쩔 거야. 인원도 보충했으니깐 또 뛰어다녀보라구······."

김상섭은 입술을 깨물며 듣고만 있었다. 부장의 말이 끝나기를 기다렸다가 물었다.

"그런데, 어떻게 된 겁니까. 오늘자 지면에도 광주 얘긴 한마디도 언급이 없잖습니까. 어제 보낸 송고를 못 받으신 건 아닐 테고."
 저도 모르게 목소리가 거칠게 올라간 모양이다. 부장의 어투가 불쑥 짜증스레 변하더니, 갑자기 목소리를 낮춰 말했다.
"이거 봐. 사정 빤히 알면서 그래? 우리도 심장 터지기 직전이라구."
"하지만 이곳 상황이 어느 정돈지 아십니까. 이건 차라리 인간 사냥터란 말입니다. 그런데……"
"이봐, 이봐. 김기자. 나도 알고 있어. 빤히 안다니까…… 지금 여긴 어쩐 줄 아나? 아차하면 쥐도 새도 모르게…… 그래. 그만 알았어. 잘될 거야. 우리가 노력해야지. 안 그래? 자, 계속 수고하라구. 참, 무엇보다 안전에 유의하고……"
 김상섭은 수화기를 내려놓았다. 누구에게랄 것도 없이 미칠 듯한 증오가 치밀어올랐다.
 물론 김상섭 역시 지금 전국 언론 기관이 얼마나 기막힌 상황에 처해 있는가를 너무도 잘 알고 있다. 지난 10·26 사태로 계엄령이 내려진 직후부터 언론가에는 완벽한 보도 통제, 사전 검열 등의 한파가 휘몰아치고 있는 상태인 것이다.
 현재 전국의 모든 신문 방송은 각 지역 관할 검열관실의 검열을 통과해야만 보도가 가능하다. 너나없이 계엄사령부가 제공한 보도 자료만을 똑같은 목소리로 되풀이해야 하는 앵무새 꼴로 변했다. 언론사마다 소위 검열관이라는 신분으로 계엄군 장교들이 많게는 칠팔 명에서부터 삼사 명씩 매일같이 상주하면서 기자들이 작성해낸 기사들을 일일이 검열한다. 그들의 손에 의해 모든 기사는 '검열필' 혹은 '보도 불가'라는 붉은 도장이 찍혀졌다. 때문에 기자들과 검열관간에 매일같이 기사로 인한 신경전이 벌어지고 있었다.
　검열관들은 신군부 세력을 겨냥한 표현은 물론이고, 조금이라도 시국에 대한 비판적 뉘앙스가 풍기는 부분은 어김없이 삭제를 요구한다. 때문에 이즈음 거의 대부분의 신문 지면은 검열관의 기사 삭제 조치로 행간을 공백 상태로 남겨두거나, 그 삭제된 공간에 자기네 신문사의 로고나 돌출 광고 따위를 대신 채워넣는 식의 비정상적인 형태로 발행되고 있는 한심한 형편이다. 그나마도 그것은 현 상황 속에서 데스크와 기자들이 표현할 수 있는 거의 유일한 반발과 저항의 형식이기도 했다.
　그러한 판국에 광주에 관한 객관적 보도가 가능하리라는 기대 따위는 그야말로 망상이라고 해야 할지도 모른다. 하지만……이렇게, 이렇게 당하고만 있어야 한단 말인가. 차라리 모두들 혓바닥 깨물고 나자빠져야 옳을 일이 아닌가 말이다.
　"아아, 이런 개 같은!"
　그는 책상 위의 물컵을 집어들어 맞은편 벽을 향해 힘껏 내던졌다. 퍽 하고 플라스틱 컵이 깨어져 바닥으로 굴렀다. 그는 한동안 숨을 씨근덕대며 눈을 감은 채 앉아 있었다.
　그는 심호흡을 하고 나서 담배를 피워물었다. 창밖으로 금남로 거리가 내려다보였다. 비는 거의 멎어가는 듯싶었다. 이따금씩 차량들이 드문드문 오가고, 인도의 시민들도 아까보다는 많아 보였다. 저만치 한일은행 앞 로터리에 공수부대원 몇이 길목에 서 있긴 했지만, 어제와는 달리 아직 별다른 긴장감 같은 것은 느껴지지 않았다.
　그는 눈을 들어 멀리 시가지 너머 무등산을 응시했다. 날씨가 개는 듯 산등성이에 엷은 안개구름이 걸려 있었다. 그는 그 산을 좋아했다. 해발 1,183미터의 높이치고는 뭉툭하면서도 소박한 모습의 그 산은, 흔히들 들먹이는 표현대로, 어딘가 어머니의 품 같은 이미지를 지니고 있었다. 그에겐 이 도시가 고향이었다. 이 도시와 산을 그는 사랑했다. 겉모습으로는 오늘 아침에도 그 산과 도시는 언제나처럼 평화롭고 넉넉하게 그의 시야를 채우고 있었다.

그런데…… 어쩌다가 이런 일이 지금, 여기에서, 벌어지고 있는 것인가. 왜 이 평화로운 도시가 이 엄청난 비극을 당해야만 하는 것인가. 불현듯 김상섭은 주먹을 쥔 채 부르르 몸을 떨었다.

그때 이층 목조 계단을 올라오는 발소리가 들렸다. 문이 열리고 두 사람이 들어섰다. 사진부 오기자는 전에도 두어 번 만난 적이 있었다. 뒤따라 들어온 기자는 처음 보는 얼굴이었다. 김상섭은 그들과 악수를 나누었다.

"안녕하십니까. 사회부 박기섭입니다."

"어서 오십시오. 시내로 들어오는 길이 힘드셨지요?"

그들은 소파에 마주앉았다.

"말도 마십시오. 광주까지 도착하는 데 꼬박 하루가 걸렸지 뭡니까."

그들이 전날 오후 네시에 강남고속버스터미널에 나가보니, 광주행 노선은 전면 운행이 중지된 상태였다. 어쩔 수 없이 그들은 전주까지 내려와 거기서 하룻밤을 잔 뒤, 새벽 다섯시에 택시를 타고 장성을 통해 어렵사리 광주 시내로 들어올 수 있었다. 그리고 근처 여관에서 한 시간쯤 눈을 붙인 뒤 나선 참이었다.

"시 외곽 지역은 어떻던가요."

"글쎄요. 새벽이라 잘은 모르겠습니다만, 톨게이트에서 군인들한테 한차례 검문을 받았는데 별탈 없이 보내주더군요. 운전사 얘기로는, 어제만 해도 대학생들이 꽤 많이 시내를 빠져나갔다고 하던데요."
"그랬을 겁니다. 공수들이 집집마다 수색해서 대학생들을 모조리 잡아간다는 소문이 나돌았으니까. 실제로 일부 지역에선 그런 일이 있었고요."
아래층에서 여직원이 올라와, 커피잔을 내려놓고 나갔다.
"취재 나서기 전에, 그간의 상황을 대강이나마 설명해주시죠."
박기자가 눈을 깜박이며 물었다. 몸이 호리호리한 삼십대 초반의 사내. 그가 부마 사태를 직접 취재한 경력을 가진 능력 있는 기자라는 소문을 김상섭도 알고 있었다.
"그러죠. 대충 메모해놓은 게 여기 있습니다."
김상섭은 어제와 그제 본사로 송고한 기사와 함께 자신의 취재용 노트를 탁자 위에 펼쳤다. 시간별로 그간의 상황을 정리해둔 메모였다.
김상섭의 설명이 이어지는 동안, 두 사람은 시종 긴장된 표정으로, 때로는 믿어지지 않는다는 듯 탄성을 터뜨리면서 듣고 있었다.
박기자는 자신의 취재 노트에 부지런히 내용을 기입했다. 한 장을 복사해달라는 요청에 김상섭은 그러겠노라고 대꾸했지만, 왠지 그다지 달갑지만은 않았다. 자신이 취재한 몫을 빼앗기기 싫다는, 어쩔 수 없는 기자의 직업 의식 탓만은 아니었다. 아직은 이 엄청난 상황 자체에 대한 묘한 호기심으로 가득 차 있는 그 본사 기자의 열띤 눈빛에 까닭 모를 거부감 같은 것이 치밀었던 것이다.

"예상했던 것보다 훨씬 심각한 상황 같군요. 내려올 때까지만 해도, 지난번 부마 사태와 비슷한 정도일 거라는 식으로 막연히 짐작했었는데."

"그렇습니까."

"적어도 부마 사태 때는 공수부대의 과격한 진압 작전이 상대적으로 짧은 시간에 완료되었고, 시민들의 저항 역시 극히 한정된 지역에서 일시적으로 벌어지다 말았으니까요. 어쨌건 취재하시느라 혼 좀 나셨겠는데요."

박기자는 벌써 오래 전에 식은 커피잔을 입에 가져가며 말했다.

"말씀 마십시오. 혼자 뛰다 보니 손도 모자랄 뿐더러, 솔직히 내 목숨 지키느라 급급했습니다. 내가 직접 목격한 건 그때그때 대충 메모했고, 시내를 돌아다니며 시민들한테 듣거나 제보를 받은 걸 토대로 정리한 겁니다. 경찰서에서 아예 훔치다시피 빼낸 정보도 있고요. 문제는 계엄군측 상황인데, 그 부분까지는 손이 전혀 미치지 못하고 있습니다."

"참, 어제 오후에 전주에서 들은 얘기대로라면, 이미 오늘 아침에 또 다른 공수부대 1개 여단이 광주에 도착했겠군요."

"추가 투입됐다고요? 정확한 정봅니까?"

"본사에서 흘러나온 거라 틀림없을 겁니다. 참, 아까 여관에서 들었는데, 어제까지 광주에 내려와 있던 공수부대는 철수하고 다른 병력으로 교체되었다는 라디오 방송이 나오던데요. 아마 지역 방송인 듯싶던데, 못 들으셨습니까?"

'아, 그랬었구나.'

김상섭은 퍼뜩 아까 공용터미널 앞에서 마주친 그 장교의 알쏭달쏭한 말을 떠올렸다.
'부대가 교체되었다는 것은 시민들을 회유하려는 거짓말일 것이다. 시민들의 분노를 달래려면 당장 전원 철수시킨다고 해도 모자랄 판국에, 오히려 공수부대 병력을 증파시켰다니.'
김상섭은 갑자기 숨이 가빠왔다.
도대체 얼마나 더 많은 피를 보겠다는 건가. 그는 지난 이틀 동안 자신의 눈으로 목격한 그 엄청난 참상들이 아직도 잘 믿어지지가 않는다. 발가벗겨져 길바닥에 꿇어 엎드린 채 반주검이 되도록 구타당하던 사람들. 머리채를 잡힌 채 질질 끌려가던 처녀들. 그들 중 일부는 이미 피투성이었고, 더러는 치명적인 부상을 입은 사람들이었다. 트럭 적재칸에 던져지는 시민들 중엔 한눈에도 거의 시체나 다름없는 경우도 많았다.
그들은 어디로 갔을까. 끌려간 그들 중 상당수는 벌써 숨졌을지도 모른다. 공포와 분노에 질린 시민들 사이에선 온갖 소문들이 나돌고 있었다. 다섯 명, 열 명이 죽었다는 소문. 많게는 이십 명도 넘는다는 소문까지.
그 소문을 확인한답시고 어제 김상섭은 시내 종합병원들을 정신없이 찾아다녔었다. 병원마다 부상자들로 넘치고 있었다. 일시에 불어난 부상자들로 병실이 태부족, 응급실은 물론이고 일층 외래 환자 대기실 홀 바닥에까지 매트리스를 깔고 눕혔다. 그도 저도 차지하지 못한 이들은 복도 맨바닥에서 비명을 지르고, 의사와 간호사들은 제정신들이 아니었다.
그건 전쟁터였다. 전쟁이었다. 머리가 터지고 찢어져 피로 흥건한 이. 얼굴이 짓이겨져 수박통처럼 부풀어오른 청년. 부러진 팔다리. 대부분이 진압봉에 맞았거나 대검에 찔린 경우였다. 그 지경에도 더러는 응급 처치만 겨우 받고 나자마자 병원을 빠져나가고 있었다. 붕대로 머리를 동여맨 채 절룩이며 도망치듯 현관을 빠져나가는 한 사십대 남자를 김상섭은 붙잡고 물었다.

"어딜 가는 겁니까. 부상이 이렇게 심한데."

그러자 아내인 듯한 여자가 퉁퉁 부은 눈으로 악을 쓰듯 말했다.

"여기 있다가는 그놈들한테 잡혀가 죽어라우. 공수놈들이 병원마다 뒤져서 끌고 갈 거라고 안 하요!"

부상자도 가족도 공포에 질려 있었다. 통증보다도 당장 눈앞의 공포에 그들은 허둥거리고 있었다. 그 지경에, 사망자는커녕 부상자 숫자조차 애당초 파악할 수가 없었다.

김상섭이 전남대병원을 나서려는 참이었다. 한 여자가 청년의 등에 업혀 들어왔다. 아직 스무 살도 되지 않은 듯한 여자의 가슴은 온통 피범벅이었다.

"여자를 찔렀어라우. 대검으로, 유방을, 그 개새끼들이!"

핸드백을 들고 뒤따라 달리는 청년이 악을 썼다. 처녀의 낯빛은 이미 시체였다. 여자가 중환자실로 실려간 뒤, 그녀를 데려왔던 청년들이 말했다. 남광주 부근. 혼자 길을 가던 여자가 쫓기는 시위대에 섞여 골목으로 도망쳤는데, 얼룩무늬 6, 7명이 쫓아왔다. 여자만 잡혔고, 청년들은 도망쳤다가, 쓰러져 있는 여자에게로 돌아왔다.

"대검으로 두 번이나 찌르는 걸 두 눈으로 똑똑히 봤소. 그 씹할놈들이!"

청년이 악을 쓰듯 외쳤다. 김상섭은 복도에서 한 시간을 기다렸다. 마침내 젊은 의사의 피로 흥건한 가운을 붙잡아 세웠다. 의사도 제정신이 아니었다.
"이봐요! 기자건 뭐건 당장 비켜요! 당신 눈엔 아무것도 안 보여?"
김상섭은 지지 않고 소리쳤다.
"여보쇼, 알려야 해요. 이럴수록 국민들한테 알려야 한단 말요!"
그제서야 젊은 의사는 고맙게도 도와주었다.
"기흉(氣胸)이오. 오른쪽 겨드랑이부터 젖가슴 사이에 자상을 입었소."
"자상이라면, 대검이군요. 맞습니까?"
"그럴 겁니다. 아까 그 청년들도 대검으로 찌르는 걸 목격했다지 않았소?"
"고맙습니다."
여자의 신원을 확인해보니, 화정동에 주소를 둔 최미자라는 19세의 처녀였다.
김상섭은 즉시 사무실로 달려와서 그 사실을 본사에 전화로 송고했던 것이다.
"이제 슬슬 나가볼까요, 김선배님."
박기자가 수첩을 쥐고 일어서며 말했다. 오기자는 벌써 창가에서 금남로 풍경을 담느라 부지런히 카메라 셔터를 눌러대고 있었다.
"그럽시다. 일단 도청 쪽부터 가볼까요."
김상섭이 막 몸을 일으켜 세우려는데, 전화벨이 울렸다. 수화기를 들자마자 다급한 목소리가 흘러나왔다. 뜻밖에 대학 동창인 친구였다.

"야, 아까부터 전활 했는데 연결이 돼야 말이지. 사람이 죽었어! 시체를 내가 직접 봤다니까."

"뭐, 거기 지금 어디냐?"

"서동, 전남주조장 앞이야. 삼십대 남자야. 맞아죽었는지, 몰골이 끔찍하더라. 월산동 사는 일용노동자래……"

김상섭은 당장 그리로 가겠으니 기다리라고 한 뒤 전화를 끊었다. 박기자가 무슨 일이냐고 물었다.

"가봅시다. 사망자가 생겼어요."

김상섭은 취재 노트를 집어들고 계단을 뛰어내려갔다.

K일보 김상섭 기자의 상황 메모

5월 17일

23:00 계엄포고령 발표 직전, 광주 일원 민주 인사, 복적생 등 예비 검속(같은 시각 서울에선, 계엄사령부가 김대중·김종필 등 연행).

5월 18일

01:00   광주 일원 공수부대 투입(제7여단 33, 35대대).
　전남대 · 조선대 · 광주교대 점령: 도서관, 총학생회실 등에서 학생들을 급습, 100~150여 명 체포.

09:00   전남대 정문 앞
　계엄령에도 불구, 도서관에 등교하려던 학생들과 공수부대 충돌. 전남대 후문, 공수부대 무차별 시민 연행(시내버스 정차시키고 시민 2, 30명 끌어내려 감금).

11:00   금남로 3가 가톨릭센터 앞. 전남대 정문에서 진출한 대학생 5백여 명 연좌 시위(경찰 페퍼 포그로 해산).
　이후 충장로 · 광주공원 · 불로동 · 산수동 일대에서 산발적 시위.

13:00   공수부대 시내 투입 시작.
　수창초등학교, 공수부대 차량 20여 대 집결. 금남로 폐쇄 후, 시위대(30여 명)와 시민에 대한 무자비한 살상 시작.

13:20   학생회관 앞, 대학생과 경찰 충돌. 페퍼 포그 차 1대 불탐.

14:40   공수부대 진압에 분노한 군중, 금남로와 충장로 일대에서 3, 4천 명 시위. 경찰과 충돌.

15:00   공수부대 출동.
　금남로 · 충장로 일대로 시위 군중 확산(2천여 명?).
　공수부대 거리 차단, 헬리콥터 동원, 무차별 진압, 수백 명 체포 연행 이후 대인동 시외버스 정류장 · 광주공원 · 광주역 · 유동 등으로 시위 확산.

　* 유동 삼거리, 수창초등학교 일원, 소총 비껴멘 공수부대 출

현, 곳곳에서 무차별 진압 개시.

　* 금남로 한국은행 부근, 연행된 40여 명의 시민, 학생을 팬티 차림으로 바닥에 머리 처박게 하고 구타. 여자 2명 포함. 트럭으로 싣고 감.

　* 이후, 경찰 병력 대신 공수부대가 시내 중심가 일원 배치됨. 공수부대 과격 진압 양상 현저해짐(북동, 민가로 도망치는 대학생 검거한다면서 가정집 무차별 수색, 민간인 구타. 대검에 찔린 부상자도……).

16:00　공수부대 과격 진압 작전 시내 중심가 전역으로 확대. 분노한 시위대, 파출소 파괴 등 적극 공세로 시위 양상 전환(동명동·지산동·산수동 등 파출소에 투석, 유리창 파괴).

16:30　공용정류장, 기업은행 등지에서 가두 시위 격화.

17:00　경찰 2, 30명 농장다리 부근에서 시위대에 붙잡혔다가 풀려남.

18:00　계림동 일대, 공수부대 대검 살상 자행.

20:15　금남로 4가, 가톨릭센터, 노동청 등지에서 가두 시위, 해산.

21:00　계엄사, 통행 금지 시간 연장 조치 발표(21:00~익일 04:00까지).

5월 19일

　전체 개요: 오전 한때 일시적 소강 상태. 7공수여단에 이어 11공수여단 추가 광주 시내 배치. 초·중·고등학교와 관공서·일반 기업체는 정상 근무했으나, 시내 상가는 대부분 철시. 일부 고등학교 교내 시위 계기로, 오후엔 전시내 고등학생 귀가 조치.

오전 10시부터 다시 시위 격화. 증강된 공수부대 병력, 탱크까지 동원, 전날보다 훨씬 대규모의 진압 작전 전개. 병사들의 행동, 극도의 잔인성 보임. 시위 군중, 전날의 대학생 중심에서 시민 다수 합세 양상. 방화·투석·화염병 등장, 대형 화분을 이용한 바리케이드 등장. 부상자·연행자 다수 발생. 사망자 속출한다는 미확인 소문들. 유언비어성 정보들 난무. 부상자들로 넘치는 시내 각 병원들……

01:00 제11공수여단 서울로부터 광주역 도착.

09:00 금남로 교통 완전 차단. 도로 요소마다 경찰, 계엄군 배치, 검문. 시위 군중 집결 시작.

공수부대, 금남로 일대 일제 검색, 연행(미도호텔 난입, 수명 연행).

10:00 증강된 공수부대, 거리에서 젊은이는 무조건 연행. 늘어난 시위 군중. 경찰 헬기 해산 종용.

*대동고·중앙여고 학생들 교내 시위. 경찰 교문 앞 대기.

10:30 금남로, 기독교방송 앞 이천여 명 시위대 운집, 공수부대와 충돌. 충장로 일대까지 충돌 확산(시위대, 돌과 각목으로 대항).

공수부대 무력 시위, 군용 트럭 30여 대와 장갑차 10여 대 출동.

10:55 시민·학생 4백여 명, 충금지하상가에 바리케이드 설치, 대항. 공수부대 대규모 무차별 진압 작전. 공사 현장 기름통 두 개 폭파.

11:00 탱크 2대 진압 작전중 출현.

공수부대, 시내 전역에서 시위대 추적 살상. 금남로·충장로 일대 다방·여관·상가·민가 등 무차별 수색, 구타, 연행. 진압봉과 총검 사용. 연행된 수십 명의 시민들을 금남로 복판에 반나체로 무릎 꿇린 채 잔혹한 구타(대 시민 공포심 조장 의도인 듯하나, 군중들의 분노 부채질).

 * 이 같은 상황은 이날 밤늦게까지 지속, 더욱 확산됨.

13:00   오후부터 시민들의 적극적인 참여와 저항 조짐.

13:00~15:00   금남로 일대 시위대와 공수부대간 충돌 격화. 시민 다수 살상자 발생. 장갑차가 시위대 향해 돌진. 시위대·승용차 등 차량 3, 4대 방화, 공수부대 쪽으로 밀어붙임. 시위대 규모, 약 만여 명으로 증가. 중심가 전역에 걸쳐 수백여 명으로 추정되는 시민들 연행, 속속 트럭에 실려감.

14:30   시내 거의 철시, 차량 완전 통제. 흩어진 시위자 추적, 일반 건물·독서실·식당 등 수색, 젊은이는 무조건 체포, 트럭으로 운송.

 * 이 무렵부터 일반 시민들, 대규모 합류. 시위 군중 규모 급격히 확산.

15:00   가열되는 충돌. 공수부대 진압 방식 한층 격렬해질수록, 시민들의 대응도 더 격화되는 듯. 시가지 상공, 헬기들 선무 방송 계속.

 * 계림동 일대, 공수부대 곤봉과 총검 사용, 무차별 살상.

16:00   휴교 조치 후 하교한 고등학생들, 시위대에 합류하기 시작한 듯. 거의 시 전역으로 시위, 충돌 확산. 비교적 외곽 지역인 양동, 조선대 부근, 북동, 유동 등에서도 공수부대 출동, 시민 다수 연행.

16:50   계림동, 포위된 장갑차 1대가 총기 난사, 고교생 한 명

사망설.

17:30 광주일고 앞 기술학원에 공수부대 난입, 학원생·교사·직원 등 40여 명 연행. 시외버스 터미널 앞 대규모 충돌, 공수부대 총검 난자로 수십 명 살상(터미널 주차장에 시체 7, 8구 있다는 제보).

19:45 시민들, 유동 거리의 대형 아치에 방화. 곡괭이·몽둥이를 든 시민들 직접 목격.

20:00 밤이 깊어지면서 시위대 분산, 각처에서 기습적으로 시위 경향.

* 시 전역 파출소 피습 증가(시위대 누문동 파출소, 역전 파출소 일시 점령, 임동 파출소 전소).

22:30 시위대 임동, 역전 부근, 유동 일대에서 산발적 시위 계속하다가 해산.

오늘 나는 슬프지 않다, 부끄러울 뿐
우리네 사랑의 야속함이여
정의의 무력한 배신이여
—— 김희수,「오늘은 꽃잎으로 누울지라도」에서

5월 20일 10 : 00, 금남로 가톨릭센터

정베드로 신부는 열시 십오 분 전에야 성당을 나섰다. 어제처럼 또 약속 시각에 늦어지게 된 셈이다. 서울에서 대주교께서 급히 내려온다는 전갈을 받고, 열시에 가톨릭센터에서 광주 지역 신부들과 만나기로 했던 것이다. 시간이 지체된 건 예기치 않은 방문객 때문이었다.

조금 전이었다. 외출하기 위해 옷을 갈아입고 사제관을 나서려는데, 낯선 남자 셋이 찾아왔다. 한 사람은 중년의 사내, 다른 둘은 삼십대 초반이었다. 그들이 불쑥 현관으로 들어서는 순간, 정신부는 내심 철렁했다. 성당 지하실에 숨어 있는 학생들을 연행하러 온 형사들인 줄만 알았던 것이다.

그런데 뜻밖에 중년의 사내는 자신을 구청 민방위과장이라고 소개했다. 다른 둘은 직원이었다.

접대용 의자에 마주앉았다. 그들은 무척 긴장한 표정으로 잠시 머뭇거렸다.

"무슨 일로 저를 찾아오셨습니까?"

정신부는 여전히 미심쩍어하며 조심스레 물었다. 보좌 신부도 곁에 와 앉았다. 민방위과장이라는 중년 사내는 벌써 진땀부터 흘리고 있었다.

"실은, 저희들로서도 어째야 할지 대책이 없어서, 생각다 못해 이렇게 신부님을 찾아왔습니다. 어떻게 좀 도와주십사 하고 말씀입니다."

"도와드릴 일이라뇨. 무슨……"

"아시다시피, 지금 광주 시내 상황이 걷잡을 수 없이 악화되어가고 있지 않습니까, 신부님. 정말이지, 이렇게 가다가는 얼마나 더 큰 피해가 닥칠지 모르겠습니다. 저도 이십 년 넘게 공직 생활을 해오고 있습니다마는, 이런 일은 처음 당하는구만요…… 이런 상황에서 관이 할 수 있는 일이란 한도가 있고…… 그래서, 뭣이냐, 아무리 생각해봐도, 이런 때는 시민들이 믿을 수 있는 분이라면 신부님 같은 성직자들 아니겠습니까. 그러니까, 뭣이냐, 신부님들께서 이럴 때 나서주셔가꼬, 이 난국을 수습해주실 무슨 좋은 방도가 없으실까…… 그런 생각이 들어서 이렇게 찾아왔습니다만."

이마가 반쯤 벗겨진 사내는 연신 두 손을 모았다 풀었다 하면서 아주 어렵사리 얘기했다. 정신부는 어리둥절했다.

"혹시 누구한테 지시를 받아 찾아오신 겁니까, 아니면……"

"아, 아닙니다. 그제부터 출근은 했지만, 일손이 잡히지 않아서, 어째야 좋을지 몰라 그냥 우왕좌왕하고만 있는 형편이구만요. 그래서 저희들끼리 이래저래 궁리하다가, 안타까운 마음에 그냥 이렇게……"

정신부는 비로소 그들의 심정을 이해할 수 있을 것 같았다. 조금은 엉뚱하다 싶었지만, 오죽하면 이렇게 성당까지 찾아왔겠는가 싶어서 그는 사내의 선량해 뵈는 얼굴을 새삼스레 뜯어보았다.

구청 민방위과장이라면, 그의 원래 임무는 비상시 재난에 대처하는 것이리라. 비록 계엄령하이긴 하지만, 이 엄청난 상황 앞에서 그 소박한 공무원은 뭔가 자신의 책임을 다해야 한다는 초조감에 쫓기고 있었다.

어찌 이들뿐이랴. 지금 이 도시 사람들 모두가 절망과 공포로부터 이 도시를 구해줄 누군가를, 어떤 정의로운 힘을, 구원을 애타게 기다리고 있을 것이었다.
 그러나 정신부는 끝내 그들에게 아무 말도 시원스레 해줄 수가 없었다. 계엄군의 저 무지막지한 폭력 앞에서 이렇듯 관이 무력한데, 하물며 일개 성직자에게 무슨 힘이 있단 말인가.
 "죄송합니다요. 경황이 없으실 텐디, 이렇게 불쑥 찾아와서…… 안녕히 계십시오 신부님."
 결국 그들은 여전히 얼떨떨하고 불안에 질린 표정으로 힘없이 사제관을 나갔다. 그들의 뒷모습을 지켜보며, 정신부는 사제로서 이런 상황에서 당장 아무것도 할 수 없다는 사실에 심한 무력감과 자괴감을 뼈저리게 느껴야 했다.
 정신부는 무거운 마음으로 걸음을 옮겼다. 비가 그친 거리로 행인들이 언제나처럼 오가고 있었다. 하지만 사람들의 표정엔 불안과 두려움의 그늘이 짙게 묻어 있었다.
 "공산당이 쳐들어와가꼬 사람들을 막 죽인다드라야. 그래서 우리 선생님이 학교에 나오지 말라고 그랬단 말이다!"
 "그것이 아니랑께!"
 "맞다! 진짜여, 진짜!"
 골목 어귀에서 조무라기 사내 아이들 몇이 저희들끼리 떠들어대고 있었다. 정신부는 기가 막혔다. 겨우 초등학교 일, 이학년쯤 되어 보이는 꼬마들의 입에서 너무나 어처구니없는 소리가 흘러나오고 있었다.
 정신부는 계림동 파출소 앞 오거리에 이르자, 큰길을 제쳐두고 일부러 대인시장통으로 접어들었다. 시민들의 반응이 궁금했던 것이다.

시내에서도 가장 활발한 시장 중 하나인 그곳은 오늘따라 휴일의 풍경처럼 을씨년스러웠다. 점포 상당수는 문을 닫은 채였으나 좌판이나 행상들은 그런대로 자리를 잡고 나와 있다. 상인들은 거의가 중년 이상의 아녀자들이다. 하지만 장을 보러 나온 시민들도 별로 없어서, 상인들은 하나같이 불안한 표정들을 하고 여기저기 모여 얘기를 주고받고 있다. 어디나 계엄군의 만행에 대한 목격담과 흉흉한 소문들뿐이었다.

"병원마다 송장들로 넘쳐난다여. 송장 썩는 냄새 때문에 코창이 다 터질 지경이라등마는."

"어저께는 양동 복개천에서 시장 사람들이 공수놈 둘을 갈가리 찢어가꼬 쥑여부렀다네. 오뚜기밀가루집 각시가 직접 보고 와서 그러드라고."

"오메오메, 씨원한거! 우리도 이러고 당하고만 있어서야 쓰겄어?"

"운전기사들도 여럿이 맞아죽었답디다. 그래서 전시내 운전사들이 들고 일어나, 공수놈들을 차로 밀어버릴란다고 시방 사람들을 모으고 댕긴다요……"

어물전이 모여 있는 골목을 지나 정신부는 시민관 뒤편으로 향했다.

시장 사람들의 표정에서 정신부는 뭔가 어제와는 다른 분위기를 감지할 수 있었다. 공포와 두려움은 여전했지만, 오늘은 분명 그보다도 더 큰 분노와 적극성이 그들의 음성과 눈빛에서 역력히 느껴지는 것 같았다.

뭐랄까, 그건 어떤 공격성 같은 것이었다. 이를테면 막다른 골목까지 쫓긴 최후의 순간에 돌연히 충전되는, 그런 어떤 놀라운 힘과 용기 같은 것인지도 모른다고 그는 생각했다. 그랬다. 그것은 힘이었다. 분노와 절망의 극한 상황에서 피어나는 불꽃 같은 투쟁 의지. 그 놀라운 힘은 분명 인간의 내밀한 심부에 자리한 정의로움, 순수한 인간애와 용기 바로 그것이리라. 정신부는 저도 모르게 뜨거운 침을 삼켰다.

떡집 골목에서 정신부는 한 놀라운 광경과 우연히 마주쳤다. 한 무리의 여자들이 가게 앞 길바닥에 쪼그리고 앉아 뭔가를 열심히 만들고 있었다. 커다란 대야며 함지박 안엔 쌀밥이 가득 쌓였다. 그녀들은 분주히 주먹밥을 싸고 있다. 소금을 뿌려넣는 여자, 주먹밥에 김을 싸 뭉치는 여자. 얼핏 잔치집 뒷마당의 풍경 같았다.

"뭐 하고들 계시는 겁니까, 아주머니들."

"으따, 보면 모르겠소? 대학생들 줄라고 우리 대인시장 여편네들이 나섰소. 데모를 할라고 해도 배가 불러야 힘이 나서 전두환이하고 싸우제라이."

"거, 아저씨도 우리랑 함께 주먹밥 한 덩이 만들어보실라요? 아니면, 까짓 거, 성금으로 턱 하고 몇백만 원 기부하시든가!"

비대한 몸집의 아낙이 손바닥을 그의 코앞으로 쑥 내밀며 장난스럽게 큰소리로 말했다. 정신부는 얼른 호주머니를 뒤져, 밥알 묻은 여자의 손바닥에 지폐 두 장을 쥐어주었다. 가진 돈이라곤 그것뿐이었다.

"아따, 그 아저씨 보기보담은 화끈하구마이! 뒈! 오늘 장사 한 번 아조 잘되겄는디?"

그녀가 돈에 침 뱉는 시늉을 했고, 함지박을 에워싼 여자들이 와르르 웃음을 터뜨렸다. 다른 아낙이 큰 소리로 한마디 덧붙인

봄 날

다.
"아, 그래야제. 우리들은 다 똑같은 광주 시민인디! 안 그러요, 아저씨!"
"아암요. 백번 그래야 하고 말고요. 수고들 하십시요오."
정신부는 덩달아 큰 소리로 장난스레 대꾸해주고는 지나쳐왔다.
믿어지지가 않았다. 때묻고 후줄그레한 옷소매를 걷어붙인 채 더운밥을 주먹으로 움켜쥐고 있는 그녀들의 활달한 웃음과 목소리, 그리고 땀에 젖은 얼굴들. 참으로 놀라운 여유와 강건한 힘이 그들에겐 남아 있었다.
'그래, 저것이야말로 공포와 불안, 분노나 증오보다도 더 크고 더욱 강력한 민중의 힘이리라. 아아, 하느님. 저들을 모른 척하지 마소서. 당신의 이 착한 백성을 악의 손아귀에서 지켜주소서……'
정신부는 연신 목구멍으로 뜨거운 덩어리를 삼키며, 몇 번이나 속으로 하느님을 불렀다. 그는 어느 결엔가 적잖게 흥분해 있었다.
시민관 옆 시장 입구에 한 무리의 군중이 모여 웅성거리고 있다. 차도 한가운데 군용 트럭 두 대가 정차해 있고, 군인들이 사면의 길목을 점거하고 있다. 정신부는 바짝 긴장한 채 군중의 틈을 비집고 들어갔다. 아직 충돌은 없었다. 맞은편 주유소 골목과 구역사 쪽 인도엔 불과 사오십 명의 젊은이들이 멈칫거리다가, 이따금 하나둘 돌멩이를 던지고 저만치 달아나곤 한다.
그런데 의외로 계엄군은 몇 발짝 전진했다가 이내 제자리로 돌아가 정렬하곤 할 뿐이다. 어제 그제와는 전혀 딴판으로, 완연히 소극적인 방어 자세였다. 시장 어귀의 군중들이 야유를 퍼부어대도, 무시해버린 채 좀처럼 움직이지 않는다. 소령 계급장을 단 자가 휴대용 확성기를 들고 대열 속을 오락가락하며 소리를 질렀다.

"시민 여러분. 에에, 홍분을 가라앉히고, 군의 수습 노력에 협조해주시기 바랍니다. 지금까지 광주 시내에 투입돼 있던 공수부대는, 에에, 어제 자정을 기해 전원 철수했음을 알려드립니다아. 우리는 새로 교체된, 전혀 다른 부대입니다……"

지켜보던 사람들이 웅성거렸다.

"저 소리 들어봐. 어저께 그 공수부대는 전부 철수했다잖은갑네."

"으마, 참말이까?"

"순 거짓말인께 속지 말어. 그 소릴 누가 믿어?"

"맞어. 바뀌어봤자 다 똑같은 전두환이 졸개들일 것인디."

정신부는 고개를 갸웃거렸다. 공수부대가 철수했다는 게 정말일까. 그러고 보니, 눈앞에 버티고 서 있는 그들 병력의 복장은 얼룩무늬가 아닌 일반 보병부대의 국방색 전투복이긴 했다.

정신부는 조심스레 군중을 벗어나 인도로 걸어갔다. 병사들의 대열 바로 곁을 지나치면서, 그는 그들의 얼굴과 복장을 유심히 살펴보았다. 검게 그을려 동물처럼 강인해 뵈는 얼굴이며 잘 숙달된 행동들.

'아냐, 복장만 바뀌었을 뿐이군. 틀림없는 공수부대야.'

그건 직감이었다.

정신부가 가톨릭센터에 도착한 건 열시 반이었다. 6층 사목국엔 아홉 명의 신부들이 모여 기다리고 있었다. 외국인 신부들도 동석했다. 잠시 후, 대주교가 모습을 나타냈다. 그는 시내에 도착하자마자 잠깐 북동성당에 들렀다가, 그곳 주임 신부와 함께 곧장 사목국을 찾아오는 길이었다.

평안남도에 고향을 둔 실향민이기도 한 대주교는 쉰여섯의 나이라고는 믿기 어려울 만큼 건강하고 활동적인 사람이었다. 부드러우면서도 강직한 성품. 대인 관계나 교계 내부의 일처리에도 모가 나지 않는다는 평말고도, 한국의 현실에 대한 비판적 안목과 신념의 소유자라는 점에서 젊은 후배 신부들로부터도 상당한 신뢰를 얻고 있었다. 활기차고 확신에 넘치는 그의 강론은 특히 인상적이었다.

대주교를 중심으로, 회의용 탁자 앞에 열 명의 신부들은 자세를 바로하고 앉았다. 잠시 기도를 드리고 나자, 모두의 시선이 일제히 대주교 쪽으로 쏠렸다.

대주교는 전에 없이 피곤하고 힘들어하는 기색이 역력했다. 그는 원래 '레지오마리에' 경축 행사와 정의평화위원회 모임에 참석하기 위해 바로 전날 낮에 서울로 떠났다가 이날 새벽 급히 되돌아온 참이었다.

대주교는 먼저 어제 오후에 시민들이 가톨릭센터에 난입해 들어왔던 사건에 대해 물었다. 원래 사나흘 예정이었던 일정을 모두 취소하고 부랴부랴 되돌아온 것도 그 때문이었다.

"시민들은 7층 기독교방송국에 파견된 31사단 병력을 공수부대로 오인했던 모양입니다. 한바탕 큰 소동이 있었습니다만, 사실을 확인하자 돌아갔습니다. 병사들은 31사단으로 복귀한 걸로 압니다."

사목국장 이신부가 자초지종을 설명했다.

"들어오면서 보니까, 피해가 적지 않은 듯싶던데……"
"일층 현관 쪽하고 사무실 기물이 상당수 파괴되었습니다. 그보다도, 뒤이어 공수부대가 급습하는 바람에 시민들 희생이 적잖았습니다. 주차장 부근에서 다수가 연행되고, 대검에 찔린 청년들도 있었구요."
대주교는 침통한 표정으로 한동안 뭔가를 생각하더니, 이윽고 입을 열었다.
"여러 신부님들께서 가장 궁금해하시는 일에 관해 말씀을 드리지요. 어제 서울 교구청에 도착하자마자 추기경님을 만났습니다. 교구청에서 저녁 식사를 함께하면서, 많은 얘기를 나누었지요……"
추기경과 대주교 사이의 화제는 대부분 광주 상황에 대해서였다. 추기경 역시 그에 관해 이미 어느 정도 전해듣고 있는 터였으므로, 무척 걱정하고 있었다.
계엄군의 진압 과정에서 시민들의 희생이 엄청나다는 설명에, 추기경은 사망자가 생겼는가를 물었다. 그때 대주교는 바로 이날 낮에 자신이 가톨릭센터 사목실에서 목격했던 만행을 소상히 전해주고 나서 이렇게 대답했다.
"광주 시내엔 이미 여러 사람이 죽었다는 소문이 돌고 있습니다. 물론 아직 제 눈으로 확인한 시체는 없습니다. 하지만, 그 끔찍한 현장을 목격한 뒤로는, 저로서도 이미 사망자가 상당수 발생했으리라는 사실을 의심하지 않습니다."
그리고 대주교는 앞으로의 사태 진전 여부에 대해 우려하면서, 추기경에게 교계에서도 나름대로 어떤 대책을 강구해야 하지 않겠느냐고 조심스레 물었다. 그 점에 관해서는 추기경 역시 똑같이 고민하고 있는 참이었다. 하지만 실제적으로 아직 어떤 구체적인 대안을 찾기 어려운 처지임도 사실이었다. 때문에, 현재로서는 일단 시간이 필요하지 않겠는가, 상황의 추이를 좀더 지켜보아가면서 차후에 실질적인 대책을 강구할 수밖에 없지 않겠는가…… 결국 그 정도 얘기가 오고갔을 뿐이었다.

대주교의 설명을 들은 좌중의 신부들은 잠시 침통한 표정으로 말이 없었다. 드러내지는 않아도, 실망하고 불만스러워하는 이들이 많았다.

정신부 역시 그러리라고 내심 짐작은 했었지만, 허탈감을 감추기 어려웠다. 물론 추기경으로서도 특별한 대응책을 찾기가 어려울 터이다.

저들이 누구인가. 작년 12월 일종의 친위 쿠데타를 통해 등장한 바로 그 장본인들이다. 하마터면 이 나라를 또 다른 전란의 구렁텅이로 몰아넣을 뻔한 위험천만한 도박까지도 마다하지 않았던 자들이 아닌가. 그것도 모자라, 이번엔 지금 이 도시에서 저렇듯 가공할 살육 만행을 자행하고 있지 않는가. 저들은 지금 목숨을 건 절대절명의 도박을 시도하고 있는 셈이다. 한걸음이라도 물러나면 마지막이라는 사실을 저들도 알고 있다. 그 같은 막다른 벼랑 끝에서 저들이 믿는 것은 오로지 칼, 그것뿐이리라. 그런 저들 앞에 당장 맞설 만한 무기가 교회에겐 아직 없는 것이다.

'하지만, 아무리 그렇다고 하더라도…… 언제까지 이대로 구경만 하고 있어야 한단 말인가. 이 순간에도 창밖 거리에서 죄없이 죽어가고 있는 저 수많은 시민들을, 이렇듯 속수무책으로 지켜보기만 해야 한다는 말인가……'

정신부는 심장이 터질 것만 같았다. 한없는 무력감과 자괴감을 견디기 어려웠다.
"이미 사망자가 다수 발생했습니다. 제가 조금 전 이곳으로 오는 길에 적십자병원에 들렀더니, 거기 시신 세 구가 있었습니다. 둘은 신원 파악이 되었고, 한 사람은 미상이랍니다."
Y동 성당 박신부가 말했다.
박신부는 성당 교우 중 대학생 아들이 부상당한 사람이 있어 위로차 그 병원에 들렀다고 했다. 의사 얘기를 들으니, 셋 다 심하게 맞아죽은 경우라는데, 얼굴 형체조차 분간 못 할 정도로 짓이겨져 있었다.
"서동에서도 오늘 아침 변사체 한 구가 발견되었답니다."
"전남대병원엔 중상자가 삼십 명이 넘는다더군요. 기독병원도 비슷한 모양이고, 시내 각 개인 병원들조차 부상자들이 밀려들어 업무 마비 상태랍니다."
"민간 병원도 그렇지만, 문제는 공수부대 트럭에 닥치는 대로 실려간 사람들입니다. 특히나 부상이 심한 사람들을 공수부대가 예외 없이 실어 날랐으니, 거기서 얼마나 많은 사람들이 죽었는지는 파악할 도리가 없어요. 참, 강신부님이 혹시 아실 듯싶은데?"
박신부의 말에 모두들 강신부 쪽을 쳐다본다. 좌중에서 가장 젊은 강신부는 현재 군종 신부로 상무대에 근무중이었다.
"상무대 쪽 상황은 어느 정도 알고 있긴 합니다만, 사망자가 있는지는 아직 모르겠습니다. 연병장엔 연행된 시민들이 수용되어 있는데, 차마 눈 뜨고는 못 볼 정도로 끔찍하더군요. 도대체 제 정신들일까 싶게…… 사람을 그토록 무자비하게 만들 수 있는

지, 말씀드리기조차 두려워요. 상무대가 그 정도라면, 공수부대 주둔지인 조선대·전남대에선 훨씬 심할 것입니다. 31사단에도 연행자가 많은지, 그쪽으로 끌려갔다가 수용 인원이 넘쳐서 상무대로 넘겨진 경우도 많다더군요……"

강신부는 18, 19일 이틀 동안 연행된 시민들의 숫자를 대략 이천 명 가량으로 추정했다. 전부터 교분이 있는 전투교육사령부 소속 소령으로부터 아침에 확인한 정보라고 말했다.*

정신부는 또 한번 놀랐다. 설마 했지만, 그 정도로 많을 줄은 몰랐던 것이다. 연행자가 그 정도라면, 요행으로 끌려가지 않은 부상자들까지 합하면 대체 얼마일 것인가. 강신부가 다시 말했다.

"그런데도 공수부대 지휘관이라는 작자들은 처음부터 끝까지 모든 걸 시민들 탓으로 돌리는 겁니다. 변명은 고사하고, 손톱만큼의 책임 의식도 애당초 없는 위인들이지 뭡니까……"

강신부는 19일 오후에 열렸던 소위 기관장 대책회의에 관해 설명했다.

현 사태에 대한 대책을 강구한답시고 계엄군측에서 군·관·민 방위협의회라는 모임을 소집했던 것이다. 전교사에서 열린 그 회의에 군측에선 31사단장·공수여단장 등 군의 요인들, 그리고 도지사·교육감·지방검찰청장·고등검찰청장 등을 비롯 각 종교 단체 대표들이 모였다. 천주교 쪽에선 광주교구 부주교

---

* 80년 5월 31일 계엄사령부 발표문에 의하면, 광주 민중 항쟁 전기간에 걸쳐 연행된 숫자는 총 2,265명이다. 이 중 525명은 27일 수습 작전 과정에서 연행한 수. 결국 극소수의 예외를 제외한 나머지 1,740명 중 거의 절대 다수가 18, 19일 이틀 동안 연행되었다.

인 장신부와 군종인 강신부가 참석했다. 거기서 민간 대표들은 거의 이구동성으로 계엄군측의 과잉 진압과 과격 행동을 비난하고, 그것이 사태를 오히려 악화시킨 가장 큰 원인이었음을 지적했다.

그러나 군 지휘관들은 애당초 자신들의 잘못을 한치도 인정하려 들지 않았다. 특히 공수부대 장교들은 시종 고압적인 태도였고, 아예 노골적으로 빈정거리기까지 하는 투였다.

여러분들은 지금 뭔가 중대한 착오를 하고 계십니다. 지금은 계엄령이 선포된 상황입니다. 전시나 다름없는 비상 상황이라는 사실을 모르십니까. 사회 전반이 극도의 혼란상에 빠져들어, 김일성이가 당장 남침할 기회를 노리고 있어요. 그야말로 대한민국이 지금 국가 존망의 절대 위기에 처해 있는데, 계엄군에 맞서 대규모 시위를 벌이는 건 다름아닌 이적 행위가 아니고 뭡니까. 우리가 왜 무고한 시민을 구타합니까. 불순분자와 이적 행위자를 가려내는 것이 어째서 과격 행위고 과잉 진압이란 말이오……

결국 그들이 반복하는 주장이란, 시민들이 흥분한 원인은 오로지 경상도 군인이 전라도 사람 씨를 말리려고 왔다느니 하는, 불순분자들의 교묘한 유언비어에 현혹된 때문이라는 것이었다.

"저런, 죽일 놈들! 적반하장도 유분수지, 뭐가 어쩌구 어째?"

정신부는 실소했다. 너무나 어처구니가 없다. 유언비어가 애당초 왜, 무엇 때문에 퍼졌단 말인가.

별의별 소문들이 나도는 건 사실이다. 계엄군에게 흥분제를 먹였다. 독한 술을 먹여 반쯤 미치게 만들었다. 수통에 물 대신 약 탄 술을 담아 휴대하게 했다. 트럭에 실려간 사람들을 죽여서 얼굴에 붉은 페인트칠을 해 암매장했다. 임신부의 배를 가르고 태아를 죽였다. 처녀 유방을 도려냈다……

물론 그것들 중엔 다분히 과장된 부분도 있을 것이다. 하지만, 그 소문들을 사실로 믿게 한 것은 다름아닌 저들이다. 정신부조차도 전혀 뜬소문으로만 여겨지지는 않는다.

경상도 군인들 어쩌고 하는 소문도 떠돌기는 한다. 그러나 적어도 최소한의 분별력을 지닌 사람이라면 그 빤한 맹랑함을 분간 못 할 리 없다. 설사 그것이 묵은 지역 감정의 한 뿌리에 잇닿아 있는 하나의 격한 표현법이라고 말할 수는 있을지언정, 그 어설프기 그지없는 소문을 쉽사리 믿어버릴 사람은 거의 없을 터이다…… 그런데, 하필 계엄군의 지휘자들이 그 소문만을 유독 강조한다는 것인가.

'혹시, 의도적으로 그 엉뚱한 소문만을 부각시키려고 하는 건 아닐까. 어째서? 이 지역을 타지역으로부터 고립시키기 위해서? 그래, 그럴지도 모르지. 저들로서는 지금 여기서 벌어지고 있는 엄청난 실상이 다른 지역에 알려지는 것을 막는 일이야말로 무엇보다 중요할 테니까……'

그러다가 정신부는 이내 고개를 젓는다.

'아니다. 그걸 거꾸로 되짚어볼 수도 있잖은가. 저들은 오히려 처음부터 이 상황을 예상했거나…… 아니지, 되레 처음부터 치밀하게 의도했는지도 모르지. 왜? 일종의 시범 케이스로? 뒷골목 깡패들이 흔히 쓴다는 수법 같은 거 말이다. 한 놈을 반쯤 죽여놓음으로써 나머지 녀석들로 하여금 겁에 질려서 애당초 덤벼들 생각조차 못 하게 만들어버리는, 그런 경우처럼? 그래서, 광주가 저들에게 그 애꿎은 시범 케이스로 선택된 것인가……

정말, 그럴지도 몰라. 하필 공수부대를 투입시킨 것도 그렇고…… 가만, 그렇다면 혹시? 경상도 군인이 어쩌고 하는 유언비어야말로 저들이 처음부터 의도적으로, 교묘하게 유포시켰을 가능성도 있지 않을까…… 설마? 아니야. 그럴지도 몰라. 그까짓 조작이야 심리 전술의 가장 기본적인 유형이잖은가……'

정신부는 그렇게 풀리지 않는 의혹을 혼자 되새김질하며 앉아 있었다. 머릿속이 한없이 어지러웠다.

"……그런 사람들과 마주해봤자, 애당초 무슨 그럴싸한 대책 따위가 나올 리 만무하다는 생각이 들더군요. 그래도 그냥 일어서면 안 되겠다 싶었는데, 마침 누군가 재차 건의를 했지요. 다른 분들도 동감을 표했고요. '공수부대를 당장에는 전원 철수시킬 수 없다면, 우선 과격한 진압 작전은 즉시 중지해달라. 그리고 그 얼룩무늬 복장 대신 일반 보병이 입는 전투복으로 갈아입히는 편이 시민들을 더 이상 자극하지 않을 것 같다……' 대충 그런 얘기였습니다. 공수여단 장교들은 애당초부터 내내 시큰둥한 기색이고, 31사단장은 그래도 꽤 심각하게 받아들이는 것 같았습니다. 과잉 진압이 있었던 게 사실이라면, 곧 시정하도록 하겠다고 약속을 하더군요."

군종 신부인 강신부의 말에, 한신부가 말했다.

"그래서였구만. 공수부대는 모두 철수하고, 오늘부터는 다른 부대가 새로 들어왔다는 것 같더군요."

"천만에요. 전혀 그렇지가 않습니다. 얼룩무늬 제복 대신에 일반 보병부대와 같은 전투복으로 갈아입혔을 뿐입니다. 철수는 고사하고, 또 다른 공수부대 1개 여단이 오늘 새벽에 서울로부터 열차를 타고 광주시에 이미 도착했다고 합니다. 첫날에 비해 되레 공수부대 병력이 두 배나 증강된 셈이지요."
　강신부의 얘기에 모두들 놀란다.
　"그렇다면 문제는 정작 지금부터인 셈 아닙니까. 시민들이 잠잠해진다면 모르겠지만, 아무래도 눈치가 그럴 것 같지가 않은데……"
　"아니, 오늘 아침은 거리가 훨씬 조용해진 듯싶잖아요? 군인들도 어제까지와는 달리 좀 자제하려는 기색 같고. 지역 계엄사령관이 건의 사항을 받아들이고 시정하겠다고 어제 약속했다더니, 그 효과가 나타나는 게 아닌가요?"
　"글쎄요. 제 추측입니다만, 오후부터 다시 시끄러워질 듯싶습니다. 예감이 그래요. 어제 통행 금지에도 불구하고 밤늦도록 시위가 굉장했답니다. 밤새 곳곳에 유인물도 뿌려진 모양이구요."
　"맞습니다. 시내 일부 화공약품상이나 철물상회에서는 화약이나 쇠파이프, 농기구 같은 것들이 매진되거나 탈취당하는 일도 적잖았다는 소문입니다. 말하자면, 그만큼 시민들의 분위기가 훨씬 더 적극성을 띠게 되었다는 얘기가 되잖겠습니까."
　한동안 무거운 분위기 속에서 그런저런 얘기들을 나누고 있을 때였다.
　펑, 퍼퍼펑……
　돌연 날카로운 폭발음이 연달아 터져나오기 시작했다.
　정신부는 창을 열고 고개를 내밀었다. 금남로 3가 부근에서 자욱한 최루탄 연기가 구름처럼 피어오르고 있었다.

"5월 20일 오전 10시. 서울형사지법 대법정. 김재규 외 10·26 사건의 피고인 5명에 대한 사형 확정. 이로써 10·26 사건의 재판은 사건 발생 208일 만에 끝나게 됨."
— 조선일보, 80. 5. 21.

5월 20일 10 : 30, 계림동 오거리

병원은 성당에서 멀지 않았다. 변두리 병원답게 아담한 규모였지만 깨끗했다. 원장은 상진을 위해 이층 입원실 병상 하나를 내주었다. 병상이 두 개 놓인 방이었다. 상진의 맞은편 병상엔 사십대 남자가 깁스한 두 다리를 허공에 매단 채 드러누워 있었다. 교통 사고 환자라고 했다.

환자복으로 갈아입힌 뒤 병상에 눕히자마자 상진은 이내 잠이 들었다. 진통제를 맞은 데다가 긴장이 풀린 탓이리라. 단단히 감아놓은 붕대 때문에 머리가 기이하게 부풀어 보였다.

"아이고메, 어짜믄 좋아. 머리를 심하게 다쳤는가 본디."

"이보게, 학생들. 의사 선생님이 뭐라고 그러등가? 생명엔 지장이 없다고 그래?"

"세상에, 그 짐승 같은 놈들이 사람을 저 지경으로 만들어놓았네그랴. 쯔쯔쯔."

"어저께도 청년 두 명이 실려왔었제. 한 사람은 어깨 한쪽이 허깨비맨키로 덜렁덜렁 간신히 붙어 있더라고. 공수놈들이 끌고 가다가 하수구 고랑에 처박아놓고 간 것을 시장통 사람들이 데리고 왔다니께."
 복도에 사람들이 몰려와 병실 안을 기웃거리며 안타까운 표정으로 한마디씩 던진다.
 "너희들은 이제 그만 가봐."
 벗어놓은 상진의 옷을 챙겨들며 영호가 말했다. 잠바엔 피가 흥건하게 배어 있었다. 명기와 민태는 잠시 머뭇거렸다.
 "그럼, 영호형은 어쩔 거야?"
 "여긴 내가 남아 있어야지 뭐. 상진이네 식구들이 올 때까지만이라도……"
 "참, 상진형 집에 전화했어요?"
 "마침 식구들은 없고 옆방 학생이 받길래, 이 병원 위치를 알려줬어."
 "우리도 그때까지 여기서 기다리지 뭐."
 명기의 말에 영호는 등을 툭 치며 웃는다.
 "얌마, 상진이네 식구들 나타나기 전에 꺼지는 게 좋아. 괜히 그 집 어른들한테 혼나지 말고. 나야 뭐, 도리가 없잖나. 친군데."
 "그나저나, 뒤탈이 없어야 할 텐데."
 "글쎄, 요행으로 뇌만 다치지 않았다면야…… 아까 그 원장도 그러잖든. 현재로서는 후유증 여부를 장담할 수 없다고 말이다. 하여간, 이따가 용식이네 집에서 보자. 곧장 그리로 갈 테니까."
 "그럼 수고해요, 형."
 명기와 민태는 영호와 헤어져서 복도로 나왔다. 일층 원장실에 들러, 조원장에게 다시 한번 고맙다는 인사를 했다.
"괜찮아 괜찮아. 의사가 하는 일이 본디 이런 건데 뭘. 학생들도 몸 조심하라구."
 원장은 그들의 등을 툭툭 쳐주고는 방으로 들어갔다.
 둘은 병원을 빠져나왔다. 비는 완전히 그쳐 있었다. 그들 넷은 한 시간 전까지 성당에 머물러 있어야 했다. 성당 정문 앞을 계엄군들이 지키고 있는 까닭에 섣불리 나갈 수가 없었다. 응급조치를 해준 뒤 원장은 간호사와 함께 병원으로 먼저 돌아갔고, 그동안 명기 일행은 사제관 식당에서 허기를 채웠다. 그리고 나서 한참 후, 군인들의 모습이 보이지 않는다는 원장의 전화를 받고 나서야 그들은 급히 상진을 병원으로 데려갔던 것이다.
"상진형이 정말 아무 일 없어야 할 텐데……"
 명기가 병원 쪽을 돌아보며 걱정스레 말했다.
"그 새끼들한테 잡히지 않은 것만도 천만다행이지 뭐냐. 난 그때 정말 영락없이 골로 가는 줄만 알았다."
"얌마, 너 그때 진짜로 기똥차게 잘 뛰더라. 저 혼자 살겠다고."
 명기가 픽 웃음을 터뜨렸다.
"웃기지 마. 너는 또 어떻고."
"그런데 그 공수자식들, 왜 우릴 쫓다가 말았을까? 십여 미터만 더 뛰라고 했으면 난 영락없이 잡혔을 거다. 두 다리가 움직여 줘야 말이지."
"영호형하고 상진형이 다른 골목으로 도망치니까 그쪽으로 쫓아간 거지. 우린 무사했지만, 대신에 상진형이 당한 거야. 따지고 보면 우리 탓이나 마찬가지지."
"그래서 더 미안하다는 거 아니냐."

"명기 너, 돈 가진 거 있냐?"
 민태가 걸음을 멈추고, 맞은편 허름한 분식집을 가리켰다.
"벌써 배 고파?"
"그게 아니라, 잠깐 차분하게 앉아서 담배라도 좀 피우고 가자. 다리도 아프고."
 둘은 분식집으로 들어갔다. 싸구려 탁자 몇이 놓인 볼품없는 구멍가게였다. 손님은 없고, 주인인 듯한 남자와 중년 여자 둘이 얘길 나누고 있다가 둘을 돌아보았다. 튀김을 접시에 담아온 삼십대 사내가 물었다.
"학생들, 시방 시내 쪽은 어쩐고? 아까까지 여기 지키고 있던 공수놈들이 급히 트럭을 타고 시내 방향으로 나가든디?"
"글쎄요, 우리도 막 나온 참이라서요."
 사내는 자리로 돌아가서 여자들과 얘기를 계속한다. 요 이틀 간 시내에서 일어난 일들에 관해 그들은 흥분해서 목소리를 높이고 있다. 명기와 민태는 잠시 그들의 얘기에 귀를 기울이며 말없이 앉아 있었다. 튀김은 식어빠져서 눅눅하고 맛이 없었다.
 어제 오후, 명기와 민태는 우연히 길에서 서클 선배인 정수와 용식을 만났다. 금남로와 충장로 부근에서 시위대에 끼여 투석을 하기도 하면서 이리저리 돌아다니고 있는 참이었는데, 마침 학생회관 뒷길에서 그들과 마주쳤던 것이다. 같은 서클 회원인 용식은 사학과 삼학년이었다. 최근엔 서클 모임에서 모습이 뜸했는데, 얼마 전부터 광천동에 있는 '들불야학'에서 강학을 맡아 무척 바쁜 모양이었다.
"어, 이 녀석들 봐라. 마침 잘 만났다. 나하고 갈 데가 있으니까 따라와."

정수는 다짜고짜 둘을 데리고는 앞장서 걸었다.
"어딜 가는 거요, 형?"
"잔소리 말고 따라오면 알아. 지금 한 사람 손이라도 아쉽단 말이다. 시위도 중요하지만, 우리가 해야 할 일도 중요한 일이니까."
정수는 황금동 골목길을 서둘러 걸으며 둘에게 사정을 대충 설명했다.
전날인 18일 오후, 정수와 용식은 시내 다방에서 만났다고 했다. 그들은 계엄령이 내려진 시점에서 자신들이 할 수 있는 일이란 일차적으로 현상황의 심각성을 많은 시민들에게 알리는 것이라고 판단했다. 그래서 둘은 당장 유인물을 만들어 뿌리기로 의견 일치를 보았다.
문제는 유인물 제작에 필요한 등사기와 필경 용구들이었다. 그것들은 서클 동료인 영호의 집에 보관중이었으므로 영호에게 연락하여 셋에서 그것들을 택시로 싣고 다시 용식의 자취방으로 갔다. 급히 문안을 작성, 유인물 오백여 장을 만들었다. 유인물의 내용은 대충 이랬다.
"마침내 계엄령이 내려졌다. 계엄령으로 인해 수많은 사람들이 연행되고 또 쫓기고 있다. 얼마나 더 큰 위협이 닥칠지 모른다. 우리 시민 모두가 일어나, 군부의 야욕을 저지하고 진정한 민주주의를 지켜야만 한다."
그러나 이때까지만 해도 그들은 시내 일대에서 벌어지고 있는 상황에 관해서는 정작 잘 모르고 있었다. 유인물 배포를 위해 오후 늦게 시내에 나갔을 때에야 그들은 이미 사태가 엄청나게 급진전되어 있었다는 사실을 비로소 확인했던 것이다. 어쨌거나,

그들은 셋이서 그것들을 들고 나가 우선 학동 일대와 궁동, 서석동 등지의 주택가에 배포했다.
　다음날인 어제 19일에도 유인물 제작은 아침부터 다시 계속되었다. 문안은 전날의 상황을 토대로 당연히 훨씬 구체적이고 선동적인 내용으로 바뀌었다. 그러다가 마침 잉크와 용지가 떨어졌으므로, 정수와 용식은 부족한 용품들을 구입하기 위해 충장로로 나왔다가, 돌아가는 길에 거기서 우연히 명기와 민태를 만난 것이었다.
　"정수형, 그렇다면 사람들을 더 불러모을까요? 순임이랑 태영이한테 내가 전활 할게요."
　명기는 갑자기 가슴이 뜨겁게 벅차오름을 느끼며 말했다. 마침내 뭔가 해야 할 구체적인 일을 찾아냈다는 생각에 저도 모르게 숨이 가빠오는 느낌이었다. 지난 이틀 간 그 엄청난 광경들을 수없이 지켜보며 치를 떨고 이를 악물면서도, 고작 이렇게 무작정 쫓겨다니기만 할 수는 없다는 생각을 내내 하고 있던 참이었다. 민태의 긴장된 얼굴 역시 발갛게 달아올라 있었다.
　"참, 태영이 그 녀석은 용케 풀려났다며? 어디 다친 덴 없다든?"
　"자세히는 모르겠어요. 우리도 아직 만나보진 못했지만, 집에 있는 건 분명해요."
　"두 번이나 전활 해봤는데, 태영이 어머니가 바꿔주질 않고 끊어버리지 뭐요."
　민태가 투덜거렸다.
　"그럼 됐어. 태영이나 순임이는 담에 보기로 하고, 일단 지금으로서는 너희들만으로도 충분해. 영호가 제 친구 하나를 데려왔거든. 하여간 돌아가서 형편을 보면 알겠지."

명기와 민태는 정수를 따라 학동에 있는 용식의 자취방에 도착했다. 안 그래도 일손이 달리던 참이라 그들은 둘을 반겼다. 영호의 고등학교 동창이라는 상진도 거기 끼여 있었다. 물론 명기, 민태와는 초면이었다. 상진은 재수를 하고도 대학 입시에 실패하자 지금은 공무원 시험 준비를 위해 고시 학원에 다니고 있다고 했다.

명기와 민태도 당장 팔을 걷어붙이고 함께 일을 도왔다. 얼굴, 손 할 것 없이 온통 등사용 잉크로 범벅이 된 채 여섯 명 모두가 정신없이 서너 시간을 작업에 열중했다.

오후 네시쯤, 완성된 유인물 뭉치를 나눠 들고 그들은 두 명씩 조를 나누어 그 집을 나섰다. 명기와 민태는 한 조가 되었다. 하지만 시내에 쫙 깔린 공수부대 병사들을 피해 다니기란 쉽지가 않았다. 전남여고 뒷길에서 둘은 하마터면 공수부대원에게 붙잡힐 뻔했다. 더구나 비가 쏟아지기 시작한 데다가 저녁 무렵이 되면서부터는 돌아다니기가 더욱 위험해졌다. 통행 금지 시간이 저녁 아홉시로 단축되었다는 소문이었다.

결국 명기와 민태는 일곱시가 되자, 약속했던 대로 계림동 광주고등학교 부근에 있는 영호의 집을 찾아갔다. 영호와 상진은 이미 돌아와서, 밥을 차려놓고 기다리고 있었다. 그들도 역시 유인물을 절반 정도밖에 돌리지 못했다고 했다.

넷은 궁리 끝에 다음날 새벽에 유인물을 마저 돌리기로 하고, 일단 영호의 방에서 함께 눈을 붙였다. 그리고 새벽 다섯시쯤에 일어나 집을 나섰다. 통행 금지가 해제되는 새벽녘이면 아무래도 공수부대의 경계가 어느 정도는 허술해질 거라는 판단을 했던 것이다. 비가 쏟아지고 있었지만, 우산은 두 개뿐이었다. 유인물은 비에 젖지 않도록 비닐로 싸서 각자 잠바 안쪽에 꼈다. 그런데, 고작 스무 집 정도나 돌았을까. 집을 나선 지 십 분도 채 지나지 않아서 그들은 광주고등학교 뒤편 목욕탕 골목에서 두 명의 공수와 덜커덕 맞닥뜨리고 말았던 것이다. 불과 서너 걸음 앞에서 불쑥 튀어나오는 바람에 넷은 기절할 듯 놀라 내빼기 시작했고, 거기서 상진은 진압봉에 머리를 맞고 말았다.
"거기 서!"
가로등 불빛을 등진 채 시커먼 그림자가 눈앞을 막아섰을 때 넷은 우산을 내팽개친 채 흩어졌다. 그런데 한참을 악착같이 뒤쫓아오던 그자들이 어째서 마지막 순간에 돌연 추격을 포기하고 되돌아갔는지는 아직도 이해가 가지 않는 일이었다. 어쨌든 용케 그들의 손아귀를 벗어나온 명기네 일행은 머리가 온통 피범벅이 된 상진을 부축하며 한참을 더 정신없이 뛰었다. 그러다가 마침 눈앞에 보이는 그 성당의 담을 넘어들어가 지하실에 몸을 피했던 것이다.
"이건 어떻게 하지? 사오십 장쯤 남아 있는데."
민태가 잠바 주머니에서 유인물 뭉치를 꺼내보며 말했다. 비에 젖고 엉망으로 구겨진 채로 그건 용케 아직 남아 있었다.
"나도 마찬가진걸. 차라리 아까 성당에다가 두고 오는 건데 그랬다."
"가면서 뿌리지 뭐."
"참, 너 태영이한테 안 가볼래? 이 근처잖아."
"용식이형 집에서 정수형이랑 우리를 기다리고 있을 텐데?"
"잠깐 태영이 얼굴만이라도 보고 가지 뭐. 그래도 늦지 않을 거다. 열두시까진 갈 수 있어. 안 되면 전활 해도 되고."
"좋아."
둘은 일어섰다. 돈을 치르고 나서 명기는 주인사내에게 유인물 한 장을 내밀었다. 가게를 빠져나오려는데, 사내가 달려왔다. 사내와 여자들의 얼굴이 호기심과 흥분으로 상기되어 있다.
"이봐요, 학생들. 이거 몇 장 더 줄 수 없으까? 다른 사람들한테도 나눠주고, 돌려가면서 읽어보게 말여."
"우리도 좀 주시요. 아, 우리도 똑같은 광주 시민이여!"
두 아낙네도 손을 벌렸다. 명기는 십여 장을 덜어 그들의 손에 쥐어주고 나왔다. 여자들이 뒤에서 큰 소리로 말했다.
"학생들, 수고하게나! 몸 조심들 하고!"
명기와 민태는 잠시 서로 마주보며 웃었다. 까닭 모를 감격으로 목 안이 뿌듯하게 차올랐다. 그것은 약한 자들만이 공유하는 어떤 서러움과 뜨거운 분노, 아니 그 둘이 만들어내는 또 다른 어떤 새롭고 놀라운 힘 같은 것이었다. 하지만 그것이 정확히 무엇인지를 아직까지는 설명하기 어려웠다.
"아아, 우리는 이길 것이다. 이기고 말 것이다."
명기는 저도 모르게 그렇게 중얼거렸다.
태영의 집은 그곳에서 십여 분 남짓한 거리였다. 둘은 태영의 집까지 가는 도중에 주로 골목을 돌아다니며 나머지 유인물을 집집마다 투입했다. 길 가던 행인들이 받아가기도 했다. 뭔지도 모른 채 우선 경계하는 표정부터 짓는 이도 있었고, 수고한다고 악수를 해주는 사람, 그 짐승놈들을 우리 손으로 때려죽여야 한다고 느닷없이 버럭 고함을 치는 사람도 있었다.
태영의 집은 계림초등학교 후문 쪽, 도톰한 언덕받이 동네에 있었다. 명기가 초등학교 다니던 시절만 해도 진흙 채취장으로 쓰이던 그 언덕 일대는 유난히도 가난한 동네였다. 낮고 퇴락한 지붕들이 다닥다닥 붙어 있는 그 동네 한가운데에 유난히도 우람하고 화려하게 우뚝 솟아 있는 이층 양옥이 바로 태영의 집이었다. 태영의 아버지는 집 주위의 상당한 땅도 소유하고 있다고 했다.
　초인종을 눌렀다. 대문 외벽에 붙은 인터폰에서 태영 어머니의 음성이 흘러나왔다.
　"태영일 찾아왔다고? 누구지? 우리 태영이는 집에 없는데."
　"저, 명깁니다, 태영이 어머니. 걱정이 돼서 찾아왔어요."
　"오, 명기구먼…… 그런디, 어쩌제? 태영이는 지금 없어. 어제, 순천 외갓집으로 보냈어."
　그녀의 냉랭한 음성은 끝내 문을 열어줄 기색이 아니었다.
　"알겠습니다. 그럼 안녕히 계십시오."
　그만 포기하고 둘은 골목을 내려오기 시작했다. 그때 뒤에서 대문이 거칠게 열리는 소리와 함께 태영의 목소리가 들려왔다. 돌아보니, 태영이 슬리퍼를 끌고 대문 계단을 내려서고 있었다.
　"어떻게 된 거냐. 집에 있었구나."
　"어서 들어와. 어머니가 거짓말하신 거야."
　"아니, 이 녀석이! 이놈아, 너, 아버지 아시면 어쩌려고 이러는 거냐, 응? 제발 내 애간장 좀 그만 녹이란 말이다이."
　뒤따라나온 태영 어머니는 안절부절못하고 소리를 지른다.
　명기와 민태는 태영을 따라 이층 그의 방으로 올라갔다. 계단을 오르는 태영의 걸음이 약간 절뚝거렸다. 태영은 들어오자마자 방문을 안에서 잠가버렸다.
　"태영아, 문 좀 열어라. 내 말 좀 들어보란 말이다. 설마 밖에 나갈라고 그러는 건 아니지야? 응? 여보게, 명기랑 민태. 자네들 절대로 우리 태영이를 못 나가게 해주게. 저 녀석 얼굴을 좀 봐. 하마터면 끌려가 개죽음당할 뻔한 것을 즈이 아버지가 간신히 빼내왔단 말여. 아이고, 아무리 어린 아그들이라고, 어쩌믄 저렇게 세상 무서운 줄을 모르고 저럴까이······"

문을 두드리며 그녀는 소리쳤다. 하지만 태영은 문을 열어주지 않았다. 명기와 민태는 잠자코 방바닥만 내려다보고 앉아 있었다. 공연히 찾아왔다는 후회가 들었다.

어머니가 아래층으로 내려가고 나자 태영은 고개를 들었다. 그의 윗입술은 심하게 부어 있었고, 한쪽 광대뼈엔 퍼런 멍이 남아 있었다.

"많이 다친 모양이구나."

좀 전까지 누워 있었던 듯, 방바닥엔 이불이 깔려 있다. 베개 맡에 놓인 약봉지와 소독약, 약솜 뭉치 그리고 작은 연고가 보였다. 태영이 씨익 웃었다.

"괜찮아. 어금니 한 개가 떨어져나간 거말고는."

"개 같은 자식들······"

민태가 주먹을 불끈 쥐며 뇌까린다.

"어떻게 된 거냐. 이튿날 아침에야 소문을 듣고 법대로 찾아갔었어. 수위 아저씨 아니었으면, 우리도 잡혔을 거야."

"그날 밤 너희들하고 헤어져서 법대 고시 연구반으로 들어갔었지. 한 시간도 채 안 돼서 공수놈들이 들이닥쳤어······ 말 마라. 죽는 줄만 알았어. 다짜고짜 몽둥이를 휘둘러대면서, 우릴 한쪽으로 몰아놓고는 닥치는 대로 두들겨패는 거야. 변명은커녕 비명 지를 틈도 없더라. 자고 있던 학생들까지 초주검이 됐다니까…… 웃통을 모조리 벗기고, 허리띠랑 신발까지 다 벗으라고 하더라. 영문도 모른 채 모두들 거기서 대학본부 건물까지 끌려 갔어. 머리를 앞사람 등에 처박고, 오리처럼 거의 기다시피 해서, 한덩어리로 계단을 데굴데굴 굴러서 말이다……"

계엄군들에게 체포되어 본부 건물까지 끌려온 학생들은 오륙십 명쯤이었다고 했다. 모두가 각 단과대학 건물의 도서관이나 학생회 사무실에 남아 있던 학생들이었다. 본부 현관 홀 복도에 한꺼번에 무릎을 꿇린 채 주저앉아 그들은 몇 시간이나 지독한 기합을 받아야만 했다. 학생회 간부를 색출해낸다고 한 명씩 끌어내어 마구 구타하기도 했다. 새벽녘에 학생처장과 직원들 몇이 나타났다. 잠자리에서 허둥지둥 불려나온 눈치였다. 그들의 부탁 때문인지, 학생들은 다시 본부 삼층 회의실로 옮겨졌다. 직원들이 빵과 우유를 구해와 나누어주었는데, 그걸 씹을 힘조차 없더라고 했다.

"아침에 우리는 경찰들한테 인계되었지. 경찰 제복을 보자마자 그렇게 반가울 수가 없더구나. 이젠 이 자리서 개죽음은 안 당하겠구나 싶고…… 경찰서로 옮겨진 숫자는 사십 명쯤 되었을 거야. 학생회 간부 몇하고 또 몇 명은 본부에 잡혀 있을 때 따로 분리시켜서 공수놈들이 끌고 갔거든. 아마 상무대나 31사단으로 끌고 갔을 거라고 하더라…… 경찰서에 있는데, 우리 아버지가 날 찾아내 빼내주셨어. 경찰 간부들 중에 아버지하고 잘 아는 사람이 있었거든. 그때부터 이렇게 집 안에 꼼짝없이 죽치고 있지 뭐냐."

"병원엔 가봤냐?"

"응. 오늘 아침에도 요 앞 병원에 다녀왔어. 하지만 별건 아냐.

이빨은 어차피 깨진 거고, 무릎 깨진 데가 아직 쑤시기는 하지만, 별문제는 없어. 그나저나 지금 시내가 온통 아수라장이라던데, 상황이 어찌 돌아가는 거냐? 우리 뒷집 아저씨는 어제 저녁 집으로 돌아오다가 대도호텔 앞에서 공수놈들의 대검에 등을 찔렸다더라. 전대병원으로 실려갔다는데, 심한 모양이야. 기가 막히더라. 대학생도 아니고 마흔세 살이나 된 공장 경비원이거든."

명기와 민태는 그간의 상황을 대충 설명해주었다. 태영은 믿어지지가 않는다는 눈치다.

"대학생 같아 보이기만 하면 무조건 끌고 간다는 소문을 들었어. 어제 저녁엔 공수놈들이 집집마다 가택 수색을 할 거라는 소문에 이 동네가 온통 난리였지. 자취생들이 많거든. 가로등을 모조리 끄고 대문까지 닫아걸고……"

"대학생들뿐만 아냐. 오히려 학생들은 그 소문 때문에 대부분 집 안에 숨어버린 모양이야. 더러는 시외로 빠져나가기도 하는 모양이고."

"맞아. 우리 아버지 공장에 납품을 전담하는 트럭 운전사가 아까 그러더구나. 화순이나 비아, 장성 쪽 국도를 통해 시외로 피난을 떠나는 사람들이 엄청나게 많더라지 뭐냐. 거의 대부분이 대학생 또래들이라더라. 너희들도 이렇게 돌아다니면 위험하지 않냐?"

태영의 말에, 민태는 잠바 안에서 유인물 한 장을 꺼내어 보여주었다. 그걸 대충 훑어보더니, 태영이 은근히 겁먹은 눈으로 둘을 쳐다본다.

"너희들 어쩌려고 이러냐? 잡히면 쥐도 새도 모르게 죽을 판인데."

봄 날　61

명기는 불현듯 숨이 가빠짐을 느끼며 입을 열었다.
"태영아. 솔직히 처음엔 나도 무척 겁이 났어. 지금도 마찬가지고. 아마, 아무것도 보지 못했다면 지금쯤 어딘가에 문 닫아걸고 숨어 있었을지도 모르지. 하지만, 난 어제와 그제, 그놈들이 하는 짓을 수없이 내 눈으로 똑똑히 목격했어. 그놈들은, 사람이 아냐. 인간이라면, 같은 동족이라면, 절대로 그럴 수가 없어. 그놈들은 미쳤어. 미친 개떼들이라는 말로밖에는 표현할 수가 없어. 한일은행 앞에서 놈들한테 맞아 눈알이 튀어나온 사람을 봤는데…… 그 끔찍한 모습이 지워지지가 않아."
명기는 별안간 끓어오르는 격한 감정 때문에 입술을 바르르 떨었다. 눈앞이 흐려지는 걸 보이기 싫어, 명기는 어금니를 앙다문 채 얼른 고개를 수그렸다.
"그 사람의 튀어나온 눈알…… 그걸 보는 순간에, 내가 무슨 생각을 했는지 아냐? 난 그놈들을 죽여버리겠다는 생각밖에 없었어. 너도 알다시피, 난 솔직히 민주주의가 뭔지, 운동이 뭐고, 자유가 어떻고 하는 어렵고 고상한 말 따위는 아직도 잘 모르겠어. 하지만…… 난 인간이 이렇게까지 미쳐버릴 수는 없다는 것, 인간이 다른 인간에게 이렇게까지 해서는 결코 안 된다는 것, 아니 이렇게 미친 자들의 손에 우리 목숨을 맡겨놓을 수는 없다는, 그 사실만은 확실히 믿어. 그뿐이야……"
셋은 한동안 말없이 앉아 있었다.
명기는 슬그머니 손등으로 눈자위를 지웠다. 부끄러웠다. 하지만 명기는 내심 그런 자신의 예기치 못했던 변화에 대해 놀라고 있었다. 그것은 지금껏 한번도 느껴보지 못했던 뜨겁고 강렬한 의지와 용기 같은 것이었다. 그것이 자신의 내면에 숨어 있었다는 사실만으로도 명기는 불현듯 가슴이 불덩이처럼 뜨겁게 달아오름을 느꼈던 것이다.
"우리가 이길 수 있을까? 저놈들은 총칼을 가진 군대야. 네 말대로, 미친개처럼 명령 하나에 시민들을 제멋대로 죽여버릴 수 있는 놈들이라구. 하지만 우린 아무것도 없어. 저놈들과 맞서 싸워 이길 수 있을 것 같냐? 희생만 늘어날 뿐이지……"
태영의 말에 민태가 언성을 높였다.
"얌마, 그렇다고 이렇게 당하고만 있어야 한다는 말이냐? 도대체 넌…… 그래, 그만두자. 넌 아직 몰라. 네 눈으로 직접 보지 않아서 그래. 그뿐야."
"미안하다. 내 말은 그런 뜻이 아니었다. 나도 분해서 그래. 정말이지……"
"알아. 이런 얘긴 그만두자. 우린 그만 가봐야 해. 형들하고 만나기로 했거든. 지금쯤 기다리고 있을 거야."
명기와 민태가 일어섰다. 태영이 절뚝이며 아래층까지 내려왔다.
"잠깐만 기다려. 나도 같이 나가자."
"아냐, 그런 몸으로 어딜 가겠다고 그래. 다시 전화할 테니까, 어서 들어가."
현관으로 내려서자마자 태영의 어머니가 허둥지둥 달려나왔다.
"안 된다, 이놈아, 어딜 나가려고 그러는 거냐? 나가면 죽어! 죽는단 말여, 이놈아!"
그녀가 아들을 두 팔로 그러안았다. 그 틈에 명기와 민태는 서둘러 대문을 나섰다.

"놔요, 놔! 명기야. 민태야. 잠깐 거기 있어보란 말야!"
 태영이 외치는 소리가 들렸지만, 둘은 잰걸음으로 골목을 빠져나오고 말았다. 큰길을 나서려는데, 때마침 군용 트럭 대여섯 대가 눈앞을 질주해갔다. 둘은 주춤 뒤로 물러섰다. 병력을 가득 태운 트럭은 시내 쪽을 향하고 있었다.
"엄마야아! 공수부대다, 공수부대가 쳐들어온다아!"
 가게 앞에서 놀고 있던 조무래기 아이들이 비명을 지르며 달아났다. 명기와 민태는 부쩍 불안해져서, 트럭이 사라진 방향을 따라 서둘러 걸음을 옮기기 시작했다. 만나기로 한 장소인 용식의 집은 학동이었고, 거기까지는 꽤나 먼 거리였다.
"어떻게 하지? 걸어갈 수는 없고, 버스를 탈까?"
"아냐, 차라리 택시가 더 안전할 거다. 마침 저기 한 대가 온다. 가자."
 둘은 택시에 올랐다. 일부러 중심가를 피해 무등산장으로 이어진 길을 통해 조선대 앞을 우회해서 가기로 했다. 의외로 그쪽 길은 아직 별다른 낌새가 없는 듯했다. 오가는 차량은 적었고, 운전사는 어째선지 처음부터 대단히 난폭하게 달리고 있었다.
"학생들은 어딜 가는 길이여? 설마 화순 쪽으로 나갈라고 그러는 건 아니제?"
 갑자기 운전사가 화난 목소리로 퉁명스레 물었다. 둘은 잠시 어리둥절했다.
"아뇨. 왜 그러세요?"
"아니라면 다행이고. 도대체 대학생놈들이 왜 그렇게 비겁해? 애시당초 일은 저희들이 먼저 만들어놓고, 이제 와서 제 목숨 살겠다고 도망질을 치다니! 에이, 못난 놈들 같으니라고!"

"도망을 치다니요?"
"아, 몰라서 물어? 내가 오늘 아침만 해도 벌써 수십 명을 데려다줬당께. 지금이래도 장성으로 나가는 길이랑 화순 너릿재 쪽으로 나가는 도로에 가봐. 대학생놈들인지 뭔지 젊은 놈들이 속속 시내를 빠져나가고 있는 판이여. 아, 이제야말로 저 공수놈들하고 죽기살기로 한판 붙어야 할 때에 도망을 치다니, 젊은 놈들이 그게 무슨 짓들이냐고! 원수를 갚아야제! 원수를!"
 사십대 초반쯤 되어 보이는, 앞 이마가 반쯤 벗겨진 운전사는 분을 이기지 못하고 소리를 질러댄다. 둘은 잠자코 앉아 있을 수밖에 없었다.
"염려 마세요, 아저씨. 우린 도망치지 않습니다. 이대로 당하고 있지만은 않을 거란 말입니다."
 민태가 대들 듯 소리쳤다.
"아암은! 이렇게 당하고도 도망친다면, 개 쓸개만도 못한 인간들이제! 두고 보라고! 온 광주 시내 사람들이 시방 눈에 불이 붙었당께. 저놈들하고 한번 죽기살기로 맞서 싸울 작정들을 해야 된다고! 그래서 우리 기사들부터 앞장서서 나서기로 했단 말여!"
"기사들이요?"
"아, 대학생들만 피해를 당헌 줄 알어? 지난 사흘 동안 우리 운전기사들도 수없이 희생을 당했다고! 벌써 택시 기사 둘하고, 시내버스 기사 하나가 죽었단 말여. 그 소식을 듣고, 광주 시내 운전기사들 눈알이 확 뒤집어졌어! 우리가 이대로 당하고만 있을 줄 아는가? 개새끼들! 비록 날마다 천한 기름밥 먹고 살고 있제만, 우리도 피가 끓는단 말여. 우리들도 다 같은 광주 시민들이

봄 날 65

라고!"
"그럼요, 그렇고말고요!"
명기도 목소리를 높였다.
"두고 보면 알 거여. 벌써 광주 시내 전 택시 기사들끼리 단결하기로 결정이 돌았네. 이따 오후 3시에 무등경기장에 집결해서, 시내까지 차를 밀고 들어가기로 했단 말여! 이, 개 같은 전두환이 놈들을 싸그리 쓸어내지 않고서야 분통 터져서 어찌 살 것인가, 안 그래?"
"맞습니다. 그렇고말고요."
덩달아 커다랗게 소리를 질러 대꾸를 해주면서, 명기와 민태는 서로 얼굴을 마주보았다.
'아아, 마침내 시민들도 뭔가 보다 구체적인 저항의 징후를 드러내기 시작한 것인가.'
불현듯 격한 감정이 목구멍을 뜨겁게 치밀어올라, 명기는 민태의 손을 찾아 꽈악 쥐어주었다.
차는 조선대 정문 앞을 저만치 두고 달리고 있었다. 정문 앞을 가로막은 바리케이드가 보이고, 경계중인 얼룩무늬들이 '허리에 총' 자세로 서 있는 게 보인다.
그러던 어느 순간, 명기는 불현듯 명치형의 얼굴을 떠올렸다. 그와 함께, 아까 새벽, 골목길에서 추격해오던 그 병사들 중 하나의 검은 형체가 명치형의 모습과 얼핏 겹쳐졌다가 지워졌다. 어둠 속에서 얼핏 보았던 그 병사의 얼굴 윤곽이며 몸집이 어쩐지 명치형처럼 느껴졌던 것이다.
'그래, 어쩌면 그들 중 하나가 바로 명치형이 아니었을까? 혹시……?'

모를 일이었다. 한순간 그런 엉뚱한 의혹이 불쑥 떠오른 것이다. 명치형이 근무중인 공수부대는 강원도 화천인가 어디에 있노라고 했다.

'설마, 그럴 리가 없어. 하필이면 그게 명치형이라니…… 말도 안 돼.'

명기는 고개를 저었다. 하지만 왠지 자꾸만 그 의혹을 떨치기 어려웠다. 용식의 자취방에 도착해보니, 뜻밖에 방문엔 자물쇠가 채워져 있었다. 문틈에 꽂혀 있는 쪽지를 민태가 빼들었다.

"우리더러 '들불야학'으로 찾아오래. 다른 형들도 합류키로 한 모양이다. 함께 그리로 간다고 적혀 있지?"

"들불야학이라면, 나도 몇 번 가본 적이 있는데."

"나도 알아. 일단 그쪽으로 가보자."

"아무것도 헛됨은 없어라. 우리가 사랑했던 것, 괴로움 당했던 것, 아무것도 헛됨은 없어라 ── 일기장에서"
　── 고 이정연의 묘비명(망월동 묘지 번호 69, 전남대 2년생이던 그는 5월 27일 도청에서 사살됨)

5월 20일 12:00, 광천동

들불야학은 광천동에 있었다. 도시의 남쪽 끝인 그곳 학동에서 북쪽 끝인 광천동까지는 대단히 먼 거리다. 걸어서 가기엔 너무 멀었다. 둘은 용식의 자취방을 빠져나왔다.

증심사로 이르는 삼거리에서 명기와 민태는 시내버스를 기다렸다. 여느 때 같으면 칠팔 분 간격으로 운행되던 버스가 반시간이나 지나서야 나타났다. 그래도 그나마 버스가 아직 다니고 있다는 게 신통하다 싶었다.

버스 안은 무척 붐볐다. 명기와 민태는 일부러 버스 뒤쪽으로 들어갔다. 그런다고 재수 없이 검문을 당하게 될 경우 안전하리라는 보장 따윈 없었지만, 그래도 승객들 속에 묻혀 있는 편이 나을 것 같았다.

"으마, 이 청년들도 대학생 같은디, 혹시 우리 아들을 알라능가? 이재영이라고, 조대 공대 일학년인디……"

창쪽 좌석에 앉은 사십대 후반쯤의 시골 아낙이 불쑥 명기의 손을 잡고 올려다본다. 거친 손톱에 때가 까맣게 끼여 있다. 허름한 차림에 검게 그을린 얼굴의 아낙은 무엇 때문인지 잔뜩 불안한 눈빛이다. 명기는 자신은 다른 학교의 학생이라고 대답했다.

"어쩌까이. 그눔의 자식이 아무래도 무신 변을 당했는갑서. 오메에……"

"아따, 어무니도 참. 잠자코 계시란 말요."

앞자리의 삼십대 사내가 고개를 젖히고 돌아보며 퉁명스레 말했다. 잠바의 목깃이 땀에 절어 후줄근하다. 사내 역시 초조한

기색이 역력하다.
"무슨 일로 그러시요, 아줌니? 누굴 찾으러 가는 길이요?"
뒷자리의 퍼머머리 여자가 묻는다.
"우리 막내놈이 잽혀간 모양이어라우. 학교 간다고 나가가꼬 이틀째 안 들어온다고, 자취방 주인이 어저께 전화를 했드란 말이요. 그래도 설마 했등만, 아이고, 우리 재영이 같아 뵈는 대학생이 충장로에서 어저께 군인들한테 질질 끌려가는 걸 즈이 친구들이 보았다고 안 허요! 아이고, 이 일을 어째사 쓸까라우."
아낙은 기어코 훌쩍훌쩍 울음을 터뜨린다.
"오메, 어째사 쓰꼬! 저 쥑일 놈들."
"나는 그것도 모르고, 아침부터 논에서 모판 뗀다고 나돌아댕기다가, 아이고, 그 소리 듣자마자 옷 갈아입을 새도 없이 이렇게 쫓아 올라오는 참이어라우!"
병원마다 부상자들이 널렸다는 소문이 정말이냐고 물으며 아낙은 솔껍질 같은 손등으로 연신 눈물을 훔치고, 앞자리의 아들은 침통하게 주먹만 쥐었다 폈다 하고 있었다.
주위에서 사람들이 진도 고군면에서 올라오는 길이라는 그 아낙을 한마디씩 위로했다. 그들 모자는 전남대 병원 앞에서 내렸다. 병원을 향해 허둥지둥 달려가는 두 사람의 모습이 이내 창 너머로 지워졌다.
명기는 울분이 끓어올라 어금니를 악물었다. 민태가 쿵 소리가 나게 주먹으로 버스 천장을 한번 내질렀다. 그런 민태의 두 눈자위가 붉었다. 명기는 말없이 창 너머로 시선을 돌렸다.
버스는 노동청 앞에 이르자 정상적인 운행 노선과는 달리 문화방송국 방향으로 직진하고 있었다. 의외로 거리는 조용했다.

군데군데 교차점 부근에 계엄군들이 포진하고 있긴 했지만, 시위대와의 충돌 같은 건 아직 없는 기미였다. 차창 너머로 계엄군들의 모습이 눈에 띌 때마다 승객들은 긴장한 채 고개를 기웃거리곤 했다.

"아침 방송에 들으니까, 어제까장 와 있던 공수부대는 다 내보내고 다른 부대로 교체했다고 그러등만."

"참말로 그런가? 오늘은 군복 색깔이 다르기는 하네그랴."

"바뀌기는 뭣이 바뀌어라우? 아침에 본께, 조대 운동장이랑 지원동에는 얼룩덜룩한 공수부대가 그대로 드글드글 남아 있습디다."

승객들이 수군거린다.

"거, 모르는 소리 마시오들! 저것들이 군복만 바꿔 입었제, 실상은 어제 있던 공수부대놈들하고 똑같은 놈들이라요. 시민들 회유할라고 눈속임하고 있는 것이제, 저 개새끼들이!"

운전사가 고개를 쳐들어 룸미러를 올려다보며 큰 소리로 욕을 했다. 승객들이 다시 웅성거렸다. 대인시장 앞에서 상당수가 내렸다. 시내가 다소 소강 상태에 접어들자 오늘은 시장을 보러 나온 모양이다.

'어느덧 시민들의 열기가 한풀 꺾인 것일까. 결국 이대로 시민들의 분노도 흐지부지 스러지고 마는 것인가······.'

하지만 명기는 곧 그런 의혹을 수정했다. 그건 어떤 예감 때문이었다. 대인시장통을 오가는 행인들, 좌판이며 손수레를 세워놓고 웅성거리고 있는 상인들, 그리고 무심한 듯 거리를 걷고 있는 시민들의 표정에서 명기는 확연하게 어제 그제하고는 또 다른 분위기를 감지할 수 있었던 것이다.

뭐랄까, 여전히 불안하고 긴장된 표정이긴 했지만, 그것은 어제 그제와 같은 공포나 두려움은 이미 아니었다. 시민들의 표정, 움직임, 걸음걸이 그 모든 것에는 뭔가 설명하기 힘든 어떤 특별한 묵묵함과 둔중한 무게가 실려 있었다. 어쩌면 그것은 시간이 갈수록 오히려 속으로 단단하게 응축되어가는 분노와 복수심의 응어리, 바로 그것의 무게인지도 모른다. 명기는 그 묵묵하고 둔중한 무게 속에 감추어져 있는 미지의 두려운 폭발력 같은 것을 불현듯 감지했던 것이다.

구역 건물 앞을 막 지나칠 때였다. 창 너머로 한 무리의 시위대가 눈에 잡혔다. 계림동 광주고등학교 방향에서 마주오고 있는 참이었다. 많은 숫자는 아니었다. 삼사백 명쯤 될까. 이제 막 모여들기 시작한 듯, 대열 뒤편으로 사람들이 빠른 속도로 합류하고 있었다.

"저것 봐. 다시 시작했어!"

민태가 낮게 외쳤다. 버스가 속도를 늦추었다. 노랫소리가 들려왔다. 아리랑 아리랑 아라리요…… 어수선하고 무질서한 합창. 그러나 소리는 점차 커지고 있었다.

대열의 맨 선두에 작은 태극기가 보인다. 앞줄의 남자들 몇은 철제 파이프를 들었고, 각목을 움켜쥔 사람들도 있다. 대학생 차림이 아닌 일반 청년들이 더 많다. 고등학생들, 삼사십대 남자들. 그리고 여자들도 보인다. 후미엔 주로 부녀자들. 자전거를 끌고 따라가는 중년 남자도 있다. 시위대는 지금 오백 미터쯤 떨어진 공용정류장 방향을 향하고 있는 중이다.

명기는 저도 모르게 후욱 하고 숨을 들이마셨다. 분명 어제 그제와는 다른 새로운 양상이다. 급조된 방어용 무기가 등장한 것도 그렇고, 시민들이 이제는 훨씬 더 적극적으로 시위에 가담하기 시작하고 있음이 분명하다.
　버스가 직진해가는 방향으로 저만치 계엄군이 포진해 있는 게 보였다. 그러자 버스는 황급히 좌회전해서 한일은행 쪽으로 달리기 시작했다. 시위대는 시야에서 사라지고 말았다. 이내 그쪽에서 폭음이 들려왔다. 둘은 그곳의 상황이 궁금했지만, 내릴 수는 없었다. 약속 때문에 어차피 광천동 종점까지 가야 했다.
　명기는 종점이 가까워오자 조금씩 마음 한구석이 불편해져 왔다. 친구 민호 때문이었다. 들불야학에 가면 틀림없이 민호를 만나게 될 터였다. 민호와의 약속을 어긴 것은 순전히 명기 자신의 책임이었다. 그 때문에 벌써 한 달 넘게 민호를 만나지 못했다. 실은 명기 쪽에서 애써 마주치기를 피해온 탓이라고 해야 맞는 표현일 것이다.
　명기와 민호는 고등학교 시절 한때 단짝이었다. 일학년 때 한 반에서 만나게 된 뒤로 금방 친해져서 함께 어울려다녔었다. 둘의 성격은 대조적이었다. 내성적이고 소극적인 성격인 명기와는 달리 민호는 활달하고 매사에 열심이었다. 명기는 광주에서 낳고 자란 반면 민호는 곡성 태안사 부근 산골 마을의 순 시골뜨기였다. 둘 다 문예반에 들었는데, 민호는 특히 시에 재능이 뛰어나 백일장 대회에서 거의 매번 뽑혔다. 그것은 늘 명기의 자존심을 은근히 상하게 만들곤 했다. 그때부터 이미 스타가 된 민호는 삼학년 때 학생회장이 되었고, 교내 시위 문제로 정학을 당하기도 했다. 오전 수업을 중단하고 전교생이 모인 자리에서 열변을 토하던 민호의 모습을 명기는 두려움과 부러움 섞인 묘한 감정으로 대열 틈에서 지켜보았던 기억이 아직도 생생하다.

둘은 대학에서 다시 만났다. 명기는 영문학과를 지원했고, 민호는 의외로 법대를 택했다. 대학에 들어온 지 한 달쯤 지난 어느 날이었다. 동문회 신입생 환영회를 마치고 돌아오는 길에 민호는 명기에게 함께 가볼 곳이 있노라며 앞장을 섰다.

"얌마, 문학을 하려면 세상을 넓게 볼 수 있어야 돼. 특히 명기 너는 더욱 그래. 너한테도 좋은 기회가 될 거라고 믿어."

그러면서 민호가 데리고 간 곳이 바로 광천동 천주교회 한쪽 건물을 빌려 열고 있는 '들불야학' 이었던 것이다.

그 무렵 명기는 대학 내의 수많은 서클 중에서 어디를 택할까 망설이던 참이었다. 처음엔 문학 서클이 어떨까 싶었지만, 내심 사회과학연구회나 사회 운동 서클을 택하고 싶기도 했다. 그것은 일종의 자기 스스로에 대한 반발 심리 같은 것이었다.

명기는 지금껏 집에서건 학교에서건 착실하고 순종적인 모범생이었지만, 한편으로는 바로 그런 자신의 한계를 깨부수고 싶다는 욕망에 늘 사로잡혀 있었다. 대학생이 되어서까지 그렇듯 우물 안 개구리가 될 수는 없다는 초조함과 함께, 더 넓은 울타리 밖의 세계에 대한 호기심과 열망이 강하게 솟아올랐다. 때문에 민호가 야학 활동에 참여하기를 권유해왔을 때, 명기는 내심 무척 반가웠던 것이다.

전남대학교 내 사회과학 서클은 꽤 여럿 있었다. 제3세계, 노동 문제, 한국 사회, 민족 문화, 농촌 문제 등을 연구하는 이념 성향이 강한 모임도 있었고, 탈춤이나 민속 예술 등을 위한 모임도 있었다. 그러나 야학 운동이란 말에 명기는 무엇보다 구미가 당겼다. 물론 대부분의 사회과학 서클들, 특히 그 중에서도 '들불야학' 은 당국으로부터 주된 감시의 대상이라는 소문이 있었으므로 은근히 불안하기도 했지만, 민호의 입에서 흘러나온 '야학'이라는 어딘가 향수 어린 단어에서 명기는 문득 교과서에서 배운 심훈의 『상록수』 따위를 떠올리기도 했던 것이다.

민호는 자기가 이미 한 달 전부터 야학의 강학으로 활동하고 있다고 말했다. 강학(講學)이라는 명칭은 학생들을 일방적으로 가르치고 군림한다는 따위 제도권 교육식의 발상이 아니라, 교사 역시 노동자 학생들과 평등한 입장에 서서 '함께 가르치고 배운다'는 의미라고 민호는 설명해주었다.

그러나 그날 민호를 따라 그곳에 들어서는 순간에, 명기는 자신의 그 막연한 동경이 얼마나 치기 어린 것이었는가를 깨달았다.

'들불야학'은 광천동 천주교회의 허름한 교리실 한 칸을 빌려 운영되고 있었다. 공단 지대의 빈민층이 밀집한 재래 시장 어귀에 있는 그 작고 어두운 교실 맨 뒷줄에 앉아서 명기는 민호의 국사 강의가 끝나기를 기다렸다. 이십여 명의 남녀 학생들. 열서너 살에서 스무 살 정도. 대부분 가난 때문에 학교를 마치지 못한 인근 소규모 공장 노동자들이었다.

한 시간 반 남짓한 그 시간 동안에 명기는 내내 까닭 모를 두려움과 불안 그리고 자괴감에 짓눌린 채 앉아 있어야 했다. 이따금 호기심과 장난기 어린 눈웃음으로 명기 쪽을 돌아다보곤 하는 그들의 맑은 시선과 마주칠 때마다 명기는 턱없이 당황하고 겁에 질렸다.

'나는 저들을 모른다. 아무것도 모른다. 내가 지금껏 배운 지식이란 게 고작 무엇이란 말인가. 저들이 알고 있는, 저들이 살아가고 있는 현실을, 저들이 온몸으로 부딪쳐온 사회를, 이 세상을, 나는 아직 아무것도 모르는 청맹과니일 뿐이다. 그런 내가

저들 앞에 감히 어떻게 설 수 있단 말인가……'
 명기는 진땀을 흘리면서 내내 그 참담한 부끄러움과 당혹감에 짓눌려 있어야 했던 것이다.
 그날 밤 명기는 야학의 강학으로 참여해달라는 민호의 부탁을 끝내 거절하고 말았다. 그 순간 민호의 얼굴에 떠오르던 역력한 실망과 서운함을 명기는 지금도 잊을 수가 없다. 그것이 두 달 전의 일이었다. 그뒤로 교정에서 두어 번 마주치기는 했지만, 민호는 다시는 야학 얘기는 꺼내지 않았던 것이다.
 어느덧 버스는 아세아자동차 공장 담벼락을 돌아 종점에 이르고 있었다. 명기와 민태는 맨 마지막으로 버스에서 내렸다. 야학 건물은 바로 종점 부근이었다. 시장 어귀를 지나면 왼편에 시민아파트 건물이 나타나고, 천주교회는 그 아파트와 담장 하나를 사이에 두고 있었다.
 성당 마당의 대문은 언제나처럼 열려 있었다. 둘은 마당 귀퉁이, 야학 교실로 쓰고 있는 낮은 블록 건물로 다가갔다. 문은 바깥에서 잠겨져 있었다.
 "어떻게 된 거냐? 교실도 텅 비어 있잖어."
 유리창 너머로 안을 들여다보며 민태가 말했다. 둘이 잠시 우두커니 서 있는데, 뒤에서 누군가 불렀다.
 "저어, 야학은 저녁에만 여는디……"
 돌아보니, 열대여섯 살쯤 된 여자아이가 쭈뼛거리며 서 있다. 핏기 없이 핼쑥한 낯빛으로 수줍게 웃는다. 혹시 야학에 다니느냐고 묻자 그애는 고개를 끄덕였다. 정수형과 용식형 이름을 댔지만 여자 아이는 뚱한 표정을 짓더니, 명기가 이민호라는 이름을 꺼내자 금방 웃었다. 그도 그럴 것이, 정수형과 용식형은 들불야학엔 직접 참여하지 않고 있기 때문이었다.
"아, 우리 강학님요? 안 그래도, 누가 찾아올지 모르니까 나보고 여기서 망을 보고 있으라고 그랬어라우."
그애는 이내 앞장을 섰다.
성당을 나선 아이는 바로 옆 시민아파트 건물로 들어갔다. 첫 눈에도 참 지독하게 헐었구나 싶은 그 사층 콘크리트 건물 안에 들어서자마자 고약한 분뇨 냄새가 코를 찔렀다. 아파트라고 하기보다는 차라리 전쟁중에 대충 가설한 무슨 피난민 임시 수용소라고 해야 어울릴 듯싶었다. 복식 건물이라서 대낮인데도 어두운 복도를 지나, 일층 어느 방 앞에서 여자 아이는 우중충한 합판 문짝을 두드렸다. 안에서 조심스런 목소리가 들렸다.
"누구세요."
"나여라우, 강학님. 영님이."
빗장을 벗기는 기척. 문을 열고 나온 건 하필 민호였다.
"어, 명기 아냐? 민태도. 짜식들, 반갑다."
악수한 손을 마구 흔들며 민호는 반갑게 둘을 맞았다. 명기는 겸연쩍은 웃음을 감추며 민호의 손을 꽉 쥐어주었다.
안으로 들어서니, 열 평이 채 안 될 듯싶은 두 칸짜리 좁은 공간 안에 십여 명이 들어차 있다. 정수, 용식, 영호 그리고 경훈 선배와 윤기섭도 있었다. 그외에는 명기가 전에 한번 인사를 나눈 기억이 있는 야학의 강학들, 그리고 야학 남학생들이다.
그들은 한참 유인물 제작에 여념이 없는 참이다. 한쪽에선 필경 작업을 하고, 바깥쪽 방과 부엌에선 등사기로 유인물을 뽑아내고 있다. 대충 서로 소개를 마치자, 이내 명기와 민태도 작업에 합류했다. 잉크를 젓고, 롤러를 밀어내고, 등사지를 뽑아내고…… 처음부터 끝까지 퍽이나 어수선하고 잔손질이 많이 필요한 수작업이었다. 그것은 어제 정수선배가 작성한 것과는 다른 새로운 유인물이었다. '호소문'이라는 제목에, 제호 역시 '광주시민 민주투쟁회보'라고 적혀 있었다.

한 시간 남짓 바쁘게 돌아가던 작업을 잠시 중단하고, 모두들 점심 대용으로 라면을 먹고 있을 때 누군가 들어왔다. 짧은 곱슬머리에 중키의 서글서글한 눈매. 그의 얼굴을 보는 순간 명기는 깜짝 놀랐다. 윤상현. 명기는 그를 기억하고 있었다.

"상현이형. 시내 상황은 어때요."

"공용정류장이랑 신역 쪽에서 한바탕 맞붙은 모양이더라만, 나 먼저 이리로 급히 오는 길이다. 작업은 대충 끝나가는 거냐?"

"조금만 더 하면 끝나요."

"야, 배포조는 충분하겠구나. 모르는 얼굴도 보이는데……"

그와 눈길이 마주치는 순간, 명기는 마지못해 일어나 인사를 꾸벅 했다. 잠시 멈칫하던 상현은 비로소 명기를 기억해내고는 어깨를 덥석 안는다.

"가만, 너 무석이 동생 맞지? 명치? 아니 참, 그건 네 형 이름이고."

"명기입니다. 형님을 여기서 뵐 줄은 몰랐는데……"

"맞아. 명기였지. 짜식, 중학교 일학년짜리일 때 봤던 것 같은데, 벌써 대학생이 됐단 말야?"

그는 믿기지 않는다는 듯 웃는다.

윤상현. 그는 명기의 큰형 한무석의 친구였다. 그는 무석형에겐 아마도 세상에서 그나마 친구라고 이름붙일 만한 유일한 사람일 터였다. 무석형이 중학생이었을 때, 마침 부근에 자취방이

봄 날 77

있었던 상현형은 이따금 집으로 찾아오곤 했다. 그때까지 큰형의 친구라고는 전혀 없다시피 했던 터라 명기는 상현의 얼굴을 특별히 기억한다. 병적이다시피 폐쇄적이어서 학교에서 돌아오고 나면 외출하는 일조차 별로 없던 무석형이었지만, 상현이 찾아오면 함께 집 뒤편 야산으로 바람을 쐬러 나가곤 했던 것이다. 대학을 졸업한 뒤 은행에 취직해서 서울로 옮겼다는 얘길 무석형에게서 얼핏 들은 기억이 있는 것 같은데, 여기서 상현과 마주치게 될 줄은 전혀 뜻밖이었다.

그러나 이내 명기는 불현듯 걱정이 앞섰다. 상현은 틀림없이 무석형에 대해 물어올 것이다. 하지만 큰형은 아버지와 심하게 다툰 뒤, 이튿날로 집을 나가 아직껏 소식이 없다. 그런데 의외의 얘기가 상현의 입에서 튀어나왔다.

"거 묘하구나. 어제 오후에 시장통에서 우연히 네 형을 만났었는데, 이번엔 널 여기서 만나다니 말이다."

"형을 만났다고요? 어느 형을······?"

"무슨 소리야, 무석일 만났다니까. 그럼 넌 무석이가 여기 살고 있다는 걸 아직 모른단 얘기냐?"

이게 무슨 소리인가. 명기는 멍해져서 상현을 쳐다보았다.

"여기 살고 있어요, 큰형이?"

"그렇다니까. 맞은편 나동 삼층이라던가. 그 친구, 아직도 구제불능인 건 여전하더라. 이 좁은 시민아파트 안에서 같이 살고 있었으면서도 이제야 만났으니 원."

"아, 무석이아저씨요? 그 아저씨, 우리집에 살아요, 강학님."

"참, 그래. 영님이네 집이라고 그랬지?"

조금 전에 야학 마당에서 만났던 여자 아이가 똥그래진 눈을 하고 명기를 쳐다본다.
"자, 꾸물댈 시간 없어. 나머지 작업, 후딱 해치우자고!"
윤상현의 말에 모두들 일어나 제자리로 흩어졌다. 명기는 등사용 잉크를 막대로 휘젓기 시작했다. 그때 민호가 갑자기 소리를 질렀다.
"잠깐! 모두들 작업 중지하고 들어봐. 뉴스 시작한다!"
트랜지스터 라디오는 방안 고물 텔레비전 위에 놓여 있었다. 동작을 멈추고 모두들 귀를 기울였다.
뉴스는 10·26 사건 재판 소식부터 시작한다. 김재규 등 다섯 명의 피고인에 대한 사형이 확정됐다고 한다. 예상했던 대로지만, 놀라운 뉴스임에 틀림없다. 저들은 분명 상황을 대단히 다급하고 전격적인 수순으로 해치워가고 있는 것이다.
이윽고 광주 사태에 대한 언급이 흘러나오기 시작한다. 모두들 바짝 긴장해서 귀를 모았다. 그것은 신문과 방송을 통틀어 광주 상황에 대한 최초의 공식적인 언급인 셈이었다.

……계엄사령부는 오늘 기자 회견을 갖고, 지난 18일부터 광주 일원에서 발생한 소요 사태가 아직 수습되지 않고 있다고 밝히고 조속한 시일 내에 평온을 회복하도록 모든 대책을 강구하겠다고 밝혔습니다…… 발표에 따르면 지난 18, 19일 이틀 간 광주에서의 소요 사태로 지금까지 연행자 517명, 부상자는 경찰 6명, 중상 1명이 발생했다고 합니다……

"뭐라구! 시민들은 부상자가 한 명도 없다잖아!"
"이런 개자식들, 뭐가 어쩌고 어째!"

모두의 입에서 분노와 경악의 탄성이 터져나왔다.

      살아 있는 형제여
      나를 위해 울지 말고
      그대들 살아 있는 사람들을 위하여 울어다오
      나의 무덤을 만들기보다
      그대들 피 얼룩진 광주를 위하여 울어다오
      —— 문병란, 「망령의 노래」에서

5월 20일 12:00, 광천동

  문 앞에 서서 잠시 망설이다가, 무석은 용기를 내어 손잡이를 돌렸다. 문은 잠겨 있지 않았다. 방문 아래 여자들의 신발이 놓여 있는데, 방안에선 인기척이 없다. 무석은 낮게 헛기침을 했다.
  "누구세요."
  미순의 음성과 함께 방문이 빼꼼 열렸다.
  "어머, 아저씨가 웬일이세요?"
  미순이 뜻밖이라는 표정으로 몸을 발딱 일으킨다.
  "저어, 은숙씨가 좀 어떤가 싶어서……"

무석은 엉거주춤 서서 통조림 담긴 비닐봉지를 슬며시 등뒤로 감추었다. 미순이 웃음을 참는 시늉으로, 어서 들어오세요 아저씨, 하고 말했다. 무석은 마지못해 방안으로 들어섰다. 방바닥에 이부자리가 펴져 있고, 은숙은 잠이 들었는지 조용하다.
"앉으세요, 차암. 그렇게 멀뚱하니 서 있지만 말고."
윗목에 엉거주춤 서 있는 무석의 손을 미순이 움켜잡고 억지로 끌어다 앉혔다. 무석은 흠칫 놀라 주저앉았다. 아주 잠깐이었지만, 미순의 손이 무척 따뜻하다고 무석은 느꼈다.
"이거, 좀 사왔는데……"
"어머, 이런 걸 다. 아저씨, 다시 봐야겠어요."
미순이 재미있다는 듯 싱글싱글 웃으며 봉지를 받아 들여다본다. 봉지 속엔 복숭아 통조림이 세 개 들어 있다. 무석은 어제 저녁 그것을 아파트 앞 청과물가게에서 사왔다. 그러나 미순의 방을 찾을 용기가 없어 미루고 있다가, 지금에야 찾아온 것이다.
"고마워요, 아저씨."
미순은 무석의 얼굴을 한 순간 찬찬히 뜯어보듯 하더니, 문득 눈길이 마주치는 순간을 기다렸다가 속삭이듯 말했다. 그녀의 은근한 음성에 무석은 얼굴을 붉혔다. 그 알 듯 말 듯한 부드러운 미소에서 무석은 미순의 미묘하고도 따뜻한 애정을 느꼈다. 무석은 부끄러움과 기쁨으로 가슴이 뻐근해왔다. 그것은 난생 처음 경험하는 묘한 감정이었다.
"어떤가요, 벼, 병원에는 안 가봐도 되겠습니까."
"괜찮을 것 같아요. 처음엔 정말이지 큰일났구나 싶었는데, 어제 오후부터는 제정신으로 돌아온 거 같네요. 이만하기가 진짜 다행이지 뭐예요. 얼마나 놀랐는지, 난 지금도 온몸이 부들부들 떨리는걸요."
 미순은 낮게 한숨을 내쉰다.
 이틀 전 아파트 마당에서 은숙의 처참한 몰골을 처음 발견했을 때, 미순은 그녀가 정말 잘못된 게 아닌가 싶었다. 계단을 오르다가 은숙은 완전히 의식을 놓아버렸다. 시체처럼 축 늘어진 그녀를 이웃 사람들과 함께 업어다가 방에 눕혀놓았다. 그래도 맘이 놓이지 않아 병원에 데려갈 생각으로 미순은 맨 먼저 무석을 찾아가 도움을 청했던 것이다. 그런데 무석과 함께 방으로 되돌아와 보니, 은숙은 멀거니 풀린 눈을 뜬 채 누워 있는 거였다.
"괜찮어. 나, 잘란다. 그냥…… 자고 싶어. 깨우지 마, 미순아."
 은숙은 그렇게 중얼거리더니, 스르르 눈을 감아버렸다.
 그때부터 은숙은 꼬박 하루를 잠만 잤다. 그렇게 깊고 무거운 잠이 또 있을까. 마치 통나무처럼 미동조차 없이 자기만 했다. 그것은 죽음 같았다. 이대로 소리없이 영영 숨이 가버리는 건 아닐까. 겁이 나서 미순은 혼자 울다가 몇 번이나 은숙의 손을 잡아보곤 했다.
 그러다가 어제 오후, 은숙은 거짓말처럼 눈을 떴다. 미순을 보더니, 그녀는 별안간 온몸을 부들부들 떨어대기 시작했다. 놀라서 미순은 또 무석을 불러왔다. 능주댁과 영님이도 따라왔다. 그러자 은숙은 이번엔 한없이 울기만 했다. 끅, 끄윽, 목구멍에 뭔가 걸린 듯한 기묘한 신음 소리만 낼 뿐, 아무런 대꾸도 없이 마냥 눈물만 줄줄 흘려대는 거였다. 그러다가 별안간 발작하듯 전신을 부들부들 떨어대기 시작하고, 그러다가는 또 하염없이 울다가…… 그렇게 몇 차례 소동을 벌인 후에 다시 깊은 잠에 빠져들었다.

"오늘 새벽, 잠결에 누가 내 손을 잡아 흔들잖아요. 깨어나보니 글쎄, 은숙이가 어느 틈엔가 일어나 혼자 오도카니 앉아 있더라구요. 대뜸 날 보고 내뱉은 말이 뭐였는지 아세요? 미순아, 나 밥 좀 줘. 이러지 뭐예요. 부랴부랴 밥을 지었는데, 세상에, 자그마치 두 그릇을 순식간에 말끔히 비우더니만 이내 또 곯아떨어져버리는 거예요. 믿어지세요? 기가 막혀서."
"그럼 그때부터 지금까지……"
"아뇨. 아까 일어나서 세수도 하고 머리도 감고, 그러더니 조금 전에 다시 저 꼴이에요. 웃고 떠드는 걸로 봐서는 괜찮아질 거 같은데…… 저 봐요, 숨소리도 훨씬 차분해졌거든요."
"정말, 다행이군요."
"도대체 무슨 끔찍한 일이 있었길래 사람이 저렇게 될 수가 있을까, 아무래도 상상이 잘 안 되네요. 무슨 일이냐고 물어보려다가, 혹시 또 충격을 받을까봐 아무 내색도 못 했는데……"

미순은 문득 입을 다물고 만다. 정말이지, 무슨 변을 당한 건 아닐까. 그녀는 잠든 은숙을 들여다보며 가슴이 새삼 철렁 내려앉는다.

'보나마나 뻔한 일이제, 그걸 누가 모르겄어? 틀림없이 군인들한테…… 무신 변을 당한 것이제. 아, 6·25 난리통에도 그냥 치마만 둘렀다 하면 미친 개떼마냥 그 지랄을 했다고들 안 합디여?'

'맞어. 그럴 법도 허네야. 머리까장 노랗게 물 디레가꼬 댕기는 걸 보고, 저거 보나마나 그렇고 그런 가시내갑다 싶은께, 어디로 끌고 가서는, 아, 강제로 그래부렀는지도 모르제이……'

어제 오후, 공동 변소에 앉아 있던 미순은 여자들이 숙덕이는

봄 날 83

소릴 우연히 들었다. 아무려면 남이 저 지경으로 불행을 당한 처지에 무슨 소리들이냐고, 당장 뛰쳐나가 바락바락 악이라도 쓰고 싶었지만 참았다. 대신 미순은 방으로 달려들어와, 이불을 들치고 은숙의 몸 여기저기를 살펴보았다. 얼굴이며 무릎, 발바닥은 온통 상처투성이였지만, 동네 여자들이 짐작하는 따위의 끔찍한 봉변을 당한 것 같지는 않았다.

'아무리 무지한 여편네들이라고 해도 그렇지. 어쩌면 그렇게 잔인한 소릴 제멋대로 나불댈 수가 있담……'

미순은 아직도 이웃집 여자들에 대한 분한 마음이 사라지지 않는다. 하지만 그런 한편으로 미순은 마음에 걸리는 게 있다. 은숙의 핸드백 속에 들어 있던 수표 한 장과 돈. 놀랍게도 여러 장의 지폐는 똑같이 두 쪽으로 죽 찢겨져 있었다. 결코 적은 액수가 아니었다.

'그 돈이 어디서 생겼을까. 왜 은숙은 그것을 찢어버린 것일까.'

얼핏 짚이는 게 있었다. 전에 없던 외박. 그리고 이틀 전, 최인영의 결혼식 애기를 듣고도 애써 태연해하던 은숙의 표정. 이 계집애가 기어코…… 미순은 어렴풋이 짐작이 간다.

그나저나 얼굴이랑 옷은 어쩌다 저 꼴이 되었을까. 구두는 또 어디다 두고 맨발로 걸어왔담. 그러자 새삼스레 울컥 설움 같은 게 북받쳐올라, 그녀는 상처투성이인 은숙의 얼굴을 내려다보며 입술을 깨문다.

"우리들 살림살이 꼴이 우습죠, 아저씨? 여자들끼리 사니까 깔끔하게 정돈해놓고 살 것 같지만, 사실은 안 그래요."

방 천장만 멀뚱하니 올려다보며 앉아 있는 무석을 향해 미순은 작게 웃어보인다. 무석도 덩달아 어색한 웃음을 흘렸다.

사실 방안 풍경이 의외로 소박하다고 무석도 느끼고 있었다. 창을 가린 엷은 커튼은 그나마 길이가 약간 짧았다. 가구라고 해야 작고 볼품없는 싸구려 옷장과 낡은 앉은뱅이책상 하나. 책상 위엔 화장품을 담은 작은 플라스틱 바구니, 소설책 몇 권과 노트, 그리고 여러 달 지난 여성 잡지 두어 권이 꽂혀 있는 게 전부다. 거기에다가 뭔가 미묘한 냄새. 화장품 냄새만은 아닌, 그래, 김치 냄새다. 가난하고 힘겨운 사람들의 냄새. 쓸쓸하고 고달픈 삶의 냄새. 바로 그 냄새였다. 무석 자신의 방만큼 눅진하지는 않지만, 시큼매큼한 특유의 그 내음은 그녀들의 방에도 역시 마찬가지로 곰팡이처럼 배어 있는 것이다. 그 냄새 때문이었을까. 무석은 불현듯 미순을 안아주고 싶은 충동을 느꼈다.

또 한 가지, 책꽂이 위에 걸려 있는 액자 하나가 아까부터 무석의 눈길을 끌었다. 흰칠이 군데군데 벗겨진 낡은 목재틀 안에는 바다가 가득히 담겨 있다. 끝도 없이 아득히 펼쳐진 수평선, 그 가운데 저만치 물방울처럼 동그랗게 떠 있는 작은 섬, 그리고 하얀 등대. 아마 어느 달력에선가 오려낸 사진인 듯싶다. 무석은 그 출렁거리는 바다의 짙은 남빛에 잠시 시선을 빼앗기고 있었다. 어째선지, 그 사진을 거기 걸어둔 사람은 미순일 거라고 무석은 단정했다.

"참, 그날 다친 자리는 어때요, 아저씨? 지금도 아파요?"

미순이 걱정스런 눈빛으로 묻는다. 이틀 전 중국집에서 공수부대원에게 진압봉으로 얻어맞은 자리엔 아직도 통증이 남아 있었다. 그날 오후, 집에 와서 거울에 비추어보니 어깻죽지엔 자줏빛 피멍이 손바닥만한 넓이로 물들어 있었다.

무석이 한사코 마다했지만, 미순은 파스며 안티프라민 같은 약을 사가지고 방안까지 들어와서는 억지로 무석의 셔츠를 걷어 올리게 했다. 그리고 상처 부위를 더운물 적신 타월로 찜질도 하고, 정성스레 약을 발라 문지른 다음 파스까지 붙여준 뒤에 돌아갔다.

그날 밤 내내 무석은 끙끙 앓았다. 어깻죽지뿐만 아니라 등이며 옆구리까지 몹시 욱신거리고 아팠다. 미순이 놓고 간 진통제를 먹고 겨우 눈을 붙였는데, 아침에 일어나보니 머리맡에 미음이 담긴 따뜻한 냄비가 놓여 있었다. 미순이 놓고 간 거였다. 거울을 보니 하룻밤새에 몇 달 앓고 난 사람처럼 안색이 시커멓고 눈자위까지 퀭했다.

"어젯밤까지는 욱신거리든데, 오늘은 많이 나, 나아졌어요."

"미안해요, 아저씨. 내가 공연히 영화 구경 가자고 떼를 쓰지만 않았더라도 그런 일은 없었을 텐데."

"아, 아닙니다."

"어디, 이쪽으로 고개 좀 돌려봐요. 귀 뒤쪽 상처가 아물었나 볼게요."

미순이 바싹 다가와 앉으며 머리를 들여다보려고 하자 무석은 엉겁결에 몸을 일으켰다.

"어머, 괜찮아요. 딱지가 앉아야 낫거든요."

미순이 손으로 입을 가리고 킥킥 웃는다.

"저, 그만 가보겠습니다."

무석이 일어서자 미순도 따라나왔다. 돌아서 복도를 걸어나오는데, 미순이 문을 열고 잰걸음으로 다가왔다.

"고마워요, 아저씨. 그리고 참, 이따 저녁밥은 우리집에 와서

드세요. 은숙이도 조금 있으면 일어날 거예요. 약속, 잊지 마세요?"
"아니, 저……"
"제가 부르러 갈게요, 아저씨."

맨 마지막 말을 할 때 미순은 옆집에서 들을까봐 목소리를 잔뜩 죽였다. 무석이 채 입을 열기도 전에 미순은 벌써 제집으로 쪼르르 달려들어가고 있었다.

무석은 집으로 돌아왔다. 복도 끝 창가에 박씨가 나와 서성거리고 있다가 무석을 보고는 절뚝이며 다가온다.

"여보게, 우리 영님이넌 못 봤능가?"
"그, 글쎄요. 아까 나가는 거 같던데요."
"즈이 에밀 닮어서 이 빌어묵을 가시나새끼까장 바람이 났능가. 틈만 났다 허면 어딜 그리 발발거리고 쏘댕기는가 몰르겄네이. 점심때가 됐어도 즈이 애비 밥 차려줄 생각도 안 하고. 이년을 그냥……"

박씨는 숨이 차서 목구멍을 그르렁댄다. 무석은 좀체로 집 바깥으로 나오는 일이 없는 박씨가 웬일인가 싶다. 능주댁은 오늘 아침에도 일찍 집을 나서는 눈치였다.

"니미럴, 시내가 온통 난리 속이라는디, 이런 판국에도 일을 나간단 말여? 군인들이 노가다 일꾼이라고 봐줄 것도 아닐 텐디, 그러다가 봉변이라도 당하면 어쩔라고 그려."

박씨가 툴툴거리자 능주댁은 대뜸 딱딱거리고 나섰다.

"어이고, 괭이가 쥐 생각하고 있구마이. 십장이 나오라는디, 안 나가고 집구석에 자빠졌으면 어디서 밥이 나와, 쌀이 나와? 허나마나헌 소리 그만 허고, 비키란 말요."

봄날

그 말이 떨어지자마자, 뭐 괭이가 어쩌고 어째, 또 십장 그놈하고 붙어댕길 작정이구마이…… 결국 그렇게 또 한바탕 말다툼을 벌이고 나서야 능주댁은 일을 나갔다. 그래도 박씨는 내심 마누라 걱정이 되는 모양이었다. 벌써 서너 차례나 들락거리면서 사람들이 나누는 얘길 들어보곤 하는 눈치였다.

무석은 방바닥에 벌렁 드러누웠다. 온몸이 무겁고 피곤하다. 맞은 어깻죽지가 저려온다. 진압봉에 빗맞았기 망정이지, 정통으로 맞았다면 어깨뼈가 박살이 났을 게 틀림없다.

얻어맞던 순간에 보았던 그 공수부대원의 얼굴을 무석은 똑똑히 기억한다. 깡마르고 뾰족한 턱을 가진 녀석이었다. 두 눈알이 왜 그렇게 시뻘겋게 충혈되어 있었을까. 어, 이 새끼 봐라. 뒈질라고…… 어쩌고 하면서 주먹질을 하는 순간 녀석에게선 독한 술냄새가 풍겼다. 공수들이 사라진 다음, 중국집 주인여자는 바닥에서 깨어진 병 조각을 쓸어내며 욕을 퍼부어댔다.

"저 짐승 같은 놈들 좀 봐. 그 틈에 고량주를 서너 병이나 수통 속에 퍼담아가꼬 가더랑께……"

무석은 불현듯 동생 명치를 떠올린다. 명치녀석은 공수부대 하사였다. 강원도 홍천인가 화천인가에 있는 부대라던데. 혹시 명치가 지금 광주에 내려와 있는지도 모르겠다는 생각이 들었지만, 알 수 없는 일이었다.

따지고 보면, 무석과 명치는 결코 사이 좋은 형제는 아니었다. 그렇다고 서로 심하게 다퉈본 기억도 실상 별로 없다. 그저 너는 너, 나는 나라는 식으로 서로에게 지극히 무관심한 척 지내왔을 뿐이다. 그게 피차에게 편했다. 아버지 한원구씨는 명치에게만은 함부로 대하지 못했다. 사춘기에 접어들면서부터 명치는 무엇이든 제 마음대로 행동했다. 걸핏하면 집을 나가 며칠씩 안 들어오기도 하고, 언젠가는 술에 취해 들어와 아버지 한씨에게 주먹질을 하려 든 적도 있었다.
 하지만 무석은 명치의 그 거칠고 불같이 급한 성격 뒤에 숨어 있는, 아무도 모르는 내면의 고통을, 또 의외로 지나치게 여리고 부드러운 마음씨를 너무나 잘 알고 있었다. 그리고 명치야말로 그 누구보다 가장 깊게 상처받은 영혼의 소유자라는 것도……
 그랬다. 무석의 눈에 비치는 명치는 상처받은 한 마리 짐승 같았다. 불행한 어머니의 기억들. 그리고 어린 시절 고향 낙일도 바닷가 절벽에서 떨어져 죽은 동생 명수의 기억…… 그것들 때문에 명치가 혼자 내심으로 얼마나 고통을 받고 있는가를 무석만은 알고 있었던 것이다.
 무석은 문득 허기를 느낀다. 아침밥을 먹는 둥 마는 둥 했던 탓이리라. 라면이라도 끓여볼까 하다가, 대신 선반에서 담뱃갑을 꺼내어 한 개비 피워문다. 오랫동안 끊었던 담배를 바로 어제부터 피우기 시작했었다. 어제, 시장통에서 참으로 우연히 친구 윤상현과 마주친 뒤, 무석은 저도 모르게 담배를 찾았던 것이다.
 '하필 그 친구를 여기서 만나게 되다니……'
 무석은 윤상현과의 뜻밖의 만남이 생각할수록 자꾸만 마음에 걸린다.
 마침 연탄불이 시원찮기에 번개탄을 사려고 나가던 길이었다. 상현은 예전 그대로 활기차고 건강해 보였다. 반가워하는 상현 앞에서 무석은 왠지 거북함과 당혹감부터 앞섰다. 부끄러웠던 것이다. 후줄그레한 운동복 차림에 번개탄 꾸러미를 들고 엉거주춤 서 있는 자신의 꼬락서니 탓만은 아니었다.

봄 날 89

무석은 상현을 좋아했다. 이 세상에서 무석이 지금껏 진정으로 좋아하고 또 두려움 없이 자신의 마음을 열어놓을 수 있었던 유일한 친구가 바로 윤상현이었다.
　둘은 중학교 시절에 처음 만났었다. 여름 방학이 얼마 남지 않은 어느 날, 체육 시간이었던가. 무슨 연유에선가 단체 기합으로 선착순 달리기를 하다가 무석은 쓰러졌다. 무석은 수돗가에서 심하게 객혈을 했다. 저 말더듬이 자식, 폐병쟁이 아녀? 얼굴을 찡그리며 쳐다보는 아이들의 시선을 피해 혼자 담벼락 아래 쪼그리고 앉아 있을 때, 누군가 다가와 곁에 앉더니 말없이 등을 어루만져주었다. 그 녀석이 윤상현이었다. 둘은 친해졌다. 둘은 누가 봐도 전혀 어울리지 않는 친구였다. 상현은 공부도 잘했지만 운동이며 글짓기, 그림에도 재주가 뛰어난 우등생이었다. 말더듬이에 열등생, 늘상 음울한 외톨이인 무석과는 애당초 비교가 되지 않았다.
　"내가 왜 무석이 너에게 특별히 끌렸었는지 알어? 넌 뭔가 다른 녀석들과는 전혀 달랐거든. 참 지독하게도 넌 어둡고 음울한 녀석이었지. 어린 녀석이 왜 항상 저렇게 비참한 눈빛을 하고 있을까. 저 녀석의 슬픈 눈빛 뒤엔 어떤 비밀이 숨겨져 있을까. 실은 난 그게 궁금했어. 연민 같은 것이었는지도 모르지…… 그런데 오늘에야 네 얘길 듣고 보니, 이제야 조금은 이해할 수 있을 것 같구나……"
　재작년 겨울이던가. 실로 몇 년 만에 상현은 전당포로 무석을 찾아왔다. 전남대학교 상대 졸업반이던 상현은 은행에 취직이 확정되어 며칠 후면 서울로 떠날 참이라고 했다.
　"마침 이 근처를 지나다가, 갑자기 널 만나보고 싶어지더구나.

너무 오래 보지 못해서 궁금하기도 하고."
 상현은 예의 그 밝은 웃음을 터뜨리며 무석의 손을 잡고 흔들었다. 그날 둘은 술을 마셨고, 밤늦게 잣고개로 올라갔었다. 무덤가 잔디밭에 나란히 앉아 둘은 꽤 많은 얘기를 주고받았다. 발 아래 시가지의 불빛은 영롱하고 신비롭게 반짝이고 있었다.
 그때 무덤가에서 무석은 가슴속에 묻어두었던, 그 오래고도 서러운 자신의 비밀을 상현에게 처음으로 털어놓았다. 목숨이 다하는 날까지 혼자 가슴에 숨겨놓으리라 결심했던 비밀들. 자신의 출생의 비밀, 또 거기에 얽힌 어두운 가족사, 아버지와 자신의 관계들까지…… 그것들을 주절주절 읊어내려가면서 무석은 취기에 젖어서 못나게도 눈물 콧물을 훌쩍이기도 했다. 상현은 내내 말없이 듣고만 있다가, 무석의 울음이 이윽고 잦아졌을 때 그렇게 말했던 것이다.
 "……네게 그토록 고통스런 기억이 남아 있는 줄은 나도 미처 몰랐다. 이럴 땐 무슨 말을 해야 할까. 나도 모르겠어. 가슴이 터질 것 같은 게…… 하지만, 얌마. 네 표현대로 하자면, 너희 집의 그 저주받은 가족사 그리고 네가 지금까지 어쩔 수 없이 통과해 나올 수밖에 없었던 그 어둡고 고통스러운 시간들 ─ 난 그런 것들에 관해선 얘기하지 않겠어. 물론 그럴 만한 자격도 없고…… 하지만, 얌마. 이 얘기만은 친구로서 꼭 해줘야겠다. 너, 언제까지 이 모양 이 꼴로, 이렇게 못나고 병신 머저리 같은 꼬락서니로 살아갈래? 응? 넌 억울하지도 않냐? 언제까지고 그 지긋지긋한 운명의 그림자 밑에 깔린 채, 그렇게 비참하고 비굴하게만 살아갈 생각이냐 말이다. 우린 젊어. 우린 다시 시작해야 하고, 또 백번 천번 그렇게 할 수 있어. 제발 좀 그 지겹고 끔찍한 과거로부터 벗어나올 수 없냐? 그까짓 거, 죄다 훌훌 털어내 버리고 제발 좀 당당하게 걸어나올 수 없냐고! 알아들었어? 네 아버지의 시대는 그분의 시대이고, 네 어머니의 운명 역시 그분의 운명이야. 그 이상도 이하도 아니란 말야. 물론 그것으로부터 우린 누구도 완전히 자유로울 수는 없겠지. 그렇다고 해서, 아직 오지 않은 시간들, 우리들 눈앞에 남아 있는 저 많은 나날들, 그래, 바로 우리들의 시대까지 그 끔찍한 비극을 낙인처럼 찍어놓아야 옳단 말이냐? 무석이 바로 네 자신의 삶, 네 몫의 시간들에까지 과거의 족쇄를, 네 아버지와 어머니를 파멸시켜버리고만 그 족쇄를 똑같이 채워야 옳단 얘기야? 야, 이 바보 같은 새꺄. 병신, 머저리, 천치, 말더듬이 같은 자식아. 안 그래? 내 말이 틀렸냐……"

술기운 탓만은 아니었다. 그날 밤, 잣고개 아래 그 어두운 묘지 잔디밭 위에 앉아서 둘은 부둥켜안고 엉엉 울었다. 울다가, 웃다가, 그러다가 다시 울다가…… 둘은 산을 내려왔고, 버스 정류장에서 헤어졌다. 그리고 그날 이후 소식이 끊어졌던 두 사람은 바로 어제야 비로소 다시 만나게 된 거였다.

하지만 어제 두 사람은 막상 몇 마디 얘기조차 나누지 못한 채 헤어졌다. 놀랍게도 둘은 똑같은 시민아파트에 살고 있었다. 상현은 한 달 전 맞은편 아파트 일층으로 이사해왔다고 했다. 무석은 내심 상현을 피하고 싶었다. 그러나 도리 없이 자신의 방을 상현에게 가르쳐주었고, 조만간 서로 찾아가겠노라고 약속한 뒤 헤어졌다.

무석은 마음이 무거웠다. 부끄러움 때문이었다. '언제까지나 이렇게 못난 꼬락서니로 살아갈 셈이냐, 얌마.' 이 년 전, 잣고개 기슭 묘지 앞에서 외치던 상현의 음성이 자꾸만 기억 저편에서 우렁우렁 울려나오는 것만 같았다.
"형님. 집에 계슈?"
문득 방 문짝이 덜커덩 흔들렸다. 문을 열어보니, 한기가 문턱에 턱 걸터앉으며 빙글빙글 웃고 있다.
"어따, 대낮부터 방문 닫아걸고 뭐 하슈? 워메, 이거 담배 연기 아녀? 무석이형님이 언제부터 담배를 피웠당가. 처음 보는디?"
한기의 목소리는 언제나처럼 유난히 크고 시끄럽다. 무석이 방으로 들어오라고 했지만, 한기는 손을 휘휘 젓는다.
"됐구만요, 양말에서 오징어 냄새가 징할 텐디. 그나저나 형님, 아직 점심 안 묵었지라우? 나도 조까 한술 주실라우?"
"어쩌지. 마침 밥은 없고, 안 그래도 라면이나 끓여 먹을까 하던 참인데……"
"허, 그러면 그렇제. 맨날 라면만 먹고 어떻게 살겄소? 형님도 몸 조까 생각해야 되겠구만. 밥 달란 건 괜히 해본 소리고, 자, 나갑시다 형님. 내가 점심 살팅께."
"나는 괘, 괜찮어. 별생각이 없는데."
"아따, 그러지 말고 나가잔 말요."
한기는 아예 고함을 지르듯 목청을 울린다. 이 친구는 어째 이리 뭐든 막무가내인지 모르겠다고 무석은 생각하며 몸을 일으켰다. 사람이 솔직한 건 좋은데, 무슨 일이건 이쪽 눈치는 아랑곳없이 지나치게 자기 감정 위주로만 행동하는 점이 문제였다. 그 때문에 무석은 한기를 대하면 내심 불안하고 부담스러워지곤 한다. 가령 이런 경우, 솔직히 내키지 않지만 무석으로서는 달리 도리가 없다. 한기의 성격을 익히 아는 터라, 티셔츠 위에 잠바를 걸치고 따라나섰다.
"칠수는 어디 가고, 자네 혼자뿐인가?"
"칠수새끼, 밖에서 시방 기다리고 있소. 봉배도 마침 없고 해서, 둘이서 그냥 식당에 가서 국밥이나 먹을까 하는 참인디, 무석이형님 생각이 나서 이렇게 일부러 찾아 올라온 거요. 어떠요? 내가 이래뵈도 참, 의리 하나 빼불면 시체요 시체. 으흐."
"그래, 고맙네. 거참."
 한기의 능청에 무석도 덩달아 따라 웃고 말았다. 늘상 소란스럽고 행동이 거친 구석이 있긴 해도, 한기는 넉살이 좋은 만큼이나 소탈하고 선량했다. 칠수 역시 한기와 비슷한 성격이었다. 그들 셋 중에서 봉배란 친구만 좀 달랐다. 그는 말수가 적었고, 어딘가 음울해 뵈는 청년이었다.
 아파트 입구에 세워둔 한기의 파란색 용달차 안에 칠수가 앉아 있었다. 칠수는 운전이 하고 싶어 꽤나 안달이 난 눈치다. 한기가 문짝을 발로 차면서 소릴 질렀다.
"야, 새꺄. 내려와. 내 차, 만지지 말란께는, 또 지랄치고 있구마이."
"니미럴, 똥차 하나 갖고 더럽게 구네. 야, 이게 네 차냐, 느이 사장 것이제?"
"웃기지 마. 똥차래도 너는 있냐? 나한테 잘 보여야 너, 운전대 빌려줄 거여. 안 그러면 국물도 없을 텐께. 히히."
"야야, 더럽다 더러워. 운전해보라고 절을 해도 안 할란다!"
"히, 하기 싫으면 관두고. 누가 아쉬운가 보자이."
 툴툴거리며 칠수가 차에서 뛰어내렸다. 한기가 앞장서서 시장통 초입의 '광천식당'으로 들어간다. 창가에 자리를 잡고 앉았다. 말이 식당이지, 뚝배기에 훌훌 말아주는 국밥이 이 집의 유일한 메뉴다. 점심 시간이라 대여섯 개의 탁자가 거의 차 있었다.

"누님! 여기, 국밥 세 개하고 소주 한 병 주쇼이. 풋고치도 주면 더욱 좋고!"

"헤, 기분 좋을 때는 누님이제? 풋고치 좋아하시네. 시방 시내가 숫제 전쟁판인디, 풋고치는 고사허고 김칫거리조차 못 구하게 생겼응께 그리 알고들 잡수서. 대신 다마내기 반쪽 드리께."

"다마내기, 거 조오체. 하여간 우리 순자누님은 멋재이여, 멋재이!"

한기는 넉살 좋게 주인여자와 주고받는다. 살짝곰보인 광천식당 여주인이 이내 뚝배기와 소주를 쟁반에 내왔다.

"형님, 아까 본께로 풍경 좋습디다아."

국밥을 한입 가득히 넣고 씹으며, 문득 한기가 무석을 보고 한쪽 눈을 찡긋했다. 무슨 소린가 싶어 무석이 멀뚱해 있는데, 이번엔 칠수가 끼여든다.

"새끼, 괜히 헛소리하고 자빠졌네. 예, 형님. 이 자식이 말입니다. 거, 320호 노랑머리 아가씨한테 진즉부터 은근히 맘이 있는디, 혹시 무석형님이 선수쳐버리는 게 아닐까봐서 걱정인 모양이지라우. 히히."

"야, 내가 눈깔이 뺐냐? 그런 가시내한테 눈독 들이게?"

"웃기지 마. 그러믄, 사과랑 박카스까지 사들고 뭣 헐라고 그 아가씨들 집에까장 갔다왔냐?"

"사람이 다쳐가꼬 누워 있다는디, 이웃사촌끼리 모르고 있겄냐? 그런디, 무석형님이 나보다 한 발 빠르더랑께."

한기는 히죽히죽 웃는다. 아마 무석이 아까 미순의 집에서 나오는 것을 본 눈치다. 무석은 겸연쩍어져서 말없이 숟가락질만 했다. 그때 문가에 서 있던 주인여자가 갑자기 다급하게 외쳤다.
"으마마! 왜 저런다냐?"
식당 바깥 시장통이 돌연 시끄럽다. 아이구머. 비명을 지르며 사람들이 우루루 한쪽으로 달아나고 있다. 좌판 앞에 앉았던 시장 여자들도 덩달아 엉거주춤 일어나 놀란 표정으로 두리번거린다. 식당 안 사람들까지 너도나도 일어나 바깥을 내다보았다. 더러는 숟가락을 손에 쥔 채로다.
"왜들 저런디야? 무슨 일이여?"
"공수부대가 왔어? 차, 참말이여?"
"아이고, 어쩌면 좋다냐. 젊은 사람들, 빨리 피해라우!"
식당 주인여자가 무석과 한기의 등을 급히 떠밀었다. 셋은 문밖으로 나와 시장 남쪽 입구 방향을 살폈다. 사람들이 어수선하게 웅성대고 있기는 해도, 군인들은 안 보인다. 여차하면 아파트 안으로 튈 생각을 하며 동정을 살피고 있으려니, 시장 안은 이내 평온을 되찾았다.
"공수부대는 무슨? 찝차 한 대가 시장통으로 잘못 들어왔다가, 도로 빠꾸해서 갔다잖여?"
"염병헐, 난 또 진짜로 그놈들이 온 줄 알았네!"
"아이고, 간 떨어져. 어저께맨키로 또 한바탕 난리가 터진 줄 알었네."
모두들 웅성대며 제자리에 앉았다. 무석은 밥맛이 싹 달아나 버린 기분이다. 그 소동으로 식당 안의 분위기가 갑자기 뒤숭숭해졌다. 잠시 잊고 있었던 공수부대 얘기로 어수선하다. 한기가 소주를 단숨에 털어넣는다. 무석도 한 잔을 비웠다.

"다리께 근처 그 영감 있제? 전에 함석 땜질해주고 돌아다니든 노인 말여. 아까 오다가 본께, 노인 혼자 다리께에 주저앉아서 징징 울고 있드랑께. 그 집 외아들이 어저께 시내 나갔다가 맞아 죽었다대. 그 자리에 함께 있던 사람이 소식을 전해준 모양인디, 시체는커녕 행방도 모른다여."

"행방을 어찌 알겄어? 도라꾸에다가 싣고 가부렀다는디."

"보나마나 그놈들이 벌써 어디 산속에다가 암매장했을 것이네. 돌멩이 달아꼬 저수지에다가 수장을 했든지."

"우리 아들 계원 중에 한 사람도 18일날 공용터미널에서 맞아 죽었다대. 그런디, 그 사람이 말 못 하는 벙어리란 말이시. 서울 사는 처남 데려다준다고 나갔다 돌아오든 길인디, 자전거 끌고 가는 사람을 공수 수십 명이 달겨들어가꼬 대번에 개구락지 잡디끼 쥑여버리드라네."

"아이고, 시체는 찾았다요?"

"찾기를 어디서? 질질 끌어다가 차에 싣고 가는 것만 봤다는디, 식구들이 가본께로 자전거만 길바닥에서 굴러댕기드랑만."

"시내 큰 병원마다 난리 굿이랍디다야. 행방불명된 식구들 찾는다고, 시체 확인하니라고 바글바글한다요."

"전대병원에서는 사람들이 큰길까장 줄을 서가꼬 있습디다. 그런디, 막상 아직까장 확인된 시체는 얼마 안 된다요. 공수놈들이 계속 어디론가 실어날랐으니, 그걸 어디서 찾겄어요?"

"그나저나 참말로 큰일이여. 어떻게든 일단 사태를 수습해야제, 이러다가는 시간이 갈수록 애꿎은 시민들만 죽어나갈 것인디."

"체, 수습이 어떻게 되겄소? 일은 이미 터져부러가꼬 사망자가 속출했는디, 어찌 수습이 된다요? 이건 학살이요, 학살!"

그러자 식당 주인여자가 소리를 지른다.

"오메에, 분해서 어쩐다요! 이대로 그냥 당하고만 있어서는 안 되라우. 그놈들 온다고 집으로 숨기는 왜 숨어? 온 시민이 우르르 들고일어나꼬, 칼이든 연탄집게든 몽둥이든 하나씩 치켜들고 골목마다 지켰다가, 그놈들을 보는 족족 쥑여뿌려야 해라우!"

"어따, 말이 쉽제, 제 목숨 아까운디 누가……"

순간 한기가 갑자기 식탁을 주먹으로 쾅 치며 고함을 질렀다.

"아저씨, 거 그 따위 말 함부로 하지 마쇼이! 그렇게 시방, 빙신들같이 그냥 당하고만 있잔 말요, 씨발!"

"어메, 이 젊은 사람이 왜 이려? 나도 속이 뒤집어져서 그러는디……"

뒷자리의 사내가 웅얼거렸다. 칠수가 한기 팔을 잡아 앉히려고 했다.

"내가 시방 아저씨보고 하는 얘기가 아뇨! 두고 보씨요. 이대로 당하고만 있을 바에는, 니기미, 차라리 광주 사람들 전부 다 혓바닥 처박고 콱 뒈져부러야제라우!"

한기가 씩씩거리며 식당 밖으로 나간다. 무석과 칠수도 급히 따라나왔다. 한기는 아파트 앞에 세워둔 소형 트럭의 문짝을 홱 열어제치고 올라앉더니, 부릉부릉 엔진을 걸었다.

"빨랑 타! 형님도 우리랑 함께 갑시다. 아, 시내서 무슨 일이 벌어지고 있는지 봐얄 거 아뇨?"

"형님, 그럽시다. 안 그래도 봉배한테 가볼라는 참인디."

"그, 그러지 뭐."

무석은 내키지 않았지만, 엉거주춤 올라탔다. 세 사람이 앉으니, 앞자리가 빡빡하다. 부르릉, 한기가 거칠게 가속기를 밟았다.

"야야, 살살 해라."

"니기미, 공수새끼들 앞을 막기만 해봐라. 이걸로 꽉 깔아쥑여불팅께!"

한기가 악을 쓰듯 외쳤다.

    남도의 나라는 아름다웠다.
    천사가 나팔을 부는 것도
    날으는 꽃마차 위의 일곱색 나비들이
    꽃이파리를 뿌려주는 것도 아니었건만
    남도의 하늘은
    참으로 아름다웠다.
    ── 작자 미상, 5·18 당시 도청 광장에서 낭독됨.

5월 20일 13 : 30, 농성동 국군통합병원

　병원 전체는 그야말로 북새통이다. 정문을 통해 차량들이 쉴 새 없이 들락거리고 있다. 병력 수송용 트럭, 지휘관용 지프, 앰뷸런스, 약품 수송 차량 등등. 병원 앞뜰은 물론 뒤편 장교 막사와 사병 막사로 이르는 공터까지 이미 수많은 각양각종의 군용 차량들로 가득 들어차 있다. 차량을 정돈하느라 날카롭게 불어대는 호루라기 소리, 고함 소리, 누군가를 부르는 소리 따위가 한데 섞여 정신을 차릴 틈이 없다.
　영준은 철모를 벗어들고 손바닥으로 이마의 땀을 닦으며, 그 광경을 유리창 너머로 혼자 내려다보고 있었다. 병원 본부와 진료실이 위치한 중앙 건물 이층 복도에서 그는 허우식 대위를 기다리고 있는 참이었다.
　조금 전 트럭 두 대가 연달아 도착하더니, 이제 막 민간인들을 내려놓기 시작하고 있다. 차량이 도착하기가 무섭게 미리 대기하고 있던 사병들이 단독 군장 차림으로 우르르 뛰쳐나가 트럭 후미에서 대기한다. 필시 통합병원 소속의 병력은 아닌 듯싶다. 평소 병원에 상주하는 병력은 극소수인 데다가 현재 대부분 병실 내에서 눈코 뜰 새 없이 분주한 형편이다. 병원 앞뜰의 병사들은 견장 표식으로 보아 인근 부대인 상무대나 보병학교로부터 지원받은 병력 같다.
　"야, 씹새끼들아, 고개! 고개 박앗!"
　트럭 안에서 터져나오는 난폭한 욕설 소리가 이층 복도 유리창을 통해 영준의 귀에까지 들려왔다. 트럭 적재칸에 공수부대원 오륙 명이 버티고 서서 고함을 지르고 있다. 그들은 시내 도처에서 혹은 공수부대의 임시 주둔지로부터 시민들을 연행해온 병사들이다. 영준이 알고 있기로 오늘 새벽부터 현재 시각까지는 시내 전역에서 군과 시위대간에 본격적인 충돌은 아직 없었다. 그렇다면 저들 부상자들은 최소한 18일과 19일 연이틀 동안에 연행된 사람들 중 일부일 것이다.

"이 새끼들 봐라! 고개, 고개 숙이란 말야!"

공수부대원들은 정차하자마자 일제히 진압봉으로 위협하며 소리를 질러댄다. 영준은 순간 눈을 의심했다. 두 대의 트럭 적재함마다 가득 찬 시민들이 차체 바닥에 바짝 엎드려 있다. 하나같이 머리 뒤에 양손을 깍지낀 채로 무릎과 상체를 바닥에 붙인 모습. 그 중 일부는 팬티만 걸친 알몸뚱이들. 혹은 피에 젖어 울긋불긋한 속옷들.

위에서 내려다보니, 그것은 얼핏 인간의 모습 같지가 않다. 흡사 도축장으로 실려 들어온 돼지떼를 연상시키는 기괴한 모습. 호송병들이 위협할 때마다 겁에 질린 수많은 살덩어리들은 다투어 서로의 겨드랑이며 옆구리, 허벅지 사이로 머리를 처박고 있다.

"어, 저거 봐라! 새끼가 뒈질라고 용을 쓰는구나!"
"야, 그 새끼, 대갈통을 밟아버려!"

맨 오른쪽 트럭 위에서 얼룩무늬 하나가 갑자기 휙 몸을 젖히더니, 군홧발로 사람들의 등판을 징경징경 밟고 건너간다. 이내 맨 앞쪽 반쯤 일으켜세워진 알몸뚱이를 소총 개머리판으로 서너 차례 힘껏 후려쳤다. 비명조차 없이 풀썩 무너지는 등허리. 아구구. 으아아. 주변에서 짓눌린 단말마의 비명들이 터져나왔다. 이내 두 대의 트럭 적재함 위에서 움직이는 물체라고는 얼룩무늬 병사들 외엔 아무것도 없다.

"자, 하차!"

이내 트럭 아래 공수부대 장교의 입에서 명령이 떨어졌다. 덜커덩. 적재칸 철판이 벗겨지자마자 안에서 살덩어리들이 와르르 굴러내리기 시작한다.

"대가리에 양손 올려!"

"손 떼지 마!"

"빨랑빨랑 내려 새꺄! 발바닥 보인다!"

살덩어리들이 쓰레기 뭉치들처럼 땅바닥으로 쏟아진다. 허겁지겁 뛰어내리다가 풀썩 땅바닥에 엎어지면, 대기하던 병사들이 달겨들어 질질 끌어낸다. 욕설과 고함 소리, 두들겨패는 소리로 한동안 주위가 물 끓듯이 소란하다. 시민들은 모두 합하면 사십여 명쯤. 생각했던 것보다 부상 정도가 훨씬 심해 보인다는 사실에 영준은 놀랐다. 멀리서 봐도 대부분 타박상 환자들이다. 팔다리가 부러진 골절 환자, 얼굴이며 상반신으로부터 출혈중인 환자들이 가장 많다. 그 중 전신이 이미 탈진 상태인 경우는 내부 장기의 손상이 심한 경우임에 틀림없다. 심한 두부 손상의 경우도 대여섯 명쯤. 어디선가 응급 조치를 받았는지, 머리나 팔에 압박 붕대가 감겨진 경우도 더러 보인다. 부상자들은 대부분 젊은 남자였다. 이십대 가량의 젊은 여자 서넛, 그리고 사십대의 여자도 한 명 눈에 띈다.

"썹새끼들아, 엄살 떨지 마! 일어나!"

이미 몸을 가누지 못하는 환자들이 절반은 넘는다. 주저앉은 자들은 어김없이 병사들의 발길에 걷어차인다. 공수부대원뿐만 아니다. 보병부대 사병들도 난폭하기는 마찬가지다.

두 손바닥을 싹싹 비벼대며 애걸하는 사내. 컥컥 울음을 터뜨리다가 뒤로 벌렁 누워버리는 사내. 그들도 결국엔 팔이 잡혀 질질 끌려간다. 그러다가도 거짓말처럼 벌떡 일어나 걷는 자도 있다. 아예 땅바닥에 쓰러져 움직이지 못하는 경우엔 들것에 실려진다. 적재칸에 맨 나중까지 남겨졌던 몇 명은 결국 들것에 실려 내려왔다. 잠시 후 그들의 모습은 건물 안으로 사라졌다.

병사들이 그들을 바로 아래층 현관 복도로 인솔해 들어온 모양이다. 건물 안이 시끌벅적하다. 인원을 파악한 다음 각 병실 침상으로 배치시킬 때까지는 한참 시간이 걸릴 것이다.

"개자식들! 짐승만도 못한 놈들……"

영준은 손에 쥔 철모를 복도 바닥에 내팽개치려다가, 주먹을 그러쥐고 신음하듯 부르짖었다. 자신의 무릎이 벌벌 떨리고 있는 걸 영준은 뒤늦게야 깨달았다. 후들거리는 손으로 군복 상의 주머니에서 담배를 꺼내어 물었다. 뒤에서 인기척이 들렸다. 돌아보니, 허우식이다.

"많이 기다렸지?"

허대위는 군복 바지에 가운을 걸친 차림으로 계단을 올라오자마자 영준의 등을 툭 치며 웃는다. 영준에겐 친구의 그 웃음까지 기괴해 보인다. 흰 가운 앞자락이 핏자국이며 약물 얼룩으로 온통 엉망이다.

"웃는 걸 보니, 넌 그래도 여유가 있어 뵈는구나."

영준은 언짢은 기분을 애써 억눌렀다. 무엇에게건 미친 듯 화풀이라도 했으면 싶다.

"웃지 않으면? 지금 이 판국에 너나없이 제정신 가진 놈 있는 줄 알아? 누가 건드리기만 하면 나까지 확 돌아버리겠는걸. 잠깐 내 방으로 가지."

허우식은 금방 착잡한 표정으로 돌아선다. 영준도 몇 번 와본 적이 있는 방이다. 들어서자마자 허우식 대위는 소파 위에 털버덕 주저앉아버린다.

"담배 좀 줘. 나, 오 분밖에 시간이 없어. 연사흘째 잠 한숨 제대로 못 자고 이 지경이다. 오줌 누고 뭐 들여다볼 짬도 없다니까."

허우식과 영준은 의과대학 동기동창생이다. 고등학교는 달랐지만, 둘은 대학에서 서클 활동을 함께했다. 졸업 후 의무장교 교육을 마친 뒤 똑같이 광주 지역 부대에 배치된 까닭에 전부터도 자주 만나는 사이였다.

"나만 해도 어제 그제 이틀 사이에 외과 응급 수술만 무려 스무 건이 넘었다면, 너, 믿겠냐? 그거야 치명적인 환자의 경우고, 자잘한 건수까지 합하면 셀 수도 없지. 느이 부대는 어때? 그쪽은 그래도 아직 잠잠한 모양이구나."

"아직까지는 민간인 부상자를 우리 부대 의무대까지는 안 보내고 있는데, 앞으로야 모르지. 우리 부대는 워낙 규모가 작아서, 수용할 병상도 없는 형편이긴 하지만."

그 말은 사실이었다. 부대 단위로 따지자면, 말이 사단이지 실제 편성 현황은 정규 부대의 대대 규모 정도에도 못 미치는 데다가, 애당초 전적으로 향토예비군 대상의 예비 교육만을 전담하는 까닭에 의무대 시설이라곤 겨우 응급 처치만을 감당할 정도의 수준인 것이다. 평소 예비군 소집 훈련 기간에도 급한 환자가 발생하면 즉시 통합병원으로 이송시키는 것이 관례였다.

"영준이 네가 부럽다. 난 지금도 막 복막 봉합 수술을 한 건 마치고 온 참이야."
"어쩌다가?"
"자상이야. 칼끝이 십 센티미터나 들어갔어. 내장을 잘라내긴 했는데, 워낙 출혈이 심한 데다가 지체가 된 상태라서 어렵겠어. 대학생도 아니고, 삼십대 초반 노동자래."
"대검까지 썼단 말야?"
"대검 정도는 차라리 얌전하지. 두부 충격으로 눈알이 튀어나온 환자도 있고, 아예 뇌수가 파열되어 완전 외부 노출된 경우도 있어. 그런 경우는 기적적으로 살아난다 해도 평생 불구로 남겠지."
"도대체 이럴 수가 있는 거냐. 솔직히 난 설마설마 했었다. 하지만 내 눈으로 목격하고 보니, 사지가 다 떨릴 지경야. 더구나 부상자들한테까지 개 돼지 취급이라니. 이게 대체 제정신들이냐?"
"아까 너도 봤구나? 그래도 여기 끌려온 사람들은 운이 좋은 편에 속해. 여기 오기 직전에 대개 상무대나 사단 임시 수용소를 거친 모양인데, 그 중 부상이 심한 경우만 대충 선별해서 이쪽으로 이송시켰다고들 하니까 말이다. 아마 경상자들은 상무대에 수용시키고 있는 모양인데, 그쪽도 이미 수용 인원이 넘쳐서 야단들인가 보더라."
"대체 전두환이는 어쩔 작정이지? 사생결단을 하자고 덤비는 꼴이지, 이건 시위 진압 정도가 아니라구. 공수부대놈들 눈엔 아마 시민들이 아니라 적군으로 보이는 모양이지. 적군 포로들한테도 이러지는 않을 거다. 저 정도로 가혹하니까 시민들 입에서 전라도 사람들 씨를 말리려고 한다는 말이 나오겠지."

영준은 흥분해서 낯빛이 질려온다. 허우식은 그런 영준을 잠시 말없이 건너다보더니 피식 웃는다.
　"이봐, 대한민국 육군 대위 조영준. 정신차려. 그런 발언은 총살감이야."
　"총살? 할 테면 하라지. 야, 솔직히 너나 나나 군인이기 이전에 의사야. 난 지금껏 한번도 내가 군인이라는 생각조차 해본 적이 없다."
　"웃기지 마. 네가 지금 어깨에 달고 있는 계급장은 밥풀로 만들었냐? 짜식. 흥분하지 마."
　"이건 아예 전쟁이야. 저놈들은 지금 시가전을 하고 있는 거라구. 비무장 민간인한테 대검이라니! 이미 계림동에선 총기 발사로 사망자까지 나왔다며? 그게 사실이냐?"
　"사망한 건 아냐. 총기 사고는 어제 오후 발생했고, 고등학생이 복부에 총상을 입었어."
　"그렇다면 아직 사망자는 없다는 애기냐?"
　"왜 없겠냐. 벌써 이쪽에서 확인한 것만도 두 건, 아니 세 명이다. 하지만 그게 전부라고 말하긴 어렵겠지. 시내 대학병원엔 훨씬 더 많다는 얘길 들었으니까."
　"시민들 사이엔 벌써 사망자가 수십 명이 넘는다는 소문이 돌고 있다더라."
　"아직 그 정도까지일까 싶기는 하지만, 모르지. 공수부대가 자체적으로 사체를 처리해버렸을 가능성도 충분하니까. 당장 나라고 해도 그런 소문을 믿고 싶을 정도야. 실려오는 부상자 숫자도 숫자지만, 부상 정도며 종류가 그만큼 심각하거든. 내 졸병 하나는 수술실에서 가위를 건네주다 말고 아주 징징 울더라. 염병헐,

왜 하필 이런 드러운 나라에 태어났는지 몰라."
 그때 전화벨이 울렸다. 아, 알았어. 지금 내려갈게. 수화기를 놓자마자 허우식은 자리에서 벌떡 일어섰다.
 "당장 가봐야겠어. 어제 뇌 절개 수술한 부상잔데, 의식 불명 상태에서 발작을 일으켰다는군. 처음부터 가망이 없었어. 자, 가지."
 둘은 방을 나와 서둘러 걸었다. 계단을 내려오며 우식이 물었다.
 "참, 무슨 일로 들렀지? 할말이 있는 건 아니냐?"
 "아니, 약품 수령하러 왔다가 잠깐 들른 것뿐야. 재고가 거의 없다고 엄살이던데."
 "엄살이 아냐. 벌써부터 부족한 약품이 한두 종이 아니라구. 오후에 헬기로 공급되긴 할 텐데, 약품도 약품이지만 인력과 침상이 절대적으로 부족한 실정이라니까. 이건 진짜 전시 야전 병동이다. 니기미, 너나 나나 제대 말년에 무슨 액운이냐."
 "그나저나 앞으로 상황이 어떻게 될 거 같냐?"
 "글쎄. 신군부가 저처럼 사생결단하자고 덤비는데, 아무래도 그 위세에 눌려 당분간은 국민들이 잠잠해지지 않겠어? 광주도 무슨 특별한 변수가 없는 한에는 마찬가지겠지. 민주화? 흥, 우리들 꿈이 너무 컸던 모양이다. 그래, 잘 가라. 몸 조심하라구, 조대위."
 "고맙다. 너나 몸 조심해라."
 허우식은 손을 한번 들어보이고는 부리나케 병실 쪽으로 사라진다.
 영준은 계단을 내려왔다. 일층 복도는 아예 난장판이다. 산소

통을 밀고 달리는 사병, 이동 침대며 약품 상자를 나르는 여군 간호사, 거기다가 무슨 일인지 분주히 들락거리는 장교, 하사관, 사병들. 그들의 군복도 각양각색이다. 공수부대도 있고 보병 전투복도 있고, 흰 가운 차림으로 뛰어다니는 병원 소속 병사들도 있다. 한마디로 전시의 임시 야전병원의 풍경 그대로다. 영준은 서둘러 현관을 빠져나왔다.
"중대장님, 여깁니다."
 박상병이 화단 옆에 앰뷸런스를 세워놓고 기다리고 있다가 영준을 부른다. 영준은 차에 급히 뛰어오르다가 안경을 떨어뜨리고 말았다. 집어들고 보니, 한쪽 렌즈가 깨져 있었다. 차는 이내 출발했다.
"젠장, 알이 깨졌으니 큰일났구만. 재수가 없으려니깐."
"정말 큰일인데요. 중대장님은 안경 없으면 장님이나 마찬가지 잖습니까."
 그건 사실이었다. 영준은 심한 근시였다. 그 때문에 의과대학 입학 시험에도 자칫했으면 탈락할 뻔했던 것이다.
"귀대하기 전에 시내로 들어가서 안경집을 찾아볼까요, 중대장님?"
"그것도 곤란해. 이 정도 시력에 맞는 렌즈는 미리 주문을 해야 할 거야. 가만, 산수동으로 가자구. 우리집에 여분이 하나 있으니까, 그걸 쓰면 돼."
"그렇다면 다행이네요."
 차는 이미 시가지로 접어들고 있었다. 영준은 깨어진 렌즈 파편을 털어낸 다음 한쪽 렌즈만 남은 안경을 썼다. 초점이 맞지 않아 어지러웠으므로, 다시 벗었다가 이따금 한 번씩 그걸 써보곤 했다. 시가지의 분위기를 파악하고 싶어서였다. 박상병도 잔뜩 긴장한 채 주변을 두리번거리곤 한다.
"생각보다 의외로 오늘은 잠잠한데요?"
"그러게. 충돌 같은 건 전혀 없어 뵈는데."
 정말이다. 시내는 뜻밖에 평온해 보인다. 이따금 교차로나 관공서 건물 주변에 계엄군들이 포진하고 있기는 하지만, 아직 시위대가 나타날 조짐 같은 건 별로 느껴지지 않는다. 인도를 오가는 시민들의 수도 꽤 불어나 있긴 하지만 긴장한 표정으로 두리번거리곤 할 뿐, 거리의 전체적인 흐름은 평상시와 크게 달라보이지 않았다.
"이젠 시민들이 어지간히 지친 모양인가요? 학생들도 겁을 집어먹고 숨어버렸거나."
"글쎄, 그럴까……"
 영준은 그럴지도 모른다고 생각했다.
'결국 이렇게 일방적으로 당하고만 마는 것인가. 지난 이틀 동안 자행되었던 그 엄청난 폭력과 희생 앞에서, 결국 시민들은 어쩔 수 없이 그만 뒤로 물러서기로 작정한 것일까.'
 아마 그럴 것이라고 영준은 생각했다. 그것이 힘의 논리인 것이다. 그러자 울분이 부글부글 끓어올랐다. 하지만 한편으로는 더 이상의 피해자가 나오지 않게 된 것만은 다행이 아니냐고, 맨주먹으로 당장 저 무지막지한 군부의 무력과 맞서 어찌 이길 수 있겠는가고…… 그렇게 자위했다.
 그래선가, 별안간 견디기 어려운 피로와 허탈감이 일시에 전신을 내리누르기 시작했다. 그와 함께 심한 허기가 몰려왔다. 그러고 보니 영준은 아침에 우유 한 잔 마신 것말고는 점심까지 내

봄 날 109

리 굶은 상태였다.
"박상병, 점심은 먹었나?"
"아까 병원 사병 식당에서 간단히 해결했죠 뭐. 솔직히 부상자들 보고 나니까 먹고 싶은 생각이 천리 밖으로 달아나긴 했지만, 어쩝니까, 먹어야 살죠. 참, 중대장님은 식사를 못 하셔서 어쩌죠?"
"그러게, 배가 꽤 고픈걸."
어느덧 산수동 오거리가 보였다. 집까지 거의 다 온 것이다. 오거리 교차로에서 좌회전해서 무등산장 쪽으로 막 돌아서면 거기서부터는 대형 차량은 진입이 어려운 골목이다. 집까지는 골목으로 오르막길을 오백여 미터 걸어올라야 하는 것이다. 골목 입구가 저만치 보이는 지점에서 차를 세웠다.
"박상병은 여기서 십 분만 기다려. 안경 찾아가지고, 부모님 얼굴만 뵙고 나올 테니까."
그러자 박상병이 그럴 거 없다고 흔쾌히 대답했다.
"중대장님, 모처럼 댁에 오셨는데 두어 시간 쉬었다가 귀대하시죠 뭐. 혹시 시피에서 찾으면, 통합병원에서 귀대하시는 도중이라고 적당히 땜질해두겠습니다."
"안 돼. 상황이 다른 때와는 달라."
"괜찮대두요. 오늘 시내 분위기도 보셨잖습니까. 보나마나 '상황 끝' 했던데요 뭐. 또 설사 위에서 알게 된다고 쳐도 기껏 한두 시간 차이인데, 누가 뭐라겠습니까. 에이, 군대 생활 하루이틀 해봅니까. 제가 알아서 해결하겠습다. 정 다급하면 제가 댁으로 전활 드린다니까요. 염려 마시고, 효도 잘하십시오. 자아, 저는 물러갑니다아."

"이봐, 박상병."

미처 불러세울 틈도 없이 박상병은 빙글빙글 웃어보이며 차를 몰고 제멋대로 달아나버린다.

영준은 잠시 걱정이 앞섰다. 고참병답게 눈치 빠르고 요령 밝기로는 부대에서 알아주는 박상병이긴 했다. 그래도 이건 좀 지나친데. 대학 졸업하고 입대해서 나이도 많은 데다가 품성도 좋은 친구여서 너무 허물없이 대해준 게 문제였나.

영준은 길가에 서서 한동안 앰뷸런스의 꽁무니를 바라보다가, 결국 등을 돌려 걷기 시작한다. 하기야 고작 한 시간 정도인데, 설마 무슨 일이 있을라구. 눈치 빠른 박상병에게 맡겨두었으니 별탈은 없을 거였다. 안 그래도 집안 식구들 걱정도 덜 겸, 한번쯤 집에 들렀다 올 짬을 궁리하던 참이긴 했다. 간밤엔 어머니의 전화도 왔었고……

실상 지난 시월 이후 계엄령이 내려진 상황에서도 영준은 일주일에 사나흘 정도는 집에서 자고 아침에 출근해왔었다. 원칙을 따진다면, 직업 군인이 아닌 군의관은 부대 내 장교 숙소에서만 생활해야 한다. 그렇지만 후방 부대의 의무장교는 일반 장교와는 달리 행동의 자유가 다소 허용되어지는 편이었다. 말하자면 특혜라기보다는 적당히 눈치껏 시간을 짜내는 것 정도는 지휘관들도 묵인해주는 셈이었다.

특히 영준은 바로 부대 소재지에 부모님 집이 있었고, 더구나 제대를 불과 반년 정도 남겨둔 속칭 장교 말년이었다. 의무장교의 경우엔 제대를 하자마자 레지던트 시험을 치러야 하고, 그에 대비하려면 적어도 제대 일 년을 남겨둔 시점부터는 시험 공부에 열중해야 했다. 그것은 모든 의무장교들의 공통된 사정이었으므로, 여느 부대에서건 대개 복무 삼 년째 되는 해에는 고참 의무장교들에게 적당한 선에서 눈치껏 시간을 활용하도록 배려해주게 마련이었다. 때문에 몇 달 전부터 영준은 집에서 출퇴근하는 날이 더 많았다. 그러던 것이, 이번 계엄령 확대 조치와 함께 부대에 발이 묶여버리는 통에 벌써 여러 날 집에 들어가지 못하고 있는 참이었다.

'좋아, 딱 한 시간만 들렀다가 가는 거다. 택시를 타면 부대까지 십오 분도 걸리지 않을 텐데 뭐.'

영준은 비로소 홀가분한 기분으로 집을 향해 걸음을 옮기기 시작했다.

약국 앞을 지나는데, 길가에서 얘기를 나누고 있던 중년 여자들이 영준을 발견하고 깜짝 놀라는 눈치다. 여자들은 가게 안으로 급히 들어가더니, 잔뜩 경계하는 눈초리로 영준을 주시한다. 그들뿐만 아니었다. 저만치 마주 걸어오던 고등학생 하나도 영준을 보자마자 흠칫 놀라더니, 방향을 바꿔 차도를 빠르게 건너간다. 길가에 나와 있던 사람들이 불안스레 이쪽을 주시하며 뭐라고 자기들끼리 주고받고 있다.

영준은 어리둥절하다.

'내 뒤로 웬 이상한 사람이라도 따라오고 있어서 그러는 건가?'

몇 번이나 뒤를 돌아다봤지만, 아무도 없다. 의아해하며 동사무소 근처에 이르렀다. 무슨 일인지, 동사무소 앞에 한 무리의 사람들이 모여서 건물 안쪽을 주시하고 있는 참이다. 안쪽에서 누군가 다투기라도 하는 모양이라고 여기며, 영준은 무심히 지나치려 했다. 그때, 갑자기 누군가 불쑥 나타나 영준의 앞을 다짜고짜 가로막았다.

"이봐, 당신. 거기 조까 서봐!"

긴 머리의 낯선 이십대 청년이 거칠게 숨을 씨근덕거리며 영준을 노려본다. 벌겋게 충혈된 눈. 땀으로 범벅이 된 얼굴은 어째선지 잔뜩 흥분해 있다. 술 취한 작자구나. 영준은 재빨리 그렇게 단정하고 약간 긴장했다. 청년의 손엔 일 미터 길이의 각목이 들려 있다.

"나보고 하는 말이오?"
"아니면, 당신말고 누가 또 있어? 좆같이!"
"이 친구, 취한 모양인데, 이러지 마쇼."
"뭣이 어째, 이 새끼!"

순간 각목이 휙 날아들었다. 영준이 펄쩍 뒤로 물러났다. 각목은 아슬아슬하게 가슴패기를 비켜 나갔다. 그 바람에 철모가 벗겨져 길바닥에 굴렀다. 사람들이 우르르 몰려들었다.

"뭐야! 어떤 새끼여!"
"공수다! 공수새끼다아!"

동사무소 주변에 모여 있던 사람들이 순식간에 영준을 에워쌌다. 청년들, 중년 남자들, 여자들. 영준은 포위되었다. 순식간에 벌어진 상황에 놀라 영준은 일순 낯빛이 하얗게 질렸다. 예의 그 청년이 또 각목을 치켜들자 주위에서 그의 팔을 잡아 제지한다.

"이봐, 당신! 공수부대야?"

이번엔 다른 청년이 거칠게 영준 앞을 막았다. 주위를 에워싼 사내들은 하나같이 무섭게 흥분해 있다. 그 중 서넛은 각목을 쥐고 있다. 금방이라도 후려칠 기세다. 안 돼. 이럴 땐 흥분해선 안 된다. 영준은 침착하려고 애썼다.

"무슨 오해가 있는 모양인데, 난 공수부대가 아니오."

"헛소리 마, 새꺄! 이 새끼, 수상해!"
"야, 끌고 가. 공수새끼가 변장하고 돌아다니고 있는 것이랑께! 칵 쥑여버려!"

여기저기서 소리를 질렀다. 청년이 대번에 영준의 멱살을 움켜쥔다. 상의 단추가 투둑 떨어져나갔다. 그때 누군가 청년의 손목을 잡아 제지했다. 남방 차림에 안경을 쓴 사십대 사내.

"왜 이래, 이 사람아. 공순지 아닌지 확인한 뒤에 끌고 가든지 말든지 해얄 거 아닌가!"

"아따, 아저씨. 틀림없단께라우! 이 새끼가 시방 염탐할라고 돌아댕기는 것이 틀림없단 말요!"

"이 사람, 이걸 보게. 31사단 마크 아닌가 말여. 그 손 놓게, 어서."

그러자 청년이 마지못해 영준에게서 손을 풀었다.

"맞다. 공수부대다. 공수 한 놈을 잡았다여!"

사람들 뒤편에서 그런 소리가 들린다. 영준은 자신이 어느새 수십 명의 군중에게 포위되어 있음을 깨닫는다. 눈앞이 캄캄해 왔다. 청년을 말리던 그 사십대의 사내가 영준에게 묻는다.

"이보시오. 당신, 어느 부대요?"

"보시다시피 31사단 소속입니다. 우리집이 바로 이 근처라서, 잠시 들렀다 가는 길입니다. 정말입니다. 난 공수가 아니오. 정 의심스러우면, 지금 나랑 같이 우리집으로 가보면 알 게 아닙니까."

목소리가 떨려 나왔다.

"맞어. 저거, 31사단 견장이구마."

"그 말을 누가 믿어?"

"끌고 가. 진짠지 사기치는 것인지, 확인해보자고!"
저마다 한마디씩 내뱉었다.
"놔! 놓으랑께! 저 새낄 내 손으로 쥑여버리겠어! 아흐흐."
영준의 멱살을 잡았던 맨 처음의 사내가 고함을 지르며 다가오려고 한다. 사람들이 사내를 붙잡았다. 버둥질을 치던 사내가 갑자기 울음을 터뜨렸다.
"이봐, 이 군인은 보내주자고. 더구나 우리 동네에 살았던 사람이라잖은가."
중년 사내가 설득한다.
"안 돼라우! 공수부대가 아니라고 해도, 이자도 군바리 아뇨? 똑같은 전두환이 졸개란 말요. 군바리는 전부가 우리 광주 시민의 원수요, 원수! 곱게 보내주면, 보나마나 돌아서기가 무섭게 총대 잡고 우릴 죽일라고 나설 텐디, 절대 이대로 보낼 수 없단께요!"
그러자 중년 사내가 빽 소리를 내질렀다.
"듣자듣자 하니까, 무슨 소리야 이게! 공수부대가 원수제, 어째서 군인이 전부 원수란 말인가! 자네는 군대 안 갔다왔어? 또, 안 갔으면 앞으로 군대 안 갈 거여? 대답해봐. 대한민국 남자면 누구나 가야만 하는 것이 군댄디, 어째서 군인이면 전부 원수가 된단 말여? 이 사람들아, 정신차려. 여기 있는 장교도 군복만 안 입었으면 자네들이랑 똑같은 광주 시민이여! 안 그래? 더구나 이 사람은 아무것도 없는 비무장이잖은가. 총이 있어, 몽둥이가 있어?"
중년 사내의 말에 청년들도 비로소 머뭇거린다. 그때 누군가 틈을 비집고 나와 영준의 손을 와락 그러잡았다. 돌아보니, 바로 근처에 있는 약국 주인남자다. 영준에게도 낯이 익다. 비로소 영준은 안도했다.
 "맞소. 내가 이 군인의 신원을 보증하겠소. 나도 잘 아는 사람이오. 저기 법원 관사 앞 골목집이 이 사람 집인디, 31사단 군의관인가 아마 그럴 것이요. 맞지요?"
 약사가 일부러 영준을 향해 물어보았고, 영준은 그렇다고 대답했다.
 "내가 이 친구 부모님들과 잘 아는 사이요. 같은 성당에 다니는 교우이기도 하고, 우리 약국하고는 오랜 단골 손님이오. 자, 보내줍시다. 우리가 흥분할 수밖에 없기는 하제만, 아무리 그렇더래도, 적(敵)과 아(我)는 구분해야지라우. 이 사람도 전남대학을 나온, 우리 광주 사람이오. 이 사람도 지금 우리 심정이랑 똑같이 전두환이 놈들을 찢어죽이고 싶을 것이오. 자자, 비켜주시오."
 약사의 손에 이끌려 영준은 사람들 사이를 빠져나왔다. 사람들이 흩어지기 시작했다. 영준이 철모를 찾느라 두리번거리자, 청년 하나가 그걸 집어 영준에게 건네준다.
 "여깄소. 우리가 흥분해서 실수한 거 같소만, 그쪽도 책임은 있소. 겁대가리 없이 시방 어딜 쏘다니는 거요? 시민들이 지금 제 정신인 줄 아쇼? 공수부대 비슷한 것만 봐도 당장 찢어죽일 판국이란 말요. 군복만 봐도 눈이 확 뒤집힌단 말이라우. 니기미!"
 아까 멱살을 잡았던 청년이다. 그러자 곁에서 누군가 한마디 거든다.
 "보씨요! 저 친구가 왜 저렇게 미친 사람같이 저러는 줄 압니까? 자기 동생이 공수부대한테 맞아죽었다요. 자취생인디, 고향에서 쌀 갖고 올라오다가 터미널에서 잽혀가꼬…… 시방 대학병원 영안실에 있는 걸 보고 와서는, 저렇게 미칠라고 한다요."
 맨 처음 각목을 휘두르던 장발의 청년을 가리키는 말이었다.
 "으아아, 영권아. 어무니, 어무니이. 이 개새끼들을, 이 원수를. 아흐흐흐."
 청년은 아예 길바닥에 퍼질러앉은 채 손바닥으로 땅을 퍽퍽 두드리며 통곡을 하고 있다. 약사가 영준을 위해 골목 입구까지 동행해주었다.
 "이보게, 지금이 어느 때라고 이렇게 겁도 없이 군복 차림으로 돌아다니는 건가? 허참. 큰일날 뻔했잖어. 자, 어서 들어가보게."
 영준은 그에게 고맙다는 인사조차 잊은 채 집을 향해 걸었다. 악몽을 꾸고 있는 것만 같다. 어처구니가 없다. 기가 막혀 헛웃음이 나온다. 이게 어찌 된 건가. 영준은 걸음을 옮기면서, 주먹으로 담벼락을 힘껏 내갈겼다.
 골목에서 놀던 아이들이 이쪽을 불안스레 훔쳐본다. 슬래브 주택 이층 옥상에서 빨래를 걷고 있던 여자가 황황히 숨는다. 영준은 더더욱 어처구니가 없어진다. 이마에 진땀이 흥건했다.
 집 대문은 잠겨 있었다. 영준은 초인종을 눌렀다. 어째선지 인기척이 없다. 두 번, 세 번. 웬일일까. 집을 비우셨을 리가 없는데. 퍼뜩 불길한 예감에 영준은 어머니를 부르며 대문을 다급하게 흔들었다.
 "누, 누구요?"
 그제서야 어머니의 음성이 들린다. 목소리가 겁에 질려 있다.
 "저예요, 어머니."
 "누, 누구? 아이고, 영준이가!"

문을 열자마자 어머니는 와락 영준의 손을 잡아 안으로 끌어넣더니, 대문을 걸어버린다. 그리고는 양쪽 이웃집을 향해 번갈아 큰 소리로 외쳤다.
"어이, 순덕이네! 길자네! 놀라지들 말아요. 우리 아들이여! 우리 큰아들이 왔당께!"
그러자 담 너머로 이웃 여자들의 머리가 하나둘 불거져나왔다. 맞은편 집 이층에서도 조심스레 창문이 열린다.
"오메, 그러요? 아이고, 놀랬는거."
"세상에나! 나는 금방 간이 떨어져불 뻔했소그랴!"
안심한 듯 여자들이 웃었다. 은분은 영준을 잡아끌고 부랴부랴 안방으로 들어가더니, 그제서야 영준이 군복 차림임을 확인하고는 두 눈을 커다랗게 치떴다.
"워메워메, 이 자식아! 시방 어디서 오는 길이냐, 응?"
그때 다락문이 열리더니, 혜영이와 영길이가 엉금엉금 기어내려온다.
"오빠!"
"체, 형이잖아. 그런 걸 갖고 엄마는 괜히……"
"아니, 너희들 거기서 뭐 하는 거냐?"
"말도 마, 형. 공수부대가 잡으러 왔다고, 엄마가 우릴 다락으로 숨으래잖어. 벌써 몇 번짼지 몰라. 창피해 죽겠구마는."
영길이 투덜거렸다. 혜영은 여고 졸업반, 영길은 이제 고등학교 일학년이다. 영준은 어이가 없어 웃고 말았다.
"이 녀석아, 너는 속 편해서 웃음이 나오냐? 우리는 간 떨어지는 줄 알았다."
어머니도 비로소 헛웃음을 흘린다.

"아이구메, 전쟁도 이런 전쟁이 없구나. 영락없이 육이오 때하고 똑같지 뭐냐. 아예 집집마다 전화통이 불이 났어야. 공수부대가 집집마다 가택 수색을 해가꼬 젊은 사람들은 모조리 체포해 간다는 소문에, 너도나도 겁을 집어묵고 자식들 숨기느라고 생난리들이여. 그저께도 저기 교회 근처 동네서 대학생 여러 명을 잡아갔다드라. 그래서 그 직후에 통반장들이 합의를 해가꼬, 언제 우리 동네에도 들이닥칠지 몰르니께, 무슨 일이 생겼다 하면 맨 먼저 공수부대를 본 사람이 집집마다 전화로 연락을 해주기로 했단다. 그런디, 아, 조금 전에 전화가 쫙 돌았지 뭐냐. 군인들이 시방 우리 골목으로 들어오는 걸 봤다고 말이여. 세상에, 너를 보고 그랬든 모양이지 뭣이냐…… 참, 점심은 묵었냐?"

어머니가 점심을 차려오는 동안 영준은 부대로 전화를 걸었다. 긴급시에 이용하는 의무대 직통 전화였다. 김일병이 받았다. 영준은 박상병이 도착하거든 즉시 전화해줄 것을 지시했다.

"오빠, 오빠 땜에 얼마나 걱정했는지 알아?"

"형, 그놈들이 진짜 우리나라 군인들이 맞어? 공비들이 공수부대로 변장해서 내려왔다는 게 정말이야?"

두 동생들의 질문에 영준은 대충 대답해주었다. 동생들은 어제부터 시내 전체 고등학교가 무기한 휴교에 들어갔다고 말했다.

"짜식들, 덕분에 너희들 살판 났구나."

농담을 던지면서도, 영준은 머릿속이 온통 어수선하기만 하다. 아무래도 집에 찾아온 게 잘못이었다. 앰뷸런스만 떠나보낸 건 더더구나 잘못이었고…… 아니, 그건 그나마 다행이었는지도 모른다. 앰뷸런스 안에 박상병만 남겨두었더라면, 아까처럼 분

봄 날 119

노한 시민들에게 어떤 봉변을 당했을는지 모르는 일 아닌가. 영준은 점점 불안하고 초조해지기 시작했다.
 밥상이 들어왔다. 무슨 맛인 줄도 모르고 숟가락질을 했다. 지켜보는 어머니는 아까부터 잔뜩 불안한 표정이다.
 "그나저나 비상 사태라고 하드니, 어떻게 집에까장 왔다냐? 차는 골목 앞에서 기다리고 있고?"
 차를 보내고 혼자 왔다는 영준의 말에 어머니는 대뜸 낯빛이 하얗게 질렸다. 조금 전에 동사무소 앞에서 당했던 얘기를 듣더니 아예 사색이 된다.
 "와이고, 이 철없는 자석 좀 봐라이! 그래서 안경까지 깨졌구나. 오메, 저고리 단추까장 뜯겨지고. 어째사 쓸꼬, 이 일을! 그런디도, 이 지경을 당하고도 너 혼자 겁없이 부대로 들어가겠다는 것이여?"
 "무슨 일이야 있을라구요. 군복을 보면 일반 보병부대라는 건 다 알 테고…… 또 어차피 택시로 가면 되니까, 염려 마세요."
 "안 된다. 무슨 소리여. 너, 그러다가 맞어죽는단 말여. 시방 이런 판국에 군복 입고 거리에 나섰다가는 무슨 변을 당할지 몰라서 그러냐? 나만 해도, 군복은 고사하고 군복 비스끄름한 것만 봐도 간이 벌렁벌렁하고 사지가 벌벌 떨리는 판이여. 게다가 공수부댄가 뭔가 허는 놈들한테 맞아죽고 병신이 된 사람들이 수십 명이 넘는다는디, 직접 당헌 사람들의 악에 받친 눈에 뭣이 보이겄냐? 공수부대든 뭐든 군인이 당장 눈에 뵈기만 하면 무슨 짓이든 못 허겄냔 말이여. 이 철딱서니 없는 자석아."
 아이고, 이 일을 어쩔끄나. 어머니는 전전긍긍, 어쩔 줄을 모른다. 그러다가 전화통을 붙잡고 다이얼을 돌려댄다.

"어디로 전활 하세요?"
"느이 외갓집이다. 명기 어무니라도 당장 오시라고 해야겠다. 우리들이랑 함께 가면 사람들이 믿어주겄제."
"오메, 성님! 나요. 글쎄, 우리 영준이가……"
 전화를 끊고 나서 오 분도 안 되어서 외숙모인 청산댁이 부랴부랴 집 안으로 들어섰다. 그녀 역시 전전긍긍이다.
 그때 전화벨이 울렸다. 받아보니 박상병이다. 차를 몰고 올 수 없겠느냐는 영준의 말에 박상병은 꽤나 다급한 기색이다.
"그건 불가능합니다, 중대장님. 차량 통제가 철저해서 움직일 수가 없어요. 저도 이리 될 줄은 몰랐습니다. 시내 상황이 다시 악화되었답니다. 조금 전에 시피에서도 두 번이나 중대장님을 찾았다는데…… 어쩌죠. 빨리 귀대하셔야겠는데요. 참, 들어오실 때는 정문은 안 돼요. 피엑스 뒤, 그 샛문 아시죠?"
 영준은 가슴이 철렁한다. 일이 완전히 꼬인 것이다. 부대에서 이 사실을 알면 그야말로 끝장이다. 지금 같은 비상시에 허락도 없이 근무지 이탈이라니. 영준은 때늦은 후회에 가슴을 친다. 하지만 때는 이미 늦었다. 최대한 신속히 귀대하는 것밖엔 다른 대책이 없다. 마음이 다급해진다. 부랴부랴 집에 있던 여분의 전투복으로 새로 갈아입고, 안경도 바꿔 썼다.
"우리랑 같이 가자. 나하고 느이 외숙모가 함께 따라가줄 텐께."
"내참, 어딜 따라오시겠다고 그러세요."
"어디긴 어디여? 네가 부대 안까장 무사히 들어가는 걸 두 눈으로 봐야제."
"아이, 괜찮다니까 왜들 이러세요."

봄 날   121

"아, 여러 말 말어! 너는 모른다. 육이오 때도 어쨌는 줄 알어? 사람이 흥분하면 눈에 뵈는 게 없는 법이여! 자, 어서 가자."
 영준은 어이가 없다. 하지만 두 사람은 완강하다. 또 어머니의 말도 일리가 없지는 않다는 생각도 든다. 결국 영준은 택시를 타는 것만이라도 두 눈으로 꼭 확인하겠다는 두 사람의 고집에 손을 들었다. 집을 나서기 전에 영준은 두 동생에게 당부했다.
 "너희들, 절대 함부로 나오지 마. 집 안에 틀어박혀 있으란 말야. 알았지?"
 "알았어 오빠, 몸 조심해요."
 세 사람은 골목을 빠져나왔다.
 "너는 우리 뒤에 바짝 붙어서 따라오거라. 누가 시비를 걸드라도, 우리가 얘길 할 틴께 절대 너는 나서지 말어야 쓴다이."
 어머니는 몇 번이나 당부를 한다.
 그들은 일부러 동사무소 쪽을 피해서, 골목을 통해 큰길로 나섰다. 어째선지 거리가 한결 조용하다. 차량 통행이 뜸하다. 오거리 쪽을 보니, 사람들이 모여 있다. 확성기 소리. 구호를 외치는 소리도 들려온다. 그쪽을 향해 사람들이 급히 뛰어가고 있다. 시위를 다시 시작했구나. 영준은 마음이 다급해진다. 시위 때문인지, 이쪽 길로는 차량 진입이 어려운 모양이다. 별수 없이 풍향동 쪽을 향해 걷기 시작했다.
 고작 오 분 정도 걸었을까. 공무원아파트 뒤편에서 갑자기 한 무리의 시민들이 쏟아져나왔다.
 "공수부대를 몰아내자. 살인마 전두환을 찢어죽이자. 독재 타도. 독재 타도……"
 백 명 남짓한 무리가 방향을 오른쪽으로 틀더니, 구호를 외치며 산수동 오거리 방향으로 몰려가기 시작한다. 각목이며 수도 배관용 파이프 도막, 그리고 곡괭이 같은 연장을 쥔 자들도 있다. 그 소리를 듣고 길 양쪽 주택가에서 사람들이 몰려나와 기웃거린다. 박수를 쳐주기도 하고, 대열을 따라 달리는 사람들도 있다. 시위대의 규모는 점점 불어난다. 영준 일행은 얼른 골목으로 몸을 피했다.

"안 되겠다. 큰길로 가지 말고, 샛길로만 가야 쓰겄다."

"오메메, 아무래도 진짜로 큰 난리가 터지기는 터진 모양이요. 대학생들만 그러는 줄 알았더니, 인자는 어른들도 나섰구마이!"

"참, 외숙모님. 명기는 집에 들어왔습니까?"

영준은 뒤늦게 외사촌동생인 명기 소식을 물었다.

"아이고, 그 미친 녀석이 오늘 아침에사 전화를 했지 뭐이다냐. 당장 들어오라고 했더니, 염려 말라고만 하고는 그냥 끊어버리지 뭐여. 이번에 들어오기만 하면 당장 학교고 뭐고 못 다니게 할란다고, 느그 외숙은 시방 벼르고 계시단다."

청산댁은 종종걸음을 치면서 연신 명기 걱정을 한다.

세 사람은 풍향동 시장통에 이르렀다. 시장 안이 어수선하다. 박수 소리, 구호 소리. 이쪽도 안 되겠다 싶은지, 청산댁은 앞장서서 다른 골목을 택한다. 골목을 내려오던 주민들이 영준 일행을 보면 주춤, 걸음을 멈추기도 하고 후닥닥 집 안으로 숨기도 한다. 조무라기들까지 잔뜩 경계하는 눈초리로 영준 일행을 쏘아본다. 그때마다 어머니와 청산댁은 지레 놀라, 그들을 향해 묻지도 않는 설명을 서로 번갈아가며 되풀이했다.

"여보시요들, 오해하지들 마시요이! 우리 아들은 31사단 소속이여라우."

"휴가차 나왔다가 들어가는 길이다요."
"공수부대가 쥑일 놈들이제, 다른 군인들이야 무신 죄가 있겄소, 안 그러요?"
언덕바지 교회 앞에서 그들은 기어코 청년들 예닐곱 명과 마주쳤다. 맨 앞의 청년은 휴대용 확성기를 들고 있다. 그들은 주택가를 돌며 사람들을 불러내고 있던 참이다.
"야, 군인이다. 장교다, 장교."
"저 새끼, 공수부대 아녀?"
그렇게 수군거리더니, 돌연 우르르 몰려와 살기등등하게 앞을 가로막는다. 몇은 대학생 같아 뵈고, 삼십대 그리고 고등학생들도 섞여 있다. 그들은 당장 덤벼들 듯한 사나운 기세로 영준을 노려본다.
"오메메! 왜들 이런디야! 우리 아들은 공수가 아니여!"
"아이고, 이거, 무슨 짓들이다냐!"
두 여자가 팔을 벌려 영준을 감싸안으며 절박하게 소리를 질러댄다. 영준은 그녀들을 제지시켰다.
"안심하세요, 어머니. 괜찮다니까요."
확성기를 든 청년이 물었다.
"당신, 어느 부대요."
"뭣 하러, 어디 가는 길이야?"
또 다른 청년이 끼여든다.
"이봐, 당신 집 어디야?"
"으마마, 왜들 이런디야! 우리 아들은 공수가 아니란께!"
"아주머니, 거, 가만 좀 있으란 말요! 공수부댄지 아닌지 확인 할라고 그런단 말이라우."

"그런께, 집이 광주란 말여? 진짜여?"
 그러자 어머니가 두 팔을 활짝 펴서 영준을 보호하며 앙칼지게 소리쳤다.
 "이 사람들이 보자보자 하니께, 대체 뭣 허는 짓들여? 그래, 자네들 눈에는 우리가 뭘로 보이는가? 우리 아들은 광주에서 초등학교부터 대학교까장 나온 진짜 토백이랑께! 광주일고, 전남대학교 의과대학까장 졸업헌 군의관이랑께, 왜들 이래? 이런 순, 고약헌……"
 "어따, 아주머니도 참. 우리가 시방 이러고 싶어서 이러는 줄 아요?"
 그러자 청산댁이 나서서 청년들을 달랜다.
 "알어, 이 사람들아. 알고말고. 우리도 시방 공수부대놈들 찢어 쥑이지 못해서, 분하고 원통해서 미치겄당께."
 그렇게 한바탕 옥신각신하다가 겨우 풀려났다. 세 사람은 다시 골목길만 택해 종종걸음을 치기 시작했다. 그러나 그것은 시작에 불과했다. 풍향동 시장, 교육대학교 뒤편, 광주상고 정문 부근 골목…… 직선 거리로 치자면 불과 몇백 미터에 지나지 않은 거리를 제자리걸음 하듯 뱅뱅 돌아다니기만 하는 동안, 영준 일행은 대여섯 차례나 그와 똑같은 곤욕을 치러야 했다.
 두 여자는 이미 목이 쉬어 있다. 영준은 더 이상 걸음을 옮길 힘조차 남아 있지 않았다. 될 대로 되라지, 아무데나 주저앉아버리고 싶다. 두려움이나 불안, 초조감 따위는 벌써 잊은 지 오래였다. 부대에서 자신을 찾고 있으리라는 걱정조차 잊어버린 채였다. 그렇듯 못난 꼬락서니로 구차하게 골목만을 찾아 쫓겨다녀야 하는 현실이 어이가 없고 한심스럽기만 했다.

마침내 그들은 서방 사거리 가까이에 이르렀다. 사거리 부근에서는 계엄군과 시위대가 대치해 있는 참이다. 결국 그들 세 사람은 왔던 길을 되돌아서 교육대학교 뒤편 오르막길을 걸어오르기 시작했다. 언덕길을 넘어 동신고등학교 뒤쪽으로 돌아나갈 작정이었다.

 송광아파트를 지나 교육대학교 붉은 벽돌담을 마악 돌아서던 영준은 뜻밖에 세 명의 병사들을 발견했다. 상병 두 명, 일병 한 명. 그들은 담장 뒤켠 아카시아나무 아래 쪼그리고 앉아 있던 참이다. 인기척에 놀랐는지, 겁먹은 얼굴로 돌아보던 그들은 영준을 보자 반색을 하며 몸을 일으켰다.

 "중대장님."

 "어, 너희들, 여기서 뭣 하는 거냐?"

 너무 뜻밖이어서 영준은 엉겁결에 소리쳤다. 모두 영준의 부대인 31사단 소속 사병들이다. 그 중 둘은 영준에게도 낯이 익다. 병사들은 영준을 만난 것만 해도 마음이 놓인다는 눈치다.

 그들은 모두 휴가를 받아 고향으로 내려갔다가, 급작스런 계엄령 발표 뉴스를 듣고 부대로 복귀하기 위해 돌아오는 참이라고 했다. 그러고 보니, 셋 모두 작업모를 착용하고 있었다. 상병 둘은 말년 휴가를 미처 다 채우지도 못한 채였고, 일병은 부친상을 당해 일주일 휴가를 받았다고 했다.

 "오일병, 얼굴의 상처는 왜 그래? 고개 들어봐."

 일병의 한 쪽 눈두덩이 시뻘겋게 부어올라 있다. 대답 대신 일병은 고개를 꺾고 헉, 울음을 터뜨리기 시작한다.

 "청년들한테 맞았답니다. 개자식들, 우리들이 뭘 어쨌다고……"

"저도 당했어요. 우리는 모르는 일이라고 해도, 다짜고짜 패더라고요."

"택시 기사들도 우리가 군인이라고 절대로 안 태워주지 뭡니까. 기사한테 통사정을 했지만, 군인을 태웠다가는 시민들이 가만두지 않을 거라면서……"

상병들이 웅얼거렸다. 그들은 아직도 잔뜩 겁에 질린 표정이다. 더 말하지 않아도 영준은 빤히 짐작할 수 있다. 조금 전까지 자신이 당했던 기막힌 일들을 보나마나 그들 역시 똑같이 당했을 터이다.

휴가 기간중에 계엄령이 내려졌고, 규칙대로 그들은 귀대하기 위해 서둘러 올라왔을 것이다. 그리고 시내에 내리자마자 그들은 막상 영문도 잘 모르는 채로, 분노에 찬 시민들의 화풀이를 당하기도 했을 것이고…… 그래서 그들은 각자 시민들의 눈을 피해 골목길로만 찾아다니다가 서로 우연히 만나게 되었고, 결국 부대로 들어가는 길목인 이 부근에서 주저앉아 있는 거였다.

아직도 무슨 영문인지 모르고 어벙벙한 표정으로 잔뜩 풀이 죽어 있는 병사들을 보고 있자니, 영준은 가슴이 터질 것만 같다. 대관절 어쩌다가 이 지경이 되었을까. 시민과 군의 관계가 갑자기 적과 아군의 관계처럼 변하고 말다니. 대관절 이런 기막힌 일이 어쩌다 일어났단 말인가. 영준은 고함이라도 마구 내지르고 싶다.

"야, 오일병. 울음 그치지 못해! 사내녀석이……"

영준은 일병의 머리통을 툭 치고는 돌아섰다.

'자, 이젠 이 친구들을 끌고 무사히 부대로 복귀하는 일만 남았다. 그건 당연히 장교인 내 책임이다. 하지만 어떻게 가지? 이거

봄 날 127

야 원, 적진에 떨어진 낙오병 신세가 따로 없구만.'
하도 기가 막혀 그 통에도 피식 헛웃음이 새어나왔다. 실상 그곳에서 부대까지는 기껏 삼사 킬로미터 정도였다. 자동차로는 불과 몇 분. 평상시라면 걸어간다고 해도 반시간 남짓한 지척의 거리인 것이다. 그러나 그 코앞의 거리가 이 순간 영준에게는 사막처럼 아득하게 여겨졌다.
영준은 사병들을 데리고 출발했다.
어느덧 일행은 여섯 명으로 불어나 있었다. 어머니와 청산댁이 앞장서서 어기적어기적 걸었다. 하지만 영준은 어머니와 외숙모에게 그만 집으로 돌아가달라는 말을 이제는 더 이상 하지 않았다. 이미 그럴 수도, 또 그래서도 안 되는 상황으로 변해버린 까닭이다. 차라리 그들 건장한 청년 네 명의 운명은 그녀들의 손에 맡겨져 있다고 해도 좋을 처지인 것이다.
'이거야말로 참으로 기기묘묘한 부대의 행군이로군. 니미럴, 꼴 조오타······.'
영준은 비좁은 골목길을 걸어올라가면서 중얼거린다.
정말이지 이런 코미디가 세상에 또 어디 있을까 싶다. 일행은 도합 육 명──대한민국 육군 대위 한 명, 육군 상병 둘, 육군 일병 한 명. 그리고 그들 모두를 보호, 인솔하여 본대까지 무사히 귀대시켜야 할 막중한 임무를 띤 오십대의 두 여인······ 한순간 영준은 코가 비뚤어져라고 웃고 싶다. 미친 듯이. 정말이지, 미친 듯이.

마침내 그들이 부대에 도착한 것은 그로부터 꼬박 두 시간 반이 지나서였다. 참으로 멀고도 힘겨운 장정이었다. 주택가를 벗어나서 동신고등학교 뒤편의 농촌 부락, 작은 저수지, 그리고 다시 각화동 들녘을 지나 논둑길과 몇 개의 나지막한 야산을 넘어서 그들은 이윽고 저만치 낯익은 막사가 바라다보이는 신작로에 닿았다. 그 사이 일행은 어느새 열한 명으로 불어나 있었다. 도중에 그들과 똑같은 처지의 휴가병들이 하나둘 합류한 까닭이었다.

"오메에, 대관절 이놈의 세상이 장차 어찌 될라고 이런다요, 성님? 죄없는 백성들 목숨을 파리 목숨맨키로 때려쥑이는 판국이니…… 이러다가 진짜로 또 육이오 동란이 터지는 거 아닌가 모르겄소야."

"흐유, 그러게 말이시. 그나저나 우리집 새끼들은 더 걱정이여. 아들놈 하나는 데모한다고 죽을 둥 살 둥 모르고 저리 뛰어댕기제, 또 하나는 해필이면 공수부대로 갔으니…… 아이고오."

"그러고 본께 참말로! 혹시 명치네 부대가 광주에 내려오진 않았겄지라우?"

"설마, 아무려믄……"

영준 일행이 부대 안으로 사라진 뒤, 두 여자는 등을 돌려 도시를 향해 천천히 돌아가기 시작했다. 몸은 지쳤고, 돌아갈 길은 한없이 멀어만 보였다. 멀리 시가지 쪽 어디에선가 검은 연기가 어지럽게 피어오르기 시작했다.

저 미친 회오리바람과 얼어붙는 숨결로부터
어린 자식들을 숨겨라.
목숨보다 소중한 것들은 차라리 뱃속에 삼켜라.
여편네에게는 햇불을 들리고
너는 들불을 질러라.
[……]
이제야말로 살아야 할 때다.
더 이상 빼앗길 수 없는 때다.
── 송기원, 「한파」에서

5월 20일 14:00, 금남로

"잘 봐라. 쥐새끼맨키로 어디 숨어 있을지 몰라."

한기가 차창 밖으로 고개를 내밀고 좌우를 살피며 말했다. 광천교 다리로 진입하는 길목에서 그들은 트럭을 세워놓고 잠시 주변을 확인하는 참이다.

"없당께 그러네. 철수한 모양이여."

칠수가 백미러를 다시 한번 확인하면서 대답한다.

"거, 요상허다. 아까 들어올 때까장 틀림없이 저쪽 다리 끝에 공수부대가 트럭을 세워놓고 서 있었잖냐. 하여간에 일단 가보자. 여차하면 까짓 거 이래 죽으나 저래 죽으나 마찬가진디, 콱, 차로 문대뻐리드라고!"

한기가 가속기를 밟는다. 차에 탄 세 사람 모두 연신 불안한 시선으로 사방을 살폈지만, 다리를 다 건너도록 공수부대는 나타나지 않았다. 한기는 광주천을 따라 달리기 시작한다. 일신방직 뒷담을 옆에 끼고 달리다가 다시 서림교회 앞으로 방향을 돌렸다. 거기서부터는 상가와 주택가로 이어진다.
"으마, 저기서 한바탕 붙었는갑서야!"
"참말로 그러네. 다른 길로 돌아가야 할랑갑다."
"가만, 구경 좀 하고."
한기가 속도를 늦추며 고개를 기웃거렸다.
서림교회 앞에서부터 방직공장 사거리까지의 좁은 도로가 수백 명의 시민들로 가득 찼다. 인근 주택가에서 쏟아져나온 주민들 같다. 대문 앞이며 골목 입구마다 사람들이 나와서 두리번거리고 있다. 아이를 업고 나온 여자들, 자전거를 밀고 나오는 남자들, 지팡이에 의지한 노인들까지 보인다. 시민들은 지금 수문으로 몰려가는 물살처럼 방직공장 사거리 방향으로 일제히 움직이고 있는 참이다.
도로는 이미 시민들로 가득 차 있어서 차량 통행이 쉽지 않다. 대단히 느린 속도로 움직여가고 있는 몇 대의 차량 꽁무니를 따라 한기는 차를 움직였다. 갑자기 앞쪽에서 와아, 함성이 터져 나왔다. 누군가 사거리 중앙에서 확성기로 외치고 있는 모양이다. 확성기의 구호에 따라 시민들이 연신 여기저기서 외치기 시작한다.
"옳소오! 싸웁시다아!"
"갑시다! 도청으로 갑시다아!"
트럭 주변을 에워싸듯이 하고 천천히 앞으로 밀려 나아가는 시민들. 무슨 일인가 하고 발끝을 세우기도 하고, 덩달아 고함을 지르기도 한다. 간간이 와르르 웃음 소리도 터지고, 누군가 뭐라고 비명처럼 내지르는 새된 목소리도 섞여 나온다.
 무석과 칠수는 차창 밖으로 고개를 한껏 내밀었다. 사거리 중앙을 중심으로 시민들이 빽빽히 몰려 있고, 그 중앙엔 소형 트럭 한 대가 서 있는 게 보인다. 그 안에서 누군가 빨간색 휴대용 확성기로 구호를 외치고 있다. 여자 같은데, 얼굴은 분간하기 힘들다.
 "……광주 시민 여러분, 지금 여러분은 어떻게 집 안에서 편안하게 잠을 잘 수가 있습니까아. 지금 이 시각에도 시내 곳곳에서는 잔악한 계엄군의 총칼에 죄없는 젊은이들이 죽어가고 있습니다. 무고한 우리 동생, 우리 형제들을 살인마 전두환의 꼭두각시들이 잔인무도하게 살육하고 있습니다아……"
 젊은 여자의 카랑카랑한 목소리. 애절하게 떨리면서도 힘차고 강렬한 목소리. 그 목소리는 섬뜩하도록 애절하고 처연한 파장을 일으키며 거리를 쩌렁쩌렁 울리기 시작했다.
 "자, 일어섭시다! 광주 시민 여러분! 우리는 더 이상 이렇게 앉아서 당하고만 있을 수는 없습니다. 우리들의 부모 형제, 사랑하는 어린 자식들을 더 이상 잔악한 공수부대의 총칼에 죽게 할 수는 없습니다…… 자, 한 사람도 빠짐없이 일어섭시다. 원수를 갚읍시다. 자랑스런 광주 시민 여러분. 정의로운 광주 시민 여러분. 지금 당장 우리 모두 도청 앞으로 집결합시다아……"
 그 여자의 외침은 참으로 처절했다. 어느 사이엔가 주변엔 무겁고 침통한 침묵이 내려앉아 있었다. 도로를 가득 메운 사람들도, 골목 어귀에서 발끝을 모으며 고개를 뽑아내던 사람들도, 이층 창문 밖으로 내다보던 여자들도 모두들 말없이 그 소리에 귀를 기울이고 있었다. 무석도 한기도 칠수도 차 안에 앉은 채 귀를 모았다.
　무석은 차창 바로 옆, 사람들 틈에 서 있는 한 젊은 여자가 손등으로 눈물을 훔쳐내는 모습을 보았다. 그녀의 등엔 이제 막 돌이 지났을 듯한 어린아이가 잠들어 있었다. 손을 뻗으면 금방 닿을 만한 거리였다. 입을 반쯤 벌린 채 잠들어 있는 아이의 흰 꽃잎 같은 얼굴을 들여다보면서, 무석은 불현듯 저도 모르게 목구멍으로 치밀어오르는 알 수 없는 격한 감정에 휩싸여 침을 꿀꺽 삼켰다. 그것은 불덩이처럼 뜨거운 감격 같기도 하고, 얼음처럼 차가운 분노와 설움의 덩어리 같기도 했다.
　"저 여자, 연설 솜씨 하나 기가 막힌다야. 아나운서 아니냐?"
　칠수가 감탄하며 물었다.
　"아까 공용정류장 앞에서 들었던 그 목소리로구만. 소문에는 전남대 여대생이라고 그러든디."
　"저러다 잽히면 뼈도 못 추릴 것인디, 여학생이 참 대단허네이."
　갑자기 시민들이 손뼉을 두드리며 일제히 외치기 시작했다.
　"옳소오! 갑시다아. 도청으로. 도청으로 갑시다아."
　거리는 순식간에 엄청난 외침으로 출렁이기 시작했다.
　"여러분, 여러분! 내 아들의 원수를 갚아주십시오. 내 어머니의 원수를 갚아주십시오. 저놈들이 사랑하는 내 아들, 하나밖에 없는 내 아들을 대검으로 난자해 죽였답니다. 내 어머니의 가슴을 도려내고, 머리채를 질질 끌어다가 길바닥에 팽개쳐서 죽이고 말았답니다. 여러분, 광주 시민 여러분! 원수를 갚아주세요오. 그래서 사랑하는 우리 조국에 민주주의가 불꽃처럼 부활하는 날, 불쌍하게 죽어간 저희들의 넋을 달래주십시오오……"

마치 무성 영화 시대의 변사를 연상시키는 극적인 어조를 띠고 확성기 속에서 흘러나오는 젊은 여자의 목소리는 어느덧 처절한 흐느낌으로, 절규로, 애원으로 변해가고 있었다. 그 목소리가 차츰 시내 쪽으로 멀어져가기 시작했다.
　그 목소리를 따라서, 이윽고 네거리를 중심으로 도로를 가득 채운 사람들의 물결이 일제히 시가지를 향해 출렁이기 시작했다. 거리는 어느새 작은 개울이 되었다. 수많은 집들과 골목마다에서 흘러나온 물살들이 하나둘 개울로 모여들어 점점 더 큰 물결을 이루었다. 물결은 앞으로 나아갈수록 놀랍도록 점점 더 빠르게 불어나고 있었다.
　"동해물과 백두산이 마아르고 다알토로옥 하아느니임이 보우하사……"
　노랫소리. 불현듯 어디서부터 시작했는지 모를 애국가가 입에서 입으로 번져나가기 시작한다.
　무석의 눈에 그 모습은 얼핏 거대한 장례식의 추모 행렬처럼 보였다. 그들의 입에서 흘러나오고 있는 노래는 만가의 가락처럼 들렸다. 한없이 엄숙하고도 처절한 장례식. 추모객들은 갈수록 늘어가고, 행렬은 영원히 멈추지 않고 이어질 것만 같다. 삽시간에 수천 명으로 불어난 남자와 여자, 그리고 노인과 아이들은 하나같이 등을 보인 채 시가지를 향해 무겁고도 둔중한 물결을 이루며 천천히 흘러가고 있었다.
　"어따, 이거 봐라. 어디서 이렇게 몰려나온다냐?"
　"굉장하네이. 드디어 진짜로 한바탕 붙어버릴랑갑다야."
　"니기미! 한번 붙어부러야제! 그 개새끼들한테 지금껏 당하기만 했는디, 온 시민이 한꺼번에 확 들고 일어나갖고 죽기살기로 붙어버리자고!"
 한기가 돌연 언성을 높이며 흥분한다. 칠수 역시 연신 엉덩이를 들썩인다. 무석은 아까부터 가늘게 몸을 떨고 있었다. 무석 역시 흥분하고 있었다. 억눌려 있던 분노와 서러움이 가슴 밑바닥으로부터 솟구쳐올랐다. 미순과 함께 목격했던 그 끔찍한 광경들과 처참한 비명 소리들이 되살아나, 무석은 몇 번이나 주먹을 움켜쥐곤 했다.
 '그래. 참고 참았던 분노와 복수심이 지금 저 수많은 사람들을 거리로 불러내고 있는 것이리라……'
 무석은 눈시울이 시큰해지고 목이 잠겨온다. 한순간 무석은 그 낯모르는 사람들 모두를 와락 끌어안고 싶은 충동마저 느꼈다. 뜨거운 애정 같기도 하고 연민 같기도 한, 아니 어쩌면 벅찬 그리움 같기도 한 참으로 기이한 감정. 그 알 수 없는 불덩어리로 가슴이 빽빽하게 차올랐다. 그러다가 무석은 불현듯 그런 자신의 뜻밖의 반응을 깨닫고는 잠시 어리둥절해졌다.
 사거리에 이르자 한기는 어렵사리 차를 직진시켰다. 하지만 거기서부터는 오히려 마주 밀려오는 시민들의 빽빽한 흐름을 거슬러 올라가야만 했다. 그렇게 오백 미터 정도를 간신히 빠져나와, 이번엔 다시 차를 오른쪽으로 꺾어서 요한병원 방향으로 들어섰다.
 그러나 거기도 마찬가지였다. 교차로를 중심으로 차도건 골목이건 사람들이 쏟아져나오고 있는 것이다. 노랫소리. 박수 소리. 구호 소리. 마치도 신비한 주술에 사로잡힌 사람들처럼, 시민들은 전혀 서두르지 않는 걸음으로 일제히 한 방향으로 밀려 나아가고 있다. 이제 차도는 거의 발을 디딜 틈이 없을 지경이다. 요한병원과 아세아극장 사이에서 사람들은 정지해 있다. 금남로와 이어지는 길목을 계엄군이 차단하고 있는 까닭이다.
　한기는 차를 후진시켰다. 사람들에게 방향을 물었다.
　"수창초등학교 앞으로는 못 지나가요. 공수부대가 막고 있응께."
　"누문동 다리도 맥혔어라우, 아저씨."
　그때 마침 북성중학교 교문에서 책가방을 든 중학생들이 갑자기 우르르 쏟아져나왔다. 하교 시간인 모양이다. 시내 모든 고등학교는 어제부터 일제히 임시 휴교에 들어갔으나 중학교는 그렇지가 않았다. 아이들은 차도를 메운 시민들 속으로 앞을 다투어 비집고 들어가기 시작한다. 차창 밖으로 고개를 내밀고 칠수가 소리쳤다.
　"얌마, 느이들은 빨랑 집에 안 들어갈래? 이 꼬맹이들이 죽을 둥 살 둥 모르고 돌아댕기구마이."
　"체, 누가 꼬맹이라우?"
　"아저씨, 우리들도 나서서 공수부대랑 싸워야제라우."
　"무시하지 마쑈이. 우리도 알 것은 다 알고 있단 말이라우."
　한 녀석이 모자를 벗어 흔들며 화난 표정으로 되쏜다.
　"얌마. 알기는 뭣을 알어! 이 쪼깐한 자식들이, 어른 말씀을 들어야제. 빨리빨리 집에 안 들어가?"
　칠수가 이죽대며 아이들과 주고받는 사이, 트럭은 간신히 천변 쪽으로 방향을 틀었다. 다행히 양동교 부근엔 계엄군이 없는 듯하다. 대신 다리 양쪽은 물론이고 양동시장 입구 일대 거리를 이미 시민들이 가득히 채우고 있는 참이다. 금남로로 이어지는 차도는 인파에 완전히 막혀 있다. 차량들은 겨우 차도 한쪽만을 통하여 좁은 천변 도로로 간신히 엉금엉금 다니고 있을 뿐이다.
　무석 일행이 탄 트럭은 끝내 다리 길목에서 완전히 인파에 묶여버리고 말았다. 그들의 눈앞으로 사람들의 행렬이 끝없이 지나가고 또 지나갔다. 그 부근은 광주시에서 가장 규모가 큰 재래시장인 양동시장이 있고, 천변을 따라 가구점, 철물점, 소규모 자동차 부품공장이며 주물공장들이 밀집해 있는 지역이다. 그래선지 행렬은 젊은 남자들이 특히 많다. 시장통 아낙네들인 듯싶은 여자들도 행렬 뒤편에 집중적으로 몰려 있다.
　시민들 중에는 각목이며 철근, 쇠파이프를 쥔 사람들이 적지 않다. 어느새 준비했는지, 플래카드도 여러 개 등장했다. 흰 천에 붉은색 페인트로 급히 휘갈겨쓴 듯한 글씨. '전두환을 때려죽이자' '군사 정권 타도하자'라고 씌어진 플래카드를 든 청년들 중 몇은 수건으로 얼굴 아래쪽을 복면하듯 가리고 있다.
　차 안에서 무석은 숨을 죽인 채 그 거대한 군중의 흐름을 지켜보고 있었다. 노랫소리, 구호 소리, 박수 소리…… 그들의 얼굴은 하나같이 상기되어 있었다.
　무석은 조금 전 그들을 보고 장례식의 추모 행렬 같다고 느꼈던 자신의 생각을 수정했다. 이제 보니, 그것은 열기에 들뜬 한바탕 축제의 행렬 같기도 했다. 분명 이 순간 뭔가 강렬하고 불가사의한 힘이 그들을 지배하고 있었다. 놀랍게도 그 수많은 사람들의 얼굴엔 공포의 흔적은 거의 보이지 않았다. 구호를 따라 외치고, 손뼉을 치고, 노래를 부르고…… 그러다가 와르르 웃음을 터뜨리기도 하는 시민들의 모습에서는 어떤 여유 같은 것마저 보인다.
　어떻게 된 일일까. 다시 한번 무석은 어리둥절해졌다.

지난 이틀 동안에 보았던 시민들의 표정. 공포와 절망, 경악과 분노로 처참하게 일그러져 있던 그 표정과는 분명 어딘가 달랐다. 지금 시민들의 얼굴엔 힘이 넘치고 있었다. 불덩이처럼 뜨겁고 강렬하면서도 엄청난 폭발력을 감추고 있는 듯한 그 어떤 힘.
'그것이 무엇일까. 그 힘은 어디서 온 것인가. 무엇이 하룻밤 사이에 이 수많은 시민들을 전혀 달라 보이게 만들고 있는 것인가.'
무석에게 그것은 수수께끼만 같았다.
그때 뒤편 다리 부근에서 군중의 함성이 터져나왔다. 사람들을 뚫고 회색 봉고차 한 대와 트럭 한 대가 막 돌고개 방향에서 내려오고 있는 참이다. 자동차 측면엔 '독재 타도' '김대중 석방'이라고 씌어진 플래카드가 붙어 있다. 차 안에 가득히 탄 청년들이 손을 흔들고, 더러는 각목으로 차체를 두드리며 노래를 부른다. 시민들은 그들에게 열렬한 환호를 보낸다. 그들에게 길을 터주느라 시민들의 대열이 잠시 움직이는 사이에 한기는 잽싸게 천변으로 차를 뺐다.
광주일고 뒷담을 왼쪽으로 끼고 돌아, 일행은 봉배가 있는 '함평목공소'에 도착했다. 목공소는 철제 셔터가 절반쯤 내려져 있다. 칠수가 먼저 차에서 뛰어내렸다. 셔터를 발로 몇 번 걷어차며 이름을 부르자, 이내 봉배가 안에서 셔터를 올리고 나왔다.
"야, 차까지 끌고 니들 어떻게 왔냐? 금남로는 공수들이 막고 있을 텐디."
봉배는 놀랍다는 표정이다.
"말 마라. 양동다리에서 오도 가도 못 하고 사람들 속에 잽혀 있을 뻔했다."
셋은 가게 안으로 들어섰다. 말쑥한 양복 차림의 청년 하나가

의자에서 일어섰다. 봉배가 그 청년을 일행에게 소개했다. 충장로 3가에서 양복점 보조 재단사로 일한다는 그는 이름이 강만식이라고 했다. 쪽 빼입은 새 양복에 넥타이까지 맨 차림이 방금 전에 이발관에라도 다녀온 듯한 모습이다.
"재단사라 그런지, 꼭 결혼식에 나갈 새신랑 같소이?"
한기가 악수를 하며 이죽거리자, 청년은 피시시 웃으며 뒷머리를 긁는다.
"어따, 형씨는 쪽집게 같소야."
"얌마, 안 그래도 만식이 이 친구, 낼 모레 약혼식 있다고 오늘 고향에 내려가는 참이란다."
"참말로?"
봉배의 말에 한기가 눈을 똥그랗게 뜨고 되물었다. 고향이 전북 김제읍인 강만식은 이틀 후로 약혼식 날짜가 잡혀 있는 참이란다. 중매로 만난 상대는 김제군 보건소에 다니는 두 살 아래인 아가씨. 정미소를 가지고 있고 재산도 꽤 된다는 집의 딸인데, 마침 노환으로 드러누워 있는 그녀의 아버지가 자기 죽기 전에 막내딸 시집을 보내야 한다고 고집을 부리는 바람에 예정에도 없던 약혼식을 급하게 갖기로 했다는 것이다.
"마침 니들 잘 왔다야. 한기 네 차로 이 친구 좀 태워보내야겄다."
봉배의 말에 한기가 대뜸 눈을 치켜뜬다.
"미쳤냐? 나보고 김제까장 실어다주란 말여?"
"그게 아니고, 무등경기장까지만 가면 돼."
"무등경기장은 왜?"
"시외로 가는 버스들은 모두 거기서 출발하는 모양이더라."

공용터미널 일대는 공수부대가 점거하고 있어서 시위대와의 충돌이 가장 빈번한 지점이다. 때문에 어제 아침부터 터미널은 완전히 폐쇄된 상태였고, 시외버스들은 시 북쪽 외곽에 위치한 무등경기장 앞 광장을 임시 정류장으로 사용하고 있었다.
"괜찮다고 해도 자꾸 그러네이. 봉배야, 나 혼자 걸어갈란다."
"야, 여기서 거기가 어딘디? 괜히 혼자 걸어가다가 공수한테 잽히면 약혼식이 아니라 그날로 초상 치른다, 너. 오후부터는 시내에 버스는커녕 택시도 전혀 안 보이드라. 잔말 말고 이따가 우리랑 같이 가."
"걱정 마시요, 강형. 내 차로 태워다드릴 테니까. 이럴 때는 차로 돌아다니는 편이 더 안전할 것이요."
"그래 주실라요? 이거, 미안해서."
"미안허면 담에 약혼식 끝나고 돌아와서 쐬주나 한잔 사쇼. 봉배하고 친구면 우리하고도 이제부텀은 친구 사인디."
"그나저나 봉배야. 목공소 안이 왜 이렇게 어수선하냐?"
칠수가 가게 안을 둘러보며 물었다. 사무실을 겸해 쓰고 있는 가게 바닥엔 크고 작은 각목이며 널빤지 따위가 어지럽게 흩어져 있다.
"말 마라. 좀전에 한 떼거리가 몰려와서 쓸 만한 각목은 죄다 쓸어가부렀응께."
"공수부대가 쳐들어왔었단 말여?"
"그랬으면 내가 이렇게 살아 있겄냐? 시민들이 수십 명이나 몰려와가꼬, 각목 다발을 톱질까지 해서 들고 나갔다니께."
이십 분 전쯤이었을 것이다. 충장로 5가 쪽에서 한바탕 소란했다. 공수부대가 아니라 전경대와 시위대가 맞붙은 모양이었다.

최루탄이 터지고 아우성 소리가 들리더니, 시민들이 목공소 앞까지 밀려났다. 봉배가 급히 셔터를 닫으려는데, 청년들 한 무리가 목공소 안으로 뛰어들어오더니 각목을 달라고 했다. 주인이 없어서 안 된다고 하자 그들은 고함을 질러댔다.
"이보쇼, 당신은 광주 시민 아니요? 시방 사람이 무수히 죽어가는 판에 이까짓 각목 몇 개가 아깝소?"
 그 말에 봉배는 당장 각목을 묶은 철사를 풀어서 마음껏 가져가게 했다. 너무 길어서 들고 다닐 수 없을 것 같기에 연장통에서 톱까지 꺼내주었더니, 자기들끼리 잘라서 나눠들고 달려나갔다.
"봉배 너, 주인이 알면 모가지 아니냐?"
"얌마, 주인아저씨가 당한 걸 생각하면, 각목이 아니라 총이라도 내주고 싶다. 지금 병원에서 목숨이 오락가락하는 참인디."
"참, 주인아저씨는 어찌 되셨든? 괜찮을 거 같디?"
 칠수의 말에 봉배의 낯빛이 잔뜩 흐려진다.
"흐유, 괜찮기는…… 이제 초상 치를 날 정하는 일만 남았능갑다."
 주인 서씨에게 생각이 미치자, 봉배는 금세 또 가슴이 막막해진다. 총이라도 있으면 당장 뛰어나가 공수놈들을 닥치는 대로 쏘아갈기고 싶다.
 아까 아침나절에 봉배는 잠깐 병원에 다녀왔었다. 병원은 한마디로 지옥이 따로 없었다. 부상자가 넘쳐서 복도는 물론이고 진료실 바닥까지 발 디딜 틈도 없을 지경이었다. 팔다리가 부러진 사람, 칼에 찔려 배를 친친 동여맨 사람, 머리 깨진 사람, 트럭 바퀴 밑에 깔린 사람…… 수십 명의 환자들이 나 죽는다고 저마다 꺽꺽 울고불고, 여기저기서 으악으악 고함을 질러댔다.

봄 날 141

의사들과 간호사들은 반쯤 넋이 빠진 채 이리저리 달려다니고, 그런 아수라장 속을 사지 멀쩡한 사람들은 제 가족을 찾느라고 울며불며 우왕좌왕 미친 듯 뛰어다녔다.

서씨는 용케도 침대를 차지하고 누워 있었다. 하지만 그건 그만큼 부상이 심각하다는 얘기였다. 서씨는 전혀 의식이 없었다. 산소 호흡기에 의지한 채 간신히 숨만 쉬고 있을 뿐, 붕대에 감겨 수박통만큼 커진 머리를 하고 누워 있을 뿐이었다.

밤사이 뇌수술을 했다는데, 봉배의 눈에도 서씨는 절망적인 상태로 보였다. 얼굴이 알아보기 힘들 정도로 퉁퉁 부어올랐고, 어깻죽지며 목덜미의 타박상 부위는 벌써 푸르스름한 빛을 띠기 시작하고 있었다.

주인집 식구들은 목이 매미처럼 쉰 채 쉬지 않고 꺽꺽 울기만 했다. 고등학교 2학년인 막내아들 기수는 공수놈들을 죽이겠다며 당장 튀어나갈 태세고, 서씨의 처는 죽어가는 남편 들여다보랴 막내아들 못 나가게 주저앉히랴 반쯤 넋이 달아난 꼴이었다.

"안집에는 아무도 없냐? 무슨 인기척이 들리는 거 같은디."

한기가 안집 마당으로 통한 출입구 쪽을 돌아다보며 묻는다.

"응, 친척 두 사람이 아침에 와서 집을 지키고 있어. 아무래도 장례 치를 준비를 해야 할 거 같다고, 여기저기 전화를 해보는 모양이드라. 차암, 세상에 이런 법이 있다냐? 자전거 타고 나감서, 나보고 가게 잘 지키라고 하고 나간 사람이……"

봉배는 그만 목구멍이 컥 잠겨와 말을 삼킨다. 눈물이 핑글 돌아 얼른 고개를 숙이고 만다.

그런 봉배 앞에서 모두들 한동안 어두운 표정으로 말이 없었다. 한기와 칠수는 목공소 주인 서씨의 얼굴을 잘 알고 있다. 봉배를 만나려고 이따금 목공소를 찾아오면, 그렇게 맨날 어울려 싸돌아댕기기만 하다가 언제 돈 모아서 장가는 갈 테냐고, 서씨는 혀를 차며 한기와 칠수에게 싫은 소리를 하기도 했었다. 그래도 그는 퍽 좋은 사람이었다고 한기와 칠수는 생각한다. 지난 구정 때는 봉배를 통해 뜻밖에 양말 꾸러미를 선물하기도 했던 서씨였다. 무석은 서씨를 한번도 만난 적이 없지만, 그와 가족이 당하고 있을 고통을 생각하니 가슴이 무거워졌다.

퍼퍼펑……

그때 갑자기 어디선가 굉장한 폭음이 들려왔다. 금남로 쪽이다. 한기와 칠수가 가게 밖으로 달려나가더니, 이내 상기된 얼굴을 하고 돌아왔다.

"또 시작한 모양이다. 수창초등학교 근방 같어. 사람들이 그쪽으로 몰려가고 있는 참이여."

"야, 느이들 여기서 이러고 구경만 하고 있을 거나!"

"그래, 당장 나가자! 우리도 싸워야 할 것 아녀?"

"빨리 차에 올라타! 빨랑빨랑."

한기는 어느새 뛰쳐나가 운전석에 올라앉아 소리치고 있다. 앞자리엔 무석과 만식이 타고, 칠수는 바깥의 적재칸에 올라탔다. 맨 마지막으로 셔터문을 내려 닫은 다음 봉배는 각목 두 개를 움켜쥔 채 적재칸 위로 기어올랐다.

"얌마, 그건 뭣 할러 갖고 나오냐?"

"호신용 무기지 뭐여."

"젠장, 그까짓 젓가락을 어디다 쓰겄냐? 최소한 쇠파이프나 철근은 돼야제!"

"이 판국에 쇠파이프가 어딨어?"

봄 날 143

"왜 없다냐? 우리 가게에 가면 쌔고 쌨응께, 당장 가자!"
"오케이! 출발!"
　칠수와 봉배가 신이 난 듯 각목을 흔들며 소리쳤다. 부르릉. 한기는 힘차게 가속기 페달을 밟았다.
　그들은 일고 입구를 지나 금남로 4가 네거리에 이르렀다. 의외로 4가 부근은 한산하다. 네거리 주위를 살펴보니 금남로 5가 수창초등학교 앞엔 공수부대, 3가 한일은행 부근엔 기동대가 시민들과 대치해 있다. 공수부대가 점령하고 있는 맞은편 공용터미널 쪽엔 공수부대만 보인다. 어디나 시민들의 숫자는 각각 천여 명쯤, 아직은 그다지 많지 않다. 한일은행 쪽에선 조금 전 한바탕 최루탄을 터뜨리고 난 기동대가 원위치로 돌아가자, 흩어졌던 시민들이 다시 모이기 시작하는 참이다. 그러나 그 어느 쪽에서도 아직 본격적인 충돌은 일어나지 않고 있다.
　한기네 가게는 공용터미널 너머에 있었다. 하지만 터미널 쪽은 공수들이 막고 있는 탓에 별수없이 우회해야만 했다. 한기는 한일은행 방향으로 돌아 대인동 쪽 골목으로 진입해서 구역 앞 네거리로 나왔다.
　주변 상가는 거의 대부분 문을 닫았다. 차량 통행도 눈에 띄게 뜸하다. 오늘부터는 시내버스마저 운행을 중단해버린 모양이다. 그래선지 행인들의 움직임은 얼핏 한가롭기까지 하다. 평소엔 그처럼 번잡하던 거리가 돌연 기이한 적막감으로 무겁게 내려앉아 있는 것이다.
　그러나 그 적막함 속에 팽팽한 긴장감이 감돌고 있음을 무석은 감지한다. 폭포의 낭떠러지가 점차 가까워올수록 물살의 흐름이 돌연 완만하고 고요해지듯이, 그 기이하고 묵직한 정적은 뭔가 피할 수 없는 불길한 예감으로 도시 전체를 소리없이 내리누르고 있다.
　네거리로 나오자 구역 앞 도로엔 또 한 무리의 시민들이 어수선하게 웅성거리고 있는 참이다. 백여 미터 전방, 공용터미널 네거리를 공수부대가 차단하고 있다. 중앙엔 장갑차 한 대, 후미엔 트럭 네 대가 배치되어 있다. 이제 막 얼룩무늬 병사들이 시민 칠팔 명을 끌고 대열로 돌아가는 모습이 보인다. 머리에 두 손을 얹은 채 끌려가는 남자들. 교련복 차림의 고등학생도 끼여 있다. 조금 전 양쪽 사이에 잠시 쫓고 달아나는 소란이 벌어졌던 모양이다.
　"이놈들아. 그 사람들을 놓아줘라!"
　"야, 이 짐승 같은 새끼들! 너희들도 사람이냐아!"
　군중 속에서 욕설이 터져나온다. 시민들 대열 선두에 선 청년 하나가 휴대용 확성기로 연신 뭐라고 소리치기도 하고, 노래를 부르기도 한다.
　"자, 시민 여러분. 물러나지 맙시다. 각자 제자리를 지킵시다."
　나 태어나 이 강산에 투사가 되어 꽃 피고 눈 내리기 어언 삼십 녀언…… 확성기 청년의 선창에 맞춰 시민들이 손뼉을 두드리며 다시 합창을 시작한다. 젊은이 서넛이 앞으로 달려나가 돌멩이를 던지고는 도망쳐온다. 돌멩이는 어림도 없는 지점에 떨어졌다.
　'이제 저들은 무참한 난타질에 반죽음을 당하게 될 것이 틀림없다.'
　시민들은 노래를 부르면서도, 저만치 잡혀가고 있는 사람들을 걱정에 찬 표정으로 주시하고 있다.

공수들이 뭐라고 고함을 지르자 잡혀간 사람들이 일제히 길바닥에 무릎을 꿇고 앉는 모습이 보인다. 하지만 의외로 아직까지는 공수들이 폭력을 쓰지는 않고 있다.
"허, 그것이 아니라니까 그래애! 누가 밀고를 했단 말여?"
"아니긴 뭐가 아녀! 우리가 다 봤는디. 당신이 공수한테 일러바쳤잖소!"
갑자기 대열 한쪽이 왁자지껄해졌다. 길가 허름한 복덕방에서 삼십대 사내 둘이 오십대 남자의 어깨를 움켜잡고 끌고 나오는 참이다. 주위의 사람들이 노래를 멈추고 그리로 몰려들었다.
"이보쇼. 당신도 광주 사람요? 당신 혼자만 살겠다 이것이여?"
"여러분! 이 작자가 대학생을 공수놈들한테 팔아넘겼소. 저기 저, 흰 남방 입은 대학생 말이요. 아까 이리로 도망쳐 들어가 방안에 숨어 있는디, 이 영감이 일부러 나와가꼬 공수부대를 데리고 들어가는 걸 내 눈으로 똑똑히 보았소."
남색 티셔츠 사내는 복덕방 남자의 멱살을 움켜쥐고 잔뜩 흥분해서 외친다.
"맞어라우. 나도 봤소. 이 영감이 문 앞에 서 있다가 뭐라고 하니까, 공수 두 놈이 뛰어들어갑디다."
다른 사내가 나서서 외쳤다.
"아니, 그것이 대체 사람이여? 저 영감, 역적이구만. 공수부대 간첩 아니여?"
여기저기서 욕설과 고함이 터져나오기 시작한다. 영감의 얼굴이 하얗게 질려 있다. 누군가 달겨들어 주먹을 휘두르려는 걸 옆에서 말렸다. 영감은 연신 멱살을 잡힌 채 다급하게 소리를 질러댄다.

"아니여! 그것이 아니랑께! 도망칠라고 뛰쳐나왔다가 얼결에 도로 들어갈라고 하는디, 그놈들이 뒤따라 들어왔단 말요! 아이고, 내 말 좀 믿어주시요오드을……"
"그러믄 아까 공수새끼한테는 손가락질로 뭣을 가리켜줬어, 이 영감아!"
"아, 모, 모른다고 그랬제. 나는 아무것도 모른다고, 그랬는디……"
빠져나가려고 버둥거리는 영감을 에워싸고 잠시 소란스럽다. 그때 누군가 나서서 그들을 뜯어말렸다.
"생사람 잡지 말란 말여! 내 아들놈도 대학 졸업반이여. 당신들만 애국잔 줄 아쇼!"
그 바람에 힘을 얻은 영감이 고함을 지르며 발을 굴러댄다. 이내 삼십대쯤의 여자와 남자가 영감을 부축해 복덕방 안으로 데려갔다. 구경하던 사람들이 슬금슬금 차도로 되돌아왔다.
군중들이 술렁이기 시작했다.
"온다. 잡혀간 사람들을 풀어준 모양이여."
와아. 함성과 함께 박수 소리도 터져나왔다. 공수부대에 끌려가 길바닥에 무릎을 꿇고 있던 십여 명의 시민들이 풀려나, 이쪽으로 걸어오고 있는 참이다.
"으마, 웬일이여? 저 새끼들이 오늘은 어쩔라고 그냥 풀어준다냐?"
"새끼들, 그런다고 우리가 속아넘어갈 줄 아냐?"
"생사람을 개 잡디끼 때려죽일 때는 언제고, 이제 와서 적당히 어물쩡 넘어갈라고?"
한기와 칠수가 코웃음을 친다.

풀려난 사람들은 처음엔 불안하게 연신 힐금힐금 돌아보며 걸어오더니, 이내 걸음아 날 살려라 하고 이쪽으로 달려오기 시작한다. 그 모습을 보고 박수 소리와 함께 와그르르 웃음이 터져나왔다.

투타타타타……

그때 갑자기 머리 위에서 요란한 프로펠러 음이 들려왔다. 시민들의 고개가 일제히 뒤로 꺾였다. 군용 헬리콥터 한 대가 서쪽으로부터 나타나 머리 위를 선회하고 있다. 꽤 높이 떠 있어서, 헬기 안에 탄 사람의 윤곽이 얼른 잡히지 않는다.

"저놈들, 사진 찍을라고 저렇게 빙빙 도는 것이구만."

군중 속에서 한 남자가 큰 소리로 말했다.

"사진을 왜 찍는다요?"

"허, 소문 못 들었소? 헬기에서 망원경으로 데모하는 사람들을 찍어가꼬, 나중에 모조리 색출할라고 그런답디다."

"에이, 설마. 이 많은 사람들 중에서 어떻게 일일이 얼굴을 분간할 수 있을랍디여?"

"모르는 소리 마시오. 망원렌즈에 잽히면 얼굴에 박힌 사마귀까지도 나온답디다."

"참말이라요?"

중년 사내의 말에 여기저기서 수군거린다. 말도 안 되는 소리라는 사람도 있다. 대부분 설마 하는 기색이지만, 주변 사람들의 표정이 일순 불안해진다. 더러는 얼른 손으로 입을 가린 채 헬기를 올려다보기도 한다. 헬리콥터는 구역 일대 상공을 중심으로 빙빙 돌면서 선무 방송을 시작했다.

"……친애하는 광주 애국 시민 여러분. 저는 전남도지사 장형

태올시다. 전라남도와 광주시의 행정을 책임지고 있는 사람으로서 시민 여러분들에게 다시 한번 간곡히 부탁드립니다. 흥분을 가라앉히시고 냉정하게 현사태를 해결하는 것만이 당면한 가장 시급한 일이올습니다. 군경과 관에 모든 것을 맡겨두시고, 어서 해산하여 각자 생업에 종사해주시기를 재삼재사 부탁드립니다. 시민 여러분. 어서 돌아가주십시오. 시민 여러분……"

도지사의 목소리가 분명하다. 사람들은 한동안 하늘을 향해 귀를 열어둔 채 헬리콥터 방향을 따라 고개를 빙글빙글 돌리고 있다.

"도지사가 왜 군용 헬기를 타고 저 지랄이여?"

"아따, 그러지 마. 도지사가 무신 끗발이 있겄나. 저 사람도 어떻게든 사태가 확대되는 걸 막아볼라고 저러는 것이제이."

"막기는 무신! 시방 흥분한 시민들을 무신 수로 가라앉혀? 생목숨을 개 잡디끼 쥑여놓고, 우리보고 그냥 집으로 돌아가라고!"

"돌아가주지, 아믄. 저 공수놈들 쫓아내고, 전두환이 놈들 가랭이를 좍좍 찢어쥑이고 나믄야, 가지 말라고 잡아도 돌아가주고 말고!"

시민들은 대부분 코웃음을 치거나 분통을 터뜨린다. 그때까지 잠잠하던 맨 앞 대열의 확성기에서 청년의 목소리가 커다랗게 울렸다.

"여러부운! 돌아가라니요! 우리가 어디로 갑니까아! 지난 사흘 동안 얼마나 많은 무고한 시민들이 저놈들의 손에 학살당했는데, 우리가 어떻게 돌아갑니까아. 내 동생, 내 친구, 내 아들딸을 죽인 저놈들을 그대로 놔두고 어떻게 우리가 두 다리 뻗고 살아갈 수 있단 말입니까아, 여러부운! 못 갑니다. 좋습니다. 돌아가십시오오. 죽어도 같이 죽고 살아도 함께 살겠다는 사람만 여기 남고, 나머지는 모두 돌아가도 좋습니다. 자, 어떻습니까. 싸우겠습니까아, 아니면 저 잔악한 전두환 로봇들의 총칼에 겁을 먹고, 비겁하게 이 자리에서 항복하겠습니까. 대답해보십시오오!"
"싸웁시다아! 싸우자아! 광주 시민 만세에! 대한민국 만세에……"
시민들의 엄청난 함성이 한꺼번에 터져나왔다.
별안간 군중은 마치 비등점에 도달한 물줄기처럼 세차고도 급격한 속도로 출렁거리기 시작했다. 일순 선두의 대열이 전진을 개시하자, 대열 전체가 어떤 거대한 힘에 급작스레 떠밀리듯이 들끓어오르며 일시에 팽창하기 시작한다. 와아아. 이내 선두의 몇십 명이 뛰쳐나가 돌맹이를 던졌다. 몇 개의 화염병이 퍽퍽 불꽃을 피워올린다.
그러나 그도 잠시, 공수부대 선두가 돌맹이를 피하려고 우왕좌왕하는가 싶더니, 어느 순간 엄청난 속도로 내달려오기 시작했다.
"와아아아. 온다아아! 튀어라아……"
시위대는 일제히 등을 돌려 콩 튀듯 흩어진다. 아우성 소리. 비명 소리.
"야, 빨리 차 빼라. 직진! 직진!"
칠수가 적재칸 뒤에서 고함을 지르고, 한기는 서둘러 핸들을 돌렸다. 네거리를 지나 광주고등학교 쪽으로 정신없이 트럭을 몰았다. 계림시장 입구에 차를 세우고 돌아보니, 의외로 저만치 네거리 부근에서는 시민들이 다시금 제자리로 돌아가고 있는 모습이 보인다.

"워메, 십년감수했네. 차를 멀찍이 빼놓았기 망정이지, 골로 갈 뻔했다야."

한기가 숨을 몰아쉬었다.

"공수들이 안 쫓아오는 모양이다. 웬일이제? 그 새끼들이 겁묵었으까?"

"사람들이 다시 모이는갑소. 워메, 이쪽에서도 또 한 무데기로 나왔네이."

강만식이 창밖으로 고개를 빼고 말했다.

정말, 이번엔 계림동 파출소 쪽에서도 시민들이 몰려나온다. 천여 명은 될 듯싶다. 거기만이 아니다. 반대편 골목에서도, 또 광주고등학교 쪽에서도 시민들이 몰려나온다. 아직 대열을 갖추지는 않은 채, 남녀노소, 마치 무슨 축제 구경이라도 나선 것처럼 수많은 사람들이 거리로 나서고 있는 것이다.

"이게 뭔 일이다냐? 어디서 이렇게 쏟아져나와?"

"워메, 여자들까장 다 있네. 고등학생들, 중학생들까장 나섰으니, 인자야말로 뭔가 크게 붙어불랑갑다야!"

한기와 만식의 입이 떡 벌어진다. 무석은 가슴이 마구 울렁거리기 시작한다. 뒤칸의 봉배와 칠수도 박수를 치고 구호를 따라 외친다.

"갑시다아! 도청 앞으로. 도청 앞으로……"

차에 탄 그들도, 거리의 시민들도 모두가 똑같이 눈빛과 얼굴이 달아올라 있다. 무석은 믿어지지가 않는다. 도대체 어디서 이렇게 끝없이 쏟아져나오는 것인가. 무엇이 이들을 저마다 엄청난 두려움에 떨면서도 거리로 밀려나오도록 만드는 것일까. 까닭 모를 희열과 함께 무석은 두 다리가 후들거려옴을 느꼈다.

한 무리의 청년들이 대열을 지어 달려지나간다.
"우리들은 정의파다 훌라훌라. 같이 죽고 같이 산다 훌라훌라……"
길가에 늘어선 사람들이 박수를 치며 환호성을 올린다. 그들 중 서넛이 트럭 쪽으로 뛰어왔다.
"형씨! 어딜 가는 거요. 우리도 함께 타고 갑시다."
"좋소, 올라타쇼!"
칠수가 소리치자, 칠팔 명이 우르르 트럭 위로 올라탔다. 한기가 핸들을 돌렸다.
"일단 우리 가게로 가자."
"뭣 하러?"
"얌마, 가보면 알어. 싸우려면 무기가 있어야제, 맨손으로 뭣 할 거여?"
한기는 대인시장 옆 개울을 따라 좁은 골목길을 요리조리 빠져나갔다.
마침내 가게 앞에 차를 세우자마자 한기는 훌쩍 뛰어내리더니, 셔터를 드르륵 밀어올렸다. 가게 안엔 온갖 건축 자재가 가득 쌓여 있다. 청년들이 뒤따라 차에서 내려 가게로 들어오려고 하자, 한기가 앞을 막았다.
"잠깐, 이럴 때일수록 이성을 차려야 하는 법잉께, 내 말 잘 들더라고! 절대로 다른 건 손대면 안 돼. 이건 내 재산이 아니란 말여. 내가 지금부터 내주는 물건만 가져가쇼. 다 쓰고 난 뒤엔 반환하든지 말든지 허고. 알았제? 자, 따라오쇼."
씨익 웃더니, 한기는 가게 맨 안쪽의 작은 창고 문을 활짝 열어제친다. 잡다한 자재들이 들어찬 한쪽 바닥에 무엇인가 한 무더기 쌓여 있다. 일정한 길이로 절단된 수도 배관용 파이프 도막들이다. 모두들 한두 개씩 집어들고 밖으로 나오자 한기는 낯선 청년들에게 말했다.

"자, 이제 각자 하나씩 들었응께, 용감허게 싸우러들 가쇼이. 우리는 잠시 가봐야 할 데가 있응께."

"고맙소 형씨. 내 이걸로, 더도 말고 공수부대 딱 다섯 놈만 잡아가꼬 올라요!"

"아, 좋제라우! 이왕이면 한 열 놈, 작살을 내뻐리쇼."

쇠토막을 자랑스레 흔들어보이며 청년들이 큰길 쪽으로 사라지고 나자, 한기와 칠수·봉배·무석 그리고 만식이만 남았다. 봉배가 걱정스레 한기를 바라본다.

"야, 느이 사장한테 어찌 당할라고 그러냐?"

"사장이 알아도 상관없어. 저까짓 중고 파이프, 다 합쳐봐야 몇 푼도 안 돼. 어저께만 해도 옆집 다른 가게들은 어쨌는 줄 아냐? 무기가 될 것은 뭣이든지 달라고 젊은 사람들이 찾아오니까, 이웃 가게들은 사장이 직접 자기 손으로 쇠파이프, 철근, 괭이, 하다못해 톱까지 나눠준 집도 있었단 말이다. 그런디, 우리 쫀쫀한 사장은 문부터 빨리 안 닫아건다고 나한테 지랄을 다 떨지 뭐냐. 그래서 간밤에 사장 없는 틈에, 나 혼자 창고에 들어앉아 절단기로 배관용 파이프 몇 개만 몰래 잘라놨다. 이럴 때 쓸라고 말여."

"느이 사장은 어딜 갔는디?"

"말 마라. 지지리도 잘난 큰딸이랑 아들이 모두 대학생인디, 난리 끝날 때까지 피신시킨다고 어저께 오후에 구례 외갓집으로 손수 인솔해갔단다. 자가용 몰고, 마누라까장 사그리 철수했당께."

"니기미, 즈이들만 살겠다고 내뺐구나."

"아참, 이러고 있을 때가 아니구마이. 우리 강만식씨를 약혼식장으로 보내드려야제이. 자, 빨랑 타라."
 한기가 셔터문을 닫고 달려와보니, 어느새 칠수가 운전석을 차지하고 앉아 있다.
"야, 이번에는 내가 한번 운전해볼란다."
"좋아, 한번 믿어보제."
 한기가 적재칸으로 뛰어오르자마자 트럭은 출발했다. 목적지는 무등경기장이었다.

　　　시민 여러분. 이 땅에선 당신들만이 당신의 안전
　　　을 절대적으로 보장합니다. 어서 창문을 활짝 열고
　　　대문 밖으로 나서십시오. 아직은 아무데도 안전한
　　　곳은 없습니다……
　　　── 임동확,「매장시편」에서

5월 20일 15 : 30, 광주역, 무등경기장
 한기네 가게를 출발한 트럭은 이내 로터리 입구에서 급정거했다.

공용터미널 쪽에 운집해 있던 시민들이 우르르 흩어져 이쪽으로 도망쳐오고 있었다. 그들의 뒤편에서 공수부대가 진압봉을 휘두르며 맹렬하게 쫓아오고 있다. 차에 탄 무석 일행은 당황했다. 칠수가 차를 뒤로 빼내려 했으나 이미 늦었다.
"아이구메! 큰일났다!"
"야, 튀자!"
일행은 후닥닥 차에서 뛰어내렸다. 어수선하게 흩어져 몰려오는 사람들 틈에 섞여 그들은 백여 미터쯤 정신없이 도망쳤다. 자동차 정비공장 앞에서 그들은 비로소 멈춰서서 가쁜 숨을 내쉬었다.
공수부대 병사들은 한기의 트럭이 서 있는 지점쯤까지 쫓아왔다가 다시 되돌아가고 있다. 시민 십여 명이 잡힌 모양이다. 두 손을 머리에 올린 채 시민들은 길바닥에 무릎을 꿇고 앉혀진다. 한편에선 공수 서넛이 전신주 옆에 남자 둘을 세워놓고 마구 걷어차고 있다. 잠시 후 그들 역시 대열로 끌려와 무릎을 꿇었다. 이내 그들은 모두 일어나 옷을 벗는다. 러닝 셔츠와 팬티만 남은 차림. 그들은 벗어놓은 각자의 옷을 뭉뚱그려 머리 위로 올린 채 열을 지어 공수부대원들에게 끌려가기 시작한다.
"야, 이 개 같은 놈들아! 그 사람들 풀어줘라."
사람들이 야유를 보냈다. 공수부대원 몇이 휙 몸을 돌이켜 금방이라도 쫓아올 시늉을 해보이다가 그만둔다. 대신 그들은 잡힌 사람들의 등을 진압봉으로 갈기거나 발길질을 하는 걸로 분풀이를 대신했다. 그때 한기의 트럭 옆을 지나치던 공수 하나가 갑자기 돌아서는 게 보였다. 순간 그 모습을 지켜보고 있던 한기는 눈앞이 아찔했다.

봄 날 155

"이 씹할 빨갱이새끼들……"
 공수가 뭐라고 욕설을 터뜨리더니, 진압봉으로 트럭 조수석 차창을 내갈겼다. 와장창. 창유리가 박살이 났다.
 공수들이 로터리 쪽으로 되돌아가자 시민들은 다시 앞으로 나아갔다. 한기가 맨 먼저 달려가 차를 살펴보았다.
"이 개 같은 놈들! 내 차가 무슨 죄가 있다고."
 한기가 벌개진 얼굴로 고함친다. 운전석 옆 창유리가 완전히 박살이 났다. 시트 위에 어지럽게 널린 유리 조각들을 밀어내며 한기는 이를 악물고 으르렁댄다.
"오냐, 내가 이대로 당하고만 있을 거 같냐! 너 죽고 나 죽고 해보자 이거제! 이 쌍누무 공수새끼들아, 어디 두고 보란 말이다."
 그들은 다시 차에 올랐다. 이번엔 한기가 운전대를 잡았다.
 길목을 빠져나와 광주역 쪽으로 돌아서려는데, 돌연 시민들의 야유와 고함이 터져나왔다. 로터리 맞은편 구역 방향에서도 막 한바탕 추격전이 끝난 모양이다. 그쪽에서도 십여 명의 시민들이 로터리 중앙을 향해 끌려오고 있는 모습이 보인다.
 맨 뒤에는 공수 하나가 젊은 여자의 팔을 움켜쥔 채 끌고 오는 참이다. 사람들이 돌멩이를 던졌다. 그러자 공수는 마치 잘 보라는 듯이 대뜸 젊은 여자의 긴 머리채를 홱 잡아챘다.
"으아아, 엄마아."
 여자가 비명을 지르며 주저앉자 공수는 머리채를 잡아 아예 질질 끌고 간다. 여자의 구두 한 짝과 핸드백이 길바닥에 떨어졌다. 사람들이 고함을 치면서 안타깝게 발을 구른다. 그 공수부대원은 분명 시민들의 그 같은 반응을 즐기고 있는 기색이다. 또 다른 공수 하나가 다가가 여자의 팔을 잡아 일으키더니, 대열 안으로 끌고 들어갔다. 이내 기합이 시작된다.
"앉아. 일어서. 앉아. 뒤로 취침. 앞으로 취침……"
잡혀온 시민들이 길바닥을 뒹굴기 시작한다.
차에 탄 일행은 그 광경을 처음부터 끝까지 지켜보고 있었다. 한기도 만식도 모두들 하얗게 낯빛이 질렸다. 무석은 두 다리가 와들와들 떨렸다. 공포와 경악 그리고 그 참혹한 광경 앞에서 무력하기만 한 자신에 대한 혐오감과 죄책감에 온몸이 떨리기만 했다.
"저 새끼들을 이 차로 콱 밀어버릴끄나!"
한기가 울부짖듯이 뇌까렸다.
"니기미, 이렇게 구경만 하고 있어야 하다니. 총만 있다면 저것들을 그냥!"
만식이 차 문짝을 주먹으로 쿵쿵 두들겼다. 만식의 눈자위가 벌겋게 물기로 번들거리고 있음을 무석은 보았다.
트럭은 다시 출발했다. 시위대의 뒤편을 돌아 그들은 광주역을 향해 달렸다. 광주역 로터리 일대 역시 공수부대가 막고 있다. 삼백여 명 가량의 공수부대 병력은 마침 역 광장 중앙의 분수대를 에워싼 채 길바닥에 앉아 잠시 휴식을 취하고 있는 참이다. 역 광장을 중심으로 연결된 다섯 방향의 도로 어귀마다 시민들이 하나둘 모여들고 있다. 하지만 아직 본격적인 충돌은 시작되기 전이다.
한기는 로터리를 피해 골목길만을 택해 요리조리 빠져나갔다. 이윽고 광주역에서 무등경기장으로 이어지는 큰길로 나왔다. 크라운제과 공장 앞에 수많은 영업용 택시들이 도로 한켠을 완전히 차지한 채로 길게 정차해 있었다. 오륙십 대는 족히 될 듯싶다.

"젠장, 시내에서는 구경조차 못 하겠등만, 알고 보니 택시란 택시는 모조리 여기 와서 자빠져 있었구마이."
"택시들이 무슨 일로 여기 한 군데만 이렇게 몰려 있다요?"
"척 보니께 시외로 뛰는 택시들이구만. 무등경기장뿐만 아니라 여기서도 모이는 모양이요."
"아하, 그렇구마이."
만식이 고개를 끄덕였다. 그러고 보니 더러 가방이나 작은 보퉁이를 든 사람들이 택시에 올라 무등경기장 쪽으로 사라지곤 한다. 시내 교통은 사실상 마비 상태다. 때문에 시내 운행을 단념한 채 택시들 대부분이 시외로 빠져나갈 사람들을 그곳에서 기다리고 있는 것이다. 자동차를 길가에 세워둔 채로 택시 기사들은 여기저기 모여서 애기를 주고받고 있는 참이다. 하나같이 심각한 표정들이다.
차는 이윽고 무등경기장에 도착했다. 경기장 앞 넓은 광장은 물론이고 주변 도로는 수많은 차량들로 온통 북새통을 이루고 있다. 시외로 나가는 버스들, 손님을 잡으려고 흥정하는 택시 기사들, 어느 버스를 타야 할지 갈피를 잡지 못하고 우왕좌왕하는 사람들. 경찰은 보이지 않고 대신 민간인 몇이 나서서 교통 정리를 하고 있긴 하지만 주변은 어수선하기 그지없다.
그 동안에도 버스는 고속도로 인터체인지와 국도가 이어지는 도로의 길목으로 부지런히 들락거린다. 그러나 타려는 사람은 많고 차량은 턱없이 부족해 뵌다. 행선지별로 구분이 안 된 탓으로, 사람들은 이리저리 몰려다니는 판이다. 한기는 그 북새통 속으로 간신히 차를 몰아 광장 안으로 들어섰다.
"저거, 장성 가는 거 맞제?"

"맞다. 일단 저걸 타고 장성까지 나가면, 거기서 김제나 전주 가는 버스로 바꿔 탈 수 있을 거여. 아니면 기차도 있을 거고."

트럭을 다리 부근에 세워놓고 그들은 내렸다. 강만식이 모두와 악수를 나누고 나서 한기에게 말했다.

"고맙소, 한기씨. 돌아와서 소주 한잔 살 텡게, 행여 공수놈들한테 잽히지는 마씨요이."

"염려 마슈. 차라리 죽으면 죽었지, 내가 그놈들에게 잡힐 놈은 아니요."

만식은 버스들이 서 있는 쪽으로 건들건들 사라졌다.

남은 넷은 다리 난간에 허리를 기대고 서서 잠시 담배를 나눠 피웠다. 경기장 주변은 마치 축구 경기가 끝난 직후처럼 북적인다. 가족인 듯한 사람들이 무석 일행 앞을 지나간다. 대학생으로 보이는 아들을 어디론가 피신시키기 위해 나선 중년 남자. 고등학생 두셋을 함께 데리고 가는 아낙네들도 있다. 아예 온 가족이 가방이며 보통이를 하나씩 챙겨들고 나선 사람들도 보인다. 그들은 하나같이 잔뜩 굳은 표정들이다. 가택 수색을 해서 대학생은 눈에 보이는 족족 잡아간다는 소문 때문에 어제부터 수많은 사람들이 속속 시내를 빠져나가고 있는 참이다.

"진짜 난리가 터지기는 터진 모양이다야. 약삭빠른 사람들은 피난 가느라고 그 틈에도 야단들이구만."

"빌어묵을 자식들. 아, 대학생놈들 말여. 데모는 애초에 즈이들이 먼저 시작해놓고, 이제와서는 즈이들만 살겠다고 저렇게 도망쳐불면 어쩌겠다는 것이여?"

"놔둬라. 목숨은 살리고 봐야제 어쩌겠냐? 나래도 그러것다."

한기와 칠수가 투덜거렸다.

경기장 앞 광장엔 그렇게 시내를 빠져나가는 사람만 있는 것은 아니다. 시외로 빠져나가는 버스는 물론이고 광장으로 들어오는 버스도 대부분 만원이다. 담양, 장성, 구례, 곡성, 보성, 승주, 해남, 진도…… 전라남도 각지에서 출발한 버스의 문이 열릴 때마다 두려움과 불안에 어리벙벙 질린 낯빛의 시골 사람들이 쏟아져나오고 있다. 바쁜 용무 때문에 찾아오는 사람들도 있겠지만, 대부분 광주 시내에 거주하는 가족의 안부를 확인하기 위해 고향에서 부랴부랴 올라온 사람들이다. 특히 대학생 자녀를 둔 학부모들은 하나같이 잠자다가 뭣에 얻어맞은 사람처럼 허둥거리고 있다.

"으마, 운전사 아저씨. 제발 조까 우리 좀 실어다주시요. 예?"

"안 된단 말이라우. 여기는 시외로 뛰는 택시밖에는 없소. 장성이나 담양 가는 거말고는 어디 가봐도 아마 시내로는 안 들어갈라고 할 거요."

"오메, 우리 아들 자취방은 조선대학 앞인디, 거기까장 어떻게 걸어가겄소? 큰일났구마이."

"아줌씨. 온 시내가 시방 쑥밭이 된 판이라 시내버스도 택시도 안 다닌단 말이라우. 그러니, 어쩔 것이요. 멀드라도 내 발로 걸어가야제."

"오메메, 어째사 쓸꼬이!"

시내로 가자느니 못 가겠다느니 여기저기서 실랑이가 벌어진다. 다리 주위엔 삼십여 대의 택시들이 열을 지어 정차해 있고, 그 한쪽엔 이십여 명의 기사들이 모여 앉아 막걸리를 나눠 마시면서 뭔가 심각하게 얘기를 나누고 있다. 그걸 보고 한기가 슬그머니 술 생각이 나는 모양이다.

"야, 기분도 뭣 같은디, 우리도 막걸리나 한 사발씩 마실끄나?"
한기가 담배꽁초를 다리 아래로 휙 던지며 말했다.
"좋아. 안 그래도 최루탄 가루 몇 모금 마셨등마는 목구녕이 컬컬하던 참이여. 내가 갔다오께."
칠수가 봉배를 데리고 다리를 건너갔다.
잠시 후 둘은 막걸리가 담긴 비닐병 두 개와 쥐포 몇 개를 들고 나타났다. 그들 넷은 자리를 찾다가, 택시 기사들이 모여 있는 쪽으로 다가갔다. 길바닥에 주저앉아 그들은 플라스틱 컵을 돌리며, 옆자리 기사들의 얘기에 귀를 기울였다.
"도대체 대한민국 군대가 이럴 수가 있는 거여? 우리가 데모를 했어, 뭣을 했어? 돈 벌어 먹고 살겠다고 운전하러 나선 우리 같은 선량한 시민들까장 개 잡디끼 때려잡다니, 말이나 되냐고!"
"니기미, 무슨 일할 기분이 나야 말이제. 생각 같아서는 이누무 차, 확 불질러가꼬 공수놈들을 싸그리 깔아뭉개불고 싶어 환장허겠어!"
"공수놈들뿐요? 전두환이 그놈부터 사지를 찢어줘여야 해. 전라도 사람은 아예 씨를 말리겠다니, 그 새끼는 완전히 인간 백정 인개비여."
"아까 그 뉴스 들었소? 아, 오늘까지 연행된 시민이 오백십칠 명이고, 부상자는 경찰만 여섯 명뿐이라잖어. 시민은 사망자는 커녕 부상자조차 단 한 명도 없다니, 이게 말이나 돼?"
"그거이 참말이요? 진짜로 그렇게 발표하드란 말요?"
"이 양반은 시방까장 그것도 못 들었는갑네. 계엄산지 무신 개지랄인지에서 발표한다기에, 혹시나 하고 들어봤등만 그러더란 말요."

봄 날 161

"허어, 기가 막혀 말이 안 나오네!"
"아이고메, 눈알 튀어나올라 해서 미치겄구마이! 이거이 무슨 수작들이라냐. 내 눈으로 직접 목격한 것만 해도 벌써 몇 사람이 죽었는디."
"몇이 뭐여? 지금 당장 전대병원에 가봐. 조대병원, 기독병원, 적십자병원 할 것 없이 영안실마다 꽉꽉 들어차 있는 것이 사람 송장 아니고 허깨비들인가!"
"세상에! 신문 방송은 대관절 다 뭣 하고 자빠졌답니까. 하늘이 알고 땅이 알고 팔십만 광주 시민이 두 눈 훤히 뜨고 지켜보고 있는디, 그런 쌩 거짓말을 하도록 가만히 보고만 있단 말요?"
"신문이고 방송이고 전부 똑같은 새끼들이여. 전두환이 말 하나면 끽소리도 못 허고 시키는 대로 나불나불하는 놈들이랑께."
"그나저나 이러다가는 진짜 광주 사람들 씨가 안 남어나겄어라우."
"말도 마쇼. 죽더라도 송장이나 남겨얄 것인디, 공수부대가 죽은 사람들을 트럭에 실어가꼬 수도 없이 암매장을 하고 있답디다. 아침에 화순 쪽으로 공수부대 트럭이 시체 같은 걸 포장으로 덮어가지고 석 대나 지나가는 걸 나도 지원동에서 직접 봤소."
"우리도 뭉쳐야 돼라우! 싸워야 한다고!"

막걸리를 받아놓고 둘러앉은 기사들에게서 분노에 찬 목소리가 다투어 터져나오고 있다. 그들은 지난 사흘 동안 자동차를 몰고 시내 곳곳을 돌아다니면서 누구보다도 많이 참혹한 현장들을 목격한 장본인이다. 동시에 그들은 공수부대의 무차별 폭력에 의한 희생자들이기도 했다. 운행중인 버스와 택시를 정지시켜 놓고 젊은이들을 강제로 끌고 가는 과정에서 기사들은 도처에서 혹독한 구타와 연행을 당해야 했다. 피투성이가 된 시민들을 병원으로 싣고 가다가, 폭도를 빼돌리려 한다는 이유로 진압봉에 쓰러지거나 대검에 찔린 기사들이 늘어나고 있다는 소식에 기사들은 극도로 분노하고 있는 참이다.

"그놈들은 환각제를 탄 술을 마시고 출동한다고 합디다. 안 그러고서야 남녀노소 안 가리고 그렇게 잔인하게 칼을 휘두를 수가 있겠소? 월남전 때도 베트콩 마을 소탕 작전 할 때는 으레 그랬다고들 하든디."

검은 테 안경을 쓴 사십대 기사의 말에 키가 크고 깡마른 사내가 고개를 저으며 대답한다.

"에이, 그건 아닐 것이구만. 나도 왕년에 청룡부대로 참전했소만, 월남전 때야 환각제 같은 건 없었소. 독한 양주를 일부러 마시고 출동한 적은 있었지만서도."

"환각제를 마셨는지 어쨌는지는 모르겠소만, 공수놈들이 술을 처먹고 다닌다는 얘긴 틀림없어라우. 내 눈으로 똑똑히 봤으니까."

이마에 콩알만한 사마귀를 단 사내가 말했다. 그는 어제 오후, 회사에 차를 넣어놓고 귀가하는 길에 전남매일신문사 옆 골목길에서 공수부대원 다섯 명이 소주를 병째 마시고 있는 걸 보았다. 그때도 그들은 이미 눈알이 벌겋게 충혈되어 있었다.

"술 마신 정도는 문제도 아닙니다. 공수놈들이 강도짓까지 했다는 소릴 들으니까, 기가 막혀서 말이 안 나옵디다. 그것도 바로 우리 처가의 사촌동서가 당했으니…… 저놈들은 군인이 아니라 진짜 치사한 양아치들이라우."

"아참, 김일환씨, 아까 그 얘길 해봐. 저기, 이 사람 사촌동서가 오늘 새벽에 금반지랑 시계까지 털리고 대검에 찔려 다 죽어간 다지 뭡니까."
　동료 기사의 설명에, 모두들 붉은색 체크무늬 남방을 입은 삼십대 초반의 김일환이라는 사내를 주시한다.
　"우리 사촌동서는 냉동차 운전하는 사람이오. 보성에서 농사짓고 살다가 한때는 택시 운전도 했는디, 삼 년 전부터는 고향에 있는 도축장에 취직해가꼬, 돼지고기를 냉동차에 싣고 광주를 거쳐 맨날 서울까지 운반하는 일을 하는 모양입디다……"
　김일환씨의 사촌동서인 박씨가 보성을 출발한 것은 19일 밤 10시경. 광주에서 난리가 났다는 소문을 들은 박씨는 출발하기 전 사장을 찾아갔다. 사장은 생활필수품을 실을 차량이니 괜찮을 거라며 어서 가라고 재촉했다. 박씨는 불안해하면서도 어쩔 수 없이 출발했다. 차에는 마침 서울에 볼일이 있다는 직원 한 명과 조수가 함께 탔다.
　그들이 화순을 거쳐 광주에 들어선 건 자정이 좀 지나서였다. 전남대 의대 앞에서 계엄군의 검문을 받았지만, 용케 무사히 통과했다. 금남로 쪽은 계엄군이 막고 있었으므로 조선대학교를 지나 산수동 오거리로 통하는 길을 택했다. 그런데 조선대 앞 으슥한 모퉁이에서 총을 든 두 명의 공수부대원들이 차를 세웠다. 그들은 다짜고짜 착검한 총을 들이대면서 운전사 박씨에게 내려오라고 명령했다. 그 순간 운전석 뒤에 잠들어 있던 조수는 이불을 뒤집어쓴 채 꼼짝도 하지 않았고, 직원은 조수석 의자 밑에 바짝 엎드려 있었다.
　박씨가 머뭇거리자 공수는 개머리판으로 유리창을 부수고 강제로 끌어내렸다. 처음엔 검문인 줄 알았는데, 그들은 박씨를 근처 어두운 골목길로 끌고 들어가더니 무릎을 꿇게 했다. 하나는 총으로 가슴을 겨누고, 하나는 박씨의 손목시계와 닷 돈짜리 금반지를 빼앗았다. 그들은 잠바 안주머니에 든 사십만오천 원까지 강탈했다. 그것은 서울까지의 경비 십만오천 원, 회사에서 지급한 비상금 십만 원, 그리고 박씨의 돈 이십만 원이었다.

돈과 시계, 반지를 빼앗은 공수들은 박씨를 담벼락에 세워놓고 군홧발로 복부를 마구 걷어차기 시작했다. 박씨가 쓰러지자 그들은 다시 발길질과 개머리판으로 머리와 옆구리를 걷어차다가 마침내는 대검으로 박씨의 등을 서너 차례나 푹푹 찔러놓고는 사라졌다.

겁에 질려 차 안에 숨어 있던 직원과 조수는 한참 뒤에야 밖으로 나와 찾아다니다가, 의식을 잃은 채 골목 바닥에 피투성이로 쓰러져 있는 박씨를 발견했다. 두 사람은 박씨를 차에 싣고는 고속도로를 이용해서 정신없이 장성까지 내달렸다.

"전화를 받고 오늘 아침에 보성에서 그 집 식구들이 달려왔길래, 내 차에 태우고 장성까지 데려다주고 오는 참이요. 장성 성심병원에 입원해 있는디, 대검에 등짝이랑 옆구리를 찔려 출혈이 엄청납디다. 수술을 받긴 했는디, 살아날지 어쩔지는 의사도 장담을 못 한다고 하지 뭐요."

"허어, 이제는 밤중에 노상 강도질까지 하다니, 미치고 환장헐 노릇이구마이. 김일성이 막으라고 세금 내서 키워놓은 대한민국 군대가 이것이 무슨 꼴이당가."

"체, 김일성이를 막어라우? 웃기지 마쇼. 알고 보니께, 군대에서 공산당이 아니라 우리 죄없는 국민들 때려죽이고 찔러죽이는 재주만 가르쳤등개비요."

봄 날 165

"텔레비에 나오는 전두환이 그놈 쌍판때기를 보시요. 허연 낯바닥에 뱀 눈깔 휘번득대는 꼴이 영락없는 인간 백정놈 아닙디여?"
"맞어. 그놈 눈을 보면, 독사도 이만저만한 독사새끼가 아녀. 광주 사람 이천 명도 좋고 이만 명도 좋은께로 끽소리 못 하게 때려잡으라고 했다니, 그놈들 눈에 우리 광주 시민은 사람이 아니라 돼지새끼만도 못 하게 뵈는 모양이지."
그들은 너도나도 고함을 지르듯 떠들어대며 울분을 터뜨린다. 막걸리가 동이 나자 누군가 다시 대여섯 병을 사왔다.
"기사님들, 그런데 말입니다. 이 친구는 공수부대 장교를 사로잡았다가는 그냥 풀어줬다지 뭡니까."
남방 차림의 삼십대 사내가 옆에 앉은 동료의 옆구리를 툭툭 치며 이죽거렸다. 주위의 시선이 일제히 스포츠형 머리의 사내에게 쏠린다. 서른 살 정도 되어 보이는 사내는 사람들의 시선에 약간 머쓱해져서 실실 웃는다.
"그거, 참말이요? 공수부대 장교를 잡았어요?"
"아니, 이 사람아. 그걸 놔주긴 왜 놔준단 말여? 때려죽여도 시원찮을 판에."
"그게 아니라, 막상 피를 좍좍 쏟고 있는 꼴을 보니까 차마 더 이상 어떻게 하지는 못하겠습디다. 아, 사람의 인정이란 게 그러잖소……."
그것은 오늘 아침의 일이라고 했다. 그는 회사로 가는 길에 선배의 1.5톤 트럭을 함께 타고 시내로 향했다. 광천동 공단 입구 사거리. 백여 명의 시민들이 길가에 모여서 웅성거리고 있었다. 청년들이 봉고차를 타고 돌아다니며, 온 시민이 일어나 원수를 갚아야 한다고 외치고 있었다.

　바로 그때 사거리 입구로 공수부대 군용 지프 세 대가 라이트를 켠 채 진입했다. 차 안엔 두 명, 혹은 세 명씩 앉아 있었다. 아마 고속도로에서 바삐 들어오는 길인 듯했다. 그들이 상무대 쪽을 향해 마악 우회전하느라 속도를 늦추는 순간, 봉고차가 앞을 막았고 길목에 서 있던 시민들은 누가 먼저랄 것도 없이 차량을 에워싸버렸다. 수십 명이 한꺼번에 달겨들어 쇠파이프와 각목을 휘두르고 벽돌을 집어던졌다. 지프 앞 유리창이 박살나고, 얼결에 습격을 당한 공수들은 저항도 제대로 못 한 채 후닥닥 튀어나와 도망쳤다.

　시민들은 뒤쫓아가며 그들을 흠씬 두들겨패주었다. 결국 운수 나쁜 중위 하나가 붙잡혔다. 사람들은 다투어 몽둥이로 내리치고 발길질을 퍼부었다. 그 역시 앞장서서 가담했다. 지난 이틀 동안 시내에서 수없이 보았던 공수들의 만행이 눈앞에 떠올라, 그는 복수심에 사로잡혀 공수의 몸뚱이를 걷어차고 등을 짓밟았다.

　그런 어느 순간, 장교의 몸뚱이가 길바닥에 축 늘어졌다. 코와 머리에서 피가 콸콸 흐르고 있었다. 피를 보자 사람들이 주춤 물러섰다. 그때 중위가 비칠거리며 상체를 일으키더니 살려주시오, 제발 살려주시오, 하고 두 손을 싹싹 빌면서 애원을 하기 시작했다. 그는 공수를 향해 또 한번 걷어차려다가 불현듯 멈추고 말았다. 백지장처럼 질린 낯빛, 피범벅이 된 입술과 앞니가 공포에 질려 바들바들 떨리는 모습을 보는 순간 그는 더 이상 때릴 수가 없었다.

　그는 장교의 머리에서 쏟아지는 피를 보자, 잘못하면 죽을지도 모른다는 생각과 함께 덜컥 겁이 났다. 그는 사람들을 설득해서 장교를 트럭에 실었다. 시동을 걸려는데, 이놈을 죽여버려야 한다, 시민들의 원수를 갚아야 한다고 사람들이 앞을 막았다. 그는 다시 간곡히 설득했다.

"아직 목숨이 붙어 있는데, 살려놓고 봐야 할 게 아닙니까. 이 사람도 옷만 벗으면 우리와 똑같은 사람이잖습니까."

그 말에 하나둘 길을 터주었다. 그는 선배와 함께 병원으로 차를 몰았다. 아세아극장 부근 한 병원 앞에서 또 한 무리의 시민들이 우우 몰려왔다. 그는 말했다.

"사람이 부상당해서 죽어갑니다. 아무리 적이라고 해도 우선 목숨은 살려내야 합니다. 길 좀 비켜주세요."

그런데도 시민들은 점점 더 불어났다. 안 되겠다 싶어 그는 차를 뒤로 뺐다. 후문 쪽으로 가서 정차시킨 다음, 그는 그 공수 중위에게 말했다.

"자, 문을 열자마자 힘껏 병원 안으로 뛰어들어가시오. 그렇지 않으면, 당신은 저 사람들한테 잡혀 끝장이 날 줄 아시오."

문을 열어주자마자 공수 중위는 절뚝이면서도 필사적으로 병원 안까지 뛰어들어갔다. 순간 여기저기서 고함 소리가 터져나왔다. 저놈 잡아라. 공수부대 죽여라. 청년들이 한꺼번에 그 중위의 뒤를 쫓아 병원 안으로 몰려들어가는 것을 보고, 그는 황급히 그 자리를 떠났다.

"그래서 그 공수는 어찌 됐나?"

"그거야 나도 모르지라우. 보나마나 뒤쫓아간 사람들한테 반은 죽게 얻어맞았을 것이오."

이야기를 마친 스포츠형 머리의 사내는 막걸리 잔을 들어 반쯤 마신다.
 그러는 사이에도 어디에선가 택시 기사들이 하나둘 모여들었다. 그들 중엔 어제 오후부터 운전기사들 사이에 돌기 시작한 소문을 듣고, 일부러 그곳으로 찾아나온 사람들도 있다.
 "시민들은 말할 것도 없고, 동료 운전기사들이 아무 죄도 없이 시내 도처에서 공수들에게 희생당하고 있다. 이대로 보고 있을 수만은 없으니, 광주 시내의 운전기사들은 모두 20일 오후에 무등경기장으로 모여라……"
 누구의 입에서 맨 먼저 흘러나온 말인지는 모르지만, 그 소문은 벌써 시 전역에 퍼져 있었던 것이다. 하나둘씩 다리 주변으로 모여들기 시작한 기사들의 수는 어느덧 오십여 명으로 불어나 있었다.
 다리 부근에 모인 사람들의 분위기는 숫자가 불어날수록 점점 더 분노와 복수심으로 뜨겁게 달아오른다. 화제는 주로 18일과 19일, 이틀 동안 시내 각처를 운행하면서 자신들이 목격한 공수부대의 잔학 행위와 그 과정에서 부상당한 동료 운전기사들에 관한 것이다.
 "우리 회사 윤영철 기사는 지금 두부 파열상을 입고 대학병원에서 사경을 헤매고 있소. 그저께 오후 4시에, 차가 고장나서 공장에 입고시키고 나서 북동 당구장에서 당구를 치고 있는디, 공수 열서너 놈이 느닷없이 뛰어들어와서는 다짜고짜 진압봉으로 두들겨패가꼬 기절시켜버렸단 말요."
 "우리 회사에도 부상자가 벌써 네댓 명이나 생겼습니다. 조용철이란 동료 기사는 한미제과 앞길에서 잡혀가꼬 죽도록 얻어맞은 뒤에 팬티만 입은 채 공수부대 트럭에 실려 끌려갔소. 죽었는

봄 날 169

지 살았는지, 아직 행방조차 모르고 있는 형편입니다. 그래도 시체라도 찾는다고, 온 식구들이 나서서 병원이라는 병원은 죄다 뒤지고 다니는 중입니다."

그때 어디선가 또 몇 사람이 나타나 운전기사들의 대화에 합류했다. 그 중 한 사람은 머리에 붕대를 감은 채로다. 스물다섯 살쯤 돼 보이는 그 사내는 사람들이 어찌 된 거냐고 묻자 이렇게 대답했다.

"말도 마씨요. 나도 18일날 저녁에 천당 갈 뻔했어라우. 광천동에서 대학생 다섯 명을 태우고 전대 쪽으로 가는데, 요한병원 앞에서 공수부대가 차를 세웁디다. 병원 앞에는 벌써 남학생 여학생 할 것 없이 스무 명 정도가 길바닥을 데굴데굴 굴러다니며 기합을 받고 있더구만요. 공수새끼가 내 차를 세우더니만, 학생들이 내리는 쪽쪽 몽둥이로 직사하게 두들겨패가꼬 반쯤 죽여놓지 뭡니까. 저러다가 다 죽이겠다 싶어, 내가 '이 사람들은 학생이 아닌께 그냥 보내주씨요' 했더니, 대번에 개머리판으로 내 뒤통수를 내갈기는 것이여. 억수로 구타당하다가 겨우 차를 몰고 도망쳐왔는디, 골이 우지끈우지끈 울리고 온몸이 욱신거리는 통에 오늘까지 사흘 동안 일도 못 하고 누워만 있었소."

"거참, 형씨 안색이 영 안 좋으시구만. 부기도 남아 있고. 거, 집에서 누워 계시지, 어째 나오셨소."

"마누라가 한약 다리고 있는 틈에 슬쩍 나와버렸지라우. 동료들이 위문차 와가꼬, 오늘 오후 3시에 기사들이 무등경기장에 총집결하기로 했다고 합디다. 그 말을 듣고 가만히 누워 있을 수가 있어야제라우. 그 공수놈들 생각만 하면 이빨이 지근지근 갈려서, 참말로 미치고 환장하겄는디요?"

"택시뿐만 아니라, 버스랑 화물차 운전기사들까지 숱하게 당했소. 내가 아는 화물차 운전기사는 그저께 밤 산수동 집으로 돌아가다가 계림파출소 앞에서 공수부대한테 끌려내려가 반송장이 되게 얻어맞았소. 무슨 이유는커녕 말 한마디도 해보기 전에 막무가내로 두들겨패더랍니다. 기절했다가 깨어나 보니, 광주경찰서 유치장이었대요. 부상이 심하다고 통합병원으로 후송시켰는데, 그 사람 처가 쪽 친척 중에 상무대 중령인가가 있어서 집으로 연락을 해줬던 모양이오. 식구들이 뒤늦게 찾아가니까, 군의관 하는 말이, 장례 준비를 해두라고 하더라지 뭡니까. 이런 기가 맥힐 일이 있습니까."
"시내버스 기사들 중에도 부상자가 십여 명이 넘고, 끌려간 사람도 네댓 명이 넘는다고 합디다. 참, 안내양 중에 죽은 아이도 있다는 소문 들었소?"
"어저께 낮에 대창버스 안내양 하나가 공수놈들 칼에 옆구리를 찔렸는디, 오늘 새벽에 결국 전대병원에서 죽은 모양이오. 안내양들이 병원 앞에서 어찌나 서럽게 우는지, 맘이 영 안 좋습디다. 가난해서 버스 차장하는 것도 무슨 죄라고…… 허, 짐승보다 못한 세상이구마이."
"내가 아는 김동채씨는 나이가 마흔다섯이오. 개인택시 모는 사람인데, 세상에 원, 그런 나이 먹은 사람들까지 개 패듯이 패가꼬, 병원에서 다 죽어가는 걸 나도 방금 전에 우리 동료들이랑 보고 오는 길이란 말요. 개머리판으로 얼마나 세게 팼는지, 이빨이 여덟 개나 부러져나갔습디다."
그의 말에 따르면, 김씨도 대학생 넷을 태우고 가다가 가톨릭 센터 앞에서 공수 수십 명에게 붙들렸다고 했다. 한편에서는 폭

봄 날   171

도들을 태웠다면서 욕설과 함께 차창 유리를 와장창 때려부수고, 나머지는 학생들을 끌어내자마자 막무가내로 구타하면서 질질 끌고 갔다. 김씨는 화가 치밀어 그들을 풀어주라고 소리쳤고, 그 말에 공수부대는 본때를 보여주겠다며 김씨를 끌어냈다. 두 놈은 멱살과 양쪽 팔을 감아 잡고, 다른 몇 놈은 개머리판으로 얼굴, 가슴, 허벅지, 복부 가릴 것 없이 미친 듯 내리찍고 갈겨대기 시작했다. 결국 김씨는 기절했다가 공수들이 잠시 옮겨간 사이 시민들이 들쳐업고 병원으로 옮겨준 덕분에 목숨을 살릴 수가 있었다고 했다.

그 사이에도 기사들과 시민들이 계속 모여들었다. 너도나도 부상당한 동료 기사들에 대한 얘기며 자신들이 시내에서 목격한 참상들을 털어놓는다. 마침내 누군가 벌떡 일어나 고함을 질렀다.

"니기미, 이렇게 모여서 이러쿵저러쿵 말들만 하고 있어서야 쓰겠소? 지금 이 순간에도 시내 곳곳에서 시민들이 공수놈들한테 죽어가고 있단 말요!"

그러자 여기저기서 격앙된 목소리가 터져나오기 시작했다.

"나갑시다! 우리도 다 같은 광주 시민이요. 내 동생, 내 식구, 내 친척들이 쓰러져 죽어가는 판에 이렇게 그냥 보고만 있을 거요?"

"맞어! 차로 밀고 나가드라고! 우리 광주 시내 기사들이 한꺼번에 들고 일어나면 겁날 게 없을 것이요."

"차를 바리케이드 삼아 앞장세우고 그냥 전속력으로 밀고 나가자고! 죽든지 살든지, 이렇게 당하고만 있을 수는 없단 말여!"

"옳소오. 갑시다아."

박수 소리가 요란하게 터져나온다. 주위에 몰려 있던 시민들도 와아 함성을 질러댄다.

"가자. 밀고 나가자."

주저앉아 있던 기사들도 모두 일어섰다. 주변의 시민들도 무슨 일인가 하고 모여들었다.

그 순간, 요란하게 경적을 울리며 방직공장 쪽에서 예닐곱 대의 영업용 택시가 줄을 이어 밀려들어오기 시작했다. 모두들 멈칫해서 그쪽을 바라보았다. 택시들은 거칠게 사람들 틈을 헤집고 광장 중앙으로 들어와 멈춘다. 이내 기사들이 문을 열고 내렸다. 맨 앞 택시에서 내린 기사가 갑자기 차 보닛 위로 뛰어올라가 외쳤다.

"운전기사 여러분! 여기서 뭘 하고 계십니까. 지금 시내에선 잔악한 공수부대놈들의 총칼에 수많은 광주 시민들이 피를 흘리며 쓰러져가고 있습니다. 이렇게 보고만 있어야 되겠습니까. 우리도 똑같은 광주 시민 아닙니까아……"

사내는 악이 받친 듯 한껏 고래고래 고함을 지른다. 얼굴이 벌겋게 달아오르고, 목울대의 핏줄이 울컥울컥 도드라지도록 그는 격앙되어 있다. 사내는 다시 자신이 올라와 서 있는 택시 안을 가리키며 외친다.

"여길 똑똑히 보시요, 기사 여러분! 이 안에 들어 있는 사람도 우리하고 똑같은 동료 택시 기사요!"

사내의 말에 모두들 택시 안을 들여다보느라 기웃거렸다. 뒷자리에 두 사람이 앉아 있다. 한 사람은 머리와 두 손에 붕대를 온통 친친 동여맨 채 비스듬히 쓰러져 앉아 있고, 한 사람은 그를 껴안아 부축하고 있다. 부상자는 의식은 있어 보이지만, 통증

봄 날 173

때문에 입술을 악문 채 눈을 감고 연신 신음을 토해내고 있는 참이다.
"보시요, 여러분! 불과 두 시간 전, 현대극장 앞에서 공수놈들이 택시를 세우고 끌어내어 이 지경으로 만들어놓았단 말요. 곤봉과 개머리판으로 구타해서 이빨이 다 부러져나갔는데도, 그것도 모자라서, 평생 운전을 다시는 못 하도록 만들어놓겠다면서, 군홧발로 두 손을 콱콱 짓밟아서, 열 손가락이 완전히 엿가락처럼 짓뭉개져버리고 말았단 말요."
사내는 목이 쉬어 말을 잘 잇지 못한다. 땀에 젖은 얼굴이 터질 듯한 분노와 흥분으로 팽팽하게 긴장되어 있다.
"이 친구 나이가 몇인 줄 압니까? 스물하고도 일곱이요. 이 친구가 배운 기술이라곤 기름밥 먹고 운전하는 것 한 가지뿐이란 말요. 그런데, 이젠 평생 동안 운전은 못 하게 되어버렸소. 의사가 그럽디다. 손가락 관절이 완전히 가루가 되어버려서, 앞으로는 숟가락질도 온전하게 못 할 거라고! 큭…… 공수놈들이, 이 친구를, 이렇게 병신으로 만든, 그 이유가 뭔지 아십니까? 학생들…… 대학생들을 태워주었다는 그 이유 하나 때문이요. 저놈들을 그대로 둬야 되겠습니까? 광주 시민들이 이렇게 저 군바리놈들의 군홧발에 짓밟혀야 되겠냐 말입니다아."
사내의 목소리가 울음으로 컥컥 잠겼다.
"개애새끼들! 이대로 있어서는 안 돼."
"지금 당장에 차를 몰고 나가드라고!"
"밀어버려! 모두 일어나자고들!"
사방에서 욕설과 고함 소리가 터져나온다. 누군가 먼저 목청껏 소리치자 기사들과 주위의 시민들이 뒤따라 외치기 시작했다.

"갑시다! 도청 앞으로!"
"도청 앞으로 가자! 차량으로 계엄군을 밀어버리자!"
"민주 기사들은 뭉쳐라아! 광주 시민을 구출하자!"
"공수부대를 몰아내자! 전두환을 찢어죽이자!"

광장에 집결한 택시는 약 오십여 대. 몇 대의 화물차와 버스도 동참했다. 기사들과 시민 천여 명의 군중이 함께 환호하고 손뼉을 쳤다.

그 사이 또 몇 대의 택시가 유동 쪽으로부터 나타나 합류했다. 그들 중 누가 준비해왔는지, 한 묶음의 머리띠가 기사들에게 신속하게 나누어졌다. 흰 천에 붉은 글씨로 '전두환 타도' '계엄령 해제' '김대중 석방'이라고 적힌 띠를 기사들은 머리에 질끈 동여매고 저마다 세워둔 택시에 올라탔다.

그들은 일제히 구호를 외치고, 경적을 울리기 시작했다. 진행 목표는 도청 앞. 진행 코스는 광주역을 거쳐 광남로와 금남로 3가를 거쳐 도청 앞까지. 맨 후미에서부터 차례대로 차를 돌리느라 광장은 물 끓듯 소란스러웠다.

"시민 여러분도 함께 갑시다! 차에 올라타시오!"
"아무 차나 올라타고 갑시다!"

구경하는 시민들을 향해 기사들이 소리쳤다. 여기저기서 시민들이 차에 올랐다. 트럭과 버스도 순식간에 사람들로 들어찼다. 누가 시작했는지, 군가를 일제히 합창한다.

"사나이로 태어나서 할 일도 많다만 너와 나 나라 지키는 영광에 살았다……"

고등학생조차도 익히 아는 군가였다. 어제의 용사들이 다시 뭉쳤다…… 예비군가도 나온다. 손뼉을 치고, 발을 구르고, 손

봄 날 175

바닥으로 차체를 두드리며 모두들 신이 나서 목청껏 노래를 부른다. 노랫소리가 온 광장 안을 뒤흔들며 우렁우렁 흘러나갔다.
"우리도 가자! 빨리 올라타."
한기가 들고 있던 컵을 내동댕이치며 벌떡 일어나더니, 트럭으로 달려가 시동을 건다. 봉배와 칠수가 적재칸 위로 뛰어올랐고, 무석은 조수석에 탔다. 마침내 두 줄로 질서 정연하게 늘어선 육칠십 대의 택시들이 광장을 서서히 빠져나가기 시작한다.
"우와아. 만세에. 기사들이 일어났다아."
광장에 운집한 시민들에게서 함성과 박수가 터져나온다. 시외버스와 화물 트럭 몇 대도 대열 사이로 끼여들어 합류한다. 그러자 시민들이 그쪽으로 우르르 뛰어가 차에 올랐다.
"여보시오들! 함께 갈 사람들은 뒤칸으로 올라타시오."
한기가 소리친다. 젊은이 칠팔 명이 쿵쾅쿵쾅 뛰어올랐다.
"아저씨, 이거 시내로 들어가지요? 중간에 내려도 되지라우?"
처녀들 셋이 물었다.
"염려 말고 빨랑 올라들 타셔! 돈 안 받을 텐게."
칠수의 말에 처녀들이 좋아라고 가방부터 던져올린 다음 트럭 위로 기어올랐다. 한기의 트럭은 대열 후미로 따라붙었다.
차량 대열은 광장을 빠져나오자 광주역으로 이어지는 직선대로를 따라 느린 속도로 진행하기 시작했다. 요란한 경적과 환호성, 노래와 구호를 싣고 움직이는 그 거대한 차량의 행렬에 놀란 인근 주택가의 시민들이 사방에서 몰려나온다. 그때마다 환호성과 손뼉 소리와 노랫소리는 더욱더 크고 높아졌다.
그렇게 일 킬로미터쯤 나아갔을까. 갑자기 선두에서부터 차량들이 차례차례 멈춰섰다.

"무슨 일이여? 벌써 공수부대가 나타났냐?"
"아니여. 아, 저거 봐라! 저쪽에도 택시들이다. 엄청나게 많이 이쪽으로 오고 있는 참이여!"
뒤칸에서 누군가 커다랗게 소리를 질렀다. 무석과 한기는 차를 세우고 길 위로 내려서서 앞쪽을 바라보았다.
정말, 또 다른 거대한 차량 행렬이 맞은편에서 이쪽으로 내려오고 있는 참이다. 일제히 헤드라이트를 켠 채, 두 줄로 나란히 늘어서서 다가오고 있다. 그들은 광주역 부근에서 집결한 또 다른 운전기사들과 차량의 행렬이었다.
"와아아! 만세에!"
지원군을 만난 병사들처럼 모두들 소리를 와와 질러대고, 미친 듯 경적을 빵빵빵 울려댄다. 맞은편에서 오던 차량도 좋아라고 마구 경적을 울려댄다. 두 줄기 차량 행렬의 선두가 마침내 조우하는 순간, 운전기사들은 뛰어내려가 서로 부둥켜안기도 하고, 어깨동무를 하고 구호를 목청껏 외치기도 한다. 감격과 환호, 경적과 박수 소리로 거리는 떠나갈 듯 출렁거린다. 한기도 무석도 가슴이 터질 듯 울렁거렸다. 봉배는 아예 눈물까지 글썽이며 감격했다.
맞은편에서 진행해오던 사오십여 대의 차량은 한기의 트럭 후미로 합류했다. 그쪽 역시 택시가 대부분이고, 버스 서너 대, 대형 화물차 두어 대, 그리고 봉고차와 소형 트럭들이 대열 후미에 군데군데 섞여 있다.
이제 차량 행렬은 무려 백삼사십 대로 늘어났다. 행렬은 거의 끝이 안 보일 만큼 길게 늘어섰다. 마침내 거대한 차량의 행렬은 다시 움직이기 시작했다. 행렬 앞쪽에서 누군가 확성기로 구호를 선창한다.
"가자! 도청 앞으로! 도청 앞으로!"
"전두환을 타도하자. 애국 시민 일어서라. 김대중을 석방하라. 계엄령 해제하라. 광주 시민 궐기하라……"
거대한 함성을 싣고, 행렬은 점점 속도를 내기 시작했다.
어느덧 황혼 무렵이었다. 저만치 앞쪽에 광주역 지붕이 천천히 모습을 드러내보이기 시작했다.

> 사람들이여, 사는 날까지 착하게 사십시오. 죽은 자는 죽은 자니 외롭고 고단한 날이나마 아름답게 견디십시오. 그날이 오면, 지난 세월 참고 참아온 눈물 한 방울 삭은 이 흰 뼈 위에 고이 뿌려주시렵니까. 나를 위해 기도하지 말고, 살아 있는 당신의 조국을 위해 울어주십시오. 다시 만날 때까지.
> ― 임동확, 「묘비명」에서.

5월 20일 16 : 00, 금남로
유인물 제작이 완료된 것은 오후 세시가 조금 지난 시각이었다.
"작업 끝. 이게 마지막 장입니다, 상현이형."

민호의 외침에 모두들 약속이나 한 듯 허리를 펴고 한숨을 토해내었다.

온종일 정신없이 바쁘게 손을 놀리느라 하나같이 땀으로 흥건히 젖어 있었다. 열서너 명이나 되는 사람들이 한꺼번에 움직이기엔 상현의 아파트는 너무 비좁았다. 통풍조차 잘되지 않아 숨이 턱턱 막힐 지경이었다. 하지만 누구 하나 한눈 팔지 않고 열심히 움직였다.

명기와 민태는 손이며 얼굴까지 온통 잉크 자국으로 범벅이 된 서로의 모습을 쳐다보며 웃었다. 어깨가 저려오고 등허리는 땀으로 질펀했지만 명기도 민태도 전혀 힘든 줄을 몰랐다. 오히려 자신들이 뭔가 작은 역할이나마 해내고 있다는 사실에 뿌듯한 기쁨이 솟아올랐다.

선언문

유신잔당과 전두환 쿠데타 일파는 이제 더 이상 민족 반역의 살인극을 중단하고 준엄한 역사의 심판을 받으라! 우리는 최후의 일각까지 최후의 일인까지 민주 투쟁을 위해 죽음을 각오할 것이다. 이 나라의 장래와 더 이상의 희생을 막기 위해 우리의 결의를 밝힌다.

1. 껍데기 최규하 정부는 즉각 물러가라.
2. 살인마 전두환을 즉각 처단하라.
3. 구국 과도 정부를 민주 인사들로 구성하라.
4. 구속중인 학생들과 모든 민주 인사들을 즉시 석방하라.
5. 계엄령을 즉각 철폐하라.

> 6. 휴교령을 즉각 철폐하라.
> 7. 정부와 언론은 전남인과 경상인의 지역 감정의 왜곡 보도를 허위 조작하지 말라.
> 8. 천인공노할 발포 명령을 즉각 중단하라.

"수고했다. 모두 몇 장이지?"

방바닥에 밥상을 펴놓은 채, 곧 이어 제작할 새로운 유인물의 원안 작성이며 시내 상황에 대한 정보들을 정리하는 일에 열중해 있던 윤상현이 돌아보며 물었다.

모두들 작업에 열중해 있는 동안에도 전화벨은 끊임없이 울려왔다. 시내 곳곳에서 벌어지고 있는 시위 상황과 계엄군의 동태 등에 관한 제보였다. 제보를 해주는 사람들은 주로 야학의 학생들과 강학들, 그리고 전부터 윤상현이나 들불야학과 긴밀한 관계를 맺어온 이 지역의 여러 사회 운동 그룹 사람들이었다.

"오전에 밀어놓은 것이 이천 매. 오후 것까지 합하면 대략 오천 오백 매 가까이 되겠는데요."

"그래? 생각보다 많은 양이구나."

"등사기가 세 개로 늘었잖아요. 작업 인원이 늘어나니까 속도가 제법 빨라지네요."

영호가 흐뭇한 표정으로 일행을 돌아보며 대답했다. 그러나 윤상현은 굳은 표정으로 말했다.

"모두들 수고했다. 그렇지만 잠시도 지체할 여유가 없어. 조금 전에 금남로와 계림동, 동명동에서 시민들과 계엄군이 대치중이라는 연락이 들어왔다. 지금 즉시 문안 작성조 두 사람만 남기고 전원 배포하러 나가라. 나도 곧 뒤따라갈 테니까. 자, 행동 개시!"

한 조에 세 명씩, 모두 네 개의 배포조가 짜여졌다. 명기는 민태, 민호와 한 조가 되었다. 유인물은 조별로 천오백 매 가량씩 분배한 다음, 각자 책가방이나 배낭, 보자기 따위에 담고서 서둘러 아파트를 나섰다.

명기네 조는 광천동 공단 입구에서 출발하여 돌고개, 양동시장, 광주공원을 거쳐 금남로에 이르는 길을 맡았다. 다른 조와는 일단 두 시간 후에 금남로 한국은행 부근에서 만나기로 약속을 정해놓고, 보다 정확한 장소와 시각은 각자 윤상현의 아파트에 전화를 걸어 확인하기로 했다.

그들은 뛰어다니며 유인물을 배포하기 시작했다. 거리에 나온 행인들과 주민들에게 나눠주기도 하고, 밀집한 주택가 골목길을 돌면서 집집마다 던져넣기도 했다. 사람들은 다투어 유인물을 받아갔다. 더러는 수고한다고 악수를 청하기도 하고, 우유며 음료수 따위를 한사코 집어주는 구멍가게들도 있었다.

"형, 우리도 도와주께라우. 그 찌라시, 한 뭉치만 주세요."

"나도요. 좀더 주세요."

지나가던 고등학생들이 달려와서 유인물을 덜어 받아가기도 했다. 유인물을 배포하느라 뛰어다니면서 민호는 연신 구호를 외쳐대었다.

"여러분, 도청 앞으로 모입시다아."

"학살자를 처단하고 군부 독재 몰아냅시다아."

민태도 구호를 외쳤다. 하지만 명기는 처음엔 왠지 그게 쉽지 않았다. 큰 소리로 외치려고 해도 어색하고 쑥스러운 느낌 때문에 자꾸만 목소리가 안으로 잦아들곤 했다. 그래도 애써 몇 번 소리치고 나자 조금씩 용기가 생겼다. 돌고개를 지나면서부터는 이젠 명기도 제법 목청껏 구호를 외치며 뛰어다니기 시작했다.

그러나 실상 시민들에게 금남로로 나가자고 독려할 필요도 없는 셈이었다. 거리마다 이미 시민들로 가득 차 있는 것이다. 외곽 지대의 거리이건 중심가에 가까운 길목이건 마찬가지였다. 누가 먼저랄 것도 없이 수많은 시민들이 골목마다 길목마다 쏟아져나와 금남로로, 도청 앞으로 향하고 있었다. 대학생이나 젊은 남자들만이 아니었다. 오히려 대학생으로 보이는 젊은이들의 숫자는 상대적으로 얼마 되지 않아 보였다. 중학생들, 고등학생들, 장발의 청년들, 공원들, 삼사십대 남자들…… 그리고 놀랍게도 여자들이 대단히 많았다. 여고생들, 처녀들, 특히 양동시장 통에서 쏟아져나온 수많은 아낙네들. 길 가장자리엔 노인들도 보였다. 국민학교 아이들까지 덩달아 깡충깡충 뛰어다녔다.

여기저기서 제멋대로 구호가 터져나오고 함성이 울려나온다. 군가를 부르기도 하고, 대학생들이 즐겨 부르는 운동 가요도 들린다.

"청년들은 앞으로 나오시오!"

"선발대로 싸울 사람은 이쪽으로 모여라아!"

누군가 소리치면 그쪽으로 젊은이들이 우르르 몰려가 무리를 지어 '으쌰으쌰' 고함을 지르며 앞으로 뛰어나간다. 나이 많은 축과 여자들은 옆으로 비켜서서 그들에게 박수를 보내면서 앙칼지고 서투른 목소리로 '잘한다아' '이겨라' '공수부대를 몰아내자아' 하고 소리를 질러준다.

각목이나 쇠파이프를 들고 나오기도 하고, 양동시장 부근에서는 상표가 고스란히 붙어 있는 새 삽이나 괭이, 쇠스랑까지 등장했다. 양동 삼거리 어느 식육점 간판 앞에서는 한 아낙이 연탄집게를 쳐들고 마구 흔들어대는 모습에 사람들이 한바탕 왁자하니 웃음보를 터뜨렸다.

현대극장 앞 사거리 부근 대서소에서 대머리 중년 사내가 커다란 태극기를 대여섯 개나 안고 나와 청년들에게 나누어주었을 때는 느닷없이 '대한민국 만세에' '광주 시민 만세에' 합창이 터져나오기도 했다.

충장로 5가 입구에선 월남치마를 입은 오십대 아낙이 인도에 퍼질러앉아서 우체통을 손바닥으로 마구 두들겨대며 울고 있었다. 여자는 미친 듯 고함을 지르며 몸부림을 쳤다.

"내 아들 살려내라아, 이놈들아아! 이보시요들, 내 새끼를 죽였소. 대학교 간다고요, 학원에서 재수하는 애기를, 저 짐승 같은 놈들이…… 아이고오, 창규야아. 아이고오, 세상 사람드을. 내 새끼 조까 살려내애주시요오……"

여자들이 아낙을 부축하다 말고 함께 울음을 터뜨렸다.

"아으으. 이런 씨팔놈들을 그냥."

아낙의 바로 옆에서 장발에 등산화를 신고 나온 키 큰 청년 하나가 울분을 이기지 못해 각목으로 공중전화 부스 유리창을 와장창 두들겨 깨고 있었다.

"이러지 말어, 이 사람아. 사람들 다치면 어쩔라고 그러는 거여. 참으라니께, 참어."

양복 차림의 오십대 남자가 청년의 어깨를 잡아 말리면서 말했다.

함성과 구호. 노래와 절규. 거의 온 시내가 그렇듯 싸움을 각오하고 나선 시민들의 물결로 흘러넘치고 있었다. 차량 통행이 완전히 자취를 감춘 거리거리마다 인파가 강물처럼 흘러다녔다.

그 물결은 시간이 갈수록 눈에 띄게 불어나고 있었다.

명기 일행이 중앙교회 앞에 이르렀을 때, 이미 금남로 일대는 시민들로 새까맣게 채워져 있었다. 최루탄과 페퍼 포그의 분말로 주변 일대는 마치 이내가 낀 것처럼 자욱하다. 금남로 2가에서부터 3, 4, 5가에 이르는 사차선 도로로 모여들고 있는 인파는 이미 만여 명은 훨씬 넘어 보인다.

계엄군은 한국은행 앞 네거리를 중심으로 도청 광장까지 이어지는 약 일 킬로미터 가량의 도로를 점거한 채 시위대와 대치해 있다. 맨 앞쪽에 배치된 병력은 천여 명 규모의 광주경찰서 소속의 기동타격대, 그리고 약 오십 미터 후방엔 공수부대가 두터운 방어벽을 쌓고 있다. 군중은 도청 앞 주변과 금남로 1, 2가 주변의 길목에서도 공수부대와 대치중이다.

공수부대의 규모는 엄청났다. 필시 광주시에 투입된 대부분의 병력이 이 한곳에 집결된 게 아닌가 싶다. 그러고 보니, 여기까지 올 동안 외곽 지역에서 공수부대와 전혀 맞닥뜨린 적이 없었다는 사실을 명기는 깨달았다. 그것은, 계엄군들이 상당한 위기의식을 느낄 정도로, 지금 금남로 일대에 모여들고 있는 시민들의 숫자와 위세가 대단하다는 사실을 의미하는 것이었다.

시위대와 선두의 경찰부대간의 공방전은 한참 절정에 이르러 있었다. 시민들은 더 이상 맨손이 아니다. 각목, 쇠파이프, 벽돌조각…… 심지어 엉뚱하게도 부엌칼, 톱, 괭이를 쥔 사람조차 있다. 거기에다 시민들에게 아직까지는 낯선 화염병까지 등장했다. 적어도 무기라고 부를 수 있는 것은 무엇이든 찾아들고 나선 듯싶다.

시위대 후미에선 길바닥에 대열을 지어 앉아 공수부대와 전두환을 규탄하는 즉석 집회가 이루어지기도 한다. 계엄군이 밀고 내려오면 와르르 흩어졌다가도 잠시 후면 되돌아와서 제자리를 차지하곤 한다.

그러나 공수부대건 경찰기동대 병력이건 일정한 반경 안에서만 밀고 오르내리기를 반복할 뿐 더 이상 시위대를 추격하지는 않는 눈치다. 지난 이틀 간의 상황과는 확연히 달라진 분위기였다. 시민들의 규모나 저항의 정도가 그만큼 강해져 있다는 얘기였다.

시민들 역시 은연중에 바로 그 사실을 깨닫고 있는 것 같았다. 그들은 무엇보다 엄청나게 불어난 시위대, 그것도 여자들과 중, 고등학생들까지 섞인 엄청난 숫자에 연신 놀라워하고 있었다. 그 놀라움은 순식간에 굉장한 자신감을 불러일으켰고, 공수부대에 대한 두려움과 불안감을 현저하게 희석시켰다.

시민들은 이제 결코 혼자가 아님을 실감하고 있었다. 그들은 다수였다. 눈앞에 버티고 서 있는 계엄군 숫자의 몇 배나 되는 군중들과 함께, 지금 그들은 한 공간에 모여 있는 것이다. 그 사실은 믿어지지 않을 만큼 그들 모두에게 안도감과 자신감을 안겨주었다. 주변의 상기된 얼굴과 눈빛 속에서 그들은 저마다의 자신감과 용기 그리고 맞서 싸우겠다는 강한 의지를 확인했다.

'우리는 강하다. 우리는 이길 수 있다. 우리는 하나다.'

어느 사이엔가 시민들은 그렇게 확신하기 시작했다. 그리고 저마다의 내부 어딘가에 지금껏 감추어져 있던 어떤 미지의 힘과 용기의 돌연한 꿈틀거림에 문득문득 놀라고 또 감격하기도 했다.

그런 어느 순간이었다.

"우리는 반드시 이길 수 있습니다, 여러분! 광주 시민은 기필코

이기고 말 것입니다. 싸웁시다. 싸워 이깁시다아······"
"자, 앞으로 나아갑시다. 절대로 한 걸음도 물러나지 맙시다. 살인마 전두환과 군사 독재의 꼭두각시 공수놈들을 우리 손으로 몰아냅시다아."
"위대한 광주 시민 여러부운. 억울하게 죽어간 우리의 아들딸, 우리의 아버지와 어머니의 원수를 갚읍시다아······"
언제 나타났는지, 시위 군중의 후미인 한일은행 네거리에서 가두 방송이 울려퍼지기 시작한다. 군중의 시선이 일제히 그곳으로 쏠렸다.
회색 봉고차 한 대가 네거리 한가운데서 느리게 움직이고 있다. 카랑카랑하면서도 애절하게 울리는 젊은 여자의 목소리. 반쯤 쉬어 갈라진 목소리로 여자는 거의 흐느끼고 있었다.
그녀의 애절한 절규에 명기는 가슴이 섬뜩해왔다. 한순간 명기는 자신이 바보처럼 눈물을 질금질금 쏟고 있다는 사실조차 깨닫지 못한 채 돌멩이를 찾으려고 아스팔트 바닥을 두리번거리고 있었다.
여자의 절규가 군중의 열기에 기름을 부은 것일까. 잠시 주춤했던 시위 대열이 다시 움직이기 시작한다. 대열 앞쪽에서 한 남학생이 휴대용 확성기를 들고 연신 구호를 외친다. 그 확성기는 조금 전 시민들이 즉석에서 모금한 돈으로 사온 것이다.
여기저기서 인도의 보도 블록을 뽑아 깨뜨렸다. 한 무리의 시민들이 벽돌 조각과 돌멩이를 집어들고 슬금슬금 앞으로 나아가더니, 돌연 일제히 앞으로 달려나가 던지기 시작한다. 불발된 최루탄을 던지기도 한다. 화염병이 날아가 기동대 병력의 바로 앞에 떨어지며 퍽, 퍼퍽, 불길과 함께 터졌다.

이내 병력 후미에 물러나 있던 검은색 페퍼 포그차 두 대가 앞으로 달려나오며 엄청난 양의 페퍼 포그를 퍼부어대기 시작한다. 동시에 무수한 최루탄이 폭음과 함께 시민들의 머리 위로 우박처럼 쏟아져내렸다.

펑. 퍼퍼퍼퍼……엉.

와아아아. 아우성을 치며 물러나는 시민들. 그러나 멀리 가지는 않는다. 폭음이 그치고 안개처럼 자욱한 분말들이 약간 엷어지자마자 시민들은 금방 제자리로 되돌아와 투석전을 재개하곤 한다.

그렇게 서너 차례의 공방이 이어지더니, 경찰은 조금씩 뒤로 밀리기 시작했다. 양측 사이의 공간이 점점 좁혀지자 기동대 병력은 백여 미터 후방 가톨릭센터 앞까지 후퇴했다. 기세가 오른 시민들이 함성을 지르며 일제히 전진했다. 그러나 그 순간 후방에 있던 공수부대가 돌연 전면으로 튀어나왔다. 두두두두두. 아스팔트 바닥을 울리는 군홧발 소리. 삼사백 명 정도. 공수부대는 모두 방독면을 착용하고 있다.

군중은 이내 처음 자리로 후퇴했다. 이제부터는 공수부대에 대항하여 시민들의 치열한 투석전이 반복되었다. 방독면을 착용한 채 공수들은 훈련된 진압 전술에 따라 진압봉을 휘두르며 미친 듯 뛰쳐나왔다가 신속히 후퇴하곤 한다. 커다란 두 개의 유리 눈알, 그리고 입에는 원형의 약통이 달린 방독면을 쓴 공수들의 기괴한 모습은 얼핏 외계인의 군대처럼 보인다. 그러나 공수부대 역시 제자리만 지킬 뿐 쉽사리 전진하지 못하고 있다. 공수부대가 이동하면 그 자리를 또 다른 시민들이 간단히 점령해버렸다. 공수부대 역시 분명 조금씩 밀리고 있는 기색이 역력하다.

계엄군이 수세에 몰리기 시작한 상황은 다른 쪽 길목도 마찬가지다. 도청 앞 광장 오른편의 구시청 길목과 충장로 1가 쪽, 그 반대편인 노동청 네거리, 그리고 금남로 1가 양쪽 길목과 금남로 2가 양쪽의 샛길 또한 어디나 시민들이 계엄군들과 밀고 밀리는 공방전을 계속하고 있는 참이다.

시간이 갈수록 시민들의 수는 현저하게 늘어났다. 부근 상가는 대부분 문을 닫은 상태. 그러나 시내 곳곳에서 중심가를 향해 시민들은 끊임없이 밀려들고, 대부분의 기업체와 관공서에서 때마침 퇴근하는 사람들까지 쏟아져나와 군중은 갈수록 불어났다. 이제 계엄군은 도청 앞과 금남로 1, 2가로 이어지는, 불과 반경 오백여 미터 정도의 도로만을 점거한 채 방어 태세로 전환했다. 그들은 지난 이틀과는 달리 점과 선밖에 확보하지 못한 상태다. 실상 그들은 이제 압도적인 규모의 시위대에 의해 포위된 셈이었다.

시민들은 마침내 상황이 역전되어가고 있다는 낌새를 간파했다. 대열의 분위기는 돌연 급상승했다. 청년 하나가 한국은행 출입구 난간으로 기어올라가 확성기를 들고 구호를 외쳤다. 시민들이 일제히 따라 외치기 시작했다. 거대한 함성이 금남로 전역을 뒤흔들었다. 여러 개의 휴대용 확성기까지 등장해 시위 열기를 한껏 고조시켰다.

"여러부운! 공수들이 뒤로 후퇴하고 있습니다. 물러나지 맙시다. 한 발짝도 물러나선 안 됩니다아."

우성빌딩 앞에서 한 청년이 자동차용 배터리에 소형 앰프를 달아, 다른 사람의 등에 목말을 타고 앉아 군중 사이를 돌아다니며 외쳐댄다.

"우리는 이기고 있습니다아! 기필코 승리합니다아……"
시민들이 합창하듯 따라 외쳐댄다.
"이기자! 이기자! 몰아내자! 처단하자!"
어마어마한 함성과 구호 소리가 폭포처럼 거리를 뒤흔들었다.
군중은 수만 명으로 불어나 있었다. 삼만. 아니 오만 명도 넘어 보인다. 금남로 일대 모든 도로와 인도, 골목길은 물론이고 인근의 빌딩 옥상마다 사람들이 가득히 들어찼다. 발 디딜 틈 없이 빽빽하게 밀집한 사람들, 사람들.
사기가 오른 시민들의 투석전은 한층 과감하고 치열해졌다. 계엄군의 정면에서, 오른쪽과 왼쪽에서도 수백 명씩 무리를 지어 일제히 함성을 지르며 달려나가 돌과 화염병을 투척하고는 와르르 물러난다. 달려나갔다가 물러나고, 물러났다가 또 나아가고…… 거대한 조수의 흐름. 사방의 수로에서 밀어닥치는 물살들은 지금 좁은 수문을 향해 거센 소용돌이를 이루며 무서운 힘으로 솟구쳐흐르고 있다. 수문은 오직 하나. 계엄군은 그 수문을 안간힘으로 막아내려 하고 있다. 그러나 물살은 갈수록 불어나고, 수위는 더더욱 격렬하게 상승하고 있었다. 수문은 곧 함몰되고 말 것이다. 시민들은 그 사실을 확신하고 있었다.
쉴새없이 쏟아지는 엄청난 양의 페퍼 포그와 최루탄의 소나기. 끝도 없이 이어지는 폭음, 폭음……
투투투투투.
퍼펑. 퍼퍼퍼퍼—엉.
삽시간에 자욱한 분말이 거대한 폭포의 포말처럼 땅과 하늘을 하얗게 뒤덮었다. 사람들이 얼굴을 감싸안고 비틀거린다. 허둥지둥 도망치다가 여기저기서 푹석푹석 쓰러진다. 길바닥을 무릎으로 엉금엉금 기어가는 사람. 도망도 치지 못한 채 서로 부둥켜안고 엉엉 통곡하는 여자들. 숨을 쉴 수도, 눈을 뜰 수도 없다. 방향도 물체도 분간할 겨를이 없다. 헉헉, 헉헉. 가쁜 숨을 내쉴 때마다 더 많은 분말들이 입으로 코로 푹푹 쏟아져들어온다. 도망칠 출구도, 숨을 자리도 없다. 어디나 온통 유독한 가스와 분말로 가득 차 있을 뿐.

그 틈을 타서 방독면을 쓴 외계인들의 무리가 빠른 속도로 급습해내려온다. 백여 미터쯤 전진했다가 그들은 다시 서둘러 복귀하고, 그때마다 시민들이 수십 명씩 붙잡혀 끌려갔다. 남자들과 여자들, 그리고 중학생도 섞여 있다. 끌려간 사람들은 공수부대 후미의 길바닥에 무릎을 꿇은 채 끔찍한 구타를 당한다. 그 광경을 먼발치서 지켜보면서 사람들은 안타까운 비명만 질러댄다.

그러나 시민들은 끝끝내 물러나지 않는다. 최루탄과 페퍼 포그의 안개가 조금 뜸해지면, 사람들은 이내 차도로 재빠르게 몰려나온다. 눈물 콧물을 줄줄 흘리고 두 손으로 코와 입을 고통스레 감싸쥐면서도 그들은 악착같이 되돌아오곤 하는 것이다.

무궁화 삼천리 화려가앙산 대한사아람 대한으로……

누가 먼저 시작했는지, 군중 속에서 애국가가 흘러나오기 시작했다.

처음엔 한쪽에서 느린 곡조로 이어지던 그 노래는 점점 크고 힘차게 거리 전체로 울려퍼졌다. 입을 달싹이며 따라 부르는 사람들의 얼굴. 엄숙하면서도 숙연한 감격이 파문처럼 번지고 있다. 그 노래는 그들로 하여금 자신들이 지금 이 순간 거리 한가운데서 그 혹심한 고통과 두려움을 참아내며 서성거려야만 하는 이유를 불현듯 깨닫게 만들었다. 그리고 그것은 새삼스레 북받치는 서러움과 울분, 증오와 아픔으로 저마다의 가슴을 찢어내리기 시작했다.

대열의 선두로 다시 젊은이들이 모여들었다. 으쌰, 으쌰, 으쌰.

각목과 쇠파이프, 화염병 등을 움켜쥔 채 그들은 재차 공격을 준비한다. 한국은행 부근에서 작은 소란이 일었다. 한 무리의 남자들이 무엇인가를 끌거나 밀며 대열을 헤치고 앞으로 나왔다. 공사장의 철책, 콘크리트 하수관, 빈 드럼통 따위를 옮겨와 시위대열의 앞에 설치한다. 일종의 바리케이드인 셈이다. 한국은행 일대는 마침 지하도 공사중이어서, 시민들은 거기서 그것들을 가져온 것이다. 인도의 콘크리트 화분 십여 개도 여럿이 들어올려 차도로 옮겼다.

누군가 빈 드럼통에 불을 붙였다. 기름이 남아 있었던지, 검은 연기가 확 피어올랐다.

"와아아! 죽여라아, 물러가라아……"

선두 대열이 다시 공격을 개시했다.

이내 폭죽처럼 연달아 터지는 페퍼 포그와 최루탄.

아우성 소리. 흩어지는 시민들의 다급한 숨소리. 어지러운 발소리……

또다시 아까와 똑같이 밀고 밀리는 공방전이 반복되는 것이다.

자욱한 안개비가 한바탕 휩쓸고 지나간 자리. 주인 잃은 수많

봄 날

은 구두와 운동화, 핸드백, 책가방 따위가 나뒹군다. 부상자가 속출했다. 피투성이가 된 사람들을 시민들은 들쳐업거나 부축해서 병원을 찾아 달린다.

온몸에 흰 분말 세례를 받은 사람들은 고통을 이기지 못해 후미로 정신없이 피신한다. 무릎이 깨진 사람. 옷이 찢겨져 너덜거리는 사람. 얼굴이며 머리에 최루탄 분말을 허옇게 뒤집어쓴 채 기절해버린 사람. 미친 듯 울부짖는 사람. 그들 역시 시민들이 부축해서 안전한 곳으로 피신시켰다.

"이걸 바르세요 여러분! 치약을 짜서 눈이랑 코 밑에 문질러 바르면 고통이 덜합니다."

"손으로 눈을 부비면 더 쓰라려요. 잠시 그대로 앉아 있으세요. 눈물이 흐르고 나면 좀 나아집니다."

남녀 대학생들이 치약을 한 움큼씩 쥐고 다니며 나눠주기도 하고 사람들의 손바닥에 짜주기도 한다. 너도나도 치약을 얼굴과 목덜미에 문질러 바른다. 도로 부근 상점에선 바께쓰에 물을 가득가득 채워 밖에 내다놓았다. 아예 집 안에서부터 수도꼭지에 연결시킨 호스를 끌고 나온 사람도 있다. 그때마다 시민들이 몰려들어 물을 벌컥벌컥 들이켜고, 최루탄 분말로 시뻘겋게 부풀어오른 살갗을 씻어내느라 야단들이다. 물은 금방 바닥나고, 주인들은 빈 바께쓰를 들고 다시금 부리나케 집 안으로 내달린다.

금남로 주변 일대 어디나 비슷한 풍경들. 금남로와 도청 앞 광장으로 이어지는 수많은 소로와 골목길 어귀는 어디나 마찬가지다. 구시청 골목에선 구멍가게와 슈퍼의 주인들이, 내리닫았던 셔터를 활짝 열어제치고 음료수, 우유, 빵, 소주 따위를 시민들에게 나눠주었다.
"이거 돈 안 받는 거요?"
"아믄, 공짜요 공짜. 온 시민이 목숨 걸고 싸우는 판국에 이까짓 것이 아깝겠소? 자아, 목 축이고 나서 다시 싸우러 나갑시다아."
"어따, 그 양반, 담에 본전 생각 나면 어쩔라고 이런다냐?"
 주인과 시민들은 큰 소리로 주고받으며 한 순간 웃음을 터뜨리기도 한다.
 사창가로 유명한 황금동과 금동에서도 술집 아가씨들이 대거 거리로 몰려나왔다. 물통과 바께쓰가 나오고, 술을 담아 팔던 주전자도 등장했다. 물들인 노랑머리도 있고, 슬리퍼만 질질 끌고 나온 아가씨도 있다. 술집 주인, 여관 종업원, 양복점 주인, 세탁소 부부, 튀김집 아낙, 담배가게 영감, 해장국집 아줌마들도 뛰어나와 한덩어리로 이리 몰리고 저리 달려다닌다.
 그것은 싸움이 아니라 얼핏 무슨 대규모 집단 운동회나 축제날의 풍경같이도 보인다. 그도 아니면 거대한 두 집단간에 벌어지는 줄다리기나 밀고 밀리는 한판 힘겨루기의 풍경 같다. 그야말로 온 도시가 어마어마한 해일의 한복판처럼 끓어오르고 있다. 시가지 전체가 폭풍에 휩싸인 것이다.
 그렇게 싸움은 끈질기게 계속되고, 삼십 분, 한 시간, 그리고 다시 몇십 분이 흘러갔다. 최루탄과 페퍼 포그의 안개는 이미 시 중심가를 완전히 뒤덮은 채 거대한 구름 기둥으로 변했다.
 그 자욱한 안개 속을 십만여 명의 시민들은 격렬한 물결을 이루며 숨가쁘게 요동쳤다. 그들은 이젠 최루탄도 페퍼 포그도 두려워하지 않았다. 흡사 어떤 불가사의한 힘에 사로잡히기라도 한 것처럼 사람들은 하나의 거대한 덩어리로 뭉쳐 이리 흐르고

봄 날

저리 솟구치며 끝끝내 제자리를 지키고 있었다.
 그렇게 또 몇십 분이 지났을 때였다.
 "공수부대가 후퇴한다! 놈들이 물러나고 있다아!"
 어느 순간, 선두 대열에서 외침이 터져나왔다.
 과연, 금남로 3가와 2가 사이에서 줄곧 완강하게 버티고 있던 오륙백 명 규모의 공수부대가 돌연 백여 미터 가량 뒤로 방어선을 후퇴시키고 있다. 공수부대는 분명 당황하고 있는 기색이 역력했다. 그들은 마침내 완벽한 수세에 몰리고 있는 것이다.
 "와아아! 만세에! 저놈들이 도망친다아!"
 "이겼다! 우리가 이겼다아!"
 엄청난 함성의 폭풍이 거리를 뒤흔들었다. 기다렸다는 듯이 시민들은 공수부대가 비워놓은 공간을 파도처럼 밀고 들어가 차지했다. 그들은 감격하고 환호했다.
 '아아, 저놈들이 우리에게 겁을 먹고 있다. 공수부대가 우리에게 밀려나고 있다. 도저히 인간이라고는 여겨지지 않던 저들이 우리를 두려워하고 있다. 저 괴물 같은 놈들을 우리가 밀어내었다……'
 그 믿어지지 않는 사실을 확인하는 순간, 시민들은 목이 터져라 환희와 감격의 외침을 터뜨리기 시작했다.

19:30, 금남로 일대

 양측의 공방전은 더욱 치열해졌다. 계엄군의 방어선은 도청 앞 광장을 중심으로 불과 삼백여 미터 반경 이내로 좁혀져 있었다. 최후의 저지선을 지키려는 계엄군과 그것을 마저 무너뜨리려는 시민들 사이의 공방전은 이미 세 시간을 넘어서고 있었다.

시민들의 숫자는 무려 십수만을 헤아릴 만큼 불어났지만, 한 발짝도 물러서지 않으려는 계엄군의 방어도 필사적이다. 양측의 힘은 거의 평형 상태를 이루고 있는 듯했다.

계엄군도 시민도 조금씩 지쳐가고 있었다.

그러나 계엄군에겐 무기가 있었다. 일사분란한 작전, 잘 훈련된 군대, 진압봉, 소총, 대검, 최루탄, 그리고 장갑차, 페퍼 포그 차량, 수송 차량 등등.

그에 반해 시민들은 맨손이다. 지휘자도, 작전도, 효과적으로 통제된 행동도 존재하지 않는다. 아무리 군중의 규모가 압도적이라고 해도 결국 비무장인 시민들은 시간이 흐를수록 불리해질 수밖에 없다.

더구나 이제 저녁 무렵이다. 시민들은 이미 어지간히 지쳤고, 맨주먹의 군중을 한덩어리로 결집시키고 있던 분노와 증오심과 정의감이라는 끈끈한 고리 또한 차츰 눈에 띄게 이완되어가기 시작했다. 벌써 피로와 허기에 지쳐 대열 속에서 빠져나가는 숫자가 하나둘 늘어가는 참이었다.

그런데, 어느 순간이었다.

우와아아아아앗!……

돌연 시위 군중의 후미에서 엄청난 함성과 비명이 돌개바람처럼 휘몰아쳤다. 시위대의 선두 대열에 섞여 있던 명기와 민태는 뒤를 돌아보다가 소스라치게 놀랐다.

시민들의 뒤쪽, 금남로 4가와 5가 쪽에서 난데없는 거대한 불빛의 행렬이 나타났다. 수백 대의 자동차가 한덩어리로 뿜어내는 현란한 헤드라이트 불빛. 명기는 눈앞이 아뜩해왔다.

'공수부대가 협공해오는구나. 아아, 이젠 틀렸다. 우린 독 안에

봄 날 195

든 쥐다.'
 명기는 그 자리에 풀썩 주저앉을 뻔했다.
"공수다! 공수부대가 온다앗!"
 군중 속에서 찢어지는 듯한 비명이 터져나왔다. 공포에 질린 시민들이 와르르 허물어지기 시작했다.
 바로 그 순간, 또 다른 함성이 후미 쪽에서부터 폭포처럼 쏟아져나왔다. 가두 방송중인 봉고차의 확성기에서 뜻밖의 외침이 다급하게 흘러나온다.
"도망치지 마세요. 시민 여러분! 기사들입니다. 드디어 민주 기사들이 봉기했다고 합니다아! 제자리를 지키세요, 여러부운!"
"도망치지 마! 기사들이다! 택시 기사들이 일어섰다아!"
"뭐, 뭐엿!"
"기사들이라여! 택시 기사들!"
 흩어지던 군중이 멈칫한 채 일제히 뒤쪽을 주시했다.
 정말이었다.
 눈앞에서 기적과 같은 일이 일어나고 있었다.
 서서히 땅거미가 내리기 시작하는 시각. 어둑어둑해져가는 금남로 도로를 빼곡하게 채운 수많은 차량들. 석양에 붉게 물들어가는 하늘을 배경으로 2백여 대의 차량들이 일제히 헤드라이트를 켠 채 경적을 울려대며 앞으로앞으로 다가오고 있었다.
 선두엔 다섯 대의 대형 차량. 맨 오른쪽에서부터 화물을 가득 적재한 대한통운 소속 12톤 트럭, 그리고 각각 두 대씩의 고속버스와 시내버스. 그 바로 뒤로는 십여 대의 버스들, 그리고 영업용 택시들이 차도 이쪽에서 저쪽까지를 빼곡하게 점령한 채 길다랗게 열을 지어 뒤따르고 있다. 선두의 12톤 트럭 위에는 청년들이 올라서서 대형 태극기를 흔들어댄다.
 실로 장관이었다. 그 거대한 차량 대열은 금남로 4가를 거쳐 3가로 천천히 진입해오고 있었다. 그것은 강이었다. 불의 강. 불빛의 강. 도도하게 흘러내리는, 뜨겁고도 찬란한 불꽃의 강이었다.
 "우와아아아!"
 "만세에! 만세에!"
 엄청난 함성과 박수 소리가 거리를 뒤흔들기 시작한다.
 이백여 대의 차량들이 일제히 울려대는 경적 소리가 해일처럼 터져나온다. 만세. 만세. 시민들은 인도로 뛰어올라가 목이 터져라 환호한다.
 "민주 기사 만세!"
 "만세에! 광주 시민 만세에!"
 너도나도 차량으로 뛰어올랐다. 버스마다 사람들로 금세 가득 찼다.
 "이겼다아! 우리가 이겼다아!"
 감격에 겨운 사람들은 차도로 뛰어내려가 운전석에 앉은 기사들의 손을 움켜잡아 흔들기도 하고, 옆사람을 아무나 부둥켜안고 펄쩍펄쩍 뛰는 시늉도 하고, 그러다가 엉엉 울음을 터뜨리기도 한다. 명기도 민태도 민호도 똑같이 목이 쉬었다.
 "이, 이럴 수가! 얌마, 참말로, 참말로, 저것이 우리 시민들이냐?"
 "됐어! 됐어! 이제는, 이제는, 됐어! 흐으으······."
 명기와 민태는 저도 모르게 울고 있었다. 눈물이 줄줄 흘러내렸다. 눈앞에서 벌어지고 있는 광경이 도무지 믿어지지가 않았다.
 '아아, 저들은 어디서 이렇게 기적처럼 나타났단 말인가. 저들이 정말 내가 지금껏 알고 있던, 세상 일엔 그리도 무관심한 것처럼만 보이던 바로 그 시민들이란 말인가. 평소엔 그리도 거칠고 이기적으로만 보이던 사람들. 늘상 무질서하고 무지하며 무기력하게만 보이던 사람들. 하루하루의 생계에만 매달린 채 그저 평범하고 속되게만 살아간다고 여겨왔던, 그 이름없는 사람들이 바로 저들이란 말인가……'

명기는 믿어지지가 않는다. 그러나 눈앞에서 벌어지고 있는 광경은 결코 기적도 신기루도 아니었다. 명기는 가슴 터질 듯한 감격에 자꾸만 눈물이 솟구쳤다.

이윽고 선두 차량들이 금남로 1가 입구, 관광호텔 앞에 이르러 정지했다. 계엄군과의 거리는 불과 50여 미터.

한 순간, 모든 움직임과 소음이 뚝 그쳤다. 온 거리가 짧은 정적 속에서 정지했다.

계엄군들은 제자리를 지키고 있지만, 당황하고 겁먹은 기색이 역력하다. 황급히 저지선을 보강하느라 꽤나 어수선하다. 길 옆의 교통 안내판이며 가드레일, 대형 콘크리트 화분 따위를 도로 한가운데로 끌고 나와 신속하게 바리케이드를 친다. 그 바리케이드 바로 뒤편에 장갑차와 페퍼 포그 차량들을 배치시켜놓고, 병력은 후미에 포진한다.

차량 대열과 계엄군 사이엔 아주 짧은, 숨막히는 침묵이 끼여들었다. 이삼 분. 아니 그 기묘한 정적은 그보다 더 짧았을지도 모른다. 마침내 시민의 차량 대열 속에서 누군가 소리쳤다.

"여러분, 저놈들을 한꺼번에 밀어붙입시다아!"

"진격합시다아. 공수놈들을 단번에 밀어버리잔 말요!"

"살인마 전두환 일당을 남김없이 처단합시다아!"

"나가자! 나가자!"

와아아아. 시민들의 함성과 함께, 맨 선두의 차량들이 움직이기 시작하는 순간, 어마어마한 폭음과 함께 최루탄과 페퍼 포그가 폭포처럼 쏟아졌다.

두두두두두. 퍼퍼퍼퍼……엉.

거리는 아수라장으로 변했다. 수백 발의 최루탄이 새까맣게 허공으로 솟구치더니 차량의 유리창을 뚫고 들어가 연속적으로 펑펑펑펑 폭발한다. 운전기사들은 차 안에 갇혀 방향 감각을 잃고 허둥댄다. 눈을 뜰 수도 숨을 쉴 수도 없다. 사방에서 터져나오는 단말마의 비명 소리.

"아앗. 사람 살려어!"

"아이고오, 나, 나 죽네에……"

자욱한 가스탄의 구름 속에서 차량들은 서로 이리저리 쿠당탕 쿵쾅 부딪치며 갈팡질팡하다가 정지한다. 비명 소리. 비명 소리. 신음 소리.

방독면을 쓴 공수부대가 구름을 뚫고 표범처럼 진격해들어온다. 유리창을 부수고 차 안에 탄 사람들을 끌어내어 몽둥이와 군홧발로 미친 듯 짓이긴다. 차량 대열 선두의 기사들과 시민들 수십 명이 끌려갔다. 버스에 탄 사람들이 미처 빠져나오지 못해 허둥대는 사이, 공수부대 병사들은 유리창을 부수고 최루탄을 집어넣었다. 차 안에서 펑펑펑, 최루탄이 폭발하고, 이내 피투성이가 된 수십 명이 한꺼번에 끌려나왔다.

순식간에 시민들은 일제히 후퇴했다. 이삼십여 대의 차량들이 파괴된 채 도로 가운데에 남겨졌다. 후미의 차량들이 다투어 후진하느라 주위는 난장판이다. 그 사이 또 수많은 시민들이 끌려갔다. 계엄군과 시민들은 백여 미터 거리를 사이에 두고 다시 대치했다.
그 백여 미터의 공간, 도로 위에는 수십여 대의 차량들이 아무렇게나 버려져 있다. 한바탕 폭격이 지나간 폐허처럼 처참한 풍경. 박살난 차창. 불타고 검게 그을린 차체. 네 바퀴를 허공에 드러낸 채 벌렁 뒤집혀 있는 택시. 벽돌 조각, 돌멩이, 최루탄의 파편들…… 그리고 눈처럼 허옇게 쌓여 있는 최루탄의 분말 위에 여기저기 흩어진, 주인 잃은 신발들. 후미엔 수십여 대의 빈 트럭과 택시들이 아직 엔진 시동이 걸린 채로 멈춰 있다.
사위가 잠잠해지자 비로소 시민들의 대열 앞쪽 여기저기서 고통에 찬 비명과 흐느낌 소리가 귀에 잡히기 시작했다. 피투성이가 된 채로 아우성치는 부상자들. 머리가 깨진 사람. 팔이 부러진 사람. 풍뎅이처럼 두 무릎으로 아스팔트 바닥을 북북 기어나오는 사람. 의식을 잃고 쓰러져 업혀나오는 사람들…… 사방엔 온통 피투성이 부상자들로 즐비했다.
시민들이 뛰어다니며 그들을 안전한 인도로 끌어내기 시작했다. 분노와 공포에 찬 고함 소리. 비명 소리. 신음 소리. 갈라진 목구멍에서 토해지는 흐느낌 소리……
"여기 좀 도와주세요오! 사람이 죽어가요, 제발!"
"여기야 여기! 자동차 밑에도 사람이 깔려 있는 모양이여!"
"누구! 앰뷸런스 좀 불러주시요! 비켜요. 비키란 말요!"
"아저씨이! 아저씨이! 정신차려라우."
가로수를 들이받고 정지한 시외버스 안에서 안내양 차림의 처녀가 남자를 껴안고 발을 동동 구르며 악을 쓴다. 운전사인 듯한 남자는 피범벅이 된 채 의식을 잃고 있다. 사람들이 뛰어올라가 사내를 안고 끌어내어, 병원을 찾아서 허둥지둥 달려간다.
 어느새 거리엔 짙은 어둠이 내려앉았다. 그러나 시민들은 조금도 물러날 기세가 아니었다.

> 소방수여, 그 불은 물과 모래로는 꺼지지 않는다.
> 정결한 소금과 돌과 피만이 끌 수 있다. 건드리지
> 말고, 다스려라. 오오…… 거기 불의 진실에 승복하
> 라. 그러면 따스해지리라. 친절하고 다정해지리라.
> ──임동확,「불의 형상」에서

5월 20일 21 : 20, 노동청·문화방송국 앞

 도청 앞 광장과 금남로 1가 사이의 공간만을 보자면, 얼핏 양측의 공방전은 잠시 소강 상태로 접어든 것처럼 보였다.
 그러나 그도 잠시, 부근의 수많은 골목과 사잇길로 흩어져 물러나 있던 시민들은 다시금 차도를 빼곡하게 메우기 시작했다. 오히려 시민들의 숫자는 점점 더 늘어나고 있었다.
 차량 시위대의 출현을 기점으로 하여, 바야흐로 양측의 공방전은 짙어진 어둠과 더불어 한층 더 격렬해졌다. 시민들의 숫자

는 어느 틈에 폭발적으로 늘어나, 이제 계엄군은 도청 건물과 광장 중앙 부분만을 점령하고 있을 뿐이다.

북쪽으로 뚫린 주도로인 금남로는 물론, 도청 서쪽인 전남매일신문사 앞 길목 그리고 동쪽인 노동청 앞 길목까지 시민들은 빽빽하게 운집한 채 점차로 도청을 향해 조여들어오기 시작하고 있다. 이미 시민들의 숫자는 십수만 명으로 불어나 있다. 사실상 계엄군이 시위 군중의 엄청난 포위망 안에 갇혀버린 셈이다.

이제 도청 건물과 광장은 계엄군에겐 사수해야 할 최후거점이었고, 시민들로서는 기어코 탈환해야 할 마지막 고지였다. 시민들은 숱한 부상자를 만들어내면서도 줄기차게 도청을 향해 밀어닥쳤다. 그때마다 계엄군은 화력과 병력을 총동원하여 시위대를 밀어내었다.

이미 그것은 전투였다. 필사적인 공방전 양상으로 변해가고 있었다. 밀려났다가 다시 밀어닥치고, 멈추었다가 다시 밀려들고…… 마치 양쪽 다 죽기를 각오하기라도 한 듯한 극렬한 육박전이 반복되고 있었다.

명기와 민태는 중앙초등학교 정문 앞에 주저앉아 잠시 가쁜 숨을 추스렸다. 차량 시위대를 뒤따라 나아가다가 최루탄 분말을 전신에 뒤집어쓴 채 그곳으로 도망쳐왔다. 민호의 모습은 보이지 않았다. 허둥지둥 도망치느라 서로 헤어졌던 것이다.

"괜찮아?"

"으응. 이젠 좀 살 거 같다. 개새끼들……"

명기와 민태는 풀어놓았던 허리띠를 다시 조이며 눈물 콧물로 범벅이 된 얼굴을 서로 쳐다보며 씨익 웃었다.

둘은 담벼락에 머리를 박고 한바탕 뱃속에 든 것을 몽땅 토해내고 난 참이었다. 골목 주변엔 아직도 웩웩거리는 사람들이 많았다. 인근 상가와 주택가에서 내놓은 물 바께쓰마다 사람들이 들러붙어 얼굴을 씻고 코를 풀었다.
"민호는 어딜 갔지? 아까까지 내 옆에 있었는데."
"약속 장소로 간 거 아닐까? 한국은행 앞에서 만나기로 했잖아."
"벌써 몇 시간이 지났는데, 이젠 틀렸어. 진즉 흩어졌을 거다."
 둘은 옷을 털고 일어났다. 금남로 쪽은 소강 상태인 듯싶었으므로, 그들은 도청 주변의 상황도 살필 겸 원불교 앞길로 올라갔다.
 광주경찰서 주변은 의외로 평온해 보인다. 일 개 소대 규모의 경찰들이 닫혀진 철문과 건물 외곽에서 긴장한 표정으로 경계를 서고 있을 뿐, 시민들과의 충돌 같은 것은 별로 없었던 눈치다. 오가는 시민들도 별다른 경계심이 없어 보인다.
 명기는 불이 대부분 꺼져 있는 경찰서 건물을 담장 너머로 올려다보며 고개를 갸웃했다.
"모를 일인걸. 여기는 어째서 아직 조용하지?"
"그러게. 시민들이 아직 경찰들한테까지는 특별한 반감을 느끼지 않고 있는 까닭인지 모르지. 문제는 공수부대니까."
 민태가 말했다.
 명기는 그럴지도 모른다고 생각한다. 적어도 아직까지는, 시민들 대부분은 군과 달리 경찰은 시민들 편이라고 여기고 있는 눈치다. 잡혀서 죽도록 얻어맞고 있는 시민을 빼돌리려다가 경찰 간부가 공수부대에게 얻어맞았다는 소문이 널리 퍼져 있었다. 대부분 경찰들이 진압 작전에 참여하기를 꺼리고 있으며, 참여하더라도 은연중 소극적인 협력만 보일 뿐, 오히려 공수부대의 만행에 똑같이 분개하고 있다는 얘기도 나돌고 있는 참이었다.

경찰서 정문 앞에 한 무리의 시민들이 모여 수군거리고 있는 걸 보고 둘은 다가갔다. 그들 역시 비슷한 얘기를 나누고 있었다.

"조금 전 대학생들이 떼거리로 여기까지 몰려왔다니께 그래. 아차했으면 여기서도 한판 붙었을 것이구마."

"경찰서장인가 누군가 나와서 학생들을 설득했기 망정이지, 만약에 경찰서 본부까장 밀고 들어갔다는 소문이 퍼지기라도 하면, 국민들이 뭐라고들 그러겠어? 광주 시민들이 진짜 폭도들인갑다고, 서울이랑 다른 지방 사람들도 다 그렇게 믿을 거 아닝가."

"그러길래, 경찰서장이 나와서 좋은 말로 달래잖등갑네. 여기 경찰서 유치장 안에는 시방 흉악범이랑 온갖 질 나쁜 잡범들이 수용되어 있는디, 만일 그자들이 감옥을 깨고 탈출하면 큰일 아니겠느냐고 말여. 이럴 때일수록 시민들이 치안 질서를 지켜줘야 한다고 설득하니께, 학생들도 금방 수긍하고 순순히 돌아가더란 말여."

둘은 경찰서 옆길을 통해 청산학원 앞으로 나왔다.

그쪽 역시 시민들로 가득 차 있다. 말 그대로 인산인해다. 노동청 앞에서부터 전화국, 시민관, 대인시장에 이르는 왕복 이차선 도로가 발을 디딜 틈이 없다.

전경 기동대가 도청과 노동청 사이의 도로를 차단중이다. 사방에서 끊임없이 연기가 피어오른다. 도청으로 들어가는 길목, 남도예술회관 부근엔 십여 대의 차량이 불에 타면서 검은 연기가 연신 솟구치고 있다. 노동청에서 백여 미터쯤 떨어진 주유소를 시민들이 점거해서 기름을 퍼내어, 차에 불을 질러 앞으로 밀고 나아가다가 물러났다고 했다. 불타는 자동차 잔해를 사이에 두고 양쪽은 대치중이었다. 가로등이 일제히 꺼져버린, 폐허 같은 거리 복판에서 군중은 피어오르는 불꽃을 한동안 바라보고 있었다.

그런 어느 순간, 광주고속버스 한 대가 군중 사이를 헤치고 나타났다. 사람들이 함성을 지르며 길을 터주자 버스는 앞으로 나아갔다. 버스는 불타고 있는 자동차의 잔해 사이를 지그재그로 빠져나가기 시작했다. 함성이 주위를 뒤흔들었다. 얼핏 차 안에 탄 사람은 두서너 명쯤으로 보였으나 확실치 않았다.

버스가 정지할 듯 잠시 멈칫하는 순간, 최루탄과 페퍼 포그가 버스를 향해 쏟아지기 시작했다.

버스가 곧장 계엄군의 대열을 향해 돌진한 것은 그 순간이었다. 놀란 선두의 기동대 병력이 와르르 흩어지며 허둥거렸다. 최루탄에 시야를 잃어버린 듯, 버스는 속도를 늦추며 오른쪽으로 기우뚱 방향을 튼 채 곧장 담벼락으로 돌진했다.

쿵, 소리와 함께 버스가 처박히기 바로 직전, 명기는 담벼락 바로 앞에서 미처 피하지 못하고 엉거주춤 서 있는 그림자 몇을 똑똑히 보았다. 십여 명, 아니 더 될지도 모른다.

"으아악!"

"아아아! 깔렸어! 사람이…… 빨리빨리!"

기동대 대열에서 터지는 외마디 비명 소리. 전경대원들이 갈팡질팡 뛰어다닌다. 지켜보던 시민들 쪽에서 놀란 외침과 환호가 한꺼번에 터져나온다. 후미에 있는 사람들은 영문도 모르고 덩달아 와와 함성을 질러댄다.
"군인들이 깔렸어! 여러 놈 죽었어!"
"군인이 아녀. 전경대랑께."
앞쪽 사람들이 소리를 질렀다.
이내 기동대 병력이 대열을 갖추고 앞으로 밀고 나오기 시작했다. 선두의 시민들이 주춤거리자 시위 대열은 동요한다. 마침내 폭포처럼 최루탄이 쏟아지고 시민들은 와르르 도망치기 시작했다. 그러나 도망칠 만한 공간이 없었다. 후미에 빽빽히 들어찬 군중은 앞쪽에서 벌어지고 있는 상황을 모르는 채 오히려 앞쪽 대열을 더욱 밀어붙이고 있는 형국이다.
기동대는 페퍼 포그 차량과 장갑차를 앞세우고 밀고 들어오기 시작했다. 명기와 민태는 어수선하게 밀려나고 있는 대열에 섞여 동명동 쪽 길로 도망쳤다. 발 디딜 틈도 없이 빽빽히 들어찬 시민들 때문에, 도망친다기보다는 거의 걷다시피 밀리는 판이었다.
그쪽은 가로등은 물론 주위 상가와 주택가에도 불빛 하나 없이 대단히 어두웠다. 시민들은 어둠 속에서 도망치느라 아우성이다. 다급한 비명 소리에 명기가 돌아보니, 장갑차가 바로 등뒤까지 접근해 있었다.
둘은 정신없이 뛰었다. 얼핏 기동대원의 검은 방석모와 진압봉이 등뒤로 바짝 달겨드는 것을 느끼는 순간, 명기는 길 아래 하천으로 구르듯 몸을 날렸다. 물이 발목에 찰 정도인 하천 바닥을 명기는 누군지도 모르는 사람들 몇 명과 함께 숨이 넘어가게 뛰었다. 얼마쯤 가다가 돌아보니, 더는 쫓아오지 않는다.
하천을 겨우 기어나왔을 때, 민태가 달려왔다.
"야, 괜찮냐?"

"응. 넌 다친 데 없어?"
"얌마, 그 꼴이 뭐냐? 아무리 다급하다고 저 지독한 똥물 속으로 뛰어든단 말야?"

그 참에도 민태는 낄낄댄다.

명기는 운동화를 벗어 물을 쏟았다. 고약한 악취가 풍겼다. 명기는 아직도 가슴이 벌떡거린다. 때마침 하천이 나타나주지 않았더라면, 영락없이 그 녀석의 몽둥이에 당했을 게 틀림없다.

명기는 어느 이층집 대문 앞 계단에 쪼그려앉아, 젖은 바짓자락을 두 손으로 비틀어 짰다. 아까 하천으로 뛰어들기 직전, 명기는 그 전경대원의 가쁜 숨소리를 어깨 너머로 또렷하게 들은 것만 같다. 어두운 데다가 자욱한 페퍼 포그에 휩싸여, 한 순간 그자의 윤곽만 얼핏 보았을 뿐이다. 로마 병정처럼 투구와 방석모로 무장한 탓에 얼굴은 보이지 않았다. 그러나, 그자의 헉헉대던 가쁜 숨소리. 그자 역시 절대 다수의 군중 앞에서 분명 겁을 집어먹고 있었다. 그랬다. 그들은 지금 오히려 시민들보다도 더한 공포에 질려 있는 것이리라.

둘은 다시 차도로 나섰다. 군중 속에 묻혀서 둘은 연신 이리저리 밀려다녔다. 물결처럼, 누군지도 모르는 사람들과 몸을 밀착한 채 끊임없이 나아가고 물러나기를 되풀이하는 동안, 시민들은 저마다 땀에 젖어 있었다. 젖은 옷과 젖은 몸뚱이를 맞부비며, 사람들은 서로의 뜨거운 체온과 땀 그리고 가쁜 숨결을 주고받았다.

그들은 공포도 두려움도 완전히 잊은 것 같았다. 인파와 어둠에 가려 불과 이십여 미터 앞쪽의 시야도 분간키 힘들었다. 어둠은 때로 공포심을 현저하게 희석시키는 법이다. 적이 시야에 보이지 않을 때 군중은 무모하리만큼 용감해질 수 있는 것이다.

시위대 앞쪽에서 도망치려고 해도, 뒤쪽 군중은 오히려 되밀려오는 흐름을 되받아서, 앞쪽으로 앞쪽으로 계속 밀어낸다. 때문에 앞쪽 군중은 뒤로 물러나고 싶어도 그럴 수가 없는 형국이다.

"저놈들이 밀리고 있어! 더 이상 밀고 들어오지는 못하고 있어!"

"최루탄이 부족한 모양이여!"

"맞다 맞어. 최루탄이 아까보다 훨씬 줄어들었어."

사람들이 소리쳤다. 앞쪽에서 확성기를 통해 독려하는 목소리도 한층 더 다급하게 울려나온다.

"물러나지 맙시다! 시민 여러분."

"위대한 광주 시민 여러분. 한 발짝도 물러나지 말고, 사수합시다아."

명기와 민태는 인파를 헤집고 뛰어다녔다. 대열의 앞쪽에서부터 뒤쪽까지 몇 번이나 오르락내리락, 둘은 구호를 외치고 노래를 불렀다. 대열 중간이나 후미에 낀 사람들이 벽돌 조각이며 자갈을 앞쪽을 향해 던지기도 했다. 그때마다 명기는 고함을 질러댔다.

"돌 던지지 말아요! 앞쪽에 있는 시민들이 맞습니다!"

그러자 다른 사람들도 함께 소리를 질러댔다.

"돌 던지지 말란 말이요! 공수놈들 있는 데까장은 안 간다고!"

명기와 민태는 골목을 통해 맞은편, 청산학원 쪽 차도로 갔다. 그쪽도 역시 밀고 밀리는 치열한 공방전이 벌어지고 있는 참이다. 전남여고를 지나 전신전화국 앞에서도 한바탕 아수라장이다. 조금 전 중앙초등학교 로터리 쪽에서 장갑차 한 대가 군중을 향해 돌진해왔던 모양이다. 시민들이 한덩어리로 엉켜 미친 듯 비명을 질러대고 있었다.
"장갑차에 중학생 하나가 깔려부렀어!"
"오메오메, 저 짐승 같은 놈들이! 전속력으로, 멈추지도 않고 달려오더란 말여."
"어떻게 됐어요? 아이는?"
"얼마나 다쳤습니까?"
"몰라라우. 사람들이 들쳐업고 병원으로 간다고 갔는디. 어쩌까아, 그 어린 것이 뭣 헐라고 나와가꼬…… 즈이 부모는 알고나 있을란가. 아이고오."
"병원에 가봤자 진즉 틀렸당께. 즉사해부렀드라고! 저거, 저것 좀 보씨요. 배에서 창자가 터져나와가꼬, 길바닥에 피가 강물이여, 강물."
사람들이 몰려서서 왁왁 비명을 질러댄다. 명기와 민태가 다가가보니, 아스팔트 바닥 한쪽이 검게 젖어 있다. 젖은 바닥 여기저기엔 살점인지 무엇인지 모를 것들이 들러붙어 기묘한 빛으로 번들거리고 있다. 여자 서넛이 그걸 들여다보며 컥컥 울음을 터뜨리고 있었다.
"이 개새끼들! 큭."
민태가 주먹을 쥐고 소리를 지르다가 기어코 울음을 삼킨다.
"이대로는 안 돼! 총이 있어야 돼! 맨주먹으로…… 이래가꼬는 안 된단 말여!"
"어디, 총 없으까! 칼이라도, 워메, 미치고 환장해 죽겄네에."
"당장 도청으로 갑시다! 인해전술, 몰르요? 우리들까장 아예 모조리 죽여뻐리라고, 길바닥에 가서 다 같이 누워버리잔 말요."

"니기미, 저기, 저 MBC부터 칵 불질러뻐려야 돼라우. 아까, 저 새끼들이 방송하는 거, 안 들었소?"

사방에서 고함을 질러댄다. 다시 앞쪽 로터리 부근에서 폭음과 함성이 요란하게 터져나오기 시작했다. 콩 볶듯 터지는 최루탄의 폭음, 폭음.

문화방송국 건물 부근에서도 사람들이 빠르고 어수선하게 움직이고 있었다. 명기와 민태는 그쪽으로 달려갔다.

방송국 현관에선 이미 한 무리의 시민들과 방송국 직원들 네댓 명이 엉켜 소란하다. 밀고 들어가겠다느니, 안 된다느니, 옥신각신들이다. 시민들 중 몇은 각목이며 화염병을 쥐고 있다. 반쯤 열리다 만 철제 셔터문을 쾅쾅 두드리는 청년도 있다. 막는 쪽은 건물을 지키는 수위들인 듯싶다.

"아, 안 된단 말요. 방송국은 일급 보안 시설인데, 함부로 들어가서 어쩌겠다는 거요."

"보안 시설 좋아허네! 방송을 똑바로 해얄 거 아녀? 우리가 폭도여? 여기 모인 광주 사람들이 모조리 폭도라니! 지금이라도 빨리 시정 방송을 하라고!"

"누, 누가 폭도라고 그랬단 말요? 그런 방송, 우리는 한 적 없소."

"뭣이여! 아까 일곱시에 당신들이 안 그랬어? 잡아간 사람들은 잘 보호하고 있다고? 죽은 사람은 한 사람도 없다고, 그랬어 안 그랬어?"

"개새끼들! 죽은 사람을 이 두 눈으로 벌써 몇이나 봤는디, 뭐, 어찌고 어째? 사망자는커녕 중상자가 단 한 명도 없다고?"

"여러 말 할 거 없어라우! 당장 밀고 들어가서, 사장놈부터 모가지를 틀어가꼬 끌고 나오자니께!"

"다 똑같은 놈들여! 전두환이나 공수부대나 저놈들이나, 다 같은 역적들이랑께!"

현관 앞에 몰려든 시민들은 그 사이 사오백 명으로 늘어났다.

시민과 직원들이 옥신각신하는 사이, 시민 몇이 근처 목재소에서 꽤나 굵은 나무 기둥 하나를 떠메고 나타났다. 수십 명이 기둥에 달라붙어, 종을 치듯 그 기둥으로 철제 셔터를 쿵쿵 밀어치기 시작한다. 이내, 와장창 소리와 함께 일층 대형 유리창이 쏟아져내렸다.

와아아. 그것이 신호인 양 돌멩이와 벽돌장이 건물을 향해 마구 날아갔다. 와장창. 쨍그랑…… 일층과 이층의 유리창이 박살났다. 마침내 셔터문이 부서져내렸고, 수십 명이 수위들을 밀치고 건물 안으로 왈칵 쏟아져들어가기 시작했다. 그때 계단 위로 누군가 뛰어올라가 외쳤다. 안경 쓴, 양복 차림의 중년 남자.

"여러분! 이러지들 맙시다! 이러다가는, 우리가, 진짜로 폭도로 몰리게 됩니다. 흥분하지 말고, 잠깐만 들어보시오……"

"뭐야, 저 새끼는! 저것도 방송국 직원이구만."

"비켜! 비키란 말여."

"저 새끼, 당장 끌어내!"

야유와 욕설이 쏟아져나오고, 누군가 사내를 거칠게 밀어제쳤다. 현관과 이층 쪽에서도 뭔가 와장창 깨지는 소리가 들린다. 또 한 무리의 시민들이 우르르 현관으로 달려들어갔다.

명기는 민태와 함께 현관 앞에서 건물 안쪽을 들여다보았다. 둘은 어떻게 해야 할지 몰라 망설였다. 흥분한 군중들이 방송국을 파괴할 가능성은 충분했다. 그럴 필요까지야 있겠는가고, 명기는 은근히 걱정스러웠다. 명기는 아까 흥분한 군중들을 가로막고 제지하려 나섰던 그 중년 남자의 말에 공감이 갔던 터라, 차라리 그때 함께 나서서 사람들을 설득했어야 하지 않았을까 하고 뒤늦게 후회를 했다.
갑자기 민태가 명기의 팔을 잡았다.
"저거 봐, 기름 아냐?"
"맞다. 휘발유를 뿌리고 있어!"
일층 현관 안쪽에서 사내 하나가 플라스틱 통에 담긴 기름을 바닥에 뿌리고 있다. 사람들이 얼른 뒤로 물러났다. 사내가 몇 걸음 물러서서 화염병을 던졌지만, 콘크리트 바닥이라 불은 이내 꺼져버렸다.
그 사이 한 무리는 위층으로 와르르 몰려 올라가고, 나머지는 복도에서 우왕좌왕했다. 바로 그때였다.
"펑, 퍼펑!"
건물 뒤편에서 굉장한 폭음이 터져나왔다. 명기와 민태는 놀라, 반사적으로 몇 걸음 물러섰다. 다시 폭음이 터졌고, 이내 번쩍하는 섬광과 함께 검은 연기가 현관 안쪽에서 확 솟구쳤다.
"불이다, 불이 붙었어!"
"뒤쪽이야! 변압기가 있는 쪽 같은디?"
"아이고, 큰일났다!"
"피해! 변압기, 터지면, 다 죽는단 말여!"
주변은 일순 아수라장으로 변했다. 사람들이 도망치기 시작했다. 건물 안에 들어갔던 사람들이 허둥지둥 뛰쳐나왔다.
"펑. 퍼펑. 펑, 펑."
이번엔 아까보다 더 큰 폭음이 이층과 삼층 후면 쪽에서 연달아 터진다. 동시에 불꽃과 연기가 왈칵 유리창 밖으로 쏟아져나왔다. 순식간에 벌어진 일이었다. 이미 불길은 이층과 삼층을 거쳐 오층으로까지 번지고 있었다.
"저 봐! 안에, 사람이 있어!"
"큰일났다! 사람들이 있소오!"
뒤늦게 건물 안에서 도망쳐나온, 직원인 듯싶은 사내 하나가 위층을 올려다보며 악을 썼다. 건물 안엔 직원 두세 명, 그리고 31사단에서 파견된 군인 1개 분대가 아직 남아 있다며, 그는 발을 동동 구른다. 그러나 잠시 후, 그들은 건물 후면의 비상 계단을 타고 무사히 내려왔다.
불길은 이미 건물 전체에 번져 있다. 엄청난 불길이다. 금세 주위가 대낮처럼 밝아졌다. 불길은 거대한 용광로처럼 건물 전체를 뒤덮었다. 어마어마한 불기둥이 새빨갛게 솟구치면서, 검은 연기를 물컥물컥 뿜어올리기 시작했다.
건물 주위는 완전히 아수라장이다. 비명과 함성, 환호성과 탄성이 터져나왔다. 방송국 바로 오른편에 인접한 전자도매상 점포에서 비명 소리가 들렸다. 주인과 종업원들이 셔터를 열고 튀어나와 다급하게 외쳐댄다.
"아이고오, 도와주씨요! 우리집, 우리 물건들, 다 타요!"
젊은이들이 가게 안으로 달려들어갔다.
"오메오메. 저 집 사람들이사 무슨 죄가 있다고."
"여러부운, 도와줍시다아. 빨리들 나오시오!"
누군가 앞서 나가서 소리치자, 사람들이 합세했다. 명기와 민태도 뛰어들었다. 모두들 손에 잡히는 대로 물건들을 밖으로 끄집어내기 시작했다. 텔레비전 수상기, 전축, 밥통, 다리미……

진열된 물건들은 물론이고 포장된 제품들을 꺼내어 인도 한쪽 끝에 옮겨놓느라 사람들은 한동안 야단들이었다. 주인 내외인 듯한 중년 부부는 그것들을 한쪽에다 쌓아놓으랴, 발을 동동 굴러대며 울어대랴, 제정신들이 아니다.

이미 불길은 5층짜리 방송국 건물 전체를 송두리째 집어삼킨 채 맹렬하게 타오르고 있었다. 군중은 비명과 환호성을 터뜨리면서, 점점 더 뒤로뒤로 물러났다. 불길의 기세가 커져갈수록 뜨거운 열기가 건물 주변으로 확확 끼쳐온다. 얼굴이 화끈거리고 숨이 턱턱 막혀왔다.

명기와 민태는 전남여고 담장 앞까지 물러나, 불타는 건물을 바라보았다. 주변은 대낮같이 환했다.

"이 땅의 민족 지성에게는 행동이 요구됩니다. 우리의 억눌림도 갈라짐도 분노도 저항도 시행착오도 피흘림도 여기서 끝냅시다."
—— 고 박태영의 묘비명(망월동 묘지 번호 78)

5월 20일 21:40, 전남도청

- 시위대 역전파출소 습격, 양동·학동파출소 점령 (20:20~20:30)
- 광주소방서 완전 점령, 기물 파괴, 소방차 4대 탈취 후 문화방송 쪽으로 도주 (20:30)
- 시위대, 시청 건물 내 침입, 기물 파괴 (20:30)
- 도청 차고 방화 (21:00)
- 학동, 광천동 등 외곽 지역 주유소 점거하고 화염병 제작중 (21:10)
- 학동, 산수동, 계림동, 동명동, 양동파출소 등 대부분의 파출소 파괴, 방화 (21:15)
- 목포 지역, 오후 9시 이후 KBS, MBC 방송국 텔레비전 중계 중단으로 시청 불가능 보고(*광주―목포간 중계 시설이 파괴된 것으로 추측됨)
- 노동청 앞에서 버스 1대 전경대 저지선 돌파, 사상자 십여 명 발생 (21:00)
- 노동청 앞, 방화로 소실된 차량: 버스(2대), 택시 등 도합 12대 (21:03)
- 광주역 일대, 시위대(4,5만여 명 추정)에 의해 포위 상태. 계엄군과 대치중임을 보고 (21:30)

창밖에서 돌연 굉장한 함성이 들려왔다.

책상 위에 상황 일지를 펼쳐놓고 기자 수첩에 바삐 옮겨 적고 있던 김상섭은 퍼뜩 고개를 들었다. 그 상황 일지는 서무과 직원에게서 조금 전에 어렵사리 잠깐 빌린 것이었다.

실내에 있던 사람들도 모두 그 소리에 놀라 불안한 시선을 재빨리 서로 주고받았다. 도청 바깥의 광장은 벌써 몇 시간째 전쟁터를 방불케 하는 치열한 공방전이 계속중이었다. 최루탄과 페퍼 포그의 폭발음, 군중들의 비명과 함성, 자동차의 경적 소리로 그야말로 아수라장이었다.

그러나 이번의 함성은 어딘가 달랐다. 뭔가 돌발적인 사태에 놀란 군중들이 거의 동시에 함께 내지르는 듯한 함성.

"저게 무슨 소리지? 응?"

서무과장의 책상을 차지하고 앉아 있던 도지사가 엉거주춤 엉덩이를 들어올린 채 겁먹은 얼굴로 말했다. 큰 키에 건장한 체격을 가진 도지사의 집무실은 삼층에 있었다. 그러나 오후부터 상황이 급박해지자 이곳 일층 서무과로 피신해 내려온 참이다.

"그, 글쎄요."

기획관리실장도 어리벙벙한 표정이다.

"글쎄요라니! 그게 대답이라고 하는 거요 뭐요? 당장 나가보지 않고서!"

"아 알겠습니다, 지사님."

기획실장이 벌떡 일어났다. 그러나 그보다 먼저 출입문을 왈칵 밀어제치고 직원 하나가 헐레벌떡 뛰어들어온다.

"큰일났습니다, 지사님. 문화방송 건물이 불에 타고 있습니다."

"뭐, 뭐라고?"

"시민들이 불을 지른 모양입니다. 순식간에 오층 옥상까지 번졌다지 뭡니까."

"아이고, 큰일났구먼. 소, 소방대는 출동했나?"

"소방대가 지금 어디 있어야지요, 지사님. 시민들이 소방차를 끌고 나가는 바람에 업무가 완전 마비 상태랍니다. 어떻게 손을 써볼 수도 없는 모양입니다."

"남아 있는 차량이 한 대도 없단 말이오?"

"열두 대 중 탈취당한 차량은 다섯 대라고 합니다만, 남은 것들도 소방대원들이 피신해버려서 가동이 불가능하다고 합니다."

"허참, 기가 맥힐 일이구마이. 이걸 어쩌지? 방송국을 태우다니, 대체 어쩌자고 저런단 말여. 허어!"

비대한 몸집의 도지사는 땀을 뻘뻘 흘리며 안절부절 어쩔 줄을 모른다.

"박기자, 가봅시다."

"어디로요?"

"따라와보면 알아요. 카메라부터 챙겨요!"

김상섭은 일층 서무과를 나오자마자 곧장 복도를 통해 삼층까지 뛰어올랐다. 박기자도 숨을 헐떡이며 뒤늦게 따라왔.

삼층 복도 유리창으로 내다보니, 궁동 문화방송국 건물은 이미 거대한 불기둥으로 변해 있다. 도청에서 직선 거리로 불과 오륙백 미터 떨어진 지점. 주위에 높은 건물이 없어서 한눈에 빤히 건너다보였다. 시뻘건 불기둥이 오층짜리 방송국 건물을 한입에 삼킬 듯 검은 연기를 밤하늘로 물컥물컥 뽑아올리고 있다. 검은 연기 속에서 거대한 공룡의 혓바닥 같은 불꽃이 사납게 솟구치며 빠르게 널름거린다. 김상섭이 내다보고 있는 창유리에까지

봄 날 217

그 불꽃의 그림자가 반사돼 일렁였다. 주변은 이미 대낮같이 환하다.

"이런, 여기까지 불기운이 느껴지는데요?"

찰칵, 찰칵. 박기자가 분주하게 카메라 셔터를 눌러대며 말했다. 그의 목소리가 잔뜩 들떠 있다. 과연 엷은 열기가 김상섭의 뺨이며 목덜미로도 전해져온다. 화학 물질이 연소할 때 나오는 매캐한 냄새도 섞여 있다. 이제 불꽃은 도시의 하늘 전체를 태워삼킬 듯이 갈수록 맹렬한 기세로 타오르고 있다. 방송국 바로 옆 건물은 병원이다. 나란히 붙어 있는 그 병원 건물에까지 금방이라도 불길은 번질 듯하다.

김상섭은 연거푸 담배를 피워물었다. 두 손이, 아니 무릎과 다리까지 후들후들 떨리고 있었다. 심장이 빠르게 뛰어오름을 느끼며 김상섭은 숨을 헐떡였다. 조금 전 그 거대한 불기둥을 처음 목격했던 바로 그 순간부터 김상섭은 급작스런 흥분 상태에 빠져 있었다.

불. 지금 저 엄청난 불기둥을 이 도시의 시민들 대부분은 보고 있으리라. 저렇듯 중심가의 모든 거리에 쏟아져나와 있는 적극적인 시민들말고도, 꽤 멀리 떨어진 외곽의 주택가에 남아 있는 수많은 시민들 역시 지금쯤 한길이며 집 앞 골목마다 나와서 저 붉은 불기둥과 검은 구름기둥을 똑같이 바라보고 있을 터이다. 그것은 마치 봉홧불을 연상시켰다. 전란의 폭풍이 이 땅을 휩쓸어올 때마다 변방의 높은 산봉우리나 해안의 산꼭대기 봉화대에서 들불처럼 일제히 피어올랐다던 불길.

그러다가 김상섭은 문득 바로 어젯밤에 보았던 그 정체 불명의 봉홧불을 떠올렸다. 산수동 오거리 뒤편, 잣고개로 오르는 산등성이에서 홀연히 피워오르던 그 거대한 불꽃.

어제 저녁, 그러니까 19일 저녁 여덟시경이었으리라고 김상섭은 기억한다. 그 시각 김상섭은 마침 집에서 멀지 않은 동명동 농장다리 부근을 걷고 있었다. 거리 분위기를 살필 겸 비교적 외곽 지역인 산수동 일대를 돌아다니다가, 통행 금지 시각이 가까워오자 서둘러 집을 향해 돌아가는 참이었다.

거리엔 어둠이 깔리고 엷은 빗발이 조금씩 뿌리기 시작했는데, 다리 위에 모여 있던 사람들이 돌연 탄성을 터뜨리며 술렁거렸다. 무심코 돌아보니, 저만치 무등산으로 이르는 잣고개 오른쪽 산등성이에서 난데없는 거대한 불덩이가 피어오르고 있었다. 인가도 없는, 가파른 산등성이 부근이었다.

산의 윤곽만 어슴프레 남아 있을 뿐인 저녁 어둠 속에서 그 불덩이는 순식간에 풍선처럼 홀연히 부풀어올랐다. 누군가 일부러 불을 지른 게 틀림없다. 저건 우연한 산불이 아니다. 누군가 석유 드럼에 통째로 불을 붙인 것이라고 김상섭은 직감했다. 급작스레 부풀어오르는 불길과 함께 솟구치는 검은 연기 역시 휘발성 연료가 연소할 때 내뿜는 검은 연기임이 분명했던 것이다.

그 거대한 불꽃을 발견한 순간의 기이한 충격을 김상섭은 아직도 생생하게 기억한다. 어째선지 불현듯 가슴이 불안하게 울렁거리며 덜컥 숨이 막혀왔었다. 마치 변방의 진지 한가운데서 임박한 최후의 전투를 알리는 북소리를 듣고 있는 것처럼, 그 선연한 주황빛 불꽃은 까닭 모를 불길함과 공포심을 불러일으켰다. 그 불꽃은 어떤 신비한 주술처럼 강렬한 비장감과 전투 의식을 불러일으키는 선동성마저 지니고 있었다.

하지만 김상섭은 아직도 그 불꽃의 정체에 대해 전혀 아는 것이 없다. 누가, 왜, 그 산등성이에 불을 피웠을까. 결코 우연일 리는 없다. 누군가 의도적으로 지른 불이 틀림없다. 마치 모종의 신호를 보내기라도 하는 듯한……

누굴까? 계엄군의 소행인가? 하지만, 무엇 때문에 그런 시각에, 하필이면 인적도 없는 그곳에, 더구나 꽤 높은 지점이라서 이 도시 사람들의 눈에 빤히 바라다보이는 장소에다가 불을 놓았을까?

물론 시민들 쪽에서 그랬을 가능성도 충분히 있다. 시민들의 저항을 부추기기 위한 선동적이고 상징적인 방화? 만약 그랬다면, 그것은 상당히 조직적인 행동에 속한다. 그러나 김상섭이 알고 있기에는, 적어도 어제 그 시각까지만 해도, 아직 시민들 쪽에선 전혀 조직적인 저항 따위는 이루어지지 않았었다.

이 지역의 재야 운동 세력 즉 각 대학 학생회를 비롯하여 박정희 정권하에서 꾸준히 반독재 반정부 투쟁을 계속해온 사회 운동 단체들의 역사는 뿌리가 꽤 깊다. 하지만 그 핵심 인물들은 이미 17일 자정 직전에 불어닥친 예비 검속으로 상당수 연행되었거나 몸을 피한 상황이다. 가장 핵심적인 역할을 해야 할 전남 대학교 총학생회 간부들 역시 이미 대부분 몸을 숨겼다고 한다.

사실상 지난 사흘 동안의 격렬한 시위와 저항이 거의 전적으로 시민들의 자발적이고 비조직적인 행동에 의해 이루어질 수밖에 없었던 이유도 상당 부분 그래서였을 것이다. 그렇다면, 운동 단체나 거기 관여한 인물들이 조직적으로 그 봉홧불을 질렀으리라고 믿기엔 아무래도 미흡하다. 도대체 그 봉홧불은 누가 지른 것일까…… 그것은 김상섭에겐 여전히 풀리지 않는 의문으로 남아 있었다.

"이거, 완전히 폭동화할 조짐인데요."

"폭동이라구요?"

"저건 단순한 불이 아니잖습니까. 공공 건물에 방화까지 하기 시작했다면, 사태가 그만큼 급진전되고 있다는 애깁니다."

박기자는 연신 셔터를 눌러대며 말했다.

폭동이라니. 김상섭은 본사에서 내려온 그 젊은 기자의 옆얼굴을 힐긋 쏘아보았다.

'폭동이 아니야, 이 자식아. 이건 항쟁이야. 저 수많은 시민들은 지금 저마다 목숨을 내걸고 싸우고 있는 거야. 네 눈엔 저게 폭동으로밖엔 보이지 않아? 폭동이라니, 누구를 위한, 무엇을 위한 폭동이라는 거냐……'

공연히 엉뚱한 쪽에다 분풀이를 하고 싶은 걸 김상섭은 애써 참는다.

"야아, 굉장한데! 엄청난 불길이구만. 저기가 분명, 문화방송국이란 말이죠?"

"틀림없소."

"근데, 왜 하필 방송국에다 방활 했을까요?"

"그걸 몰라서 묻는 겁니까. 시민들은 침묵하고 있는 언론에 분노하고 있는 거요. 지금 자신들이 직접 당하고 있고, 자신들의 눈앞에서 벌어지고 있는 이 기막힌 참상을 언론이 다른 지역 사람들에게 알려주기를 시민들은 갈망하고 있소. 하지만 신문은 이미 오늘부터 배포가 중지되었고, 방송에선 엉뚱하게도 음악이 흘러나오고, 사랑 타령으로 히히덕거리는 연속극 따위나 돌려대고 있는 판국 아닙니까? 한술 더 떠서, 방송국이라는 데서 오히려 계엄 당국의 허튼 발표문이나 읊어대고 있는 판이니, 눈이 뒤집히지 않을 사람이 어디 있겠소?"
 시민들이 맨 먼저 방송국에다 불을 지른 까닭을 김상섭은 충분히 이해할 수 있다.
 광주 시내에서 벌어지고 있는 사태에 대한 최초의 공식적인 언급이라고 할 수 있는 보도는 이날 오전 10시경에 나왔었다. 물론 그것마저도 전국적인 방송망을 통한 보도가 아니라, 이곳 광주와 전남 지역에만 한정된 보도였다.
 치안본부 이름으로 발표된 그 보도의 내용이라는 게 참으로 어이없는 것이었다. 지난 이틀 간 광주에서 연행된 사람들은 모두 517명이며, 부상자는 오로지 경찰만 6명인데 그 중 중상자는 1명이라고 했다. 시민들이 경악하고 분노할 수밖에 없었다.
 그러더니 아까 저녁 일곱시 뉴스에 계엄 당국은 이 지역 문화방송을 통해 또 다른 거짓투성이의 보도문을 발표했다. 김상섭도 그걸 직접 들었다.
 그 담화문은 전남북 계엄분소에서 작성, 도청 기자실과 지역신문사 및 방송국에 하달된 것이었다. 각 방송국에 파견되어 있는 정훈장교들을 통해 계엄분소는 계엄분소장의 담화문 그리고 시위중 연행되었다가 풀려나왔다는 시민, 학생들의 명단을 매시간마다 두 차례씩 방송하라는 지시를 내렸다. 결국 그 지시대로 맨 처음 보도를 시작한 것이 문화방송이었다. 문화방송은 일곱시 뉴스에 그것을 방송했었다. '친애하는 광주 시민 여러분······.' 전남북 계엄소장의 이름으로 된 발표문 서두는 그렇게 시작되었다.

 ······지난 18일과 19일 양일 간의 소요 진압 과정에서 연행된 학

생과 일반인은 군에서 잘 보호하고 있으며, 그 중 가벼운 범법자와 잘못을 반성하는 일부 학생들을 석방 조치했습니다. 나머지 학생에 대해서도 조사가 끝나는 대로 선별하여 추가 석방할 것이며, 소요 주모자나 범법 행위가 지나친 학생은 엄중히 처리할 것입니다…… 소요 진압 과정에서 일부 부상 학생은 정성껏 치료를 받고 있습니다. 중상자는 없습니다……

발표문에 덧붙여 계엄분소는 석방자 167명의 명단까지 공개했다.
'무슨 소식이 흘러나오지 않나. 광주에서의 이 기막힌 만행을 전해듣고 서울이나 부산 등지에서도 뭔가 국민들의 저항 움직임이 시작되지 않았을까……'
그런 절박하고 간절한 기대에 가슴을 졸이면서, 이제나저제나 하고 라디오와 텔레비전의 채널을 안타깝게 돌려대고 있던 시민들에게 돌아온 것은 바로 그 기만적인 발표문이었다. '소요 주모자' '범법 행위자' 그것이 자신들에게 붙여진 이름이었다. 무엇보다도, 연행된 학생들을 정성껏 치료중이라는 둥, 중상자는 경찰 1명말고는 전혀 없다는 둥, 기막힌 내용에 시민들은 치를 떨고 있었던 것이다.
이 지역의 대표적 두 일간 신문인 전남일보와 전남매일신문은 이미 오늘 날짜로 계엄 당국에 의해 제작이 중단된 상태였다.
아까 오후에 김상섭은 이곳 도청 상황실에서 지역 신문사인 전남일보와 전남매일신문의 기자들을 만났었다. 평소 도청 출입을 하면서 늘상 얼굴을 마주쳐온 터라, 서울 본사의 기자들보다 훨씬 더 가깝게 지내온 처지였다. 그들은 지난 사흘 동안 시민들로부터 수없이 걸려오는 항의와 질책, 때로는 협박에 가까운 전화들 때문에 괴로워하고 있었다.
 그건 김상섭 역시 마찬가지였다. 거리에서 시민들이 수없이 죽어가고 있는데도 기자인 자신들은 입을 틀어막힌 채 무력하게 그저 방관만 하고 있는 셈이었다. 이 도시에서 벌어지고 있는 참상을 사실 그대로 전달하기 위해 온몸으로 뛰어다니며 취재, 송고해준 일선 기자들의 긴박하고도 절박한 기사들은 제작 과정에서 검열관들의 칼질에 어김없이 삭제당하고 말 뿐이었다. 결국 전남매일신문의 경우, 젊은 기자들을 중심으로 오늘부터 제작 거부에 들어가기로 결정한 모양이었다.
 "김형, 저길 보세요. 지금 눈앞 광장엔 무려 십만 명이 넘는 시민들이 저렇게 죽기를 각오하고 맨손만으로 싸우고 있는데, 우린 정작 저 사람들에 대한 기사 한 줄도 내보낼 수 없다구요. 대체 이따위 허무맹랑한 신문을 만들 필요가 어디 있습니까!"
 전남매일신문의 한 기자는 울분을 참다 못해 울먹이며 말했다. 제작 거부를 결정한 그들 일부 젊은 기자들은 따로 모여서 호외 형식의 인쇄물을 자체적으로 제작, 시민들에게 배포할 계획을 세웠다고 말했다.
 그들과 헤어진 후 김상섭은 또 한번 심한 자괴감과 허탈감에 사로잡혀야 했다. 최소한 이곳 지역 신문사의 젊은 기자들은 그들 나름대로의 싸움이나마 시작한 것이었다.
 '그런데도 나는 무얼 하고 있는가. 수백만의 독자를 가지고 있는 전국지들은 하나같이 꿀 먹은 벙어리 꼴이고, 내가 지금껏 분노와 흥분에 치를 떨며 전화로 송고해준 기사들은 매번 흔적도 없이 증발해버릴 뿐이잖은가……'

견디기 어려운 자괴감과 분노 그리고 무력감으로 김상섭은 몸을 떨었다. 그러나 김상섭은 이럴 때일수록 기자의 사명을 포기해서는 안 된다는 사실을 다시금 되새기려 애썼다.
'아니다. 이 순간 누군가는 증인이 되어 두 눈을 부릅뜨고 지켜보아야 한다. 처음부터 끝까지, 냉정하고도 날카롭게 지켜보리라. 어느 날인가는 현장에 있었던 사람들이 입을 열어야 할 때가 반드시 올 터이고, 그날은 내게도 진정으로 큰 용기가 필요하게 될 것이다. 그날을 위해 나는 지켜볼 것이다. 저 수많은 시민들의 목쉰 외침을, 절규를, 피와 눈물을, 인간의 정의로움과 야만성까지를, 처음부터 끝까지, 하나도 놓치지 않고 지켜보리라……'
김상섭은 몇 번이나 그렇게 스스로에게 다짐을 받았다. 그러고 나자 비로소 김상섭은 조금씩 냉정함을 되찾을 수 있었다.
현재 계엄시국하에서 전국의 언론사들이 처해 있는 비정상적인 상황은 어디나 마찬가지였다. 사실상 이 지역의 신문사인 전남일보와 전남매일신문의 경우만 해도, 전남대 학생들을 중심으로 한 대규모 시위가 본격적으로 벌어지기 시작한 5월 10일 이후부터는 편집 제작의 자율권을 거의 상실한 상태였다. 각 신문사마다 배치된 검열관들에 의해 수많은 기사들이 삭제되는 바람에, 신문의 행간 곳곳이 공백 상태로 남아 있거나 아니면 자사 관련 출판물 따위의 돌출 광고를 궁여지책으로 땜질해 넣는 식의 비정상적인 제작 운용이 빈번했다.
당연히 이 지역에서도 언론에 대한 시민들의 불만은 팽배해갈 수밖에 없었다. 계엄령 확대 조치 이전부터 언론의 각성을 요구하는 목소리들은 이미 높았다. 학생들은 시위 때마다 방송국으로 몰려가 구호를 외쳤고, 그 때문에 계엄 당국은 약 1주일 전부터 각 1개 분대씩의 병력을 방송사 앞에 배치시켜놓고 있었다.
　이에 대한 기자들의 반발은 '언론 자유화 선언'으로 이어졌다. 5월 15일 계열 회사인 전일방송과 전남일보의 편집국 기자들이 진실 보도를 주장하고 나섰고, 뒤이어 16일엔 광주 KBS, MBC, CBS 기자들도 언론 자유화 선언을 발표했던 것이다.
　그러다가 공수부대가 투입된 다음날인 19일, 침묵하는 언론에 대한 시민들의 분노는 폭발 직전으로 들끓었다. 취재중이던 기독교방송 차량 한 대가 시민들의 손에 의해 불타는 사건이 일어났고, 문화방송국으로 시위대가 몰려가서 유리창을 깨뜨렸다.
　결국 눈앞에서 벌어지고 있는 엄청난 상황에 관한 언급은커녕 일방적으로 계엄분소의 허위에 찬 발표만 앵무새처럼 되풀이하는 언론에 대한 분노가 마침내 문화방송국에 불을 지르게 만든 셈이었다. 특히 학생과 시민 중 단 한 명의 사망자나 중상자도 없다는 오늘 오후의 기만적인 방송이 그 결정적인 계기가 되었음에 틀림없었다.
　"시민들이 분노하는 이유야 물론 너무나 당연하죠. 정작 제가 걱정하는 것은, 일단 공공 건물에 방화했다는 사실 하나만으로도 계엄 당국에겐 좋은 빌미를 안겨주고 만 게 아니냐는 점입니다."
　"빌미라뇨?"
　"계엄 당국에서는 기다렸다는 듯이 이 방화 사건을 대 국민 선전을 위해 대단히 효과적인 증거물로 이용할걸요? 실정을 모르는 대다수 다른 지역의 국민들에게, 지금 광주 시민들이 일부 불순한 세력들의 선동에 휩쓸려 폭동을 일으킨 것이라고 떠들어댈

게 빤합니다. 안 그런가요?"
 김상섭은 박기자의 말을 시인할 수밖에 없었다.
 그랬다. 그건 너무도 명백한 수순일 터였다. 하지만 지금 이 상황에서 그것은 시민들로서야 응당 그럴 수밖에 없는 당연한 분노의 표출이지 않는가. 아니 지금 저 거대한 불기둥이야말로 결코 시민들의 책임이 아닌, 사실은 재갈 물린 이 나라의 무력한 언론이 져야 할 책임일 것이다. 김상섭은 어금니를 깨물며 창밖 광장을 내다보았다.
 도청 앞 광장에선 여전히 밀고 밀리는 공방전이 벌어지고 있었다. 일직선으로 곧장 뻗어나간 금남로는 십수만 명의 시위대에 의해 완전히 까맣게 메워져 끝이 보이지 않는다. 행렬의 선두는 도청 앞 광장 불과 사오십 미터 전방 지점까지 진출해 있다. 불에 탄 차량들 수십 대가 나뒹굴고 있는 도로 위에서 시민들은 최루탄과 페퍼 포그의 자욱한 연기 속에서도 좀처럼 물러날 기세를 보이지 않는다. 계엄사에서 발표한 통행 금지 시각은 저녁 아홉시. 그러나 이 순간에도 시민들은 아랑곳없이 거리로 계속 쏟아져나오고 있는 것이다.
 공수부대는 광장 중앙의 분수대를 중심으로 대오를 형성한 채 안간힘을 다해 버티고 있는 기색이 역력하다. 시민들의 움직임에 비해 계엄군의 행동 반경은 극도로 좁혀져 있다. 최루탄도 부족한 눈치다. 접근하는 시민들을 향해 '공격 앞으로' 명령에 따라 이어지는 반복적인 움직임 역시 눈에 띄게 둔하고 지쳐 보인다.
 놀랍게도, 마침내 상황이 역전된 것이다. 시민들의 기세는 갈수록 거세어져가는 데 반해 계엄군 쪽은 완전히 수세에 몰리고 있음을 누구나 쉽게 알아챌 수 있었다. 그러나 도청 앞 광장 정면의 금남로 상황은 차라리 나은 편이다. 광장을 중심으로 연결되어 있는 다른 네 가닥의 도로 어귀마다 벌어지고 있는 공방전은 훨씬 더 격렬하다.

충장로 입구, 학동 길목, 노동청 길목은 기동대를 비롯한 경찰병력이 맡고 있다. 그 중 특히 노동청 방향에서는 몇 시간째 가장 치열한 공방전이 벌어지고 있는 중이다. 그곳은 조선대학교 방향, 청산학원 방향, 동명동 방향 등으로 이어지는 네 가닥의 도로가 다시 교차되는 지점이다. 따라서 시민들이 가장 많이 집중되어 있는 데다가 도망칠 공간이 많은 탓으로, 수적으로 완전히 열세인 경찰 병력으로서는 애당초 방어하기가 거의 불가능한 지역이다. 불타고 있는 방송국도 바로 그 지점에 위치해 있다.

김상섭은 열린 창문 너머로 상체를 내밀어 노동청 쪽 상황을 살폈다.

퍼퍼퍼펑. 두두두두두……

대여섯 대의 경찰 페퍼 포그 차량이 토해내는 분말로 그 일대는 아예 온천의 한증막처럼 뿌옇게 가려져 있다. 뭉게뭉게 피어오르는 가스로 주변은 구름밭이다. 그러는 사이에도 연쇄적으로 터지는 최루탄과 페퍼 포그의 폭발음.

그러나 군중의 함성은 그 폭발음보다도 더 크고 집요하다. 십수만 명 군중의 입에서 터져나오는 함성과 외침, 구호와 노랫소리. 그것은 거대한 폭포의 물기둥처럼 전시가지를 완전히 뒤덮고 있는 것이다.

김상섭은 저도 모르게 뜨거운 침을 꿀꺽 삼켰다.

저것은 노도다. 거대한 해일이다. 십만이 넘는 사람들이 어떻게 한덩어리로 뭉쳐, 죽음을 무릅쓰고 저렇듯 뜨거운 물결로 한꺼번에 몰아칠 수 있단 말인가. 형언할 수 없는 감동이 목구멍으로 차오름을 느끼며 또다시 김상섭은 눈시울이 붉어지고 있었다.

김상섭은 아까 저녁 무렵의 그 차량 시위를 지켜보면서도 내내 온몸을 부들부들 떨었었다. 어두워가는 거리를 가득 메운 채 밀물처럼 전진해오던 자동차의 행렬. 일제히 헤드라이트를 켜고 경적을 울려대며 밀려오는 그것은 불의 강, 불꽃들의 노도였다. 시민들의 환호성과 만세 소리, 태극기와 애국가, '이기자, 이기고야 만다' 하고 외쳐대는 스피커의 절규. 그 모두는 거대한 불의 강물, 뜨거운 인간의 숨결이었다.

그 광경을 김상섭은 마침 가톨릭센터 오층에서 처음부터 끝까지 내려다볼 수 있었다. 대형 버스들을 선두에 세우고 택시들은 후미에서 뒤따라오고 있었는데, 택시 한 대가 교차로에 이르러 슬그머니 차량 행렬로부터 빠져나오는 게 보였다. 아마 겁이 났으리라. 그러자 주변의 시민들이 우르르 몰려가더니, 으쌰으쌰, 그 택시를 번쩍 들어올려 다시금 제자리로 옮겨다놓았다. 와아아. 웃음 소리와 함께 박수와 함성이 터져나왔다.

"기사님 만세에!"

택시는 다시 차량 행렬 속에서 느릿느릿 전진하기 시작하고 있었다. 그걸 내려다보는 김상섭도 잠시 웃음을 터뜨렸다. 그 긴장되고 비장감 흐르는 순간에조차 놀랍게도 시민들은 웃음을, 너그러운 여유를 잃어버리지 않고 있었던 것이다.

인간이 아름답다는 것을, 아니 군중이 아름다울 수 있다는 사실을 그때 김상섭은 처음으로 깨달았다.

김상섭은 지금껏 스스로 역사와 세계의 향방에 관한 한 냉소자요 비관론자임을 자처해온 사람이었다. 인류와 문명의 역사는 늘 약한 자들의 살점으로 배부른 자들에 의해 쌓아올려져온 한낱 추악한 노적가리에 지나지 않는다는 것, 설사 몇 차례의 혁명과 반동이 일시적으로 성공을 거둔 것처럼 보일지라도, 그 하찮은 전리품 역시 언제나 예외 없이 결국은 이내 또 다른 추악한 게임의 시작을 위한 더러운 판돈으로 뒤바뀌고 말 뿐이었다는 것, 때문에 진정한 해방이니, 구원이니, 자유, 평등, 평화, 인류애 따위 케케묵은 낱말들은 다만 허황된 관념의 희롱일 뿐이거나, 고작해야 존재하지도 않는 다음 생에서의 보상이라는 허울을 빌미로 현세의 고통과 절망을 도매금으로 팔아넘기려는 사이비 종교식의 기만 술책에 지나지 않는 것이라고 그는 믿는 사람이었다. 하늘이 내려준 영웅 따위가 세상을 구원할 수는 없다고 믿는 것만큼이나, 소위 민중론자들이 떠들어대는 식의, 각성된 민중의 힘으로 새 세상이 건설되리라는 신념 또한 웃기는 소리라고 코웃음 쳤었다. 어차피 인간은 어리석은 원숭이의 후손일 뿐이며, 수백만 수천만의 원숭이들이 모인다고 하더라도 그것은 고작 어리석은 원숭이들의 떼거리와 다를 게 뭐가 있겠는가고 그는 언제나 냉소해왔다.

그런 김상섭이었지만, 오층 건물 위에서 금남로 거리를 내려다보는 그 순간에 그는 저도 모르게 눈시울을 붉히고 말았던 것이다.

"시민 여러분, 물러나지 맙시다! 이 자리에 쓰러져 죽는 한이 있어도 물러나서는 안 됩니다! 여러분! 위대한 광주 시민 여러분……"

문득 어디선가 애절한 여자 목소리가 흘러나온다.

광장 쪽, 동구청 앞에서 용달차 한 대가 시민들에 에워싸인 채 나타났다. 용달차 지붕에 매단 스피커에서 그 소리는 흘러나오고 있다.
"계엄군 아저씨, 당신들은 피도 눈물도 없습니까. 여러분도 진정 우리와 함께 피를 나눈 대한민국 사람들인가요⋯⋯ 경찰 아저씨. 여러분은 우리와 같은 광주 시민이 아니던가요. 제발 우리를 도와주세요. 여러분의 아들딸, 여러분의 친구와 후배들을 더 이상 피 흘리게 하지 마십시오. 분명히 약속하겠습니다. 도청 광장을 잠시만 비워주면, 우리는 평화적으로 시위를 마친 뒤 물러나겠습니다⋯⋯"
스피커를 통해 흘러나오는 젊은 여인의 고음의 목소리는 카랑카랑하면서도 소름끼치도록 애절하게 울린다. 그녀는 쉬지 않고 시위 군중들을 선동하고, 때로는 계엄군과 경찰을 향해 가냘프고 애절한 음조로 호소했다. 그녀를 태운 용달차는 이날 오후부터 시가지 곳곳을, 아니 시내 거의 전역을 누비고 있었다.
"저 여자, 또 나타났구만. 굉장한 여자예요. 누구랍니까, 도대체? 저 여자 목소리를 들으면 누구든 당장 거리로 뛰쳐나오지 않고는 못 배길 겁니다."
박기자가 놀랍다는 표정으로 김상섭을 돌아보았다.
"글쎄요. 한 사람이 아니라 두 사람인 모양입니다. 약간 억양이 달라요. 자기 얘기로는 조선대 무용학과를 중퇴했다던가, 그러더군요. 전남대 영문과 학생이라는 얘기도 있고. 마산에서 무용학원을 운영하던 중에 동생이 희생당했다는 소식을 전해듣자마자 달려와, 울분과 분노를 참지 못하고 시위에 앞장섰노라고, 그렇게 직접 자기 소개 방송을 하고 다니는 걸 나도 들었습니다만."
"진짜로 여대생일까요? 저 소릴 들어보세요. 억양하며 발성이 완전한 프로급 아나운서 뺨치겠어요. 아니 그 이상입니다."
"안 그래도, 기독교방송 아나운서가 자원해서 뛰어들었다는 소문도 있는 모양이던데, 확인해보니, 그건 아니랍디다."
김상섭 역시 그 정체 불명의 여자의 호소력에 감탄하고 있었다.
그녀의 등장이 확실히 시민들의 결집력에 불을 댕긴 셈이라고 김상섭은 판단했다. 시민들이 수세에서 공세로 전환함으로써 급작스레 상황을 역전시키게 된 가장 결정적인 계기는 물론 운전기사들의 대규모 차량 시위였지만, 그 같은 차량 시위를 통해 고양된 시민들의 분노와 저항 의지를 심리적으로 결집시키고 강화시키는 역할을 한 것은 바로 그 여인의 애절하고 감동적인 호소임에 틀림없었다. 더구나 아직까지는 시위를 주도할 어떤 조직적인 체계가 존재하지 않는 상황에서, 그 여인의 출현은 실로 극적인 효과를 최대한 얻어내고 있는 것이다.
여자를 태운 용달차는 한동안 도청 앞쪽에서 머물다가 다시 어디론가 사라졌다. 노동청 방향의 시위대를 향해 이동하는 것이리라.
여인의 그 선동적인 방송 때문인지, 도청 광장 쪽의 시위대는 아까보다 한층 격렬하게 움직이기 시작한다. 다시금 밀고 밀리는 공방전. 삽시간에 엄청난 아우성과 폭음으로 거리 전체가 다시 폭풍처럼 흔들리기 시작한다.
"아예 이건 전투구만요. 백병전이라구요. 믿어지지가 않아요. 어떻게 이럴 수가……"
박기자가 중얼거린다. 흥분과 놀라움으로 박기자의 표정이 굳어 있음을 김상섭은 훔쳐보았다. 그건 김상섭 자신 역시 마찬가지였다. 눈앞에서 벌어지고 있는 그 엄청난 광경들에 시종 압도된 채 두 사람은 허둥거리고 있었다.

이제 도청은 분노한 군중의 파도에 포위된 채 한 개 작은 섬처럼 완전히 고립되어 있다. 그 거대한 파도의 반복적인 파장은 오로지 이곳 도청을 최후의 목표로 하고 집중되어 있는 것이다. 파도를 막아내기에 계엄군의 방어력은 이제 눈에 띄게 허약함을 드러내고 있다. 이 도청도 마침내는 저 거대한 파도의 힘에 곧 무너지고 말리라. 김상섭은 그렇게 직감했다.

'자, 도청이 무너진다. 그렇다면, 그 다음엔 무슨 일이 기다리고 있을 것인가…… 아니다. 계엄군이 그렇게 쉽사리 도청을 내줄 리는 없잖은가. 이곳 도청과 광주역, 그 두 지점은 계엄군으로서는 최후의 거점인 셈이다. 그 두 곳을 포기한다는 건 광주시 전체를 포기하게 됨을 의미한다. 그러나 막바지에 몰리게 될 경우, 계엄군은 최후의 수단을 동원할 수도 있다. 만약 그렇게 된다면……?'

김상섭은 그렇게 자문하다가 불현듯 가슴 한쪽이 쿵 내려앉는 듯한 불길한 예감에 사로잡힌다.

'설마, 총을? 아니, 그럴 리가 없다. 그런 극단적인 상황까지는 결코 벌어지지 않을 것이다.'

김상섭은 중얼거린다. 그러나 왠지 불길한 예감은 더욱 집요하게 뇌리를 헤집는다.

그러자 조금 전에 목격했던 그 피투성이 시신들의 모습이 김상섭의 눈앞을 가로막았다. 노동청 앞에서 김상섭은 저지선을 뚫고 돌진해온 고속버스에 경찰관들이 깔려죽는 처참한 현장을 바로 눈앞에서 목격했었다.

눈 깜짝할 새에 벌어진 일이었다. 그다지 빠른 속도도 아니었지만, 후미에 있던 그들은 앞에 서 있는 다른 대원들 때문에 시야가 가려 미처 피하지 못한 모양이었다. 담을 들이받고 멈춘 버스 밑에서 그들을 꺼냈을 때, 네 명은 이미 숨이 끊어져 있었다. 알고 보니, 그들은 함평군 일원의 경찰서에서 임시 차출되어 투입된 삼십대 혹은 사십대의 일반 경찰관들이었다.

"김순경! 아아, 니기미 씨발, 어째서 우리가 죽어야 하는 거여어!"

동료 하나가 미친 듯 울부짖으며 피투성이 시체에 매달렸다.

머리가 으깨진 참혹한 시신을 보는 순간 김상섭은 전율했다. 최근 며칠 동안에, 병원이 아니라 시위 현장인 거리에서 시신을 직접 목격한 것은 처음이었다. 사망자 넷은 일단 도청 내로 옮겨놓고, 나머지 부상자 오륙 명을 경찰 트럭에 실어 병원으로 옮겨 가려고 했지만, 시위 군중에 막혀 나아갈 수가 없었다.

"이보시오, 우리도 똑같은 전라도 사람들이오! 경찰복 입은 것이 죄요?"

"사람이 죽어가고 있단 말요! 비켜주쇼! 제발!"

트럭이 몇 차례나 분수대를 맴돌며, 부상자들은 살려야 할 게 아니냐고 설득하자, 비로소 시민들은 순순히 길을 터주었다. 그 광경을 지켜보던 김상섭은 한 순간 정신이 퍼뜩 들었다.

카메라를 들고 뛰어다니면서 그는 언제부터인가 적(敵)과 아(我)라는 낱말을 자연스레 떠올리고 있었다. 비무장 시민과 대치해 있는 제복 차림의 집단에게 그는 어느 사이엔가 적이라는 이름을 당연스레 붙여놓고 있었던 것이다. 그런데, 처참한 시신으로 나뒹구는 경찰관들을 목격한 순간 그는 뒤통수를 얻어맞은 듯한 충격에 휩싸였다.
'적? 저들이 정말 우리의 적인가? 아니다. 어째서 저들이 적이어야 한단 말인가? 저들은 이민족도 아니고, 침략군도 아닌, 우리와 똑같은 이 불행한 나라의 국민들, 평범하고 힘없는 일개 말단 경찰관들일 뿐이다. 실상 그것은 저 난폭한 공수부대 역시 마찬가지가 아닌가. 진짜 적은 결코 저들이 아니다. 정작 우리의 적은 방석모와 최루탄을 쥐고 있는 저들의 뒤편, 우리들의 눈앞엔 모습을 드러내지 않은 채 이 모든 음모를 조작해내고 있는 또 다른 자들이다. 그렇다면 우리 모두는 결국 너나없이 그자들의 무서운 음모에, 지금 이 순간 철저하게 이용당하고 있는 게 아닌가······.'
그렇듯 너무나도 자명한 사실을 한 순간이나마 쉽사리 망각하고 있었다는 사실에 김상섭은 어이가 없었다. 그리고 그 음모자들에 대한 참을 수 없는 분노와 함께, 코앞까지 바싹 다가와 있는 불길한 예감에 전율했다. 그 불길한 예감엔 죽음의 냄새가 눅진하게 묻어 있었다.
"그나저나 오기자는 왜 이리 늦는 걸까요."
"참, 시간이 꽤 지났는데, 웬일이죠?"
"십 분내에 돌아오겠다고 하더니, 무슨 사고가 난 건 아닌지 모르겠네."
두 사람은 문득 불안한 시선을 교환한다.
아까 노동청 앞에서 버스가 경찰관들을 덮친 직후 사진부 오기자는 주변을 더 찍어오겠다며 군중 속으로 사라졌었다. 기자 완장을 두르고 있긴 했지만, 신변의 안전을 보장할 수 없는 상황. 카메라만 보면 극도로 경계심을 드러내는 시민들의 눈을 피해 카메라를 가방 속에 감춘 채, 골목이나 인근 건물에 몸을 숨기고 간신히 몇 장씩 셔터를 눌러댈 수 있을 정도였다. 실제로 중앙지인 P일보 기자는 오후에 시내에서 시민들에게 카메라를 빼앗기고 한바탕 혼쭐이 난 모양이었다.
"혹시 도청 안으로 들어오지 못하고 있는 건 아닐까요."
"일단 정문 쪽으로 내려가봅시다."
두 사람은 계단을 내려왔다.
청사 내 마당까지 이미 계엄군들로 발 디딜 틈도 없이 들어차 있다. 자욱한 페퍼 포그와 최루탄 분말. 불에 탄 매캐한 냄새와 먼지. 아우성 소리. 숨가쁘게 울려대는 확성기며 무전기 소리. 주변은 온통 아수라장이다. 훅훅 찌는 듯한 열기와 최루탄 가스가 뒤범벅되어 아예 숨을 쉴 수도 없을 지경이다.
두 사람은 현관에서 손수건으로 코와 입을 틀어막은 채 한동안 캑캑거렸다. 이건 아예 지옥이구나. 눈이 잘 떠지지조차 않는걸. 눈물 콧물을 한바탕 쏟고 나자 그나마 조금은 견딜 만해졌다. 상상을 초월할 정도의 지독한 화학 분말에 장시간 노출된 덕분에, 이젠 육체의 모든 감각 세포들조차도 제 기능을 발휘하지 못하는 것인가. 손수건을 떼어내고 몇 차례 숨을 내쉬어보던 김상섭은 용케 호흡 기관이 작동해준다는 사실이 신통할 지경이었다.
1개 중대 가량의 공수부대 병사들이 아스팔트로 포장된 공지며 화단, 청사 일층 현관 입구 계단에까지 제멋대로 어수선하게 주저앉아 있었다. 더러는 아예 땅바닥에 벌렁 드러눕기도 하고, 고개를 처박은 채 그 아수라장 속에서도 담배를 빨아대기도 한다.
그 병사들은 광장 앞 분수대 일대를 지키고 있다가 교대로 청사 안쪽 마당으로 물러나와 짧은 휴식을 취하고 있는 참이었다. 그들은 너나없이 극도로 지쳐 있었다. 아무리 잘 훈련된 그들 공수부대 병사들이라 하더라도 어쩔 수가 없으리라.

오늘만 해도 벌써 열두 시간 넘게 그들은 광장에 서서 밀고 밀리는 공방전을 계속해온 참이다. 게다가 그들 대부분은 벌써 몇 끼니를 굶은 상태라고들 한다. 심한 경우는 어제 점심때부터 내리 굶고 있다고 했다. 숙영지로부터 수송될 식사 보급 차량이 시위대에 막혀 두절된 탓이었다. 병사 개인별로 휴대한 비상용 전투 식량마저 떨어지자 몇 차례 어디선가 식빵을 구해와 나눠주기도 하는 모양이었으나, 그나마도 물량이 절대 부족한 탓으로 거의 대부분의 병사들은 허기와 피로로 거의 탈진 상태에 빠져 있는 것이다.

주위는 폭격이라도 맞고 난 듯이 어수선하다. 담 바깥에선 끊임없이 터져나오는 최루탄의 폭음. 담 안쪽에선 장교들이 부산하게 뛰어다니며 고함을 질러대고, 무전기마다 휘이휘이, 바람 소리 같은 소음이 튀어나온다.

김상섭과 박기자는 눈앞의 상황에 질려 잠시 현관 구석에 엉거주춤 서 있었다. 그때 누군가 바짓자락을 덥석 움켜쥐는 바람에 김상섭은 기겁을 했다. 병사 하나가 철모를 베고 벽에 기대어 앉아 김상섭을 올려다보고 있었다.

"아저씨들. 혹시 이거, 있습니까"

숯덩이처럼 까만 얼굴. 극도의 피로와 혼란함을 담은 퀭한 두 눈. 땀으로 온몸은 이미 질펀하게 절어 있다. 병사는 손을 들어 올리기조차 힘겨운 듯, 손가락 둘을 벌려 입에 대는 시늉을 해보였다.

김상섭은 어쩔 수 없는 연민을 느꼈다. 주머니에서 반쯤 남은 담뱃갑을 쥐어주자 곁에서 다른 병사들이 다투어 한 개비씩 나눠 가진다.
"이봐, 당신들 뭐야!"
갑자기 대위 하나가 빽 고함을 지르며 성큼성큼 다가오더니, 부릅뜬 눈으로 위아래를 재빨리 훑었다.
"여긴 어떻게 들어왔어? 당신들, 프락치들 아냐?"
"우린 보도 요원들입니다. K일보 기자요."
김상섭이 얼른 신분증과 함께 아까 도청 직원으로부터 받은 출입 허가증을 내밀었다. 박기자도 호주머니에서 '보도'라고 박힌 완장을 꺼내든다. 그걸 들여다보는 둥 마는 둥, 대위는 소릴 빽 지른다.
"젠장할, 기자고 뭐고, 왜 여기서 얼쩡거리고 있느냐 얘기야! 쥐도 새도 모르게 죽고 싶어? 당장 들어가란 말요!"
"방해할 생각은 없소. 단지……"
"이거 봐요. 당신들도 눈이 있으니 똑똑히 좀 보란 말요. 대관절 이게 무슨 짓이냐구! 국가 전체가 사느냐 망하느냐 비상 사태에 처해 있는 상황에, 민간인들이 계엄군에게 대항해서 저렇게 일방적으로 파괴 행동을 저지르고 있는데도, 우리 병사들만 언제까지 이렇게 고통을 당해야 한단 말요? 당신들도 눈 있고 입이 있을 테니, 어디 한번 대답 좀 해보라구!"
대위는 열에 받쳐 고함을 질러대듯 마구 쏟아놓고는, 부랴부랴 옆쪽으로 달려나간다. 그쪽엔 장교들 몇이 모여서서 뭔가 얘길 나누고 있다.
두 기자는 슬그머니 그들 뒤켠으로 다가가 귀를 기울였다. 대대장과 중대장급 장교들 같다.
 "버티라니, 더 이상 어떻게 버틴단 말입니까? 대체 시피에선 이쪽 상황을 제대로 파악하고서 그런 지시를 하달하는 겁니까?"
 "이봐, 이대위. 왜 열부터 내고 그래? 누군 핫바진 줄 알어?"
 "죄송합니다만, 대원들 좀 보세요. 이틀째 수면도 못 취한 데다가 식사 보급까지 끊어진 지가 언제냐구요. 더 이상은 무립니다. 그야말로 초인적으로 버티고 있는 상황임을 잘 아시잖습니까."
 "무리니까 어쩌자는 얘기야. 제정신인가, 지금? 우리가 누구야. 대한민국 최정예 부대 공수특전단의 지휘관이란 자가 그 따위 군기 빠진 소릴 해?"
 "대장님, 문제는 폭도들이 전혀 해산할 기미를 보이지 않고 있다는 사실입니다. 최루탄도 절대량이 부족하고, 아무리 갈겨대도 이젠 겁을 먹지도 않고 달려듭니다. 이건 아예 완전히 또라이들같이, 인해전술로 죽기살기식으로 덤비지 않습니까?"
 "이미 부상병이 속출하기 시작했습니다. 야간이라서 날아오는 벽돌을 피할 수도 없어요. 경찰 쪽에선 사망자까지 무더기로 발생했으니, 이건 완전히 폭동입니다. 피를 보기 시작했다 이 말입니다."
 "병신 같은 경찰새끼들. 눈깔은 어디다 두고 자빠졌길래, 멀거니 섰다가 버스에 깔아뭉개져서 뒈진단 말야?"
 "경찰시키들, 그거 완전히 오합지졸입니다. 사실상 내부로는 은근히 폭도들 편에 동조하고 있는 판입니다. 그 새끼들 때문에 오히려 우리 쪽만 일방적으로 당하고 있습니다. 당장 그 새끼들부터 어떻게 조치를 해야 합니다."
 "대장님. 이젠 단순한 진압 작전으론 약발이 들질 않습니다. 이렇게 가다가는 우리 새끼들 희생만 속출할 게 빤합니다. 확실한 자위책을 강구해야 합니다."
"자위책이라니! 누가 그걸 몰라서 이러고 있는 줄 아나? 뭐가 되었건간에 일단 시피에서 명령이 떨어져야 할 것 아니냐구."
"아무래도, 더 악화되기 전에 실탄을 지급하도록 시피에 요청해야 할 것 같습니다."
"제 판단도 동일합니다. 최후 자위 수단을 쓰는 편이 차라리 낫지 않겠습니까?"
"이봐, 무슨 소릴 하는 거야. 개인당 실탄 지급을 하자는 얘기야? 그 뒤책임은 누가 질 거야? 자네, 모가지가 열 갠가?"
"제 말씀은, 최소한 만일의 사태에 대비는 하고 있어야 되지 않겠는가 하는 겁니다. 이러다가는……"
김상섭이 엿들은 부분은 거기까지였다.
하필 그때 장교들 중 하나가 문득 고개를 돌렸고, 눈길이 딱 마주쳤다. 김상섭은 서둘러 박기자를 끌고 현관을 통해 청사 내부로 들어섰다. 도망치듯 이층 복도까지 뛰어올랐다. 다행히 뒤쫓아오는 기미는 없다. 둘은 숨을 몰아쉬었다.
"들으셨습니까? 분명히, 실탄을 지급하자고, 그랬죠?"
박기자가 헐떡이며 묻는다.
"맞았소. 대관절 저 자식들이 지금 무슨 소릴 하고 있는지 모르겠소."
"이거, 진짜로 엄청난 사태까지 발전하는 건 아닙니까."
"설마…… 아무리 그렇게까지야."
"모르죠. 분위기가 아무래도 심상치가 않아요."
"그러게 말입니다. 어쩌면 좋죠."

두 사람이 기획실 문을 열고 들어서자, 마침 오기자가 둘을 맞았다. 오기자의 몰골은 말이 아니다. 윗저고리 단추가 떨어져나가고, 얼굴은 최루탄 탓인지 시커멓게 부어 있다.
"어, 오기자님. 어떻게 된 겁니까. 걱정이 돼서 밖으로 찾아나갔던 참인데."
"말도 말아요. 길바닥에서 완전히 개죽음 당하는 줄 알았습니다. 경찰 프락치라면서 다짜고짜 멱살을 움켜쥐더라구요."
"시민들이요?"
"젠장, 시민이고 경찰이고 마찬가지요. 카메라를 뺏어가려는 걸 간신히 설득해서 빠져나왔더니, 이번엔 도청 후문으로 들어오다가 경찰 한 녀석한테 몽둥이찜질을 당할 뻔했지 뭐요. 마침 J일보 주재 기자를 만났기 망정이지. 허참, 오나가나 기자가 무슨 동네 북인가. 그나저나 이쪽 건 영 고장이 나버렸구만. 빌어먹을, 구입한 지 일 년밖에 안 된 쌔건데……"
오기자는 투덜대면서, 테이블 위에 세 개나 되는 카메라를 늘어놓고 허둥지둥 점검하기 시작한다.
기획실 안엔 그 사이 다른 기자들 칠팔 명이 들어와 있었다. 책상 앞에서 기사를 쓰고 있거나, 도청 안에 있는 단 하나뿐인 무전기 주위에 몰려서서 숨가쁘게 날아들어오는 시내 전역의 상황을 직원의 어깨 너머로 기웃기웃 훔쳐 읽고 있는 참이다. 김상섭은 안면이 있는 전남일보 양기자를 발견하고 다가갔다.
"아니, 어쩌다 그렇게 얼굴을 다쳤습니까? 피 아녜요?"
깡마르고 큰 키의 양기자는 한쪽 눈두덩 아래가 퉁퉁 부었다. 어설프게 붙여놓은 거즈에 핏물이 배어 있다. 양기자는 전남대학병원 앞에서 돌멩이에 맞았노라며, 바짓자락을 걷어올려 피멍이 든 상처를 보여주었다.
"나보다도 J일보 사진 기자는 아주 심한 부상을 입었을 거요. 우연히 나랑 둘이서 함께 다녔는데, 공수부대 자식들한테 잡혀 가지고 질질 끌려갔습니다. 사람들 얘기가, 겨우 풀려나긴 했지만 머리에서 출혈이 심해 병원으로 옮겼다고 하더군요."
두두두두두······
돌연 어디선가 요란한 총성이 터져나오기 시작했다.
"아이쿠! 이게 뭐야!"
"총소리 아뇨?"
"이, 이게 어찌 된 거야! 진짜, 발사하잖아!"
창유리가 따르르 울리고, 고막이 얼얼할 정도의 가까운 거리에서였다.
기관총. 틀림없는 기관총 소리다. 실내에 있던 기자들은 후다닥 복도로 뛰쳐나갔다. 두두두두두. 바로 눈앞, 도청 광장. 예광탄의 빨간 불빛이 빠르게 포물선을 그리며 허공으로 날아오르고 있었다. 공포탄을 쏘고 있는 것이다.
"아아, 기어코!"
김상섭은 창틀을 움켜쥔 채 저도 모르게 신음을 터뜨렸다.
허공으로 솟구쳐오르는 탄환의 양이 많지는 않아 보였다. 허공을 향해 발사하는 위협 사격임이 분명했지만, 그것은 참으로 불길한 조짐이었다. 계엄군들의 총구에서 마침내 실탄이 발사되기 시작했다는 바로 그 사실이 중요했다. 김상섭은 시계를 확인했다. 정확히 22시 51분이었다.
두두두두두······
십여 초 정도 멈추었던 총성이 다시 이어지기 시작했다.

분수대 저쪽에서 계엄군과 대치중이던 군중은 총성에 놀라 삽시간에 무너지고 있었다. 일제히 비명을 지르며 개미떼처럼 흩어지는 시민들. 삽시간에 광장 맞은편 도로 중심부 한쪽이 텅 비어버렸다.

그러나 그도 잠시. 총성이 그치고 나자 시민들은 오십여 미터쯤 물러난 지점에서 다시 한덩어리를 이루며 천천히 되돌아오기 시작했다. 그것은 밀물처럼 느리면서도 완강한 흐름이었다. 군중의 맨 앞줄은 결국 다시 아까의 지점까지 도달해 있었다.

그런데 이번에는 또 다른 방향으로부터 총성이 들려왔다. 도청 광장이 아닌, 훨씬 먼 지점에서였다. 맞은편으로 내려다보이는 금남로의 반대쪽. 꽤 멀리 떨어진 그곳 어두운 허공 위로 반딧불처럼 작고 빨간 무수한 점들이 빠르게 날아오르는 것을 김상섭은 보았다. 기관총의 예광탄 불빛이었다.

"저기가 어딥니까!"
"유동 삼거린가?"
"아뇨, 전남대 같은데. 아, 아니다 참! 신역이다! 맞지요?."
"맞았어! 광주역이 틀림없소!"
"저쪽에서도 한바탕 붙었구만. 기어코!"
"시청도 저 부근이지 아마."
"그렇죠. 근데, 시청은 몇 시간 전에 벌써 시위대의 손에 넘어갔어요. 전화는 벌써 오래 전부터 불통이고, 시청을 방위하기 위해 근무중이던 병력도 쫓겨났답니다."
"야아, 저 예광탄 좀 봐! 진짜로 엄청나게 갈겨대는구만."
"내, 저럴 줄 알았지. 광주역 쪽이 이쪽보다 되레 더 심각하더라니까. 숫자도 훨씬 그쪽이 더 많은 데다가, 도로가 넓고 여러

봄 날 243

갈래라서 계엄군들이 아예 손을 못 쓰고 있는 형편이더라니까."
　기자들이 한마디씩 주고받았다. 조금 전까지 광주역 부근을 살피고 다니다가 이곳으로 왔다는 한 기자는 그쪽 상황의 심각함이 어느 정도인지를 설명한다.
　"광주역 일대 역시 오후부터 밀려든 시민들의 규모가 엄청나더라구요. 처음엔 투석전이 벌어지더니, 시민들 일부가 인근 주유소에서 꺼내온 드럼통에 불을 붙여 계엄군 쪽으로 밀어붙이기 시작했어요. 그쪽엔 역 부근 목재소라든가 건축자재 판매업소가 많아서, 각목이며 철근 파이프 따위를 들고 다니는 시민들이 많더군요."
　광주역 쪽에서의 총성은 약 십여 분 정도 계속되다가 멎었다.
　김상섭과 박기자는 기획실로 되돌아왔다. 박기자가 전화로 본사에 기사를 보냈다. 대충 메모한 기사 내용을 수화기를 통해 일일이 불러주어야 했다. 불편하기는 했지만, 그나마 전화가 남아 있다는 것만도 천만다행으로 여겨야 할 처지였다. 앞으로 상황이 더 악화된다면 그나마도 송고할 방도가 없어질 터였다.
　"참, 아까부터 도지사가 안 보이던데. 어디 갔죠?"
　박기자가 수화기를 내려놓았을 때, 김상섭은 옆자리의 전남일보 양기자에게 물었다.
　"부지사실에 있을 거요. 긴급 대책 회의를 한다고, 조금 전 간부들이 모두 불려들어갔어요."
　"그래요?"
　김상섭은 박기자와 함께 서둘러 부지사실로 향했다. 계엄군측의 발포에 관한 정보를 얻어낼 수 있을까 해서였다. 다른 기자들도 그들의 뒤를 따라나섰다. 그러나 그들이 부지사실에 도착해

보니, 때마침 회의가 끝났는지 직원들이 문을 나서는 참이었다. 그들은 쫓기듯 허둥거리고 있었다.
"지사님은 어디 계시죠?"
"안 계십니다. 조금 전에 떠나셨어요."
"떠나요? 어디로 말요?"
"비켜주시오들. 우리도 급해요."
"어딜 갔는지만 말해주쇼."
"상무대로 가신다던데. 더는 우리도 모릅니다."
"상무대요?"
"아니, 도지사란 사람이 이렇게 급박한 시점에서 자리를 비우다니, 이래도 되는 건가?"

그러나 듣는 둥 마는 둥 두 직원은 몹시 다급한 시늉으로 손을 내젓는다.
"이봐요, 기자양반들! 당신들도 위험해요. 빨리들 피하시오. 비키란 말요."
"맞았소. 늦기 전에 빨리 피하쇼. 데모대가 지금 도청 뒤편 담벼락을 헐어내고 있는 판에, 여기서 이러고 있다가 어쩌려고 그러는 거요."

직원들은 서류 뭉치 따위를 싼 커다란 보퉁이를 양손에 든 채 도망치듯 계단을 뛰어내려가버린다. 김상섭은 박기자와 함께 다시 기획실로 돌아왔다. 사진부 오기자가 카메라 등속을 싸들고 나온다.
"빨리 피하는 게 좋을 성싶은데요. 함락되는 건 시간 문제인 모양입니다. 도청 간부랑 직원들은 몽땅 빠져나갔고, 무전기도 벌써 밖으로 옮겨갔어요. 서두릅시다, 빨리!"

봄 날 245

그들은 급히 계단을 내려왔다. 밖에서는 함성이 연신 터져나오고 있다.

청사 뒷문으로 향하다가, 오히려 정문 쪽이 안전할 듯싶어 방향을 돌렸다. 그러나 정문을 막고 있는 경찰들이 문제였다. 다행히 도청 간부 두 사람을 만났다. 그들 역시 밖으로 빠져나가는 참이었다. 그들의 도움으로 김상섭 일행은 오른쪽 학원가 방향 도로를 통해 경찰의 저지선을 가까스로 빠져나왔다. 거리는 온통 전쟁터였다.

모든 길마다 흥분한 시민들의 물결로 출렁거린다. 초등학교 아이들, 중고교생, 노인들, 아녀자들까지 섞여 있다. 각목이며 돌멩이, 더러는 엉뚱하게 괭이나 삽자루도 보인다.

차도의 길목을 중심으로 페퍼 포그 차량은 뱅뱅 맴을 돌 듯 끊임없이 분말을 뿜어대고, 그 차량의 움직임에 따라 수만 명의 군중은 시계추처럼 정확히 나아갔다가 물러나고, 또다시 나아가기를 반복하고 있다.

어디나 열탕처럼 뜨겁고 매캐한 공기로 숨이 턱턱 막힌다. 오층짜리 문화방송국 건물은 아직도 불타고 있다. 도시 한가운데에 우뚝 박힌 채 타오르고 있는 그것은 마치 거대한 횃불처럼 한밤의 시가지를 밝히면서 어두운 하늘 위로 희부윰한 구름기둥을 물컥물컥 뿜어올리고 있는 것이다. 꽤 멀리 떨어진 지점에서도 그것으로부터 쏟아져나오는 열기가 느껴졌다.

도시는 거대한 열탕으로 변해 이글이글 달아오르고 있었다. 김상섭 일행은 그 뜨거운 열탕 속에 갇힌 채 거대한 군중의 흐름에 섞여 이리저리 밀려다녔다.

어느새 시간은 자정을 넘기고 있지만, 시가지를 뒤덮은 격랑은 전혀 가라앉을 기미가 보이지 않는다. 오히려 시민들의 그 격렬한 물살은 도시의 차도와 골목 곳곳에서 뜨겁고 세찬 기세로 끓어넘치고 있다. 마치 낭떠러지를 향해 솟구쳐 흘러내리듯이, 그것은 점점 더 숨가쁘게 소용돌이쳐갈 뿐이다.

김상섭은 노동청 맞은편, 동명동 입구에서 박기자, 오기자와 헤어졌다. 그들 두 사람은 김상섭이 전날 예약해두었던 장동여관에서 묵을 참이었다.

"이거, 잠이 제대로 오려나 모르겠습니다. 이 판국에 누워 있어서는 안 될 텐데."

"잠시라도 눈을 붙여두는 게 좋을 거요. 그래야 내일도 뛰어다니지. 자, 편히들 쉬시오."

"안녕히 주무세요."

그들이 여관 문 앞에서 막 헤어지려는 순간이었다.

돌연 등 뒤편에서 펑 하는 굉음과 함께 뭔가가 번쩍하고 작열했다. 깜짝 놀라 돌아보니, 저만치서 또 하나의 거대한 불기둥 하나가 하늘로 세차게 치솟기 시작하고 있었다. 불과 몇백 미터 떨어진 지점. 그곳이 어디인지 김상섭은 단번에 알아차렸다. 바로 앞에서 중학생 하나가 갑자기 외쳤다.

"세무서다! 세무서에 불을 질렀다아!"

"오메메, 참말로! 세무서가 틀림없다야. 어째사 쓸꼬오!"

사람들이 그쪽을 향해 우우 몰려가고 있었다. 김상섭 일행은 누가 먼저랄 것도 없이 사람들 틈에 섞여 내달리기 시작했다.

꽃배도 없이 상여도 없이
내일은 기어이
고향산에 가리라

별빛들 모여 하늘을 덮고
나뭇잎 굴러 붉은 흙을 감추는
── 김형수, 「내일이면」에서

5월 20일 23 : 00, 광주역 광장

한기가 냄비에 라면을 끓여서 들고 왔다. 칠수와 봉배는 와락 달겨들어 젓가락으로 면발을 헤집어댄다.

"거지 같은 놈들. 콧물 빠질라."

한기가 둘을 밀어내고는 접시를 하나씩 안겨준다. 무석도 젓가락을 집어들었다.

"얌마, 하마터면 배고파 까무러칠 뻔했다. 데모를 하더래도 일단 먹고는 봐야제. 세상에 배고픈 장사는 없다드라."

한동안 그들 넷은 정신없이 후루룩거렸다. 어지간히 시장하던 참이다. 저녁 끼니도 거른 채 몇 시간 동안 온 시내를 뛰어다니다 보니 사지에 힘이 빠지고 눈꺼풀이 감길 지경이었다. 마침 라면 몇 봉지가 가게에 남아 있노라는 한기의 말에 그들은 조금 전에야 한기네 건재사로 되돌아왔던 것이다.

순식간에 냄비가 텅 비었다. 세 봉지뿐이었으므로 애당초 양이 부족했다. 이번엔 남은 국물을 차지하겠다고 칠수와 봉배가 법석을 떤다. 결국 칠수가 국물을 마저 털어 마셨다.
　"자식, 더럽게 껄떡거리네. 입가에 고춧가루나 떼라."
　"야, 더 없냐? 이걸로 배에 기별도 안 간다야."
　"그래도 비싼 계란을 두 개나 풀었다, 임마."
　"이럴 줄 알았으면, 아까 그 김밥이나 더 얻어먹을 것인디."
　"미친놈. 아무리 껄떡거려도 그렇지, 길바닥에서 김밥을 입에 처넣고 도망다니는 놈은 너밖에는 없더라. 아이고, 그 꼴을 사진으로라도 찍어놨어야 하는 것인디. 아깝다 아까워."
　한기가 칠수의 등을 힘껏 두드리며 웃는다.
　아까 황금동 골목에서 아줌마들한테 유일하게 김밥을 얻어먹은 사람이 칠수였다. 아마 그 부근의 술집이나 식당에서 일하는 사람들인 듯싶었다. 아줌마들말고도 술집 아가씨로 보이는 젊은 여자들이 김밥이며 물주전자 따위를 대야에 담아들고 나와서 사람들에게 나누어주고 있었다.
　"봉배야, 너 가서 빵 좀 사와라."
　"미쳤어? 시방 어디 가서 사와? 가게라고는 죄다 문 닫아걸었는디."
　그들은 담배를 피워물었다. 전화벨이 울렸다. 한기가 일어나 수화기를 들었다.
　"무슨 전화냐?"
　"사장 꼰대야. 구례 자기네 처갓집에서 거는 모양이여. 오후 내내 전화를 걸었는디, 어딜 싸돌아댕기느냐고 어지간히 구시렁거리네. 니기미, 셔터 내려놓으면 됐제, 나보고 왼종일 세파트맨키로 가게나 지키고 있으란 말여?"

한기가 투덜거리며 소파에 털썩 주저앉는다.

"그나저나 저 차, 유리 깨진 거 알면 사장이 지랄할 텐디."

"놔둬, 그까짓 거. 공수부대 새끼가 뛰어들어와서 그랬다고 해."

"아이고, 이젠 힘이 빠져부러서 아예 만사가 다 싫다야. 아무데나 자빠져서 잠이나 한숨 실컷 때려부렀으면 좋겠다."

칠수가 입을 한껏 찢어 벌리고 하품을 토해낸다. 그러자 돌림병처럼 너도나도 하품질을 한다. 허기를 때우고 나니 피로가 일시에 몰려온다. 온몸이 노곤하게 풀리면서 눈꺼풀이 무거워오기 시작했다. 셔터문 바깥쪽 거리에서는 끊임없이 고함 소리, 자동차의 경적 소리, 오가는 사람들의 발소리 따위가 어수선하게 들려왔다.

무석은 낡은 소파의 어깨받침에 팔을 괴고 상체를 비스듬히 기대었다. 조금 전까지 전신을 짓누르고 있던 긴장감이 거짓말처럼 사라지고 없었다. 이렇게 뜨끈한 국물로 배를 채운 뒤 소파에 몸을 기대고 있노라니, 바깥에서 벌어지고 있는 일들이 꽤나 먼 곳의 일처럼 느껴졌다.

하지만 여기서 잠을 잘 수는 없는 일이다. 무석은 이제 그만 광천동 시민아파트로 돌아가자는 얘길 누군가 꺼내주기를 바랐다. 거기까지 되돌아가는 일만 해도 무척이나 피곤할 터였다. 그러나 한기가 먼저 몸을 일으켰다.

"이러고 있을 참이 어딨냐? 나가보자!"

"어디를 간다고 그래? 조금만 더 쉬었다 가자. 다리도 아프고."

"야, 쉰다는 말이 나오냐? 남들은 죽기살기로 싸우고 있는 판에. 빨리빨리 일어나, 임마."

한기가 셔터를 드르륵 밀어올렸다.

넷은 함께 가게를 빠져나왔다. 무석은 너무 지쳐서 이젠 그만 돌아가고 싶었다. 사실 지금까지만 해도 무석은 어쩔 수 없이 그들 세 사람의 뒤를 거의 마지못해 따라다니고 있는 셈이었다. 혼자였다면, 무석은 이렇게 거리를 뛰어다니지도 않았을 터이고, 아니 애당초 집 바깥으로 나올 생각조차 하지 않았을지도 모른다. 물론 시위대에 섞여 이리저리 밀려다니는 순간에는 무석 역시 때로 분노하고, 흥분하고, 또 몇 번인가는 감격해서 핑그르르 눈물을 글썽이기도 했지만, 어째선지 자신은 다만 한낱 구경꾼에 불과하다는 느낌으로부터 내내 벗어날 수가 없었던 것이다.

사실상 무석은 나이 서른이 된 지금까지 사람들 사이에 온전하게 섞여 살아본 적이 단 한 번도 없었다. 학교를 다닐 때도 그랬고, 이 년이 채 못 되는 방위병 복무 시절에도 그랬다. 늘 사람들 속에 있었지만, 결코 남들처럼 자연스레 섞여 살 수가 없었다. 심지어 가족들과의 관계에 있어서조차 마찬가지였다. 무석은 언제나, 어디서나, 누구와 함께 있거나, 늘 혼자 한 알 모래알로 남아 있어야 했다.

타인들과 섞여서 지내는 방식에 대해 무석은 너무나 무지했다. 아니 사실은 그 방식을 배우려고 시도한 적조차 없었다고 해야 옳을 것이다. 자신은 처음부터 타인들과 한데 섞여 살아가는 능력을 갖고 태어나지 못한 불구아라고 생각했다. 그리고는 언제부터인가 타인과 세상을 향한 문을 스스로 안에서 굳게 걸어 잠가버렸던 것이다. 고치 속에 갇힌 한 마리 번데기처럼, 무석은 자신만의 그 작은 방 안에 스스로를 가두어버렸다. 그 작은 방은

봄 날 251

한없이 어둡고 음습한 동굴이었다. 그 동굴은 이젠 흐르지 않고 정지해버린 것들로만 채워져 있었다. 거기엔 자신의 탯줄을 친친 동여매고 있는 잿빛 과거의 시간들, 한없이 음울하고 쓸쓸하기만 한 유년기…… 그리고 어머니가 있었다.
 그것들은 그가 한사코 지워버리고 싶은 지긋지긋하고 혐오스러운 목록들이었다. 하지만 참으로 알 수 없는 일이었다. 그것들로부터 벗어나야 한다는 생각이 커지면 커질수록, 어째선지 무석은 거꾸로 더욱더 몸을 웅크리게 되는 거였다. 아니, 오히려 그 동굴 속 어둠과 습기 속에서 한껏 몸을 웅크리고 있을 때에라야만 무석은 비로소 편안할 수 있었다. 햇볕의 반대편을 향해 덩굴손을 뻗어내는 음지 식물처럼 지금껏 무석은 그렇게 자폐적으로 살아오고 있었다. 그리고 자신의 앞에 남겨진 시간들 역시 당연히 그렇게 이어지게 되리라 여기고 있었다.
 그런 무석으로서는 오늘 몇 시간 동안의 체험이 놀랍고도 두려울 수밖에 없었다. 성난 군중의 물결에 휩쓸려 이리저리 떠돌아다니면서, 무석은 내내 심한 당혹감과 혼돈에 사로잡혀야만 했다.
 공수부대 병사들의 야만적인 폭력을 직접 목격할 때마다 저도 모르게 전율과 함께 솟구쳐오르는 분노와 적개심을 확인하는 순간에도 그랬다. 전혀 낯 모르는 시민들과 함께 최루탄의 안개비 속을 캑캑거리며 뛰어다닐 때거나, 혹은 물이며 먹을 것을 들고 나와 시위대를 위해 나누어주는 여자들을 만날 때 저도 모르게 가슴을 울컥울컥 치받고 올라오는 뜨거운 감격을 확인하는 순간에도 그랬다.
 그것들은 너무나 낯설고 생경한 감정들이었다. 때문에 무석은 그때마다 문득문득 소스라치게 놀랐고, 심한 당혹감에 빠져들기도 했다. 놀랍고도 두려운 체험. 어째선지 그 낯선 체험에 더 익숙해지기 전에 무석은 그만 등을 돌리고 싶었다. 그것들로부터 도망치고 싶었다. 지금 이 순간, 자신의 방으로 돌아가고 싶다는 욕망은 어쩌면 몸이 지쳐서가 아니라, 바로 그 무의식적인 두려움 때문인지도 모른다.

그들은 건재사 앞에서 도청 쪽을 바라보았다. 문화방송국 건물은 여전히 시뻘건 불기둥과 함께 거대한 연기를 뿜어올리고 있었다. 그 부근 일대의 하늘이 불빛에 벌겋게 달아올랐다.

도청을 중심으로 한 금남로 일대에선 여전히 공방전이 벌어지고 있는 모양이다. 최루탄의 폭발음이 연달아 터져나오고 시민들의 함성이 굉장하다.

그들은 한동안 더 귀를 모은 채 기다렸다. 하지만 총성은 더이상 들려오지 않았다.

"도청 쪽으로 갈까?"

칠수가 일행을 돌아본다. 사실 그들 일행 중 누구도 내심 도청이나 금남로 쪽으로 다시 나가고 싶은 기분이 아니었다. 조금 전 도청 쪽에서 한동안 요란한 총성이 터져나온 뒤로는 부쩍 겁이 나기 시작한 참이다.

"이번엔 광주역으로 가보자. 거기서도 한바탕 붙은 모양이드라."

"그러자. 도청이랑 문화방송 부근은 볼 만큼 다 봤잖냐."

마치 무슨 구경거리를 두고 얘기하듯 칠수가 말했다. 그들은 벌써 몇 시간 동안 도청과 금남로, 문화방송국 부근을 돌아다녔던 것이다.

"잠깐. 차는 여기다가 두고 가는 것이 좋겠는디."
골목에 세워놓은 화물차 쪽으로 돌아서는 한기에게 봉배가 말했다.
"어째서?"
"내 생각에는 걸어다니는 편이 덜 위험할 거 같다야. 밤이라 앞도 잘 보이지 않고."
"그럴까?"
결국 그들은 걷기로 했다.
오래된 주택가인 북동 일대의 거리 역시 온통 시민들로 넘쳐나고 있다. 큰길 주변의 상가는 모두 문을 닫았지만, 어디에서나 사람들은 무리를 지어 수런대며 잰걸음으로 혹은 달음박질로 끊임없이 이리저리 이동하고 있다. 때로는 사오십 혹은 백여 명 정도의 젊은이들이 시위 대열을 이룬 채 으쌰으쌰, 손뼉을 쳐대며 광주역 쪽으로 혹은 금남로나 문화방송국 쪽으로 달려간다. 시민들의 표정은 불안과 호기심이 섞여 있다. 흥분해서 떠들어대다가도 사람들은 문득문득 긴장한 채 주위를 두리번거린다.
조금 전 총성이 터지고 난 다음부터 확실히 시가지의 분위기는 아연 긴장감이 감돌고 있었다. 오가는 시민들의 눈빛과 움직임도 완연 달라져 있음을 무석은 감지했다. 이젠 도청 쪽에서 들려오던 총성은 잠잠하고, 대신 거리 곳곳에서 함성과 함께 잡다한 소음들이 연신 터져나오고 있다. 그때마다 사람들은 주춤걸음을 멈추고 두리번거리거나, 소리가 난 쪽을 향해 다급하게 우르르 몰려가곤 한다.
차량 통행이 그친 차도로는 이따금씩 용달차나 타이탄 트럭이 한두 대씩 난폭하게 질주해 지나간다. 거기엔 어김없이 한 무리의 청년들이 올라탄 채 각목으로 차체를 두드리며 구호를 외쳐 댄다. 그들을 향해 시민들이 손을 흔들었다. 차량들은 아무데서나 정차해서 사람들을 내려주기도 하고, 또 다른 시민들을 태우고 떠나기도 한다.
"광천동 갈 사람은 타시요오!"
"헤이, 아가씨들. 어디까지 가는 거여?"
마침 타이탄 트럭 한 대가 무석의 일행 앞에서 급정거한다. 앞유리창엔 '시민 수송'이라고 휘갈겨놓은 종이쪽이 붙어 있다. 앞에서 걸어가던 젊은 여자 둘이 놀라 뒷걸음질을 쳤다. 그녀들을 향해 적재함 위에 탄 청년들이 키득거리며 외쳤다.
"아저씨이, 무등경기장 쪽으로는 안 가나요?"
"헤, 방직공장 가는 길이시구만?"
"예? 아녀요. 우리집에 가는 길인디."
"전남고등학교 입구에서만 내려줘도 좋아요, 아저씨."
"좋아, 올라타쇼."
"정말요? 고마워요, 아저씨들."
처녀들이 좋아라고 조그만 가방을 먼저 던져올리고 나서 손을 내밀자 청년들이 가볍게 낚아올린다. 차 안에선 잠시 웃음기가 번졌다. 그녀들이 오르자마자 트럭은 재빨리 유동 삼거리 쪽으로 달려가버린다.
"야, 우리도 차 가지고 나올 걸 그랬능갑다."
칠수가 히죽히죽 웃음을 흘리며 한기를 돌아다본다.
"미친 새끼, 너는 어째 가시나들만 보면 항상 똥오줌을 못 가리냐?"
"누가 가시나들 때문에 그러냐? 차도 안 다니는디, 시민들 위해

봄 날　255

서 봉사 한번 해보자는 소리여, 임마."
"아이고, 봉사? 무신 심봉사 났냐?"
　일행은 광주고속터미널 방향의 샛길로 접어들었다. 그 부근 역시 상가는 모두 문을 닫았다. 하지만 하나같이 처마가 낮은 가난한 집들이 올망졸망 밀집해 있는 동네의 골목 어귀마다엔 주민들이 삼삼오오 쏟아져나와서 불안한 표정으로 기웃거리고 있다. 금남로를 제외한 대부분의 거리엔 가로등이 켜져 있는 참이다. 그러나 사람들은 오히려 가로등을 피해 어둠 속에 몸을 묻은 채 모여 웅성거리고 있었다.
　큰길로 나서자마자 무석 일행은 광주역 방향에서 되돌아오고 있는 꽤 많은 사람들의 물결과 마주쳤다. 역 광장을 중심으로 계엄군들이 각 길목을 차단하고 있는 탓이었다. 이삼백 명이나 될까. 대부분 이삼십대의 젊은 남자들, 교련복 차림의 고등학생, 그리고 이십대 여자들도 끼여 있다. 더러는 각목이며 철근 도막을 쥐고 있고, 까까머리 고교생 하나는 자전거 체인을 팔목에 감아 채찍처럼 늘어뜨린 채 뛰어간다.
"전두환을 처단하라. 계엄령 해제하라. 김대중을 석방하라. 광주 시민 일어서라……"
　누군가의 선창에 따라 그들은 목쉰 구호를 외치며 맞은편 샛길로 어수선하게 몰려갔다.
"어디로들 가는 거요?"
　한기가 그들 중 한 청년에게 물었다.
"KBS요. 그놈들도 콱, 불을 질러버려야 해라우."
"맞어. MBC나 KBS나 똑같은 전두환이 허수아비들이랑께."
"역전 앞을 공수부대가 막고 있소. 사람들이 수백 명 잡혀갔소.

부상자도 수십 명이나 되고. 시민들이 밀어붙이려고 했지만, 도저히 갈 수가 없다니까."

"광주역에는 시방 서울에서 공수부대들이 기차를 타고 속속 들어오고 있답디다. 전국에 있는 공수부대를 광주 시내로 총집결시키고 있다지 뭐요."

"아저씨는 여태까지 그런 소문도 못 들었소? 전두환이가 광주 사람들은 천 명도 좋고 이천 명도 좋은께 아예 쑥밭을 만들어버리라는 지시를 내렸다는디."

"경상도 군인들만 일부러 골라서 보냈다요. 전라도 사람은 전부 다 김대중이 심복이고, 빨갱이 종자들인께, 이 판에 아조 씨를 말려버릴라고 일부러 공수부대를 보냈다고 안 허요. 이러다가 우리 광주 사람, 모조리 씨가 마르게 생겼소."

"도청에서 수십 명이 총에 맞어죽었다요. 아까 그 총소리 못 들었소?"

"저 개새끼들, 총까지 쏘다니!"

"이럴 수가 있는가 말여. 맨손인 시민들한테 발포를 해? 참말로 인제는 끝장을 낼라는 작정인갑서."

"육이오 동란 때도 이러지는 않았다고. 하다못해 인민 재판이라도 하고 쥑였제."

"세상에, 우리 광주 사람이 무신 잘못을 했다고 이런단가요! 아이고, 이 원수들을 어쨰 부러야 분이 풀릴까라우."

구경하던 사람들이 분에 겨워 너도나도 떠들어댄다.

무석 일행은 광주역을 향해 뛰어갔다. 주위는 온통 최루탄으로 뒤덮여 있다. 숨쉬기조차 어렵다. 눈 쌓인 듯 도로 위에 하얗게 깔린 분말. 돌멩이며 벽돌, 벗겨진 신발들이 여기저기 나뒹굴

봄 날 257

고 있다.
 광주역은 꽤 넓은 광장을 중심으로 다섯 가닥의 도로들이 부챗살처럼 퍼져나가 있는 지점이다. 그 중 한 가닥은 고속도로로 곧장 이어진다. 그 다섯 가닥의 길목 맨 가장자리까지 진출한 시민들의 숫자는 최소한 삼사만 명은 족히 될 듯싶다. 하지만 광장 중앙의 나지막한 콘크리트 분수대를 중심으로 후면의 광주역사까지의 공간에 공수부대는 철벽 같은 방어망을 형성했고, 시민들은 좀처럼 광장 안까지는 진입하지 못한 채 벌써 서너 시간이나 밀고 밀리는 공방전을 계속하고 있는 것이다.
 더구나 그곳은 시내 중심가와는 달리 주변에 고층 빌딩이 거의 없는 까닭에, 시위대로서는 마땅한 은신처도 없이, 우박처럼 떨어져내리는 최루탄과 페퍼 포그를 고스란히 온몸에 뒤집어써야만 한다.
 그러다가 느닷없이 '공격 앞으로' 명령에 따라 뛰쳐나오곤 하는 공수부대의 급습을 미처 피하지 못해 끌려가거나 부상당하는 사람들이 속출하고 있었다.
 잠시 최루탄 공격이 뜸해진 사이, 어느결엔가 한기 일행은 시위대의 앞쪽으로 나아가 있었다. 저만치 분수대를 중심으로 포진하고 있는 공수부대 병력이 보인다. 분수대 주변엔 드럼통 몇 개가 나뒹굴고, 트럭 두 대가 분수대 콘크리트에 처박힌 채 검은 연기를 내뿜고 있다.
 "아까 그 트럭 운전사, 거참, 대단허데. 엔진을 걸어놓고 전속력으로 달겨들더라니께."
 "저쪽 주유소에서 휘발유 드럼통 두 개를 담아가꼬, 불을 붙인 채 그대로 밀어부렀제. 트럭이 혼자 달려가더니만 바리케이드를 박살내고 분수대에 꼴아박았당께."

"기사가 용케 뛰어내리기는 했는디, 기어코 잡혀부렀어. 사람들 틈으로 도망치는디, 공수놈들이 딱 그 사람만 찍어가꼬 끝까장 쫓아가서 잡아버리드랑께."

"그 사람, 벌써 공수놈들한테 맞아죽었을 것이요. 공수놈 하나도 그 트럭에 치여죽었으니까."

"하나라니? 두 놈이라니까 그러네이."

"공수놈들도 죽었어라우?"

"그랬다니까. 피하지 못하고, 밤바에 치여서 털버덕 나가떨어지는 걸 내 두 눈으로 똑똑히 봤단 말여."

삼십대 사내가 각목을 쥐고 들뜬 목소리로 설명했다.

그때 선두에서 타월이며 손수건 따위로 입과 코를 가린 한 무리의 청년들이 돌멩이와 화염병을 들고 후닥닥 달려나아갔다. 퍼퍼퍼퍼펑. 이내 엄청난 폭음과 함께 주위는 하얗게 안개비로 뒤덮였다.

허헉. 무심코 숨을 들이마시다가 무석은 무릎을 푹 꺾으며 주저앉았다. 최루탄 분말을 엉겁결에 들이마신 것이다. 우르르 흩어지는 사람들. 눈을 뜰 수가 없다. 무석은 얼결에 길바닥을 엉금엉금 기었다. 얼핏 안개비 저편으로 달려오는 공수부대의 군홧발 소리를 무석은 들었다. 이제 끝장이다. 무석은 길바닥에 허물어지듯 엎드리고 말았다. 순간, 누군가 무석의 어깨를 휙 나꿔채며 소리쳤다.

"형님, 일어나요. 내, 내 팔을 잡고, 뛰어요! 빨리!"

엉겁결에 그의 손을 잡고 무석은 눈을 감은 채 뛰었다. 얼마나 달렸는지 모른다. 숨도 쉬지 않고, 무석은 거의 의식도 없이, 천

봄 날

근 만근 무거운 두 다리를 필사적으로 들어올렸다. 그리고 마침내 어디쯤에선가 길바닥에 나동그라지고 말았다.
"눈을 떠보시요, 무석이형님. 나요. 나란 말요."
누군가 어깨를 껴안고 말했다. 간신히 눈을 떠보니, 칠수였다.
"비켜. 물로 눈을 씻어야 해."
한기의 목소리. 한기가 손수건에 물을 묻혀와 무석의 얼굴을 문질러낸다. 무석은 긴 한숨을 토해내며 겨우 정신을 차렸다. 어느 교회의 담장 앞이었다.
"고, 고맙네 칠수. 자네가 아니었으면……"
무석은 저도 모르게 칠수의 손을 그러잡으며 중얼거렸다. 비로소 안도감과 함께 온몸의 맥이 탁 풀려온다.
"형님도 참, 거기서 주저앉다니! 죽을라고 환장을 했소?"
"하마터면 공수부대한테 잽혀갈 뻔했어라우. 칠수가 용케 발견했기 망정이지."
한기와 봉배가 목구멍에서 캑캑 가래를 울거내며 말했다.
그들 넷은 한동안 교회 담장 아래 쪼그려앉아 정신을 가다듬었다. 자정이 가까워오는 시각. 그들은 모두 어지간히 지쳐 있었다. 그렇지만 광주역 일대엔 여전히 수많은 시민들이 흩어지지 않고 공수부대와 대치중이었다.
"자, 역 앞으로 모여주십시오! 저놈들을 밀어붙입시다!"
"시민 여러분. 힘을 냅시다. 놈들을 몰아내야 합니다!"
대학생 같아 뵈는 청년들이 사람들을 독려하며 달려지나간다.
무석 일행은 다시 일어나 큰길 쪽으로 나갔다. 최루탄이 부족한 것일까. 계엄군 쪽에서 최루탄이며 페퍼 포그를 사용하는 빈도가 조금은 뜸해진 듯싶다. 그런 낌새를 알아차렸는지 젊은이들이 앞장서서 시위를 독려하기 시작했고, 잠시 흩어져 있던 시민들의 수효가 다시 불어나고 있었다.
 마침내 선두의 젊은이들이 공격을 개시했다. 한기와 봉배도 돌을 내던지고 재빨리 되돌아온다. 칠수는 맨 앞줄에 끼여 달려 나아갔다가 돌아왔다. 무석도 돌멩이 하나를 던졌다. 하지만 그것은 어림없는 지점에 떨어졌다. 와와와. 시민들의 물결이 격렬하게 출렁이고, 이내 또다시 최루탄의 안개비가 쏟아지기 시작했다. 치열한 공방전이 다시 되풀이되고 있었다.
 그렇게 밀고 밀리기를 반복하다가 무석 일행은 광주고속터미널 앞까지 물러났다. 때마침 터미널 건물 앞쪽에 한 무리의 시민들이 모여 있었다. 사람들 틈을 헤집고 대합실 안으로 들어가보니, 사무실 출입구 쪽에서 한 무리가 옥신각신 다투고 있는 참이다. 버스회사의 직원 하나가 시민들과 언쟁을 하고 있다.
 "여러 말 할 거 없어! 당장 내놔! 안 그러면 불을 확 싸질러버릴 팅께!"
 "뭐, 어째요? 다시 말해보쇼! 이 회사가 당신 거야? 누구 맘대로 불을 질러?"
 "이거 왜 이래! 당신도 광주 시민이여? 지금 사람들이 길바닥에서 수도 없이 죽어나가고 있는 판국에, 당신들은 제 잇속만 챙기겠다 이거여?"
 "광주고속이 누구 덕에 돈을 벌었는디? 박인천이가 저 혼자 잘나서 재벌 된 줄 알어? 진짜로 버스를 안 내놓을 거여?"
 "아저씨, 이러지 말고 좋은 말로 얘기해보십시다. 진정들 하시란 말요."
 "어허, 나도 광주 시민인디, 공수놈들, 당장이래도 때려쥑이고

봄 날 261

싶제라우. 하제만, 우리로서도 어쩔 수가 없단 말요."
 "뭐가 어쩔 수가 없단 말요? 차만 내주면 될 거 아뇨?"
 "많이도 말고, 버스 다섯 대만 내주시요. 공수놈들을 저대로 놔 둘 수야 없지 않소? 버스만 있으면, 저놈들을 확 밀어버릴 수가 있단 말요."
 "차가 있기만 함사 아, 단박에 내주지라우. 정 못 미더우면 눈으로 직접 확인해보시구랴. 진짜로 내줄 차가 없다니까요."
 땅딸막한 직원은 아예 애걸조다. 사무실 안으로 금방이라도 밀고 들어갈 기세인 청년들을 두 팔로 한사코 막아내고 있다.
 "제발 믿어주쇼. 나는 회사 관리자도 아니고, 그냥 경비원일 뿐이오."
 "거짓말 마쇼. 저기 서 있는 건 버스가 아니고 뭐요?"
 "아이고, 키가 없단 말요. 회사에서 비상을 걸어가꼬, 사내에 있는 키란 키는 전부 회수해가부렀당께요. 저 고속버스 한 대가 얼마나 하는 줄이나 알아요? 내 평생 월급 모아도 못 살 액수요."
 늙수그레한 경비원의 말에 사람들은 수긍을 하는 표정들이다. 그러고 보니, 서울 등 장거리행 고속버스만 운행하는 그곳 터미널 주차장엔 겨우 서너 대의 차량만 남아 있을 뿐이다. 어디로 대피시켰거나, 아니면 아예 출발지에 묶여 있을 터이다. 그때 경비원이 덧붙였다.
 "참, 그러지 말고 차라리 저쪽 시외버스 공용터미널로 가보실라요? 그쪽에는 오늘 오전까지 운행한 차도 있을 테니까 어쩌면 내줄는지도 모르겠소."
 맞다. 공용터미널에 가면 버스쯤이야 얼마든지 있을 것이다.

삼십대 남자 하나가 소리쳤다.
"자, 모두들 그쪽으로 갑시다! 공용터미널로 몰려가서 차를 내달라고 합시다."

사내의 선동에 사람들은 뒤를 따라 공용터미널로 몰려가기 시작한다. 주로 전라남도 내 지방 노선을 운행하고 있는 공용터미널은 약 일 킬로미터쯤 떨어진 곳에 있다. 한기와 칠수, 봉배, 무석도 그들의 뒤를 따라 뛰었다. 도중에 마주친 사람들이 합류하는 바람에 숫자는 삼백여 명 정도로 불어났다.

공용터미널의 대형 유리문은 안에서 잠겨 있었다. 사람들의 함성과 문짝을 마구 걷어차는 소리에 놀라, 숙직자가 한참 만에 겁먹은 얼굴로 허둥지둥 뛰어나왔다. 버스를 내달라는 요구에 사내는 처음엔 모른다고 거절하다가, 결국 시민들의 협박 반 설득 반에 슬그머니 못 이기는 척하며 버스 열쇠 몇 개를 건네주었다.
"이것이 어느 차 킨지는 나도 잘 모르겠소. 열어봐가꼬, 키에 맞는 차를 빼가쇼."

사십대 초반의 사내는 잔뜩 긴장한 채 청년에게 말했다.
"아저씨, 참 화끈하요이! 그런디, 이 담에 아저씨가 문책당하는 건 아니요?"
"그것이사 내가 알아서 할 것이고. 또 내가 시방 그 열쇠를 주고 싶어서 준 것은 아녀. 어쨌거나 지금 이 판국에 그런 것이사 문제요? 우리 회사 기사들도 벌써 어제오늘 여럿이 공수놈들한테 당했단 말요."

그 사이 벌써 젊은 축들이 고속버스 두 대와 시외직행버스 두 대를 끌고 나온다. 한길까지 나오자 와아 함성과 박수가 터져나왔다.

봄 날

사람들이 버스 넉 대에 가득가득 올라탔다. 한기와 칠수, 봉배, 무석 역시 직행버스에 올랐다. 목에 흰 타월을 휘감은 청년 하나가 운전석에 앉자마자 부르릉, 시동을 건다.
"가자! 도청으로!"
"아니다, 역전으로 가자!"
"아니오. 그전에 시내를 돌아다니면서 사람들을 더 끌어모아야 해."
"버스랑 트럭을 더 확보합시다. 그래가지고 공수놈들 바리케이드를 뚫어버리는 것이여."
너도나도 흥분해서 떠들어댄다. 모두 금방이라도 적진을 향해 돌진할 듯이 들떠 있다. 하지만 막상 광주역 가는 길로 접어들 무렵, 차에 탄 사람들은 대부분 은근히 겁이 나기 시작하는 눈치다.
"잠깐만! 어쩔 생각이오, 기사님?"
"어쩌기는! 이대로 그냥 전속력으로 밀어붙여가꼬 공수새끼들을 모조리 깔아버려야제!"
"아이고, 나는 여기서 내릴라요. 도청 방향으로 간다고 하기에 탔더니만. 우리집이 그쪽이란 말요."
"우리도 내려주세요, 아저씨이."
중년 사내 하나와 청바지 차림의 처녀 둘이 질린 얼굴로 소리쳤다.
"그럽시다, 기사님. 여기 탄 사람들 모두가 한꺼번에 갈 필요야 없잖소?"
"그래요. 내릴 사람은 내리라고 합시다. 여기 나이 어린 학생들도 있구만."
"맞았소. 어린아이들이랑 여자들이사 마지막까장 살아남아야제라우. 내려줍시다."
 차 안에 탄 사람들이 동요하기 시작하자, 운전석 사내가 버스를 거칠게 세웠다. 밖에선 차도를 꽉 메우고 있던 군중들이 버스의 헤드라이트 불빛을 보고 길을 터준다. 와아아. 만세에. 군중들이 박수와 함성을 보냈다.
 "좋소. 내릴 사람은 내리고, 죽기살기로 한번 싸워볼 사람들만 남으쇼."
 운전석 사내가 출입문을 열어주자 사람들이 우르르 내리기 시작했다. 사오십 명이나 되던 승객이 이내 십여 명으로 줄어들었다. 대부분 이삼십대의 남자들, 그리고 고교생 두 명도 남았다.
 무석은 사람들을 따라 내리려다가 엉거주춤 출입문 옆에 멈춰섰다. 한기와 봉배, 칠수는 전혀 내릴 생각이 없는 눈치였기 때문이다. 한기가 분이 난 듯 빽 고함을 지른다.
 "저런 비겁한 사람들! 함께 밀어붙이자고 큰소리치등마는, 겁이 나니께 슬그머니 빠져나가버리는구마이."
 "자, 다 내렸소? 여기 남은 사람들은 끝까지 함께 죽고 함께 사는 거요!"
 운전석 사내가 목에 감은 타월을 풀었다가 다시 질끈 동여매고는 핸들을 고쳐 잡았다.
 무석은 어느새 무릎이 후들후들 떨려오기 시작했다. 당장 뛰어내리고 싶었지만, 차마 동료들의 눈앞에서 그럴 수도 없었다. 겁에 질린 표정을 알아차릴까봐 연신 곁눈질만 했다.
 마침내 버스는 천천히 앞으로 나아가기 시작한다. 버스는 이제 군중들에게 완전히 둘러싸여 있다. 버스를 아예 에워싸듯 하고 따라오는 사람들도 있다.

봄 날 265

"와아아. 밀어붙여라. 공수놈들을 쓸어버려라. 만세에. 만세에……"

 군중들은 버스를 에워싼 채 함성을 지르고 만세를 부르고 박수를 친다.

 "으쌰. 으쌰. 으쌰……"

 어느새 군중들의 입에서 독려하는 함성이 파도처럼 커다랗게 번져나가기 시작한다. 차 안에 탄 사람들의 얼굴이 잔뜩 상기되어 있다. 군중의 엄청난 함성과 성원에 힘입어 그들은 돌연 스스로도 알 수 없는 감동과 흥분에 휩싸이고 있었다.

 무석은 입술까지 바들바들 떨려왔다. 두 손으로 손잡이를 꽉 움켜쥐었다. 버스는 군중들을 헤치고 저속으로 전진했다. 으쌰, 으쌰…… 에워싼 군중들의 함성. 마치 군중들의 힘에 의해 버스가 움직이고 있는 듯한 착각.

 마침내 군중의 맨 선두까지 이르자 갑자기 버스가 덜커덩, 정지했다. 운전석의 사내가 재빨리 일어나더니, 차 안을 둘러보며 어색한 표정으로 말했다.

 "자, 여기서 결정을, 다시 한번, 합시다. 어쩔 테요. 진짜로, 진짜로 해볼 것이요?"

 그러자 다른 사내가 말했다.

 "무조건 밀어붙인다는 것도, 내 생각이요만, 반드시 최선의 방법은 아닌 것 같은디. 안 그러요?"

 "천천히 시동을 걸고 나가다가, 마지막에 전속력으로 땡깁시다. 그 틈에 우리들은 재빨리 뛰어내리기로 하는 것이 어떻겠소?"

 한기가 제안하자, 너도나도 그러자고 대답했다. 그때 운전석의 사내가 어째선지 슬금슬금 걸어나오더니, 출입문을 열어제쳤다. 그리고는 재빨리 차에서 내려버린다.

"이봐요, 어딜 가는 거요?"

누군가 소리쳤지만, 사내는 이미 군중 속으로 묻혀버렸다.

"병신새끼! 겁먹었구나. 처음부터 어째 이상하더라니."

"아이고, 저런 자식도 사내새끼라고 좆 달고 다니냐?"

"여기, 운전할 줄 아는 사람 없소?"

"워메, 기사가 있어야제. 누구 면허증 가진 사람 있으면 나와 보씨요들!"

그 사이, 문을 열고 또 다른 사내 서넛이 차 안으로 뛰어올라왔다.

"내가 해보겠소!"

뜻밖에 한기가 운전석으로 들어가 털썩 주저앉았다.

"야, 너, 진짜 해볼 셈이여?"

봉배가 한기의 어깻죽지를 붙들고 묻는다. 와아아아. 으쌰. 으쌰…… 밖에서 군중의 함성이 여전히 터져나온다. 한기가 이를 악물었다. 손잡이를 꽉 움켜쥔 채 무석은 눈을 질끈 감았다. 한기가 큰 소리로 외친다.

"씨발! 죽든지 살든지, 한번 해보는 거여! 사나이가 한 번 죽지, 두 번 죽냐. 자, 저 앞에 두번째 가로등 앞에까장은 저속으로 갈 텡께, 거기서 각자 알아서들 뛰어내리는 거여. 그 담은 나한테 맡겨."

"자, 출바알!"

칠수가 외쳤고, 덜커덩, 버스가 움직이기 시작했다. 군중의 맨 선두를 지나치자마자 속도가 빨라졌다. 전방엔 텅 빈 아스팔트 도로. 광장이 보이고 분수대가 나타났다. 페퍼 포그 차량이 보이고, 그 주위에 도열해 있는 병사들의 모습이 보였다.

바로 그 순간, 엄청난 폭발음과 함께 최루탄과 페퍼 포그가 버스를 향해 집중 발사되기 시작했다. 와장창. 전면 유리가 깨어지면서 차 안은 일순에 지옥으로 변했다. 무엇인가 뜨거운 불기 같은 것이 얼굴을 확 뒤덮는 것을 느끼는 순간 무석은 차 바닥에 나자빠졌다. 차체가 휙 옆으로 기울면서, 강한 충격과 함께 무엇인가를 콰당, 들이받고 멈췄다. 비명을 지르며 사람들이 재빨리 뛰어내리기 시작했다.

"형! 빨리!"

칠수가 무석의 손을 홱 잡아채더니 먼저 뛰어내렸다. 무석은 본능적으로 숨을 멈춘 채 출입문을 밀어제치고 뒤따라 뛰어내렸다. 칠수가 발을 헛디뎌 땅바닥에 나동그라졌다. 무석의 발이 칠수의 허벅지를 밟았다. 일으켜줘야 한다는 생각에 몸을 돌이키려는 순간, 퍼펑, 무석의 눈앞에서 최루탄 하나가 터졌다. 얼결에 얼굴을 감싸쥔 채 무석은 뛰기 시작했다.

"잡아! 저 새끼!"

"저쪽이다! 놓치지 맛!"

공수부대들의 고함. 두두두두. 군홧발 소리가 바로 등뒤까지 바짝 쫓아왔다. 무석은 숨이 넘어가게 도망쳤다. 시민들이 달려왔다. 무석은 그들의 손에 부축된 채 한동안 뛰기만 했다. 마침내 군중 속으로 들어왔을 때, 무석은 쓰러지고 말았다.

한참 후 무석은 간신히 정신을 차렸다. 어느 이층 건물 앞 기둥에 등을 기대고 주저앉아 있으려니, 누군가 눈앞에 털썩 주저앉는다. 봉배였다.

"혀, 형님! 난 형님이 잽힌 줄 알았는디."

"다른 사람은? 한기랑 치, 칠수는?"
"몰라라우. 나도 찾아봤는디, 어디로 갔는지 모르겠소. 차에 탄 사람 중에 여럿이 잽혀갔다고 하든디."
둘은 주저앉은 채 광장 쪽을 눈으로 열심히 찾아보았다. 그들이 탔던 버스는 분수대엔 훨씬 못 미친 지점에서 가로수를 들이받은 채 처박혀 있었다. 무석은 무심코 얼굴을 쓸어보았다. 손바닥에 무엇인가 끈적하게 묻어나왔다. 피. 왼쪽 이마가 약간 찢어진 것 같았으나, 통증은 별로 느껴지지 않았다.
잠시 후, 한기가 그들을 보고 달려왔다.
"큰일났다! 칠수가, 치, 칠수가 잽혔어!"
"뭐, 뭣이여!"
"그것이 참말이여!"
둘은 거의 동시에 소리를 질렀다.
돌연 어마어마한 총성이 고막을 찢어내릴 듯 한꺼번에 터져나오기 시작한 건 바로 그 순간이었다.

투투투투투. 따따따따따……

허공으로 포물선을 그리며 일제히 날아가는 예광탄의 붉은 띠.
처음 무석은 계엄군이 공포탄을 쏘고 있다고 생각했다. 그러나 아니었다. 타타타타타…… 맞은편 건물의 콘크리트 벽체에서 따락 따라락, 불꽃들이 튕기며 빠르게 다가오고 있었다.
광주역사와 전남대 입구로 이어지는 왕복 2차선 차도. 그 도로 한가운데로 기관총을 장착한 채 다가오는 군용 트럭 두 대. 그

봄 날 269

양쪽에서 공수부대 병사들이 도보로 이동하면서 총을 무차별 난사하고 있는 광경을 무석은 똑똑히 보았다.
"아앗, 저건 공포가 아니다!"
무석은 비명을 질렀다. 아스팔트와 주변 건물들을 향해 총탄은 무차별로 난사되고 있는 것이었다.
으아아아아아. 무석의 눈앞에서 시민들의 대열이 일순 모래알처럼 흩어지기 시작했다. 공포에 찬 외마디 비명을 내지르며 시민들은 본능적으로 허리를 앞으로 꺾은 채 뿔뿔이 도망치고 있었다.

이 봄에 찰떡 같은 자식을 잃어
가슴에 피로 엉켜 풀릴 줄 모르는 어둠
우수수 이 봄에 꽃잎 진 내력
아직은 말할 수 없구나
아직은 소리쳐 부를 수 없구나.
— 김희수, 「낙화」에서

5월 21일 01 : 30, 전남대학교 교정

캠퍼스 중앙에 자리한 대학본부. 붉은 벽돌로 쌓아올린 그 이층짜리 건물은 이 대학에서 가장 오래된 건물 중 하나다.
 서무과와 수위실이 들어 있는 일층과 이층엔 전등이 환하게 켜져 있다. 정문으로 곧장 이어지는 아스팔트길로 지휘관용 지프가 아까부터 부리나케 들락거린다.
 현관과 건물 주위엔 소총을 들고 경계 근무중인 얼룩무늬 병사들이 십여 명쯤. 현관 오른쪽 커다란 동백나무 밑에서는 두 명의 병사가 무전기를 계단 턱에 올려놓은 채 들여다보고 있다. 아마 작동 상태가 신통치 않은 모양이다.
 갑자기 대학 정문으로 통하는 도로에서 헤드라이트 불빛이 쏟아졌다. 이내 군용 트럭 두 대가 빠른 속도로 다가와 본부 현관 앞에 차례로 정지한다. 경계 근무중이던 병사들이 재빨리 트럭 후미를 에워쌌고, 이어 트럭 뒤칸에서 또 다른 병사들이 민첩하게 뛰어내린다. 적재칸 칸막이가 덜커덩 내려지자마자 트럭 위에서 얼룩무늬 병사들이 고함을 질러댄다.
 "하차! 기어내려, 이 새끼들아!"
 "빨랑빨랑 못 해! 고개 쳐들지 마, 새꺄!"
 적재칸엔 각기 이삼십여 명의 시민들이 차체 바닥에 납작 엎드려 있다. 병사들이 그들의 등짝을 밟고 징정징정 걸어다니며 개머리판을 마구 휘두른다. 사람들이 걸레 뭉치처럼 길바닥으로 우르르 굴러떨어지기 시작했다.
 "고개 박앗!"
 "엎드려!"
 "머리에 손 올렷!"
 눈 깜짝할 순간에 땅바닥으로 굴러떨어진 사람들은 배를 땅에 바싹 붙인 채 다투어 앞으로 허둥지둥 기어가기 시작한다. 다리가 없는 무슨 파충류의 무리처럼 꿈틀꿈틀 기어가는 그들의 몸뚱이를 향해 쉴새없이 병사들의 발길질과 몽둥이질이 퍼부어졌다.

그 기이한 파충류의 무리는 아스팔트길을 질러 계단을 오르고, 현관문을 지나서 이윽고 교실 한 칸 넓이의 현관 로비에 이르렀다. 맨 앞의 병사가 무리의 선두를 정지시켰다. 그들이 멈추자마자 기다렸다는 듯이 또 한차례 무서운 구타가 실시된다.

"아이구. 나 죽네에. 어머니이……"

숨이 끊어지는 듯한 비명 소리. 하지만 대부분은 비명마저 제대로 토해내지 못한다. 그들은 하나같이 이미 얼이 빠져서 몸뚱이조차 제대로 움직이지 못한다.

"몇 명이야, 최중사."

"사십삼 명입니다."

"이것들은 어디서 잡아왔어?"

"역전 앞요. 운전을 한 놈들도 끼여 있습니다. 바로 저 새끼들입니다."

중사가 대위에게 그 파충류 무리 같은 대열의 선두 쪽을 손가락으로 가리켜주었다. 칠팔 명의 남자들. 그들의 손목은 하나같이 묶여 있다. 그들 중 서넛은 굴비 두름처럼 밧줄로 한꺼번에 묶여 있고, 몇은 허리띠 혹은 자신들의 운동화나 구두에서 풀어낸 끈으로 묶여 있다.

"저게 운전한 놈들이란 말이지?"

"옛."

"이 새끼들이 진짜 악질들이로구만!"

대위는 그들을 홱 돌아보더니, 대뜸 다가가 맨 가장자리 사내의 옆구리를 힘껏 걷어찬다. 흡사 축구 경기에서 코너 킥을 차올리듯이 그렇게.

사내는 비명도 없이 고꾸라지고, 대위는 그렇게 똑같은 방식으로 한 명, 또 한 명, 차례로 걷어차기 시작한다.

조금 전까지 대위는 광주역 광장에 있었다. 온종일 휴식 한번 취해보지 못하고 시위대와의 지긋지긋한 공방전을 되풀이해 온 터라 극도로 부아가 끓어올라 있는 상태였다. 시위는 예상외로 쉽사리 진압되지 않고, 이제는 차량 시위대의 출현을 기점으로 걷잡을 수 없이 확대되어가고 있는 판이다.

"차량 시위에 참여한 운전자들은 한 놈도 남김없이 체포하라. 그놈들이야말로 가장 악질적이고 위험한 불순분자들이므로, 체포한 즉시 연행, 최대한 혹독하게 다루어 일벌백계의 효과를 도모하라."

이날 오후 이후, 전부대엔 그런 지휘관의 특별 지시가 하달되어 있는 상태다. 차량 시위대의 출현은 확실히 위협적이었다. 헤드라이트를 켠 채 일제히 내달려오는 차량들 앞에서 병사들은 누구나 겁을 집어먹었다. 대위는 발사 명령만 떨어진다면 당장 그놈들부터 쏘아죽이고 싶었지만, 이를 갈며 참을 도리밖에 없었던 것이다.

대위는 지금에야 그 분풀이를 한꺼번에 쏟아놓고 있다. 하지만 그들은 도착하기 전에 이미 심한 구타를 당했는지, 반송장 꼴로 탈진해 있는 상태다. 그 중 상당수는 머리가 깨져서 얼굴이며 가슴께까지 온통 피범벅인 채로거나 어깨며 팔목에 골절상을 입었다.

"이 빨갱이새끼들아! 네놈들 때문에 우리가 이 고생을 해야 한

봄 날   273

단 말야! 네놈들은 김일성이나 똑같은 새끼들야!"
　대위는 분을 못 이겨 씨근덕대면서, 또 한번 사내 하나를 세차게 걷어찼다. 머리를 걷어차인 청년이 얼굴을 콘크리트 바닥에 털썩 처박더니, 움직이지 않는다.
　"일어나! 이 새끼, 뒈진 척한다고 속을 줄 알아!"
　병사 하나가 청년의 등짝을 걷어차며 악을 쓴다. 그러자 숨이 멎은 듯 보이던 청년이 놀랍게도 상체를 발딱 세우고 일어났다.
　"김중사, 이 새끼들을 임시 내무반으로 끌고 가도록 해."
　대위가 지시했다.
　"일어나!"
　중사가 명령을 내렸을 때, 대위가 다시 말했다.
　"안 돼! 얌전히 걸어가게 할 수는 없다. 이것들은 완전히 반쯤 죽여놔야 해. 걷게 하지 말고, 배때기로 기어서 가게 하란 말야."
　그들은 기어가기 시작한다. 조금 전 기어들어왔던 길을 되돌아서. 로비에서 현관을 지나고, 계단을 내려와, 아스팔트 바닥에 엎드린 자세로, 뱀처럼 꿈틀꿈틀 기어간다. 목표는 대학본부 건물 오른쪽 백여 미터 거리에 위치한 자연과학대학 강의실 건물.
　쉴새없이 반복되는 발길질과 춤추는 개머리판. 욕설과 고함 소리. 그 기묘한 무리의 행진은 본부 앞 광장을 지나고 화단, 그리고 대강당 앞 광장을 지나, 마침내 '전남대학교 자연과학대학'이라는 나무 현판이 걸린 백색 건물 앞에서야 비로소 정지했다.
　"일어섯! 새끼들앗!"
　중사의 명령이 떨어졌지만, 누구도 얼른 몸을 일으켜세우지 못한다. 병사들이 고함을 지르며 또다시 미친 듯 폭력을 행사하기 시작하자, 놀랍게도 사람들은 용수철처럼 일제히 벌떡 일어나 건물 안으로 우르르 쫓겨들어갔다.

이곳 전남대학교 교정에 주둔하고 있는 공수부대는 제3공수여단 병력이다. 부대 규모는 장교 254명, 하사관 및 사병 1,189명. 그들은 계엄령 포고 직후 서울에 배치되어 있다가, 19일 밤 돌연 부대 이동 명령을 하달받게 되자 20일 새벽 1시부터 7시 사이에 두 조로 나뉘어 열차 편을 이용, 광주로 투입된 병력이다.

광주에 도착하자마자 그들은 전남대학교 교정에 본부를 두고, 종합운동장에 막사를 설치했다. 이 막사엔 그들의 여러 가지 장비 및 매트리스 등의 침구, 유류 등을 보관하고, 병력은 인문대학 건물과 자연대학 건물 일이층을 점거, 임시 숙소 겸 내무반으로 사용하고 있는 중이다.

자연대 건물의 일층 맨 우측 강의실은 지휘관실이다. 그리고 바로 그 맞은편의 꽤 넓은 강의실 안에 그들은 시시각각 연행되어 들어오는 시민들을 한데 몰아넣고는 그곳을 일종의 수용소 겸 취조실로 사용하고 있다.

땅바닥을 기어온 사십여 명의 시민들은 강의실 안으로 들어서자마자 아예 혼이 달아나버렸다. 이번에야말로 본격적인 구타와 기합이 시작되었다.

콘크리트 바닥을 온몸으로 데굴데굴 뒹굴고, 물구나무를 서고, 두 귀를 잡고 토끼뜀을 하고…… 살려주시오, 나는 죄가 없소, 하고 애원하는 사람. 아이고오, 억울합니다. 제발 살려주시오, 하고 울부짖는 사람. 병사들의 바짓자락을 잡고 몸부림을 치는 사람. 하지만 그도 잠시, 무차별로 떨어지는 구타 앞에서 더

봄 날 275

는 아무 소리도 내지 못한다.

　진압봉과 소총, 군홧발, 주먹 등등을 동원한 무서운 구타 의식은 거의 삼십 분 동안이나 이어졌다. 여기저기서 허수아비처럼 풀썩풀썩 나자빠진다. 탈진해 나자빠진 몸뚱이 위로 발길과 몽둥이가 미친 듯 춤을 추었다. 머리가 터지고, 얼굴이 찢겨나가고, 팔이 부러져나가고, 갈비뼈가 무너졌다. 콘크리트 바닥엔 피와 땀과 오줌이 흥건히 고이고, 찢어진 살점이 핏물과 함께 사방으로 튀었다.

　중년 사내 하나가 완전히 의식을 잃었다. 흰 와이셔츠가 벌겋게 피로 젖어버린 몸뚱이를 병사들이 질질 끌어내어 한쪽에 치워놓는다. 손목이 묶인 채로인 또 다른 사내 둘이 의식을 잃고 엎어진 채 움직이질 않는다. 그들 역시 머리채를 잡혀서 질질 끌려나갔다. 그렇게 거의 반시간 동안 실내는 고함 소리와 신음 소리, 두들겨패는 둔탁한 소리로 가득 찼다.

"으아아. 이놈들아! 차라리, 죽여라! 죽여라아!"

　별안간 고등학생 하나가 벌떡 일어나더니, 발작을 일으키며 악을 쓴다. 허옇게 눈알이 뒤집힌 소년은 이미 제정신이 아니다. 만세를 부르듯 두 팔을 번쩍 쳐들고, 그 자리에서 껑충껑충 뛰어오른다.

"죽여라! 차라리 죽여라아!"

　병사 하나가 몸을 날려 소년을 덮친다. 소년은 멱살을 잡힌 채 앞으로 질질 끌려나왔다. 병사 둘이 소년의 팔을 양쪽에서 잡고 허수아비처럼 세웠다.

"이 새끼 봐라! 죽고 싶어 환장을 했구나."

"좋다! 죽여주마! 소원대로!"

퍽. 퍽. 병사가 진압봉으로 소년의 정수리를 정확히 두 차례 내리쳤다. 순간 소년의 몸뚱이가 멈칫, 허공에서 정지했다. 소년은 하얗게 눈을 홉뜬 채, 그렇게 아주 짧은 순간 서 있다. 검붉은 핏물이 정수리로부터 이마로 천천히 흘러내린다. 이내 소년은 핑그르르 아래로 허물어져내렸다.
　"어쭈, 이게 수쓰고 있네?"
　병사가 소년의 가슴패기를 군홧발로 세차게 걷어차며 말했다. 병사의 두 손도 물감을 헤집은 듯 시뻘겋게 젖어 있다. 소년의 머리에서 튄 핏물이다. 곁에서 지켜보던 대위가 병사를 제지하더니, 발 밑을 내려다본다. 모로 비스듬히 쓰러져 있는 소년의 몸뚱이가 가늘게 경련을 일으키기 시작한다. 땅바닥에 패대기쳐진 한 마리 개구리. 대위는 얼핏 어렸을 때 여름 들판에서 즐겨 했던 장난을 떠올린다.
　"그만 해둬. 이 새끼, 뒈진 거 아냐?"
　"뒈지기는요. 죽은 척, 잔머리 굴리고 있는 겁니다."
　"그만두라니까. 야, 임마. 눈떠봐. 어?"
　"아, 잘됐지 뭡니까. 죽여달라고, 그게 소원이라잖아요."
　그러면서도 병사의 표정은 그제서야 조금 긴장한다.
　"야, 박하사. 이놈, 저쪽으로 끌고 가. 바람 통하는 데다가 눕혀 놓으란 말야."
　대위가 명령했다. 하사가 상체를 안아 일으키려 했으나, 소년의 몸뚱이는 곧 축 늘어져버린다. 정수리에서는 끊임없이 검붉은 핏물이 물컥물컥 흘러나오고 있다. 단추가 떨어져나간 교련복 사이로 여윈 맨가슴이 드러났다.
　하사와 또 다른 병사가 소년의 팔을 양쪽에서 잡더니, 문을 열고 바깥 복도에다 질질 끌어다 놓고 돌아온다. 실내에선 무서운 구타와 기합이 한참을 더 이어졌다.
"일어섯!"
이윽고 대위가 명령했다. 하지만 사람들은 몸을 제대로 추스릴 기력조차 남아 있지 않다. 몇몇은 무릎을 꿇은 채 겨우 고개만 세웠고, 나머지는 아예 땅바닥에서 허리를 세우지도 못한다.
"신발 벗어. 허리띠도 풀어내!"
신발이 아직 발에 붙어 있는 사람들은 그걸 벗었다. 허리띠도 풀어냈다. 꾸물대는 사람들은 병사들에게 어김없이 퍽퍽 걷어차인다.
"모두 옷을 벗겨내. 속옷만 남기고."
당장 모두들 러닝 셔츠와 팬티 차림으로 변했다. 셔츠가 없어 웃통이 맨살인 사람도 여럿이다. 드러난 그들의 팔, 다리, 목, 등, 허리는 부패해가는 짐승의 고깃점처럼 피멍과 상처투성이로 온통 울긋불긋, 푸르딩딩 부어올라 있다.
"대가리 박앗! 두 손은 허리 뒤로 올리고!"
대위의 명령이 떨어지자 일제히 허둥지둥 앞으로 고꾸라진다. 머리를 콘크리트 바닥에 붙이려고 애쓰지만, 너나없이 풀썩풀썩 엎어진다.
또 한차례 매 타작이 시작되는가 싶었지만, 의외로 대위는 그들을 그대로 둔 채 병사들을 앞으로 불러모았다. 뭔가 몇 마디 지시를 내리는 듯 쑥덕거리더니, 이내 병사들 중 절반이 대위를 따라 밖으로 빠져나갔다. 남아 있는 칠팔 명의 병사들도 철모를 벗어던지고 바닥에 주저앉아 일제히 담배를 한 개비씩 피워물었다.

칠수는 비로소 길게 숨을 몰아쉰다. 차고 딱딱한 콘크리트 바닥에 머리를 거꾸로 처박고 있어야 하는 자세는 너무나 고통스럽다. 전신의 무게를 지탱하기조차 힘겹다. 더구나 두 손은 등뒤로 돌려진 채 묶여 있다. 아까 트럭 위에 실려졌을 때 공수는 칠수에게 운동화 끈을 뽑아내게 한 다음 그걸로 두 손을 묶었었다. 때문에 두 발은 맨발인 채로다.
"이 새끼가 운전했던 놈야! 도망치는 걸 끝까지 쫓아가서 잡아 왔어."
그 공수녀석은 다짜고짜 칠수를 버스 운전사라고 지목했다. 그게 아니라고 하소연하려 했지만, 덕분에 반쯤 정신이 나가도록 얻어맞기만 했을 뿐이다.
차를 운전한 폭도라는 혐의로 잡혀 온 사람은 칠수말고도 대여섯 명 더 있었다. 칠수로서는, 운전사라고 끌려온 그들 사내들과 줄줄이 한데 묶이지 않은 것만도 다행이었다.
칠수는 온몸이 부들부들 떨려온다. 두 다리가, 무릎이, 믿어지지 않을 만큼 후들거리고 있음을 그제서야 깨닫는다. 하지만 그 끔찍스런 발길질과 구타가 잠시 멈추어주었다는 사실 하나만으로도, 칠수는 지옥 한가운데서 잠시 빠져나온 듯한 안도감을 느낀다. 그러나 지옥은 그대로 눈앞에 남아 있다.
'아아, 여긴 지옥이다. 난 이제 죽게 되는구나……'
극도의 절망감에 몸을 떨며, 물구나무 자세를 지탱한 채 칠수는 한사코 눈을 깜박여본다. 천장에 붙은 형광등의 흐릿한 전구가 보인다. 무엇인가 눅진한 액체가 연신 눈썹을 타고 흘러든다. 땀이 아니라 피였다. 그러고 보니 이마와 맞닿은 콘크리트 바닥에까지 피가 흥건히 고이고 있다.

'그렇구나. 아까 진압봉에 머리를 맞았었지……'
 비로소 정수리 부분 상처의 통증이 되살아났다. 그러나 기이하게도 통증은 별로 심한 것 같지 않은 느낌이다. 그런데 왜 이렇게 피는 계속 흘러나오는 것일까. 이러다가 머릿속의 피가 모두 빠져나와버리고 마는 건 아닐까. 코와 목덜미에서 비 오듯 땀이 쏟아진다. 전신은 이미 땀으로 젖어 있다. 온몸의 관절이란 관절, 살덩이와 근육, 신경 마디마디가 모조리 해체되어버린 것 같다.
 칠수는 금방까지 자신의 몸뚱이를 향해 무차별로 퍼부어져내리던 그 엄청난 몽둥이질과 발길질이 아무래도 꿈속의 일인 것만 같다. 이게 꿈이었으면. 아니, 진짜로 내가 지금 꿈을 꾸고 있는 것인지도 몰라. 눈을 몇 번이나 떴다 감았다 해보며, 칠수는 정신을 가다듬으려고 애를 쓴다.
'어떻게, 어쩌다가, 내가 여기까지 끌려오게 되었을까……'
 칠수는 물구나무 자세를 한 채 눈치를 살피며 한쪽 무릎을 슬그머니 땅에 붙인다. 다행히도 공수녀석들은 칠판 앞에 모여 앉아서 담배만 피우고 있다. 놈들도 휴식을 취하는 거겠지. 그렇게 미친 듯 일 초도 쉬지 않고 두들겨패대었으니 지치기도 했을 테지. 칠수는 기억을 더듬어본다.
 한기네 가게에서 라면을 먹었던 일, 시위대에 섞여 돌을 던지고 도망을 다니던 일, 공용터미널에서 끌고 나온 버스에 엉겹결에 올라탔던 일.
'그 버스를 타고 광주역 부근까지 왔었지. 참, 그래. 운전사란 놈이 꽁무니를 빼니까 한기가 대신 운전대를 잡았고, 버스가 사람들의 틈을 헤집고 분수대 쪽으로 달리기 시작했었지…… 그때까지 줄곧 친구들과 함께였는데…… 봉배랑, 한기, 그리고 무석 형도 바로 곁에 있었지. 그런데, 어디쯤이었더라. 느닷없이 최루탄이 차창을 뚫고 들어와 버스 안에서 터졌고, 정신없이 밖으로 뛰쳐나왔었지. 아참, 내가 넘어졌었을 거야. 일어나 도망치려고 했는데, 누군가 뒤따라 뛰어내리던 사람이 내 등을 밟았고…… 그때, 공수부대 한 놈이 내 머리를 내리쳤어. 그래, 바로 그놈한 테 머리를 맞았던 것이다……'

　칠수는 거기까지는 선명하게 기억할 수 있다. 그런데 그 다음부터는 뭔가 뒤죽박죽이다. 아마 잠시 정신을 잃어버렸는지도 모른다. 어쩌다 눈을 설풋 떠보았더니, 이미 공수부대의 트럭 위에 실려 있었던 것이다. 그 트럭 적재칸 위에서 당해야 했던 그 끔찍한 매질.

　칠수는 문득 혓바닥으로 입 안을 휘둘러본다. 앞니 쪽이 허전하다. 이빨이 부러져나갔다는 사실을 퍼뜩 기억해낸다. 트럭 위에서 공수놈들이 마구 몸뚱이를 질근질근 짓밟고 다녔다. 칠수는 누군가의 몸뚱이 밑에 깔려 있었는데, 어느 순간엔가 공수 한 놈의 군화 밑창이 영락없이 그의 얼굴을 짓눌렀고, 그때 앞니가 뚝 부러져나갔던 것이다. 두 개? 아니 세 개인지도 모른다. 이빨이 부러졌구나, 하고 느꼈지만 그 순간엔 아무 생각도 없었다. 그냥 누군가의 몸뚱이 밑에 눌린 채 차체 맨 밑바닥에 깔려 있었는데, 바닥에 질펀하게 고인 오줌과 피로 얼굴은 온통 범벅칠이 되었다. 얼마나 혼이 나갔으면 그랬을까. 누군가 생똥을 쌌는지 구린내가 콧구멍을 찢어내는 것 같던 기억도 난다. 그러자 부러져나간 이빨에서 비로소 기분 나쁜 통증이 되살아났다.

　'그나저나, 다른 친구들은 어찌 되었을까.'

처음엔 그들 중 한둘은 함께 잡혔을 거라고 생각했었는데, 여기 잡혀온 사람들 중엔 없는 듯하다. 그나마 천만다행이다. 하지만 어째서일까. 혼자만 이렇게 끌려와 있다는 사실을 확인하는 순간, 칠수는 엄청난 절망감과 공포에 눈앞이 캄캄해온다. 두렵다. 견딜 수 없도록 무서워지기 시작한다.
'와이고오, 이제 나는 영락없이 죽었구나. 저놈들의 손에, 나는 결국 죽게 되는구나. 이렇게 허망하게…… 오늘 아침까지도 내가 죽게 될 것이라는 아무런 예감조차도 없었는데, 이렇게 허망하고도 황당하게 개죽음을 당하고 마는구나……'
칠수는 와락 터지려는 울음을 참으려 애쓴다. 눈물인지 핏물인지 모를 것이 두 눈에서 줄줄 흘러내렸다.
'어무니. 아아, 우리 어무니……'
칠수는 절망과 공포에 사로잡혀, 마음속으로 절규하듯 어머니를 부른다. 그러자 어머니의 모습이 금방 눈앞에 떠오른다. 이상한 일이다. 칠수에겐 어머니는 언제고 머리에 흰 수건을 쓰고, 후줄근한 월남 통치마에, 손엔 호미를 든 모습으로만 나타나는 것이다. 전라남도 구례군 토지면. 지리산 골짜기 아래, 아직 추위가 가시지 않은 봄날, 가파른 언덕빼기 밭에 웅크리고 앉아 혼자서 기나긴 보리밭 이랑을 매어나가고 있는 어머니의 모습…… 학교에서 돌아오다가 고개를 들면, 고갯길 위편에서 저만치 바라다보이곤 하던 어머니. 어째선지 바로 그때의 어머니 모습이 칠수의 가슴엔 한 장 흑백 사진처럼 아주 선명하게 박혀 있는 것이다.
어머니의 한평생은 일로 시작해서 일로 끝이 났다. 전답이랍시고 제 식구 한 해 끼니조차 겨우 때울 둥 말 둥 할 정도여서,

칠수의 부모는 평생 등이 휘도록 땅을 파야 했다. 농사철엔 소작을 부쳤고, 틈만 나면 지리산을 헤집고 다니며 어머니는 산나물이며 버섯을 캐고, 아버지는 뱀을 잡아다가 술을 만들어 팔기도 했다. 어머니의 머리엔 언제나 흙먼지와 나뭇잎이 붙어 있었고, 옷자락엔 땀냄새, 풀냄새, 바람 냄새가 묻어 있었다.

"나 언제 돌아갈거나아. 한 많고 설움 많은 이 세사앙, 미련도 없이 돌아서서, 나 언제 훨훨 떠나가볼까나아……"

어머니는 늘 흥타령을 불렀다. 밭을 맬 때도, 빨래를 할 때도, 땔나무를 할 때도, 어머니는 한 마리 슬픈 까치처럼 늘상 그 구성지고도 질펀한 흥타령을 즉석에서 마음대로 지어 부르곤 했었다.

그러나 어머니는 이미 이 세상 사람이 아니다. 중학교 삼학년 되던 해 가을, 어머니는 병으로 쓰러져 영영 일어나지 못했던 것이다.

"칠수야이. 너는 우리집 기둥이다이. 무슨 일이 있데래도, 독심을 품고, 이를 악물고 공부해서…… 꼭 대학생이 되아야 쓴다이. 알었지야. 내 소원은 오직 그거 하나뿐이여. 오냐오냐. 너만 믿고 어미는 편안허게 눈을 감을란다."

구례읍내 병원에서 숨을 거두기 직전, 어머니가 칠수에게 남겨준 마지막 말이다. 하지만 칠수는 공부엔 취미가 없었고, 가난 때문에도 끝내 대학생이 되어보지 못했다. 그러나 어머니와의 그 약속을 지키지 못한 게 칠수는 두고두고 한이 되었다.

고등학교를 마치자마자 광주로 올라와 한기와 함께 자취를 하면서 벌써 대여섯 군데나 일자리를 옮겨다녔다. 주물공장, 자동차 정비공장, 비누공장, 플라스틱 공장까지 전전했지만, 대부분

봄 날 283

고작 몇 달도 채우지 못한 채 그만두고 나와버리곤 했다.

사실은 그렇게 어느 한 직장에도 온전히 붙어 있지 못하고 이리저리 굴러다녀야 했던 까닭도, 어쩌면 어머니의 그 마지막 유언 때문인지 모른다. 최근에 칠수는 대학입시 학원을 찾아갔던 일도 있다. 물론 그것은 한기나 봉배조차 까맣게 모르는 일이다. 학원의 그 상담자는 일 년만 열심히 공부하면 최소한 야간대학은 가능하다고 장담했는데, 그 때문에, 설마 싶기는 하면서도, 칠수는 이즈음 저 혼자서만 은근히 가슴이 부풀어 있던 참이었다. 대학생! 잘만 하면, 대학생이 될 수 있다는 것이다…… 하지만, 그 모두가 이젠 애당초 틀린 일이었다. 칠수는 큭, 목이 메인다.

어쩌다 하필이면 나 혼자만 잡혀버리고 말았단 말인가. 칠수는 새삼 너무나 후회스럽다. 모든 게 엉겁결에 일어난 일이었다. 하필 왜 그때 광주고속 앞을 지나갔을까. 아니, 최소한 공용버스 터미널까지 엉겁결에 따라가지만 않았더라도 이런 지경은 당하지 않았을 텐데. 버스에 올라탄 것도 얼떨결이었고, 한기녀석이 운전대를 잡은 것도 얼결에 일어난 일이었다. 무엇보다도 버스에서 뛰어내려 도망치려 했을 때, 하필이면 뒤에서 따라 뛰어내리던 누군가의 발에 걸릴 게 또 뭐란 말인가. 어떤 녀석이길래…… 칠수는 누군지도 모르는 그자를 향해 저주를 퍼붓는다.

하지만 이젠 모두 소용없는 일이다. 문제는 이제부터가 아닌가. 저놈들이 우릴 온전히 살려둘 리는 만무하다. 아니, 설마 이 많은 사람들을 한꺼번에 어쩌기야 하려고? 그러나 자신이 없다. 그렇듯 사람을 개 잡듯이 칼로 찌르고 몽둥이로 두들겨 생눈알을 빼놓는 놈들이 아니냐 말이다.

'아아. 이젠 영락없이 죽었구나. 하느님.'

다시금 눈앞이 아뜩해와서 칠수는 속으로 부르짖는다. 핏물과 눈물이 뒤범벅된 채 줄줄 흘러내리기 시작한다.

"와당탕."

그때 별안간 앞쪽 출입문이 부서질 듯 열어제쳐지더니, 한 무리의 또 다른 시민들이 우르르 쫓겨 들어온다.

삼십여 명쯤. 대부분 이삼십대 남자들. 거기엔 사십대 남자 두엇과 고등학생 대여섯 명, 그리고 중학생도 한 명 끼어 있다. 그들 역시 이미 넋이 반쯤 달아난 참혹한 몰골들이다. 맨발이거나 그 지경에도 용케 구두가 신겨진 채 끌려 들어오는 남자들도 있다. 청년 몇은 부상 정도가 대단히 심각해 뵌다. 머리가 깨지고, 얼굴 한쪽이 퉁퉁 부어 눈을 뜨지 못할 정도다.

먼저 와 있던 사람들은 강의실 한쪽으로 밀려나, 무릎을 꿇은 채 이마를 바닥에 박았다. 새로 끌려온 사람들 역시 아까처럼 모두 옷이 벗기어지고 반벌거숭이로 변했다. 이내 그들에게도 아까와 똑같은 구타와 기합이 한참이나 되풀이된다.

십여 명의 공수부대 병사들은 완전히 미친 듯이 날뛰었다. 그것은 지옥의 풍경이었다. 그 끔찍한 광경들을 지켜보면서, 먼저 당했던 사람들은 또 한번 사지를 부들부들 떨어댄다.

'아아, 저들은 인간이 아니다. 인간이라면 저럴 수가 없어. 사람이 사람에게, 어떻게 저, 저럴 수가 있단 말인가······.'

칠수는 온몸을 사시나무처럼 떨기 시작한다. 믿어지지 않을 만큼 격렬한 경련. 이를 악물고 아무리 멈추려고 해도 경련은 멎질 않는다. 불현듯 칠수는 바짓가랑이를 척척하게 적시며 무언가 흐르는 것을 깨닫는다. 오줌이었다. 크흑. 칠수는 차가운 콘크리트 바닥에 이마를 비비며 끝내 울음을 터뜨린다.
 이윽고 그 광란의 시간이 잠시 멈추었다. 미친 듯 날뛰던 십여 명이 잠시 휴식하려는 듯 밖으로 나가고, 또 다른 십여 명이 교대해서 실내로 들어왔다. 잠시 주위가 잠잠해졌다. 으으. 으으 읏. 사람들은 안간힘을 쓰지만, 그래도 고통스런 신음과 흐느낌이 끊임없이 흘러나온다.
 잠시 후, 일종의 취조가 시작되었다.
 꽤 넓은 직사각형의 대형 강의실은 한가운데쯤에 높다랗게 쌓아올린 의자 더미에 의해 자연스레 두 개의 공간으로 나누어졌다. 공수부대 병사들은 한쪽엔 연행되어온 시민들을 몰아넣어 놓고, 다른 쪽 공간엔 몇 개의 책상과 의자를 늘어놓고서 한 사람씩 불러다가 조사를 시작한다.
 "부상이 심한 놈들부터 일단 저쪽으로 끌어내. 야, 의무병! 의무병 어디 갔어?"
 대위가 소리치자, 밖에서 병사 하나가 구급약품통을 들고 나타나더니 창가 구석진 곳에 자리를 잡는다. 다른 병사들이 대열을 돌아다니며, 부상이 심한 사람들을 끌어내기 시작한다. 병사 하나가 다가오더니, 칠수의 허벅지를 툭 치며 말했다.
 "야, 새꺄. 일어나."
 칠수가 엉거주춤 몸을 일으키려고 하자, 중사가 꽥 소리를 친다.
 "그 새낀 놔둬. 그쪽 줄은 운전을 한 폭도들이니까."
 "그래요? 이 새끼들이야말로 진짜 악질들이구만! 씨팔놈덜!"
 병사의 발길에 차여 칠수는 벌렁 나동그라졌다. 덕분에 옆자리의 칠팔 명 역시 또 한바탕 매타작을 당했다. 대위가 손에 무엇인가를 들고 다가왔다.
"이놈들이 운전했던 놈들이란 말이지? 앞으로 끌어내 분리시켜."
 칠수를 포함한 일곱 명의 사내들이 칠판 앞으로 끌려나왔다. 그들은 거기서 다시 꿇어 엎드려 머리를 바닥에 박았다.
 대위가 손에 들고 있는 것은 빨간색 매직펜이다. 대위는 그들의 등허리에 무슨 글자인가를 휘갈긴다. 칠수는 얼핏 앞에 꿇어앉은 청년의 등뒤에 적힌 글자를 읽었다. 운전. 대위는 다시 뒤편으로 돌아가더니, 그들의 등 하나하나에 '폭도'라고 휘갈긴다.

"자, 장교님. 내 말 좀 들어보쇼. 나, 난 억울합니다. 제발……"
 갑자기 대열 가운데서 삼십대 사내 하나가 벌떡 일어나더니 대위의 바짓가랑이를 움켜잡고 울부짖었다. 온통 피투성이가 된 머리와 얼굴을 러닝 셔츠로 감아 묶은 사내.
"이 새낀 또 뭐야! 안 놔!"
 대위가 발길로 사내의 가슴을 걷어찼다. 하지만 사내는 필사적으로 매달린다.
"어, 억울하요. 나, 나도 공수부대 출신이요. 정말이어라우. 칠공수 3대대에서 근무하다가, 치, 칠육년도 팔월 십삼일날에 전역했단 말요."
"이 새끼, 사기치지 마. 이거 안 놓을 거야!"
"믿어주시요! 나도 고, 공수부대 출신이란 말요. 아이고오. 나 죽네에!"
 대위가 사내의 전신을 서너 차례 걷어찼고, 사내는 결국 축 늘어졌다. 감았던 셔츠 자락이 풀어지며, 머리에서 피가 쏟아져나왔다. 이 새끼도 끌어내. 대위의 명령에 병사 하나가 사내를 질질 끌어다가 벽 쪽에 팽개친다.

그 사내의 이름은 김현기. 그는 서른세 살로 전남대 문리대 뒤편에 있는 반룡마을의 통장이다. 김현기씨야말로 엉뚱하게 끌려온 사람 가운데 하나다.

반룡마을은 바로 학교 뒤편에 인접한 탓으로 지난 이틀 동안 엄청난 피해를 입었다. 학생들을 잡기 위해 공수부대원들은 수시로 마을 집들을 수색했고, 그 와중에 마을 주민들 여럿이 잡혀가거나 부상을 당했다. 하지만 집을 두고 피난할 수도 없었고, 대부분 날품팔이인 주민들은 그 난리통에도 먹고 살기 위해 일을 나가야만 했다. 문제는 반룡마을 주민들이 시내로 나갈 수 있는 유일한 통로는 대학 구내를 거쳐 정문을 통과해야만 한다는 점이었다. 때문에 지난 이틀 동안, 멋모르고 정문을 지나가려다가 주민들 여럿이 잡혀가거나 몰매를 맞아야 했다.

통장 일을 맡고 있는 김씨는 용기를 내어 공수부대를 찾아가, 사정을 얘기하고 주민들의 통행을 보장해주도록 부탁했다. 의외로 소령은 주민들의 명단을 적어오라고 말했다. 김씨는 주민들의 이름을 빠짐없이 적어서 수위실에 가져다주고 돌아왔다. 역시 왕년의 공수부대 출신이라서 그 덕을 본 것이라며, 주민들은 통장 김씨를 치하했다.

김씨는 대학생들을 상대로 라면집을 하고 있었다. 요 며칠 동안 공수부대 병사들이 마을로 찾아와 김씨의 집에서 라면을 끓여 먹었다. 김씨는 돈을 받지 않았다. 병사들은 물론이고 상사들조차 앉은 자리에서 마파람에 게 눈 감추듯 라면을 두세 그릇씩 허겁지겁 먹어치웠다.
"아니, 라면을 그렇게 많이 드십니까? 요즘 군대는 사정이 좋아져서 밥이 남아돈다든디."
김씨의 말에 그들은 밥을 제대로 못 먹어서 그렇다고 말했다.
"말도 마쇼. 날마다 비상 대기 아니면 불시에 이동을 하느라고 밥 구경해본 지가 한참 전이란 말요. 벌써 사나흘째 잠도 제대로 못 잤소. 날이면 날마다 거지 같은 비상 식량만 먹어야 되니, 미칠 지경이지 뭐요."
사람 좋아 뵈는 어떤 상사가 '압축 스프'라는 걸 보여주었다. 빨랫비누 모양의 그것은 자신이 공수부대에 근무할 때는 보지 못했었다. 먹어보니, 건빵 맛이었다. 공수부대원들은 벌써 사흘 동안 그것을 맹물에 풀어 끼니를 때운 모양이었다. 자신 역시 공수부대 출신이라는 말을 하자, 상사는 새삼 관심을 보이면서 한마디 충고를 남겼다.
"이보쇼. 가능하면 밖으로 나다니지 마쇼. 무슨 변을 당할지 모르니까. 만약 외출할 일이 생기면, 공수부대 출신이라는 증명이 될 만한 걸 몸에 지니고 다니는 게 좋을 거요."
김씨는 장롱을 열고, 병역 수첩과 군대 시절의 사진 몇 장을 꺼내어 몸에 지녔다. 그 중엔 김포공항에서 헬기 낙하 훈련중 찍었던 사진, 한강에서 낙하 훈련중에 사진병이 찍어준 사진도 들어 있었다. 또 통신 능력, 태권도 등급, 무장 구보 능력 등을 측정하여 합격한 증명서가 있었는데, 거기엔 '부대장 대령 전두환'이라는 글자까지 또렷하게 박혀 있었다. 김씨는 공수부대가 지키고 있는 대학 정문을 통과할 때마다 그걸 잠바 주머니에 넣고 다녔다. 덕분에 한결 마음이 든든하고 걱정거리가 사라졌다.

봄 날　289

그런데 이날 김씨가 공수부대 병사들에게 엉뚱하게도 '폭도'로 몰려 붙잡혀온 것은 하필이면 그 사진이 들어 있는 잠바를 벗어놓고 셔츠 바람으로 골목에 나와 있을 때였다.

오후 두시쯤, 갑자기 어디선가 백여 명이 넘는 민간인들이 마을로 몰려들어왔던 것이다. 대부분 젊은 사람들로 대학생, 고등학생, 그리고 꼬마들을 데리고 나온 부부들까지 있었다. 그들은 시내에서 벌어지고 있는 난리를 피해 시외로 피난을 가는 사람들이었다. 농과대학 뒤편 들판을 질러온 그들은 마을을 지나 반대편 고속도로 방향으로 빠져나가려는 모양이었다.

김씨는 그들에게 고속도로 쪽 역시 공수부대가 이미 막고 있다는 사실을 알려주고, 다른 길로 돌아가거나 다시 시내로 되돌아가도록 일일이 일러주었다. 손짓까지 해가며 설명해주고 있는 그 광경을 멀리서 공수부대 병사들이 지켜본 모양이었다. 별안간 한 무리의 얼룩무늬들이 급습해오는 바람에 마을은 난리법석이 일어났다. 도망치던 젊은이들이 여럿 붙잡혔고, 엉뚱하게도 김현기씨는 '주동자'라는 누명을 쓴 채 다짜고짜 진압봉에 머리를 얻어맞고 쓰러졌다. 그러다가 눈을 떠보니 이곳 강의실이었던 것이다.

김씨는 그 동안 몇 번이나 자신이 반룡마을 통장이며 공수부대 하사 출신임을 밝혔지만, 번번이 초주검이 되도록 얻어맞기만 했을 뿐이다. 김씨는 벽에 기대어 멀거니 주저앉아 있다가, 다시 벌떡 일어나 곁에 선 중사의 다리를 그러안고 소리를 지른다.

"여보시오, 이건 뭔가 오해요! 나는 학생도 아니고, 고, 공수부대 출신이란 말이라우. 전두환 대령이 우리 상관이었소."

"이 새끼가, 진짜 죽을라고 환장을 했구만!"
"진짜여라우! 지금 당장 우리집에 가봅시다. 사진이랑 즈, 증명서랑 당장 보여드릴랍니다. 예에?"
"이 쌍놈의 새끼가 증말! 너, 죽어봐라!"
 화가 머리 끝까지 오른 중사가 갑자기 김씨의 멱살을 잡아채더니 바닥으로 패대기쳤다. 군홧발로 목을 짓누른 채, 허리에서 대검을 뽑자마자 김씨의 목을 향해 찌르려는 동작을 취한다. 김씨는 본능적으로 두 손바닥을 모아 칼을 잡아쥐었다. 손바닥이 쭉 찢어지며 피가 솟구쳤다.
"사, 살려주시오! 제발, 모, 목숨만은 살려주시……"
 순간 중사가 진압봉을 휙 쳐들었다.
 퍽.
 진압봉이 칼을 잡은 김씨의 어깨를 내려쳤다. 김씨는 말을 채 맺지 못하고 쓰러졌다. 다른 병사가 김씨의 머리털을 한 손으로 감아 움켜쥐더니, 대열 바깥으로 질질 끌어냈다. 의식을 잃은 김씨의 몸뚱이는 앞서 끌려나온 몇 명의 중상자들 속에 아무렇게나 던져졌다.
"차, 참말이요. 내, 내 잠바…… 내 잠바 속에…… 사진이랑 벼, 병역 수첩이 드, 들어 있단 말요……"
 아득하게 가라앉아가는 의식 속에서도 김현기씨는 그렇게 뇌까리고 있었다.

 그 동안에도 대위와 상사는 책상을 하나씩 차지하고 앉아, 각자 대열로부터 한 사람씩 불러내어 조사를 계속하고 있다. 조사라고 해야 간단한 인적 사항을 대충 확인하고, 시위중 어떤 역할

봄 날 291

을 했는지를 추궁하는 식이다.

끌려나온 사람들은 어김없이 또 한차례씩 구타를 당하고, 자신이 끌려오게 된 사정을 제대로 해명조차 해보지 못한 채 일방적으로 '폭도' 아니면 '운전'이라는 죄명으로 간단히 분류되어질 뿐이다. 그 일이 끝나면, 사람들은 다른 쪽 대열로 돌아가 아까처럼 무릎이 꿇려진 채 다시금 혹독한 기합을 받아야 한다.

강의실 중앙에 쌓아올린 책상을 경계로 하여 안쪽은 일종의 취조실 겸 임시 의무실이다. 의무실에선 의무병 한 명과 보조 격인 사병 하나가 부상당한 병사 서넛을 치료하고 있다. 그 병사들은 출동하여 작전 임무 수행중 비교적 경미한 부상을 입은 대원들이다. 시민들이 던진 돌에 얼굴이나 팔다리에 타박상을 입었거나, 넘어져 발목을 삔 병사도 있다. 간단한 응급 치료를 받고 난 병사들은 침구가 준비되어 있는 다른 강의실로 옮겨가곤 했다.

"야, 다음! 앞으로 나와!"

상사의 명령에 다음 사람이 책상 앞으로 끌려와 무릎을 꿇는다. 까까머리의 앳된 티가 역력한 소년이다. 상사가 문득 어이가 없다는 표정을 짓는다.

"이거 봐라? 너, 몇 살이냐?"

"여, 열여섯 살이어라우."

"어디 학교야?"

"도, 동성중학꼰디요."

"몇 학년."

"이학년이어라우."

소년의 크고 동그란 두 눈이 공포에 질려 있다. 고개를 떨군 채 대답을 제대로 하지도 못하고 연신 입술을 바들바들 떨어댄다. 까까숭이로 밀어낸 머리에 부상을 입은 모양이다. 정수리께가 찢겼는지 벌겋게 부풀어올랐고, 상처에서 흘러내린 피가 이마와 한쪽 볼에까지 거멓게 엉겨붙어 있다. 러닝 셔츠가 거의 걸레쪽처럼 너덜너덜하고, 드러난 어깨며 팔뚝은 온통 살갗이 벗겨져 피멍투성이다.

상사는 한심하다는 듯 솜털이 보송보송한 소년의 얼굴이며 가늘고 여윈 목덜미를 힐끗 내려다본다.

"주소 말해. 네 아버지 직업은 뭐야? 뭐, 공무원? 애비가 공무원인데 새끼가 빨갱이라니, 말이 돼? 새꺄, 큰 소리로 대답 못 해!"

소년이 깜짝 놀라 목소리를 높여 대답하자, 상사는 노트에 뭐라고 아무렇게나 긁적인다.

"너, 지금까지 무슨 지랄치고 다녔어? 돌멩이 던지고 달아났지?"

"아, 아녀라우. 그냥 뒤에서 구경만 했는디……"

"이 새끼! 사기치지 마!"

철썩. 철썩. 상사가 손바닥으로 소년의 뺨을 세차게 휘갈기며 고함을 친다. 소년의 코에서 피가 쏟아졌다.

"이, 대가리에 피도 안 마른 새끼들까장, 좆도 모르고 설치고 다닌단 말야. 기가 맥혀서! 이놈의 세상이 확실히 폭삭 썩어버리긴 한 모양이구만. 씨팔."

상사는 잔뜩 콧잔등을 찡그린 채 제 손바닥에 묻은 핏물을 책상 바닥에 문지른다. 소년이 큭 울음을 터뜨리려다가 이내 화들짝 놀라며 입술을 악문다. 겁에 질린 두 눈에 금방 눈물이 그렁 그렁 고였다.

소년의 이름은 최현철. 나이 열여섯 살. 철없는 중학교 이학년짜리 이 소년은 두 시간 전, 전남대 정문 근처에서 붙잡혀왔다.

소년이 집을 나온 것은 오후 아홉시경. 학교가 휴교중이라 낮에 친구들과 놀다가 집에 돌아오자마자 부모들로부터 야단을 맞았다. 화가 나서 몰래 집을 빠져나온 소년은 동네 친구들과 함께 시내 여기저기를 구경하고 다녔다. 시위대를 따라 뛰어다니거나, 시위 차량에 올라타서 이곳저곳 돌아다니기도 했다.

그러다가 소년은 전남대 부근에서 공수부대의 최루탄에 쫓겨 어느 벽돌공장으로 숨어들었다. 다행히 빈 드럼통에 몸을 숨겨 위기를 피한 소년은 친구를 찾기 위해 나오다가, 전남대 정문 앞에서 시위대와 덜컥 마주쳤다. 이내 광주역으로 이르는 도로에서 요란한 총성이 들리더니 계엄군들이 불시에 급습해왔다.

사람들 틈에 섞여 정신없이 도망치던 소년은 엉겁결에 어느 자동차 정비업소 뒷마당에 쌓아놓은 폐타이어 뒤에 몸을 숨겼다. 거기서 공수부대원들에게 체포되었다. 예닐곱 명의 공수들은 어두운 골목길에서 미친 듯 군홧발로 전신을 짓밟고, 진압봉으로 머리를 무차별 가격했다. 머리에서 핏물이 콸콸 쏟아지는 채로 소년은 질질 끌려가 트럭에 실려졌다. 그리고 결국 여기까지 끌려온 것이다.

"야, 박하사. 이 자식 머리통, 손 좀 봐줘라."

상사가 말했고, 소년은 병사의 손에 이끌려 의무병 앞으로 갔다.

"이건 또 뭐꼬? 이 새끼도 폭도란 말이가?"

의무병이 기가 차다는 시늉으로 고개를 흔들더니, 소년의 상처난 머리 부위를 들여다본다. 의무병의 시선에 얼핏 가느다란 연민의 빛이 스친다.
"얌마, 너도 김대중이 졸병이야?"
"예? 모, 몰라라우. 으흐흑."
 소년이 목쉰 울음을 삼킨다. 세상에, 이런 꼬맹이까지 잡아오다니, 이건 좀 너무했군. 의무병은 혼자 중얼거리면서도, 소년의 어깨를 손바닥으로 후려친다.
"입 닥쳐, 짜샤. 소리내면 죽일 거야. 알았어?"
 소년은 끅끅 울음을 참느라 얼굴이 벌겋게 변한다.
 의무병은 소년의 머리통을 살피더니, 가위를 꺼내어 상처 부위의 머리카락을 잘라내기 시작한다. 진압봉에 맞은 모양인데, 생각보다 함몰 부분은 깊지 않은 듯싶다. 요행히 빗겨 맞았나보다. 하지만 두부 손상의 경우 극히 위험하다는 사실을 의무병은 잘 알고 있다. 겉보기엔 별부상이 아닌 듯싶어도, 뜻밖에 치명적인 후유증이 뒤따를 수 있음을 경험으로 알고 있는 것이다.
 전에 부대원 하나도 그런 경우가 있었다. 특수 훈련중 머리를 다쳐 의무실에 찾아온 신병이 있었다. 통증도 그리 심하지 않고 상처 부위도 대단찮아 뵈길래 대충 외상 치료만 해주고 돌려보냈는데, 하룻밤새에 갑자기 증세가 악화되어 죽어버리고 말았던 것이다. 그 일로 의무장교는 징계를 받았고, 상급 부대에서 내려와 조사를 한다고 한바탕 난리를 쳤다. 두부 타박상의 경우, 두피가 함몰되면서 손상된 뇌수가 점차로 팽창하게 되면 결국엔 급작스레 사망하게 된다는 사실을 의무병은 그때 처음으로 알게 되었던 것이다.
"이거, 아플 거다. 그렇다고 소릴 내면 가만 안 둘 거야. 알았

봄 날 295

지?"

"예에."

의무병은 핀셋으로 바늘을 집어내어 실을 꿰고 나서 소년에게 엄포를 준다. 봉합 처치를 대충 해볼 참이다. 상처에서 피가 계속 흐르고 있어서 우선 응급 처치로 꿰매야 한다. 물론 이런 판국에야 진통제 따위를 쓸 수는 없다. 마침 수중에 가진 게 없기도 하려니와, 그 귀한 진통제를 이런 '폭도'들에게 베풀 수야 없는 일이다. 겁먹은 소년의 눈이 더욱 하얗게 질린다.

"자, 이걸 입에 물고 있어. 잠깐이면 끝나니까."

의무병은 자신의 조그만 휴대용 타월을 소년의 입에 물려주고는 처치를 시작한다. 의무병은 익숙하지 못한 솜씨로 첫 바늘을 힘껏 찔러넣었다. 한 땀씩 꿰어나갈 때마다 소년의 입에서는 윽윽, 신음이 흘러나왔다.

그 동안에도 취조는 계속된다. 차례가 되면 대위나 상사의 앞으로 가서 질문에 대답해야 하는데, 원하는 대답이 나오지 않으면 무차별 구타가 어김없이 퍼부어졌다.

"이름이 뭐야!"

"어쩌다가 잡혔어?"

"돌을 안 던졌으면, 그럼 화염병을 던졌단 말이지?"

"돌멩이를 몇 개나 던졌어?"

등에 '폭도' 혹은 '주동'이라고 휘갈겨져 있는 사람들에게 던지는 질문은 거의가 똑같다. 이런저런 사정 얘기를 늘어놓아봤자, 몇 마디 듣는 둥 마는 둥 하던 대위가 '다음 놈' 하고 고개를 까닥해보이면, 곁에 대기하고 서 있던 병사들이 방금 조사를 받고 난 사람을 한쪽으로 끌어낸다. 그리고 '엎드려뻗쳐'를 시킨 다음 엉덩이며 등짝에 한바탕 몽둥이질을 퍼부어대곤 하는 것이다.
이윽고 대위는 '운전'이라고 분류된 사람들을 취조하기 시작했다. 칠수 차례가 되었다. 앞으로 끌려나가 무릎을 꿇었다.
"이거, 네 면허증 맞지?"
대위가 면허증과 지갑을 들어보인다. 그것은 아까 트럭에서 압수해갔던 소지품 중의 하나였다.
"예, 마, 맞습니다. 그렇지만 운전을 한 건 내가 아닙니다. 멋모르고 그냥 버스에 올라탄 죄밖에는 없습니다. 참말입니다."
"이게 아직도 똥인지 된장인지 모르는구만. 이번에야말로, 한번 진짜로 죽어볼래?"
대위가 말했고, 그걸 신호 삼아 옆에 대기하고 서 있던 병장이 몽둥이로 등짝을 퍽, 퍽, 퍽, 내갈긴다. 칠수는 비명도 제대로 나오지 않는다. 한 순간 의식이 몽롱해짐을 느끼며, 칠수는 문득 차라리 이대로 죽어버렸으면 하고 생각한다. 사지를 버둥거릴 힘조차 없이 몸뚱이를 온전히 맡겨둔 채 칠수는 고스란히 매를 맞았다.
"고개 들어, 새꺄."
칠수는 간신히 눈을 떠 대위를 바라본다. 핏물이 눈으로 스며들어와 눈꺼풀을 움직이기가 뻑뻑하다. 깡마른 턱에 까맣게 그을린 대위의 얼굴. 무엇 때문인지 증오와 경멸을 가득 담은 눈빛.
'저자는 누구인가. 내가 저자에게 대관절 무슨 죄를 지었기에, 이렇듯 사람을 개 패듯 한단 말인가……'
칠수는 얼핏 악몽을 꾸고 있는 듯한 착각에 빠져서 대위의 얼굴을 바라보다가 한 순간 멍해졌다. 뜻밖에도 대위는 웃고 있다. 입술을 기묘하게 비틀면서, 비웃음인지 아니면 즐기는 것인지 분간하기 어렵다.

"얌마, 한번 물어보자. 시내에 그런 소문이 돌아다닌담서? 경상도 병력만 차출해가꼬, 전라도 사람들 씨를 사그리 말려버릴란다고 말여. 어때, 너도 그렇게 생각하냐?"

갑자기 대위의 억양이 완연한 전라도 사투리로 바뀌었다. 칠수는 대답을 못 한다.

"야 새꺄. 잘 들어. 사실은 내가 담양 출신이다. 담양에서 고등학교까장 나온 진짜 전라도 토백이란 말이다. 이래도 경상도 군인들이 느그들 쥑일라고 내려왔다고 믿냐? 개새끼들아! 니들 같은 양아치들 때문에 맨날 전라도놈들, 전라도놈들 하고 욕을 먹는 것이여. 지금 세상이 어떤 판국인디, 니들 같은 쓰레기들이 설치는 거여? 김일성이 쳐내려오면 느그들이 책임질래? 이 쌍누무 양아치새끼들아!"

대위는 왠지 목소리를 낮춰, 한마디 한마디 이빨로 짓씹어 뱉듯이 그렇게 또박또박 말했다.

칠수는 의무병 앞으로 끌려갔다. 의무병은 한없이 지치고 무표정한 표정으로 칠수의 머리카락을 함부로 잘라냈다. 그리고 솜뭉치에 소독약을 듬뿍 발라 대충 문질러주고는 말했다.

"됐어, 새꺄."

칠수는 대열 속으로 돌아와 다시 무릎을 꿇었다.

병사 하나가 커다란 주전자를 들고 왔다. 병사들이 차례로 물을 마시기 시작한다. 군인들이 모두 입을 축이고 났을 때, 더는 참지 못하겠는지 반벌거숭이 대열 속에서 누군가 애원했다.

"물, 물 좀 주시오, 하사님. 제발 한 모금만……"
그들은 벌써 두어 시간 넘게 물 한 모금 마시지 못했다. 화장실은커녕 잠시 동안의 휴식도 없었으므로, 더러는 옷을 입은 채 오줌을 줄줄 싸기도 했다. 그때마다 매질이 반복되었다.
"개새끼, 어따가 오줌을 갈기는 거야! 당장 혓바닥으로 깨끗이 핥아."
한번은 중사 하나가 그렇게 명령을 했고, 사십대 사내는 허겁지겁 혓바닥으로 콘크리트 바닥을 핥아야 했다.
"야, 한 모금씩만 줘라. 혓바닥만 축일 정도로 말야."
상사의 말에 병사가 주전자를 들고 다가와 맨 앞줄부터 차례로 주둥이를 가져다댄다. 사람들은 개처럼 혓바닥을 뽑아내어 허겁지겁 주전자 주둥이를 핥는다. 그러나 병사는 '하나, 둘, 셋' 하고 빠르게 숫자를 세고는 재빨리 주전자를 거두곤 한다. 칠수의 입에도 겨우 몇 방울이 떨어지고 말았을 뿐이다. "제, 제발. 조금만 더 주시오."
칠수는 애원했다.
"안 돼, 새꺄. 더 주고 싶어도 안 된다구. 너희들은 피를 많이 흘려놔서, 많이 마시면 골로 간단 말이다. 알아들어?"
병사는 주전자를 옮겨가버렸다.
취조는 계속된다. 그러는 동안에도 몇 번이나 문이 벌컥벌컥 열리며 또 다른 시민들이 계속 잡혀 들어왔다. 하나같이 이미 반쯤 얼이 빠진 사람들.
새로운 사람들이 나타날 때마다 어김없이 끔찍한 매타작은 반복되고, 실내는 시간이 갈수록 완연한 도살장의 분위기로 변해가고 있었다. 이제 강의실 안에 수용된 인원은 얼추 백 명이 훨

봄 날 299

씬 넘는다. 바깥에서는 시위가 여전히 계속되고 있는 모양이라고 칠수는 생각한다.

그런 어느 순간, 칠수는 깜박 졸았던 모양이다. 별안간 와당탕, 문짝이 부서지는 소리에 놀라 칠수는 퍼뜩 눈을 떴다.

"이 개새끼들, 어디 있어! 다 쏴쥑여버려!"

땅딸막한 체구의 소령 하나가 벌겋게 달아오른 얼굴로 뛰어들어오자마자 고래고래 악을 썼다. 대위와 상사까지 자리에서 벌떡 일어났다.

"무, 무슨 일이십니까, 대장님"

"야, 이 쌔키들아! 무슨 일? 무슨 일이냐구? 이 새키들아, 우리 대원 하나가 죽었어! 폭도들이 트럭으로 깔아뭉개버렸단 말이다!"

"예에? 그게 참말입니까!"

뒤이어 와당탕 문을 박차고 또 다른 병사들 서넛이 우르르 들이닥친다.

"어찌 된 거야. 참말로 죽었어?"

"누군데?"

"뭐어, 김중사? 우리 중대 운전병, 그 김상수 중사란 말여?"

"어뜬 새키야? 어떤 새끼가 우리 김중살 쥑였단 말야?"

"그 새끼 잡았다고? 참말야?"

병사들이 경악과 충격에 빠져 우왕좌왕 야단법석들이다.

"이 새끼들은 뭐야! 뭐 하던 놈들이냐니까!"

소령이 불쑥 앞으로 나서더니, 맨 앞 칠수네 쪽 대열을 가리키며 악을 쓴다. 부하를 잃어버린 소령은 분노를 이기지 못해 온몸을 부들부들 떨고 있다.

"시위 차량을 운전한 놈들입니다."
"뭐야? 이 새끼들이구만. 바로 이놈들이 우리 대원들을 깔아쥑인 새끼들이란 말이지!"
 소령은 발작하듯 고함을 질러대며, 갑자기 그들을 닥치는 대로 걷어차고 짓밟아대기 시작한다. 그러다가 별안간 허리에서 권총을 뽑아들더니, 칠수의 이마에 총구를 바싹 들이대고 외쳤다.
"이 개새끼, 너부터 죽어봐!"
 소령이 막 방아쇠를 당기려는 순간, 대위와 중사가 재빨리 팔을 붙잡는다.
"놔! 안 놀 거야? 이 새끼들은 모조리 쏴죽여뻐려야 해!"
"대장님. 진정하십시오. 진정하시라니까요."
"권총, 이리 주십시오. 이러신다고 될 문제가 아니잖습니까."
"놔, 놓으란 말야! 니들은 전우애도 웂냐! 죄없는 우리 새끼들이 죽어간단 말이다. 그런데도 가만 있으란 말이냐! 놔, 이거 놓으라니까."
 소령이 악을 쓰다가, 결국엔 총을 거두고 뒤로 물러났다.
 어느새 소령의 눈가에 벌겋게 물기가 어려 있다. 허탈에 빠진 소령의 등을 뒤에서 밀다시피 해서 대위가 밖으로 데리고 나갔다.
 장교들이 사라지자마자, 이번엔 또 다른 대여섯 명의 병사들이 와당탕 문을 박차고 들이닥친다. 그들은 바로 죽은 김중사와 같은 지역대 대원들이다. 술을 마셨는지 벌겋게 달아오른 얼굴들. 분노와 복수심으로 하나같이 금방 폭발할 듯한 기세. 그들은 들이닥치자마자 고래고래 고함을 질러대기 시작한다.

"이럴 수가 있냐! 김중사가 죽었어. 앞바퀴에 그대로 깔려서!"
"니들은 못 봐서 그래. 그 꼴을 못 봤지? 즉사했어!"
"우리 중대장도 깔렸데이! 바퀴가 허리를 깔고 지나갔단 말이다."
"으아아! 이 개새끼들이!"
 병사 하나가 칠판을 주먹으로 쾅쾅쾅 두드려대며 울음을 터뜨린다. 이를 악물고 고래고래 악을 써대는 병사도 있다.
"이 씨팔놈덜! 니들도 죽어봐라!"
 뒤늦게 뛰어들어왔던 삼십대의 상사가 돌연 대검을 뽑아든다.
 상사는 칠수의 바로 옆 청년의 머리채를 획 나꿔챘다. 순간 칠수는 상사의 시뻘겋게 충혈된 두 눈알을 보았다. 그것은 미친 짐승의 눈알처럼 번들거린다. 훅 술냄새가 끼쳐왔다.
"이 씹새끼덜! 공수부대가 어떤 것인지 보여주겠어!"
 목덜미에 차가운 칼날의 감촉을 느끼는 순간, 하얗게 질린 청년은 두 눈을 질끈 감아버린다.
"눈떠, 새꺄. 눈알을 돌리기만 했다간 끝장이데이."
 청년은 눈을 떴다. 천장에서 불빛이 하얗게 쏟아져내리고 있다. 술냄새. 사내의 씨근덕거리는 숨소리. 대검 끝이 턱에서 귀쪽으로 천천히 움직였다. 한 줄기 붉고 가느다란 줄이 살갗 위로 그어졌다.
"새꺄, 네놈들이 깔아뭉개 죽인 김중사가 어튼 사람인 줄 아나?"
 짙은 술냄새를 풍기며 상사가 씨근덕댄다.
"말해주까? 세상에 법 없이도 살 착한 친구다 이 말이데이. 결혼한 지 삼개월밖에 안 된 새신랑이란 말이데이. 마, 알아듣겄나? 흐으."
 어느 틈에 상사는 울고 있다. 물기가 고인 상사의 눈이 기묘하게 흰창을 드러내는 것을 칠수는 언뜻 훔쳐보았다. 청년이 가느다랗게 부르짖었다.
"사, 살려 주, 주십시오……"
"살려줘? 살려주라고 그랬단 말이제?"
"자, 잘못했어라우. 제, 제발 모, 목숨만……"
"이 빙신 거튼 새끼가!"
 별안간 상사는 빽 고함을 지르더니, 대검을 번쩍 치켜들어 청년의 허벅지를 푹 내리찔렀다.
"악!"
 비명과 함께 청년의 몸뚱이가 풀썩 허물어졌다. 상사는 청년의 머리채를 뿌리치고는 발딱 일어섰다. 그리고는 곁에 있는 사내의 머리를 마구 걷어차기 시작했다.
"이 개새끼덜! 다 쥑여뻐려야 해!"
 그것이 신호이기나 하듯, 나머지 병사들이 바닥에 엎드려 있는 시민들을 향해 한꺼번에 우르르 뛰어나온다. 그들은 닥치는 대로 사람들을 걷어차고, 짓밟고, 주먹을 휘둘러대기 시작했다.
"이 새끼들아, 죽어봐라. 우리 대원들을 쥑였으니, 니들도 죽어보란 말이다!"
"쥑여뿌러야 해. 이 빨갱이새끼들아. 우리가 무슨 죄가 있다고 쥑여! 좆 빠지게 삼팔선 지켜주니까 네놈들이 우릴 쥑여……"
 스무 명 가까운 병사들은 거의 제정신이 아니다. 펄쩍펄쩍 뛰어올라 이단옆차기로 걷어차고, 타작하듯 진압봉으로 마구 휘갈기고, 군홧발로 짓이겨대며 몸뚱이들을 징검다리 삼아 껑충껑충

봄 날 303

뛰어다닌다.
"아아악. 아이고오 어무니잇!"
 사람들은 한덩어리로 뒤엉켜 데굴데굴 굴러다닌다. 실내는 한동안 완전한 지옥의 풍경으로 바뀌었다. 그렇게 한참을 계속되던 광란의 시간이 지나고, 이윽고 병사들의 활발한 동작들도 정지했다.
 잠시 정적이 찾아왔다.
 정적. 바닷속 저 까마득한 밑바닥에서처럼 한없이 무겁고도 기묘한 침묵. 때리는 자들도 당하는 자들도 이미 완전히 기진맥진해 있었다. 병사들은 더러 제풀에 지쳐 그 자리에 털썩 주저앉고, 더러는 벽에 등을 기댄 채 가쁜 숨을 몰아쉬고 있다.
 병사들은 숨을 헐떡이며, 눈앞의 풍경을 멀거니 바라보았다. 형광등이 뿜어내는 희뿌연 불빛. 흥분이 가라앉고 나자, 병사들은 문득 자신들이 지금 지옥의 어느 방 하나에 들어와 있는 게 아닌가 하는 불안감에 휩싸인다. 그들의 발 아래엔 백삼사십 개의 흉물스러운 살덩어리들이 번데기처럼 머리와 몸뚱이를 한껏 둥글게 말고 엎드려 있거나 거의 의식을 잃은 채로 아무렇게나 나자빠져 있다. 아으으으. 어무니이. 나 죽네에. 흐으윽…… 가느다란 흐느낌 소리. 신음 소리. 죽어가면서 목구멍으로 밀어내는 듯한, 그르렁거리는 기묘한 숨소리. 하나같이 바들바들 떨어대는 몸뚱이들. 꿈틀거리는 희멀건 살덩어리들……
 그것은 참을 수 없이 추악하고 흉칙해 보이는 풍경이었다.
 '가만, 여기가 어디인가. 도대체 무엇이 어떻게 된 것일까. 지금까지 여기서 무슨 일이 일어났던 것일까……'
 병사들은 마치 끔찍한 악몽에서 아직 깨어나지 못한 듯한 불쾌함에 빠져 저마다 허둥거리고 있다. 그것은 시작도 끝도 알 수 없는, 참으로 기이하고도 불가사의한 광기 같은 것이었다. 내게 무슨 일이 일어난 것일까. 지금껏 내가 무슨 짓을, 여기서 하고 있었을까. 불현듯 병사들은 울컥 구역질이 치밀어오를 듯한 불쾌한 기분에 빠져서 하나같이 숨을 헐떡거린다.
 잠시 후 대위가 문을 열고 나타났을 때에야 병사들은 재빨리 자세를 수습했다. 대위와 상사가 아까처럼 책상에 앉아 취조를 계속했다.
 하사 하나가 문을 열고 들어오더니, 대위에게 다가갔다. 하사의 얼굴이 약간 질려 있다. 뭔가 수근거리더니, 대위는 하사와 함께 복도로 나갔다. 복도 한쪽 구석에 쓰러져 있는 몸뚱이 하나. 대위는 그것을 유심히 들여다보다가 군홧발로 툭툭 차본다. 반응이 없다.
 대위는 잠시 복잡한 표정이 되더니, 곧 맞은편 방으로 들어간다. 교수 연구실이다. 의자에 기대어 앉아 담배를 빨고 있던 소령이 고개를 돌려 대위를 쳐다본다.
 "뭐야?"
 "대장님. 저어, 밖에 저걸 어떻게 처리했으면 좋겠습니까."
 "뭔데?."
 "폭도 한 명이…… 사망자가 생긴 것 같습니다."
 "뭐, 어떤 놈이야."
 "고등학생입니다. 여기 도착하기 전에 이미 치명상을 입은 상태였습니다만."
 소령의 표정이 잠시 일그러진다. 뭔가 생각하는 눈치더니, 이내 무표정하게 대답한다.

"그걸 왜 나한테 물어? 알아서 처치하라구. 오래 놔두면 귀찮아질 테니까."

"옛. 잘 알겠습니다."

대위는 가볍게 거수 경례를 한 뒤 교수 연구실을 나왔다.

잠시 후, 다섯 명의 병사들이 들것을 들고 복도에 나타났다. 살덩이는 들것에 실려졌다. 병사들은 뭐라고 낮은 소리로 투덜거리며 건물을 빠져나갔다. 건물 뒤편 동산으로 그들은 오르기 시작했다. 숲의 어둠은 유난히도 깊었다. 맨 앞의 병사가 전지를 켜고 풀섶을 헤쳐나갔다. 곧 그들의 모습이 사라졌고, 어둠 속에서는 한동안 삽질하는 소리만 들렸다.

타타타타타……

시가지 쪽에서 다시 요란한 총성이 울려나오기 시작했다.

> 아비보다 먼저 간 자식아
> 네 누렇게 뜬 머리카락
> 마른 풀포기를 손으로 뜯어내며
> 속으로 속으로 아비가 운다
> ──이영진, 「성묘」에서

5월 21일 03 : 30, 도청 앞 광장

자정이 지나면 아무래도 조금은 뜸해지지 않겠나 싶었다. 그러나 의외로 거리의 시위대 규모는 조금도 줄어들지 않았다. 온 도시가 깨어 있었다. 시위는 끝도 없이 계속되고, 공수부대와 경찰은 최후의 벼랑까지 밀려나 있었다. 최루탄과 페퍼 포그는 오래 전에 바닥났지만, 보급로가 끊긴 터라 지원을 받을 수도 없었다. 배고픔과 수면 부족으로 전병력은 탈진 상태였다.

병사들은 자동차의 헤드라이트로 불을 환히 밝혀놓은 채 임시 방어선을 구축했다. 택시, 버스, 트럭 등 파손된 수십 대의 차량을 쌓아놓고 도로를 차단했다. 그리고 군용 차량을 총동원, 모든 전조등을 환하게 켜놓고 충장로 쪽과 금남로, 노동청 쪽 세 방향의 길목에서 시위대의 접근을 막고 있었다.

새벽 3시가 넘어서면서부터 군중의 숫자가 점차 줄어들기 시작했다. 어지간히 지쳐 있기는 시민들 역시 마찬가지여서, 상당수가 차츰차츰 귀가하고 있는 까닭이었다. 이미 벼랑 끝까지 몰려 있던 계엄군 쪽으로서는 한숨을 돌릴 수 있게 된 것이었다. 그러나 아직 남아 있는 시민들의 규모만 해도 수만 명을 헤아리고 있었다.

치열한 공방전 끝에도 저지선이 무너지지 않자, 시민들은 도청 광장을 비워두고 다른 지점으로 옮겨가기 시작했다. 이때부터는 정작 도청 광장과 금남로 일대는 충돌이 다소 뜸해진 반면, 노동청 입구와 문화방송국 앞 그리고 광주역 일대에서 다시 치열한 공방전이 계속되었다. 그러나 명치네 지역대는 도청 광장에 줄곧 머물러 있어야 했다.

도청 광장에서 시위대의 공격이 마침내 한풀 꺾인 듯하자, 병력은 비로소 교대로 두 시간씩 휴식을 취할 수 있었다. 명치는 대원들을 인솔해서 광장 북쪽에 있는 '상무관'이라고 부르는 체육관으로 들어갔다.

체육관 안은 아수라장이었다. 농구 경기장보다 약간 작은 크기의 체육관 마룻바닥엔 각종 경찰 장비가 들어차 있는 데다가 군인과 경찰 부상자들을 임시로 옮겨다놓아 발 디딜 틈도 없이 빽빽했다. 악악, 비명을 질러대는 부상자들에게 의무병들이 응급처치를 하느라 정신이 없었다.

명치네는 다시 밖으로 나왔다. 엉망으로 파괴된 기동대 버스 앞 인도에는 경찰 사망자 4구의 시체가 모포에 둘둘 말린 채 방치되어 있었다. 아까 노동청 앞에서 돌진해온 시위대의 고속버스에 치여 죽은 사람들이었다.

그 시체들 옆자리가 그나마 비어 있었으므로, 명치는 거기에 자리를 잡고 아무렇게나 드러누웠다. 꺼림칙하다는 느낌 따윌 가질 기력조차 없었다.

대원들은 대부분 아스팔트 바닥에 눕자마자 끙끙 신음을 토해냈다. 벌써 혼곤히 곯아떨어진 대원들도 있었다. 그러나 그건 잠이 아니라 차라리 의식을 놓아버린 상태였다.

명치는 오로지 잠들고 싶었다. 다만 몇 분만일지라도 이 끔찍한 현실을 망각할 수 있기를 원했다. 온몸은 물에 퉁퉁 불은 듯 감각이 없다. 사지가 조각조각 바스러져버린 것만 같다. 그런데도 잠은 오지 않았다.

명치는 담배 생각에 주머니를 더듬다가 그만두었다. 그것은 벌써 오래 전에 떨어졌던 것이다. 대원들 역시 마찬가지일 터였다. 명치는 도로 벌렁 드러누워 눈을 감았다.

　어제 아침, 명치네 지역대는 전날 밤부터 경계 근무를 펼쳤던 광주고등학교 부근에서 빵으로 식사를 대신한 후, 비를 피해 건물 처마 밑에 흩어져 있었다. 그때 본부에서 지시가 하달되었다. '이 시각부터는 절대로 시위대를 구타하지 말고 귀가하도록 종용하라'는 지시. 그리고 '현재 북괴가 남침을 위해 대기중이며, 북괴군 특수 8군단이 목포에 상륙하여 광주를 향해 진격하려 한다는 첩보가 접수되었다'는 내용을 시민들에게 알리라는 지시였다.
　그러나 병사들 중 그 첩보가 사실일 것이라고 믿는 사람은 거의 없었다. 그 지시를 하달하고 있는 지휘관들의 표정에서조차 아무런 긴장감도 읽어낼 수 없었던 것이다.
　비가 그치자마자 명치네 부대는 충장로로 다시 출동했다. 이미 그 일대엔 굉장한 규모의 시위대가 형성되어 있었다. 지시받은 대로, 부대는 시위대와의 충돌을 가급적 피하면서 시민들에게 선무 공작을 폈다.
"어제까지 여러분에게 가혹한 진압 작전을 폈던 병력은 밤사이에 철수하고, 우리들은 오늘 교체된 새로운 병력이다."
"현재 북괴가 남침 대기 상태다."
"북괴군 특수 부대가 목포를 통해 광주로 침투하려 한다는 첩보를 받았다."
　시민들은 코웃음을 치는 눈치였다.
　오히려 시민들은 하룻밤 사이에 갑자기 부드럽게 변한 공수부대의 태도에 부쩍 자신감을 얻은 분위기였다. 전날에 비해 엄청난 숫자로 불어난 시민들의 움직임은 한층 더 적극적이고 공격적이었다. 한꺼번에 공수부대를 포위한 채 지칠 줄 모르고 집요하게 압박해들어오기 시작했다. 시민들의 손에는 전날까지와는 달리 각목과 몽둥이, 쇠파이프, 야구방망이, 심지어는 칼이나 톱까지 쥐어져 있었다.
　충장로에 출동했던 명치네 지역대는 금방 수세에 몰리고 말았다. 젊은이들이 주축이 된 시위대와 충장로 일대에서 한차례 심한 격투를 벌인 끝에 간신히 출구를 뚫어내어 금남로로 철수했다. 그때 명치도 등허리와 어깨를 각목으로 두들겨맞는 바람에 한동안 걸음을 제대로 걷기조차 힘들었다.
　충장로에서의 그 짧은 충돌 과정에 양쪽 다 상당수의 부상자가 생겼다. 이때 붙잡힌 시위대 수십 명은 병사들의 분풀이감이 되어, 처참하게 두들겨맞아 곤죽이 된 상태로 트럭에 실려가야 했다.
　낮으로 접어들면서부터 공수부대는 도처에서 점점 수세에 몰리기 시작했다. 분노와 증오에 사로잡혀 극도로 흥분해 있는 시민들을 상대로, 북괴군 남침 운운하며 설득하겠다는 시도 자체가 어이없는 짓이었다.
　병사들은 어느덧 시위대와 마주치기를 두려워하고 있었다. 그런 한편으로 병사들의 행동은 오히려 더욱 가혹해졌다. 수세에 몰린 쪽의 위기감 때문이었다. 그간 다소 소극적인 편이었던 몇몇 병사들까지도 태도가 돌변했다. 이제는 머리나 얼굴까지도 닥치는 대로 가격하고, 아예 의식을 잃게 할 정도로 전신을 군홧발과 진압봉으로 완전히 짓이겨놓는 경우도 빈번했다. 그러나 시위는 끝도 없이 계속되고, 시민들은 갈수록 엄청난 숫자로 불어나고만 있었다.

　도청 앞 광장을 중심으로 한 공방전은 정오를 기점으로 절정에 다다랐다. 공수부대는 광장을 점거한 채 더 이상 앞으로 나아가지 못했다. 최후 저지선에서 필사적으로 시위대의 접근을 막아내기에만 급급했다. 최루탄은 이미 바닥이 났고, 경찰 기동대 병력 역시 거의 붕괴 상태에 처해 있었다.

　오후로 접어들자 돌연 수많은 차량들을 몰고 시위대가 몰려들기 시작했다. 병사들은 눈앞이 아찔했다. 전조등을 켠 채로 경적을 일제히 울려대며 밀려드는 대규모 차량 시위대 앞에서는 속수무책이었다.

　계엄군은 경찰 기동대의 최루탄 덕분에 한동안은 간신히 버티어냈다. 명치네는 방독면도 없이 최루탄의 안개비를 고스란히 온몸으로 맞아야 했다. 그러나 밀려오는 차량을 저지할 대책이 전무했다.

　대규모 차량 시위대의 출현은 압도적인 공포심을 안겨주기에 충분했다. 그들이 일제히 차량을 몰고 돌진해 들어오는 순간을 상상만 해도 끔찍했다. 일순간의 방심에도 목숨이 오락가락하는 판국이었다. 병사들은 식은땀이 돋았다.

　그런데 그때 이상한 일이 벌어졌다. 공수부대로서도 이제는 더 이상 물러설 곳마저 없다고 여겼을 때, 어찌 된 셈인지 차량 시위대는 더 이상 접근하지 않고 정지했다. 차량 대열이 계속 밀고 들어가는데도 전병력이 그대로 자리를 지키고 서 있는 모습을 보고, 시민들은 차마 더 이상 밀어붙이지 못하고 있는 거였다. 그들이 멈칫대는 사이, 계엄군은 최루탄을 터뜨리며 기습 공격을 감행, 차량 시위대를 와해시키는 데 성공했다.

그러나 차량 시위대의 출현은 시민들의 열기에 불을 지르는 계기로 작용한 듯했다. 이때부터 실로 극렬한 충돌이 사방에서 벌어지기 시작했다. 치열한 공방전이 몇 시간이나 계속되었고, 마침내 밤이 되었다.

어둠이 덮이기 시작하면서부터 시위대는 거의 온 시가지를 완전히 장악했다. 그 엄청난 인간의 바다, 폭풍우 같은 시민들의 분노와 함성의 기세 앞에서 공수부대 진영은 붕괴 직전이었다.

지휘관들은 다급하게 지원 병력을 요청하고, 철수 명령을 요청했다. 그러나 본부에선 끝끝내 사수하라는 응답만 되풀이할 뿐이었다.

그러다가 자정이 임박해서 마침내 임시 철수 명령이 하달되었다. 다른 여단 병력을 도청 앞 광장에 여전히 잔류시킨 채로, 일단 명치네 11여단 병력은 금남로에 대기중인 차량에 신속히 탑승했다.

조선대학교를 향해 철수하는 차량들을 보고 시민들은 일제히 박수를 치며 환호성을 울렸다. 수십만 인파가 손뼉을 두들기고, 만세를 부르고, 노래를 합창했다.

"이겼다아! 우리가 이겼다."
"공수부대가 철수한다아!"
"이겼다. 광주 시민이 이겼다아."

시민들의 들끓는 환호성 속에 철수 차량은 서서히 움직이기 시작했다. 병사들은 트럭 위에서 입을 꾹 다문 채, 참담한 얼굴로 주저앉아 있었다. 명치네 차량은 하필 맨 후미였다.

인파를 뚫고 천천히 움직이는 트럭의 뒤를 한 무리의 시민들이 따라 달리며 손을 흔들었다. 시민들은 너도나도 환호하고 있었다. 마치도 모든 참극이 이 순간부터 그치기라도 하는 양, 자신들의 승리가 확실해지기라도 하는 양, 너나없이 환한 웃음을 짓고 있었다. 만세. 만세에. 승리의 감격에 겨워 서로 부둥켜안고 만세를 부르기도 했다.

그때 까까머리의 고등학생 몇이 앞쪽으로 달려나오며 명치를 향해 소리쳤다.

"아저씨이! 이거 받아요오!"

소년은 팔을 뻗어 무엇인가를 흔들었다.

명치는 엉겁결에 손을 내밀어 그것을 받았다. 담배였다. 그러자 다른 시민들도 여기저기서 담배를 꺼내어 트럭 위로 던져주었다.

"계엄군 만세에!"

"대한민국 국군 만세에!"

차량의 뒤꽁무니를 따라 달리며, 시민들은 그렇게 외치기도 했다. 트럭 위에 쪼그려앉은 채 병사들은 멀거니 그 광경을 지켜보았다. 고약하고 칙칙하기 그지없는 꿈을 꾸고 있는 듯한 기분이었다. 뭔가 속았다는 느낌. 병사들은 줄곧 가슴이 무겁고 찜찜했다.

패배.

그들은 자신들이 패잔병 신세가 되어 무력하게 철수하고 있다는 사실에 어쩔 수 없는 부끄러움과 치욕감을 떨쳐내지 못하고 있었다. 공수특전사의 위대한 전통, 그 불패의 찬란한 신화가 자신들 때문에 무너지게 된 것이다.

'이제 돌아가면 지휘관들에게 얼마나 혹독한 대가를 치러야 할 것인가. 이 부끄러운 불명예 훈장을 떼어내기까지 앞으로 얼마

봄 날 313

나 오래 힘든 훈련을 견뎌내야 할 것인가……'

그런 생각이 그들을 우울하게 만들었다. 그러면서도 병사들은 이제야말로 이 끔찍한 악몽의 시간들로부터 잠시나마 벗어날 수 있게 되었다는 사실에 안도했다.

그러나 그건 너무 이른 기대였다. 불과 십 분 후, 본부가 있는 조선대학교 정문에 도착하자마자 차량이 정지하더니, 돌연 전병력 하차 명령이 떨어졌다. 결국 그것은 철수가 아니라 시민들의 눈을 속이기 위한 위장 작전이었던 것이다.

"차량은 일단 본부로 귀대하고, 병력은 도보로 시가지에 재진입한다!"

명령이 떨어지자마자 전여단 병력은 오던 길을 신속히 되돌아가기 시작했다. 시내는 대낮처럼 환했다. 불붙은 문화방송국 건물에서 뿜어내는 거대한 불기둥이 도시의 하늘을 벌겋게 물들이고 있었다.

명치네는 문화방송국으로 이동했다.

"으아앗! 공수부대다!"

철수한 줄만 알았던 공수부대의 돌연한 출현에 놀란 시민들이 아우성을 지르며 모래알처럼 와르르 흩어졌다. 건물은 이미 완전히 화염에 휩싸여 있었다.

때마침 A. P. C. 장갑차 두 대가 도착했다. 그것들은 명치네 지역대에 배속되었다. 31사단에서 급히 지원해준 장갑차였다. 그것은 병사들에게는 참으로 든든한 원군이었다. 탱크만큼이나 단단하고 육중한 그 장갑차는 어떤 차량과 충돌해도 끄떡없을 정도로 견고하고 그 위력 또한 대단했다. 시민들에겐 엄청난 공포의 대상이었다.

이내 거기서 멀지 않은 세무서가 위태롭다는 급보가 들어왔다. 병력은 장갑차를 앞세우고 다시 세무서로 급히 이동했다. 그곳에 도착했을 때, 세무서 앞을 지키고 있던 경찰 병력 수백 명이 이쪽으로 허겁지겁 도주해오고 있었다.
"대열 정비! 각자 정위치로!"
공수부대가 대신 시위대 앞을 막아섰다. 멋모르고 추격해오던 시위대가 공수부대와 덜컥 마주쳤다. 삽시간에 일대 공방전이 벌어졌다. 시위대 선두의 시민들은 뒤늦게야 도망치려고 했지만, 후미의 시위대는 앞쪽 상황을 알지 못한 채 어둠 속에서 계속 밀려들고 있었다. 도망치던 경찰 병력까지 합세해서, 세무서 일대는 순식간에 피비린내나는 육박전이 벌어지기 시작했다
끔찍한 살육전이었다. 이제 공수부대 병사들은 더 이상 진압봉에만 의지하지 않았다. 병사들은 어둠 속에서 이미 이성을 잃었다.
"죽여! 전부 다 죽여뻐려엇!"
"절대로 흩어지지 마!"
"각자 위치 지켜!"
누군가 미친 듯 악을 썼다.
그때부터였다.
누가 먼저랄 것도 없이 병사들은 대검을 뽑아들고 닥치는 대로 휘저어대며 군중 속을 뛰어다니기 시작했다. 찌르고, 가르고, 찍고……
으아악. 악악. 단말마의 비명과 아우성이 사방에서 터져나왔다. 어둠 속이라, 지척에서도 시민들은 병사들의 칼날을 분간해내지 못했다. 더러 각목이나 쇠파이프 따위를 쥔 사람도 있었지

봄 날 315

만, 시민들 대부분은 맨손이었다.

완전한 어둠 속의 백병전. 몸뚱이와 몸뚱이가 뒤엉켜 부딪치고, 대검이 무차별로 몸뚱이에 푹푹 박혔다. 시민들은 볏단처럼 길바닥에 푹석푹석 쓰러졌다. 쓰러진 몸뚱이를 밟고 나아가던 또 다른 몸뚱이가 쓰러지고, 다시 그 위로 또 다른 몸뚱이가 엎어졌다. 쓰러진 사람들을 시민들이 잽싸게 들쳐업거나 안아서 어디론가 옮겨갔다.

지옥. 그것은 완전한 지옥이었다. 순식간에 세무서 앞 도로 일대는 피비린내와 아우성, 고함 소리와 단말마의 신음으로 가득 찼다.

명치 역시 대원들과 한덩어리가 되어 정신없이 뛰어다녔다. 그러나 명치는 차마 대검을 뽑을 수는 없었다. 각목을 들고 달려드는 상대를 진압봉으로 후려치며 이리 밀리고 저리 밀려다녔다. 그 순간엔 아무런 생각도 느낌도 떠오르지 않았다. 그저 미친 듯이 진압봉을 휘두르며 명치는 저도 모르게 고래고래 악을 쓰고 있었다.

"으아아아! 비켜! 이 쌔끼들아아아……"

명치는 누구에겐지도 모를 격렬한 분노와 증오에 사로잡힌 채, 그렇듯 목구멍이 찢어져라고 악을 써댔던 것이다.

그렇게 얼마 동안이나 치열한 백병전이 이어졌을까. 마침내 시위대가 일시에 흩어지기 시작했다. 주위는 텅 비었고, 그 빈 공간 안에는 공수부대 병사들 그리고 길바닥에 나동그라진 시위대의 몸뚱이들만 남겨졌다.

"부대, 집합!"

지휘관의 명령이 어둠 속에서 울렸다.

야생 동물들처럼 거칠게 숨을 헐떡이며 병사들은 하나둘 모여들었다.

헉. 헉. 헉. 헉……

가쁘게 몰아쉬는 병사들의 숨소리. 어둠 속에서 희번뜩이는 눈동자. 흐린 불빛에 번들거리는 땀 그리고 피.

병사들은 지휘관 앞에 와서도, 미처 다 발산하지 못한 무서운 광기를 주체하지 못해 한동안 들짐승처럼 어슬렁거리고 있었다.

"부상자는 앞으로 나오라! 빨리 인원부터 확인해봐!"

지휘관이 악을 썼다.

병사들 쪽에서도 부상자가 적지 않았다. 이십여 명쯤. 다행히 치명상을 입은 병사는 없었다. 머리가 깨지거나 흉기에 찔린 경우가 많았다. 명치네 분대에서 부상자는 최일병 하나였다. 쇠파이프에 맞은 듯 얼굴이 피투성이가 된 채 주저앉아 최일병은 신음하고 있었다.

임상병과 오하사가 최일병을 부축했다. 부상자들은 일단 도청 앞 상무관으로 옮겨갔다. 시위대에 의해 사방으로 완전히 포위되어 있는 상황이라 당장은 병원으로 이송하기가 불가능했기 때문이다.

"아으으. 어머니이……"

"아아아, 살려주시오오. 제바알."

"나 죽네에! 워메에!"

비명 소리. 신음 소리. 길바닥에 쓰러진 시민들이 여기저기서 꿈틀거리고 있었다. 모두 열서너 명쯤. 이미 숨진 사람도 있는 것 같았다.

"이런 씨팔놈들! 어디, 또 한번 덤벼봐라! 허쭈, 이 폭도새끼

봄 날 317

보래이. 뒈진 척하고 자빠졌다꼬 누가 쏙을 줄 아나!"
추상사였다. 추상사는 성큼성큼 다가가더니, 쓰러져 있는 몸뚱이들을 힘껏 내질렀다. 그리고는 하나씩 일부러 확인해가며 군홧발로 질근질근 밟아보고 있었다. 그때마다 발밑에서 으아아 아, 비명 소리가 터져나왔다.
장갑차의 헤드라이트 불빛에 얼핏 추상사의 모습이 드러났다. 순간 명치는 훅 소름이 끼쳤다. 추상사의 손에는 아직도 대검이 쥐어져 있었다. 장갑 낀 손과 팔소매 그리고 전투복 저고리가, 피인지 땀인지 모를 물기로, 검게 젖어 있었다.
"이봐, 추상사. 거기서 뭘 하는 거야. 당장 돌아와!"
중대장 변대위가 소리치자 추상사가 홱 돌아섰다.
"중대장님! 이 쌍누무 폭도들은 어뜨케 처리합니꺼. 체포해야 할 것 아닙니꺼! 이 새끼덜, 금방 토낄 게 뻔한데예."
"잔말 말고 돌아오라니까! 그자들은 거기 놔둬."
"아니, 그라믄 그냥 나뚜고 간단 말입니꺼?"
"그럼 어떡하겠다는 건가. 추상사가 끌고 가 치료해줄 거야?"
"예? 나가 미쳤다꼬 그 지랄 합니까. 싸그리 총살을 시키뿌리도 시원찮을 판에."
불빛에 드러난 추상사의 입술이 기묘하게 비틀렸다. 명치는 흠칫 몸을 떨었다. 그것은 악마의 얼굴이었다.
길바닥에 나뒹굴고 있는 시민들의 몸뚱이를 그대도 버려둔 채, 부대는 다시 문화방송국 앞으로 복귀했다. 또다시 공방전이 반복되었다. 고속버스 한 대가 병력을 향해 돌진해오자 공수부대의 A. P. C. 장갑차가 정면으로 마주 밀어붙였다. 쿵, 소리와 함께 버스는 인도로 튕겨나가, 상가 셔터를 와장창 부수고 건물 안으로 처박혔다. 병사들은 버스를 포위하고, 차에 탄 시위대 십여 명을 끌어내어 간단히 초주검으로 만들었다. 또 다른 버스가 돌진해왔고, 이번에도 똑같은 양상이 벌어졌다.

그런데도 시위대는 물러서지 않았다. 앞에도 뒤에도 시민들이 새까맣게 몰려들고 있었다. 장갑차 위에서 작전장교가 다급하게 외쳤다.

"기관총, 실탄 장전해! 빨리!"

이내 장갑차 상단에 장착된 캘리버 50 기관총의 총구가 하늘을 향해 45도 각도로 들리는 광경을 명치는 보았다. 그와 동시에 엄청난 총성이 고막을 찢어대기 시작했다.

두두두두두두…… 두두두두두.

예광탄의 빨간 불꽃이 허공에 포물선을 그리며 빠르게 날아가고 있었다. 흡사 대포를 쏘는 것처럼 기관총의 총성은 위력이 대단했다. 야전에서와는 달리 건물과 건물 사이를 울리며 쏟아져 나오는 총성에 고막이 얼얼해왔다.

잠시 흩어졌던 시위대가 몰려들자, 또 한번 치열한 공방전이 벌어졌다. 병사들로서는 섣불리 시위대를 향해 뛰어나갈 수도 없었다. 한 순간에라도 흩어진다면 목숨을 부지하기 어려울 터였다. 병사들로서는 방어선을 필사적으로 지켜내면서, 시민들이 던진 돌멩이를 주워, 이쪽에서 되던지는 식의 대응책이 고작이었다.

병사들은 시간이 갈수록 점차 탈진 상태가 되어갔다. 파도가 밀려왔다가 다시 빠져나가는 그 짧은 간격마다 병사들은 땅바닥에 하나둘 주저앉았다. 병사들의 퀭한 눈에는 벌써 절망감이 떠올랐다. 병사들의 말없는 절박한 시선들이 연신 지휘관에게로

봄 날 319

향했다. 장교들 역시 이제는 어쩔 수 없는 파국의 예감에 떠밀려 평정을 잃고 허둥거리고 있었다.
"다시 한번 반복하겠다. 여기는 독수리 하나. 상황이 심각하다, 대단히, 절대적으로 심각하다. 지금 당장 명령을 내려주기 바란다. 이상."
지역대장이 무전기를 움켜쥐고 숨가쁘게 헐떡였다. 벌써 몇 차례나 똑같은 송신을 지역대장은 반복하고 있는 참이었다.
솨솨솨솨…… 무전기에서 새어나오는 바람 소리가 심하게 흔들렸다.
"뭐얏? 대기하라구? 대기라니! 니기미 썅, 어떻게, 더 이상 대기하란 말야! 안 된다니까!"
극도로 열이 뻗친 지역대장은 고함을 지르며, 분에 못 이겨 발을 굴러댄다. 장교들과 선임하사관들이 무전기 주변에 몰려서 있다.
"발포! 발포 명령을 내려주기 바란다! 알아들었는가! 이러다가 우리 새끼들 다 죽게 된단 말이다! 이상!"
고함을 꽥꽥 지르다가 지역대장은 재빨리 몸을 구부려 피한다. 돌멩이들이 우수수 길바닥으로 떨어져 굴렀다.
"뭐랍니까, 대장님."
"아직도, 기다리랍니까?"
"씨발놈들! 대기하라는 소리뿐야. 쌍놈의시키들, 제깐 놈들이 뭘 알아! 시피에 앉아서, 이쪽 상황이 어떻게 돌아가는지도 모르고 그저 대기, 대기하라는 헛소리만 하고 자빠졌으니!"
"안 됩니다. 부상자가 속출하고 있습니다. 발포 명령이 안 된다면, 철수 명령이라도 내려줘얄 게 아닙니까!"

"솔직히 병사들로서도 더 이상 버티기엔 무립니다, 대장님."
"이봐, 난들 어쩌라는 거야. 자네들이 발포 명령 내릴 거야? 대기해! 대기하라면 하는 수밖에!"
지역대장은 분통을 터뜨리며, 다시금 수화기를 움켜쥐었다.
그렇듯 시피로 수차례나 건의를 한 끝에, 결국 뭔가 지시를 하달받은 기색이었다.
"전대원에게 알린다. 전원 착검하라! 착검!"
마침내 착검 명령이 하달되었다.
일부 대원들이 대검을 사용한 것은 이미 작전 투입 첫날부터였지만, 공식적인 착검 명령이 하달된 것은 이때가 처음이었다.
소총에 착검을 하고 나자, 이번엔 문화방송국을 포기하고 도청 광장으로 이동하라는 무선 지시가 떨어졌다.
명치네 부대는 재차 도청 앞 광장으로 이동했다. 세무서에서 광장까지는 불과 이백여 미터 거리였다.
이때부터는 도청만을 사수하는 게 임무였다. 도청 광장은 그 거대한 인간의 바다 한가운데 떠 있는, 마지막 남은 섬 같았다. 분노한 시민들의 파도는 그 작은 섬을 집어삼킬 듯 해일처럼 들끓어오르고, 병사들은 점점 가라앉아가는 섬 위에서 안간힘을 다해 버티어내고 있었다.

새벽 1시
세무서 건물에서 거대한 불길이 확 솟아올랐다. 불길은 하늘을 향해 무섭게 번져가고 있었다. 문화방송국에 이어 두번째의 방화였다. 숫구치는 불길을 보고 시민들은 함성을 지르며 더욱 거세게 밀려들기 시작했다.

밀려왔다가 빠지고, 물러났다가 다시 밀려들고…… 끝도 없이 반복되는 시위 군중의 물결, 물결, 물결. 병사들은 지칠 대로 지쳐 더 이상 몸을 움직이기조차 힘겨웠다. 여기저기서 허수아비처럼 제풀에 푹석푹석 주저앉았다.

그러다가도 시위대가 다시 몰려오면 벌떡 일어나 진압봉을 움켜쥐곤 했다. 창자가 들러붙는 듯한 지독한 허기. 극도의 수면 부족. 하얗게 쏟아지는 최루탄의 안개비. 눈앞에서는 시위대 차량의 헤드라이트 불빛이 쏟아지고, 불타는 차량들이 내뿜는 검은 연기들. 밀어내도 밀어내도 끝없이 되살아나 떼거리로 달겨드는 사람들, 사람들……

지옥이 따로 없었다. 병사들은 악몽을 꾸고 있었다. 그 끔찍하고 지긋지긋한 악몽 속에서 병사들은 흡사 유령들처럼 허둥거리고만 있을 뿐이었다.

새벽 2시

돌연 시위대 쪽에서 고성능 확성기가 쩌렁쩌렁 울리기 시작했다. 자욱한 최루탄 분말과 연기로 뒤덮인 어둠 속에서 한 여자의 애절한 음성이 홀연히 흘러나왔다.

"광주 시민 여러분! 사랑하는 우리 형제, 우리의 친구, 우리 아들딸의 원수를 갚아주십시오오. 죄없이 꽃잎처럼 쓰러져간 우리들의 영혼을 위해 기도해주십시오오. 아아. 사랑하는 광주시민 여러분. 대체 우리가 무슨 몹쓸 죄를 지었단 말입니까. 우리가 무엇을 했다고, 무슨 잘못이 있길래 내 나라의 군대가 우리 맨손뿐인 시민들의 가슴을 칼로 찌르고, 배를 가르고, 총탄을 난사한단 말입니까아아. 여러부운. 사랑하는 시민 여러분. 우리들의 원수를 갚아주십시오오. 우리가 편히 눈감을 수 있도록, 아아, 우리들의 원수를 대신 갚아주십시오오……"
 여자는 거의 흐느끼고 있었다.
 애끓는 호곡처럼, 넋두리처럼, 그녀는 처절하게 울부짖고 있었다. 곱고 맑은 음색은 이따금 갈라지는 목쉰 소리와 격정에 차 불안하게 끊어지곤 하는 호흡 때문에 더욱 안타깝고 비통한 아픔으로 가슴을 때려왔다.
 "경찰 아저씨! 여러분들은 지금 거기서 무얼 하고 계시나요. 경찰은 민중의 지팡이요, 시민의 친구가 아니던가요? 더구나 여러분은 모두 전라도 사람, 전라도가 고향이 아니던가요? 그런데, 여러분은 지금 무엇을 하고 계십니까. 우리들은 여러분의 형제, 동생, 친척들입니다. 우리는 똑같은 고향 사람들입니다. 무엇 때문에 우리가 서로 적이 되어야 합니까. 경찰 아저씨들. 어서 그곳을 빠져나오십시오. 몽둥이와 최루탄을 버리고 우리들과 함께 저 잔악한 공수부대놈들을 모조리 찢어죽입시다……"
 여자의 목소리는 섬뜩하도록 아름답고 애절했다.
 시민들은 잠시 침묵한 채 귀를 모으고 있었다. 그녀의 애끓는 절규는 시민들의 가슴에 새겨진 분노와 증오, 슬픔과 한을 하나하나 되살려내고, 어루만지고, 격하게 뒤흔들어내었다. 병사들 역시 한동안 넋을 잃은 채 그녀의 음성에 귀를 기울였다. 육신과 영혼이 극도로 피폐해 있는 상태여서인지 명치는 저도 모르게 울컥 목이 메어왔다.
 "저년부터 당장 제거를 해야겠군. 저 빨갱이년이 선동하고 다니는 바람에 폭도들이 더 설치고 다니는 거라구. 이봐, 변대위. 저거, 어떻게 안 되나?"

봄 날 323

명치 바로 곁에서 지역대장이 중대장을 향해 말했다. 고개를 갸웃한 채 여자의 목소리를 듣고 있던 대위가 대답했다.
"안 그래도 저 여자를 제거해야 한다고 야단들입니다. 저희 요원들이 몇 차례 저격을 시도해봤는데, 항상 시위대에 둘러싸여 다니는 바람에 번번이 실패했습니다."
"쪼다 같기는! 저런 계집년 하나 제거를 못 한다니 말이나 돼? 언제까지 설치고 다니는 꼴을 빤히 보고만 있으라는 얘기야?"
　지역대장이 크악 가래를 뱉어내며 씨부렁거렸다. 여자는 구호를 선창하며 군중을 이끌고 있었다.
"여러부운, 전두환 졸개들을 찢어죽입시다아.",
"공수부대는 물러나라! 살인마 전두환을 처단하자아."
"군은 휴전선으로 즉각 복귀하라……"
　여자의 선창에 맞추어 시민들은 일제히 구호를 외치고 만세를 불렀다.

　명치는 퍼뜩 눈을 뜬다. 얼핏 악몽을 꾸었던 것 같다. 등허리로 딱딱한 아스팔트 바닥의 냉기가 스며들었다.
　하늘을 올려다보니, 별들이 흐릿하게 박혀 있다. 최루탄 냄새, 매캐하게 타는 냄새, 어지러운 발소리들, 무전기 소리, 소방차의 앵앵대는 소리 들로 주변은 극도로 소란스러웠다. 시위대의 함성과 구호 소리가 사방에서 와와와와, 메아리처럼 끊임없이 들려온다.
　퍼뜩 놀라 고개를 들어보니, 다행히 도청 앞 광장은 아직 잠잠하다. 광장 중앙에 우두커니 서 있는 병사들의 대열이 보인다. 이제 곧 그들과 교대를 해주어야 할 터였다.

"……시민 여러분. 승리는 우리들의 것입니다. 한 발짝도 물러나지 말고 끝까지 밀어붙입시다. 잔인한 공수부대를 우리 손으로 고향 땅에서 모조리 몰아냅시다아……"

그 여자의 앙칼진 외침이 노동청 쪽에서 계속 들려오고 있었다.

명치는 다시 눈을 감았다. 동생 명기의 얼굴이 자꾸만 눈앞을 어지럽힌다. 아까 노동청 앞에서 벌어졌던 그 피비린내나는 살육전의 광경이 되살아났다. 짚단처럼 맥없이 쓰러지던 사람들. 그들 중에 혹시 명기도 들어 있지 않았을까.

'빌어먹을 자식. 대학생이면 공부나 하고 방구석에 처박혀 있을 게지, 제까짓 게 뭘 안다고…… 어쩌면 그 중엔 내 친구들도 끼여 있었을지 모른다. 아아, 대관절 이게 어찌 된 판국인가. 어쩌다가 이런 재수 없는 판에 끼여든 건가. 하필이면 광주에서, 그것도 왜 하필이면 우리 부대가 투입되었단 말인가. 니기미 씨펄……'

명치는 베고 있던 철모를 빼내어 제 얼굴을 덮어버렸다.

당장이라도 벌떡 일어나 부대를 이탈해버리고 싶은 충동이 솟구친다. 지난 사나흘 동안 이 도시에서 저질렀던 행동들이 어수선하게 뇌리를 스쳐갔다. 비로소 자신들이 얼마나 잔인하고 야만적인 짓들을 저질렀었는가를 명치는 깨달았다. 무엇보다 명치는 스스로에게 심한 부끄러움과 두려움을 느꼈다. 무서웠다. 견딜 수 없도록 제 스스로가 혐오스럽고 무섭기만 했다.

'아아, 이게 꿈이었으면. 내가 지금 다만 허황된 악몽을 꾸고 있는 것이라면……'

불현듯 식구들의 얼굴이 떠올랐다. 무석형, 명옥이, 청산댁,

봄 날 325

그리고 늘 두렵고 외면하고만 싶었던 아버지의 얼굴까지도 새삼스레 그리움으로 떠올랐다.
'씨펄. 니기미 씨펄.'
명치는 자꾸만 욕설을 되씹었다. 어째서일까. 울컥 목이 메어오면서 콧등이 아려왔다. 어느샌가 눈물이 뺨을 타고 흘러내리고 있었다.
곁에서 누군가 훌쩍이는 소리가 들렸다. 명치는 주먹으로 얼른 눈물을 훔치고는 발딱 일어나 앉았다. 유이병이 오하사 곁에 모로 웅크리고 누운 채 훌쩍이고 있었다.
"야, 유호섭! 아가리 안 닫을 거야!"
명치는 낮게 으르렁거렸다.
"반장님. 이제 난 어, 어떻게 하면 좋십니꺼. 어쩌다가, 우리가, 이, 이렇게 되어버렸십니꺼어…… 어흐흑."
유이병은 주먹으로 눈물을 닦으며 훌쩍였다.
"이 고문관새끼! 너, 정말 죽고 싶어! 당장 그치라니까!"
"왜 그래? 무슨 일이야?"
오하사가 일어나 앉아 둘을 돌아보았다. 대원 몇이 놀란 얼굴을 하고 몸을 일으켰다가 다시 드러누워버렸다. 명치는 한동안 씨근덕거리며 허공에 시선을 던져두고 있었다. 유이병도 오하사도 말이 없었다.
"담배 있나, 오하사."
"내겐 없고. 참, 임상병한테 있을 거다. 야, 임상병. 담배 없어?"
임상병이 엉거주춤 상체를 세우고 담배를 건넸다. 그들은 말없이 담배를 입에 물었다. 임상병이 움푹 꺼진 눈자위로 돌아보며 입을 열었다.
"오하사님. 우린 앞으로 어떻게 되는 겁니까."
"뭐가?"
"이렇게 될 줄은 진짜로 꿈에도 몰랐습니다. 공수부대에 입대한다고 했더니, 친구들이 부러워하더군요. 용기가 대단하다고…… 그냥 근사하게만 보여서 자원했는데…… 어쩌다 휴가병들 보면, 베레모랑 얼룩무늬 군복이 그럴싸하게 보이더란 말입니다. 되게 폼도 나고. 그랬는데, 이렇게 민간인들이나 때려잡는 데 동원될 줄은 몰랐어요. 에이, 좆겉은."
임상병은 자조하듯 뇌까렸다.
누워 있던 강상병이 일어나 앉으며 말했다.
"니기미, 애당초 우리만 소모품이 된 거여. 첨엔 몰랐지만, 지금 생각해보니, 날이면 날마다 폭동 진압 훈련만 좆나게 시켜온 목적이 따로 있었던 거라고…… 솔직히 까놓고 말해서, 우리가 해도 너무했지. 비무장 민간인들한테 대검까지 쓰다니. 여자들까지 길바닥에다가 발가벗겨 앉혀놓고…… 시민들 눈알이 튀어나오게도 생겼제. 나라도 그랬겠어."
"솔직히, 나는 이제 뭐가 뭔지 아무것도 모르겠다구. 데모하는 놈들 때려잡는 게 충성이라니까 뭐 그저 시키는 대로만 했는데, 니기미, 아무래도 우리가 미친 짓을 하고 있는 게 분명하다는 생각만 들어."
"내가 그랬잖아. 졸병들만 이용당한 거라고. 애당초 지난번 12·12 때 전두환이가 우리 사령관도 잡아넣고 정승화 총장 모가지 자를 때부터 일통이 단단히 잘못되었던 거여. 장교들도 그때는 쉬쉬하면서도 안 그러든? 서울에서 쿠데타가 터진 거라고들 말여."

"아가리 닫아, 임마. 영창 가고 싶어?"

"어차피 영창은 가게 되어 있잖습니까. 사태가 이렇게 커졌는데, 우리 같은 졸병들이라고 무사하게 넘어갈 것 같습니까. 사망자가 벌써 수없이 생겼으니, 사태가 진압된다고 하더라도 책임자를 색출한다고 난리를 칠 겁니다. 두고 보십시오. 작전 끝나면, 군복 벗고 군법재판에 회부될 놈들 꽤나 생길 테니까."

"우리 같은 졸병들이야 별일 있겠냐. 최소한 위관급 장교까지는 처벌을 받게 될지도 모르지."

"입 닥치고 잠이나 자둬. 새키들, 금방 다 죽어가더니, 아직도 힘이 남아 있는 모양이구나."

오하사가 말했다. 대원들이 다시 하나둘 길바닥에 드러눕고 있었다.

명치는 수통에 남은 물을 마저 입 안에 털어넣었다.

오하사가 명치 곁에 와서 누웠다. 둘은 한동안 말없이 밤하늘만 올려다보았다. 검은 연기 기둥이 허공으로 긴 그림자를 드리우며 허깨비처럼 뭉클뭉클 솟아오르고 있었다. 문화방송국과 세무서에서 피어오르는 연기였다.

그때 문득 오하사의 전투복 한쪽 어깨가 검게 젖어 있는 것이 명치의 눈에 띄었다. 피였다. 명치는 퍼뜩 놀라 오하사의 어깨를 잡았다.

"너, 다친 거 아니냐?"

"아냐. 어디서 묻은 모양이야. 아까 저쪽에서……"

"혹시, 너도 아까…… 대검을 썼었냐?"

오하사는 명치를 돌아다보더니, 눈을 감고 돌아누웠다. 그리고 한동안 말이 없었다.
"네 생각엔 내가…… 어쨌을 거 같니?"
"………"
"난 말이다. 차라리 그때 누군가 나를 찔러줬으면 하고 바랐었다. 그랬더라면…… 정말이지, 좋았을 텐데, 차라리."
오하사가 혼잣말처럼 그렇게 뇌까렸다.
"미친 자식. 얌마, 그렇게 개죽음 당하고 싶어."
명치는 수통을 집어넣고는 오하사 쪽으로 등을 대고 돌아누웠다. 그러자 바로 옆에 눕혀진 시신들이 눈에 들어왔다. 파리들이 몰려와 앵앵거리고 있었다.
죽은 그 네 명은 시골에서 임시 차출되어온 삼사십대 경찰관들이라고 했다. 지금 저 사람들의 가족은 무얼 하고 있을까. 남편이 여기 이렇게 쓰레기 더미처럼 길바닥에 누워 있다는 사실을 꿈에라도 알고 있을까.
그런 생각을 하다가, 명치는 깜박 잠속으로 곯아떨어졌다.

> 편히 가라네 날더러 편히 가라네
> 꺾인 목 잘린 팔다리 끌고 안고
> 밤도 낮도 없는 저승길 천리 만리
> 편히 가라네 날더러 편히 가라네……
> ──신경림,「씻김굿」에서

5월 21일 06 : 30, 금남로 1가

사월 초파일.

아침이 밝았다.

엷은 구름 사이로 동녘 하늘을 희부옇게 물들이기 시작하던 태양이 빌딩 너머로 반쯤 얼굴을 디밀었다. 오월의 따사로운 아침 햇살은 도시의 수많은 지붕들과 벽과 가로수들을 적시고, 폐허처럼 변해버린 거리를 황금빛으로 흥건하게 채색하기 시작한다. 도청 광장 중앙에 건정하니 서 있는 광고탑엔 연꽃 문양과 함께 이런 글자가 또렷하게 박혀 있다.

'봉축─부처님 오신 날'

밤사이 시위는 내내 치열하게 계속되었고, 새벽이 되었을 때까지도 도시는 끝끝내 잠들지 않았다. 그것은 참으로 길고도 뜨거운 싸움이었다. 온 도시가 전쟁터로 변해버리고 만 듯한 밤이었다.

거리로 쏟아져나온 시민들의 숫자는 새벽녘까지도 별로 줄어들지 않았다. 중심가의 크고 작은 거리마다 밤을 꼬박 새운 시민들의 물결로 넘쳐흘렀다. 성난 군중들의 함성과 환호성, 비탄에 젖은 울음 소리와 비명 소리, 싸움을 독려하는 확성기 소리, 그리고 최루탄과 페퍼 포그의 폭발음과 계엄군의 공포탄 소리가 끊임없이 터져나왔다. 여기저기 불꽃을 널름대며 타고 있는 건물들로부터 검은 연기가 하늘을 자욱하게 뒤덮으며 계속 피어올랐다.

　마침내 밤새 계속된 그 뜨거운 공방전 끝에 시민들은 시의 대부분 지역으로부터 공수부대를 밀어내는 데 성공했다. 새벽 4시가 지났을 무렵, 공수부대가 점거중인 지점은 도청과 도경찰국 그리고 외곽에 위치한 교도소 정도에 불과했다.

　문화방송국 건물이 불타기 시작한 후, 이날 새벽 한시엔 시의 대표적인 공공 기관의 하나인 세무서에도 불이 붙었다. 일제 시대에 지어졌다는 그 낡은 목조 건물은 순식간에 화염에 휩싸였다. 세무서는 전날 밤 9시부터 가장 격렬한 시위가 벌어졌던 노동청 사거리에 바로 인접해 있었다.

　이곳에서의 맨 처음 충돌은 계엄군의 총격으로부터 비롯되었다. 세무서 정문에서 거총 자세로 서 있는 두 명의 공수부대원을 발견한 일부 시민들이 함성을 지르며 몰려들자 병사들은 황급히 건물 안으로 몸을 피하면서 총을 난사했고, 시민 서넛이 총탄에 맞아 쓰러졌다.

　군중은 흥분했다. 청년들이 부근 주유소에서 휘발유와 경유를 가져와 군용 트럭에 끼얹어 불을 붙인 다음, 엔진에 시동을 걸어 전진시켰다. 동시에 무수한 화염병이 날아들면서 순식간에 건물에 불이 붙었고, 사람들은 환호성을 올렸다. 그 순간, 세무서 안에서 요란한 총성이 터져나왔다. 주위는 완전히 아수라장으로 변했다. 이때부터 세무서 주변 일대의 시위는 더욱 격렬해지기 시작했다.

같은 시각, 도청 건물 역시 위기에 처해 있었다. 도청 차고와 유류 저장고에 불이 붙었고, 세무서 부속 건물도 불타기 시작했다. 이 과정에서 세무서 무기고에 보관중이던 예비군 훈련용 카빈소총 17정이 시민들의 손에 들어왔다. 그러나 실탄은 이미 31사단으로 옮겨진 다음이었으므로 그것은 무용지물에 불과했다. 결국 세무서는 한 시간 만에 전소되고 만다.

거의 비슷한 시각, 조선대학교 부근에서도 역시 격렬한 충돌이 벌어졌다. 조선대 구내에는 제7공수여단 35대대가 진주하여 부근 일대를 차단중이었다. 그 동안 수많은 시민들이 연행되어 이 대학의 실내 체육관에 수용되어 있다는 사실을 시위대는 알고 있었고, 때문에 그들을 구출하기 위해 버스 세 대를 앞세우고 시위대는 이곳으로 몰려들어갔다. 정문을 중심으로 한동안 밀고 밀리는 공방전이 벌어졌다. 급기야 최루탄만으로는 역부족임을 깨달은 공수부대는 이날 0시 30분경 수류탄을 위협 투척하는 극단적인 방법까지 동원, 간신히 조선대학교를 사수한다. 이곳의 공방전은 결국 새벽 4시 40분이 되어서야 비로소 소강 상태로 접어들게 된다.

그 사이 외곽의 각 지역에서는 시민들이 인근 주유소에서 휘발유를 가져와 화염병을 제작, 시내 여러 곳의 파출소를 급습, 방화를 계속하고 있었다. 또 시민들을 선동키 위한 방송 차량 한 대는 외곽 지대를 누비며 연신 모두들 도청 앞으로 집결해달라고 호소하고 있었다. 확성기를 통해 울려나오는 애절한 여인의 육성에, 잠자리에 들었던 사람들까지 주택가 골목으로 쏟아져나와 웅성거렸다. 그들은 전날 오후 시내 한 동사무소에 들어가 스피커 등 기자재를 떼어내어 소형 트럭에 장착했던 것이다. 시민들은 이날 밤 내내 잠 한숨 제대로 이루지 못했다. 온 도시가 밤새 내내 깨어 있었다.

그러나 이날 밤의 공방전 가운데서도 가장 치열했던 곳은 광주역 일대였다. 전날 오후 9시경 이미 시민들에 의해 점거된 시청 건물 주변, 그리고 무등경기장 쪽, 원예협동조합·청과물시장 쪽, KBS 임시 청사 주변 등 광주역을 중심으로 한 전지역에서 격렬한 충돌이 벌어졌다.

이 일대를 메운 삼사만의 인파는 무려 여섯 시간이 넘도록 줄기차게 공수부대를 밀어붙였다. 파도처럼 물러났다가 다시 밀려들기를 반복하는 동안 어느덧 공수부대의 최루탄과 페퍼 포그는 거의 바닥이 났다.

계엄군으로서는 이 지점을 필사적으로 방어해야만 했다. 광주역은 도청과 마찬가지로 최소한의 행정적 기능을 유지하는 데 반드시 필요한 상징적 장소이기도 했고, 무엇보다 고속도로로 곧장 이어지는 중심 도로의 길목이라는 점에서 계엄군측에겐 절대로 중요한 거점이었다. 만약 열차역과 함께 고속도로마저 차단될 경우 병력 및 보급품 수송 차량들이 광주 시내로 들어올 수 있는 통로는 거의 완전히 차단되고 말 것이기 때문이었다.

결국 전날 밤 11시 40분경. 극도로 수세에 몰린 광주역 일대의 공수부대는 마침내 시위 대열을 향해 발포를 개시했다. 최초의 집단 발포였다.

이에 한동안 주춤하던 시위대는 오히려 한층 더 강력한 기세로 밀어붙이기 시작했다. 발포에도 불구하고 시민들의 숫자는 갈수록 불어났다. 어둠은 시민들의 공포심을 덜어주었고, 분노와 복수심은 그들에게 놀라운 용기와 담대함을 불어넣어주었다.

이 지역은 마침 목재상의 집결소이기도 해서 시민들은 너도나도 손쉽게 각목이며 철근 따위를 손에 넣을 수 있었다. 가게에서는 셔터문을 열고 각목을 손수 나눠주기도 했다. 이날 새벽녘까지의 싸움으로 인해 이 부근 목재상의 각목은 모두 동이 났다.

또 역 부근에 위치한 몇 군데의 주유소로부터 기름이 든 드럼통들을 쉽게 손에 넣을 수 있어서, 이는 공수부대를 공격하는 데 대단히 효과적인 무기원이 되었다.

그리하여 이날 새벽 4시, 시민들의 집요한 파상 공격 앞에 더 이상 버티지 못하게 된 공수부대는 광주역을 포기하고 황급히 주둔지인 전남대학교로 철수하고 만다.*

새벽 4시경

공수부대 병력을 태운 트럭이 줄줄이 역 광장을 빠져나가는 순간, 시민들은 일제히 만세를 불렀다.

"이겼다아! 우리가 이겼다아!"

"저놈들이 도망친다아! 만세에!"

목이 터져라고 만세를 부르는 사람, 얼싸안고 껑충껑충 뛰는 사람……

한동안 광장 일대는 엄청난 환희와 흥분으로 끓어넘쳤다. 이

---

* 군측 자료에 의하면, 이 공방전의 결과로 인한 사망자는 군인 3명과 시민 2명, 부상자는 양측 각 5명이라고 집계되어 있다.

옥고 열기가 다소 가라앉자 비로소 사람들은 허기와 피로를 느끼며 길바닥에 주저앉거나 담배를 피워물기도 했다. 벌써 어슴푸레하게 밝아오기 시작하는 하늘을 바라보며 그제서야 집으로 돌아가기 시작하는 사람들도 많았다. 길바닥에 주저앉아 목쉰 노래를 합창하는 무리, 분수대 안에 고인 물로 얼굴이며 손을 씻는 사람들도 있었다. 어디선가 소주병과 막걸리통이 날라져왔고, 그걸 마시며 울분을 달래는 사람들도 보였다.
 아침이 밝았다.
 공수부대가 퇴각하고 난 광주역 광장은 완연한 전쟁터의 풍경이었다.
 분수대 콘크리트 벽에 부딪혀 전복되거나 시커멓게 불에 타서 나뒹굴고 있는 차량들, 길바닥에 수북이 쌓인 돌멩이, 각목들, 주인 잃은 신짝들, 옷, 가방 그리고 눈처럼 허옇게 깔린 분말들……
 "역 안에 시체가 있다아! 공수놈들이 쏴죽인 시체들이다아!"
 그런 어느 순간, 돌연 목구멍을 찢어내는 듯한 고함 소리가 터져나왔다.
 "뭣이여! 시체가 있단다!"
 "역 대합실이여!"
 사람들이 한꺼번에 역사 쪽으로 몰려들었다. 들것에 남자 시체 2구가 실려나왔다. 서둘러 철수하느라 공수부대가 미처 처리하지 못한 시체였다.
 끔찍하고도 참혹한 몰골. 한 사람은 첫눈에 보기에도 맞아죽은 시체였고, 또 한 사람은 가슴에 총을 맞은 시체였다. 그 중 한 명은 팬티만 걸친 알몸뚱이의 사십대 남자였다. 둘 다 이미 검붉게 변한 핏물이 온몸에 말라붙어 있고, 파리떼가 쉴새없이 맴을 돌았다. 까맣게 변한 살갗. 윤곽이 불분명할 정도로 부어오른 얼굴. 시민들은 경악하고 분노했다.

누군가 손수레를 가져왔다. 또 누군가는 조금 전까지 시위 대열의 맨 선두에서 나부끼던 대형 태극기를 가져왔다. 시신들을 손수레에 눕히고 태극기로 몸을 덮었다. 어디선가 탈취한 군용 지프 한 대를 사람들이 몰고 왔다. 그 군용 지프 꽁무니에 손수레를 연결했다. 지프가 움직이기 시작했고, 분노한 시민들은 그 뒤를 따라 천천히 나아갔다. 태극기 자락 밑으로 앙상한 시체의 맨발이 드러났다.

"여러분! 도청으로 갑시다아! 도청으로!"
"공수놈들을 찢어죽입시다아. 원수를 갚아야 합니다아!"
방송 차량이 맨 선두에 섰다.
"시민 여러분! 자, 두 눈으로 여기를 똑똑히 보십시오. 저 잔인 무도한 공수부대의 총칼에 무참히 살해된 광주 시민이 바로 여기에 있지 않습니까아!"

차에 탄 여인의 애절한 목소리가 확성기를 통해 우렁우렁 울려나왔다.

"광주 시민 여러분! 놈들은 지금껏 거짓말만 해왔습니다아. 우리 형제, 우리 부모의 시체를 탈취해가고서는 단 한 사람도 죽이지 않았노라고 새빨간 거짓말만 해왔던 것입니다아. 보십시오! 죄없는 우리 형제들이 여기 이렇게 처참하게 죽어 있지 않습니까아……"

여인의 목소리는 이미 목쉰 울음으로 변해 있었다. 격정을 이기지 못해 그녀의 목청은 앙칼지게 갈라져나왔다.

손수레의 뒤로 길고 긴 행렬이 이어졌다.
시체를 실은 손수레가 고속버스 터미널을 지나 유동 삼거리에 이르렀을 즈음, 뒤따르는 시민들의 수효는 수천 명으로 불어났다.
주택가에서 주민들이 소문을 듣고 달려나왔다. 참혹한 시신들을 보고 여자들은 눈물을 찍어냈고, 젊은이들은 악에 받친 고함을 고래고래 내질렀다. 방송 차량의 확성기에선 잔뜩 목쉰 여인의 절규가 연신 흘러나왔다. 무성 영화의 변사를 연상시키는 그녀의 음성은 더없이 극적이면서도 통렬하게 사람들의 마음을 갈기갈기 훑어내렸다.
행렬이 금남로 5가를 거쳐 한일은행 앞에 이르렀을 무렵 시민들은 무려 이만여 명을 넘어섰다. 차량 여러 대가 행렬에 합세했다. 트럭이며 군용 지프, 버스 등엔 '두환아, 내 자식을 살려내라!' '전두환을 찢어죽이자' 따위의 급조된 플래카드들이 어수선하게 걸려 있다. 행렬은 마침내 도청 건물이 저만치 바라다보이는 지점까지 이르렀다. 행렬의 규모는 그 동안에도 끊임없이 불어났다.

도청을 제외한 시가 전체는 이제 시민들의 세상으로 변해 있었다.
간밤의 치열했던 공방전으로 중심가의 도로는 폐허처럼 변했지만, 거리를 행진하는 시민들의 표정은 마침내 공수부대를 이겨냈다는 벅찬 환희와 감격으로 들떠 있었다. 밤을 꼬박 새우며 온 도시를 뛰어다니느라 벌겋게 충혈된 눈에는 어느샌가 눈물이 번지기도 했다.

"나 태어나 이 강산에 투사가 되어 꽃 피고 눈 내리기 어언 삼십 년……"

누구의 입에서 먼저 흘러나왔는지 모를 「투사의 노래」를 시민들은 입을 모아 합창하며 행진한다. 손뼉을 두드리고, 만세를 부르고, 구호를 외친다.

'우리가 이겼다. 저 악마 같은 공수놈들을 우리 손으로 몰아내었다.'

시민들은 스스로의 힘에 놀라면서 저마다 감격에 겨워했다.

한편, 시위대 행렬이 뜸한 외곽에선 각종 차량들이 무질서하게 질주해다닌다. 그것들은 밤사이 시내 곳곳에서 끌고 나온 고속버스·시내버스·트럭·승용차들이다. 차량마다 시민들이 가득 타고 있었고, 대부분 젊은이인 그들은 각목이며 쇠파이프 따위를 흔들어대며 목이 터져라 구호를 외치고 노래를 불러대고 있었다. 이들 차량들은 시 외곽 지역을 돌아다니면서 수많은 시민들을 금남로 일대로 쉬지 않고 실어날랐다. 거리엔 교통 경찰관은 커녕 신호등조차도 작동을 멈춘 채였고, 일체의 대중 교통 수단이 끊어져버린 휑한 차도 위를 시위대의 차량만이 제멋대로 질주하고 있었다.

오전 8시경

시 북쪽 외곽 지역인 광주공단 입구에서는 시위대와 계엄군 일부 병력 사이에 충돌이 일어났다.*

---

* 이들 계엄군 병력은 전방에 배치중이던 보병 20사단 소속으로, 27일 단행되는 진압 작전의 주력 부대가 된다. 실제로 이희성 계엄사령관이 공수특전단 10개 대대와 이

공단 입구에서 시위대와 마주친 이들은 불시에 시위대에 의해 포위당하자 결국 차량을 버리고 도망쳐버렸다. 그들이 버리고 간 장비들은 사단장 전용 지프 한 대를 포함 1/4톤 군용 지프 14대였고, 이들 차량을 탈취한 시위대들은 의기양양하게 시가지를 질주하고 다니기 시작했다.

그 중 일부 시위대는 탈취한 차량들을 몰고 군중이 집결해 있는 금남로로 향했다. 군중은 가톨릭센터 앞에서 11공수여단과 대치, 공수부대의 만행을 규탄하는 연좌 농성을 벌이고 있었다.

"여러분! 이젠 우리에게도 무기가 있어야 합니다. 무장을 해야 한단 말입니다. 더 이상 맨주먹으로 싸워봤자 저놈들을 이길 수가 없습니다!"

"맞았소! 저놈들은 마침내 총을 쏘기 시작했습니다. 벌써 간밤에 도청 앞·광주역·조선대학교 앞에서 수많은 사람들이 놈들의 총에 쓰러졌어요. 이대로 앉아서 당하고만 있을 수는 없잖소!"

"우리도 총이 있어야 해라우! 각 동마다 예비군 무기고에 총이 있을 거요. 그것을 빼옵시다. 젊은 사람들은 나서시오!"

"갑시다! 억울하게 죽은 시민들의 원수를 갚읍시다!"

"총도 총이지만, 당장 차량이 더 많이 필요합니다. 차량이 있어야 사람들을 더 많이 모을 수 있고, 무기를 가져올 수 있을 게 아닙니까!"

들 20사단 61, 62연대 병력을 광주 현지에 추가 투입하라는 명령을 하달하는 시각은 이보다 몇 시간 후의 일이고, 작전 지휘권자인 위컴 한미연합사령관에 의해 이 부대의 이동에 대한 공식적인 승인이 내려진 것은 하루 뒤인 22일이다. 그런데, 어찌 된 셈인지 20사단의 일부 병력인 이들은 이미 전날 밤에 주둔지를 출발, 밤을 새워 광주를 향해 달려내려왔던 것이다.

"옳소! 모두들 나서시오. 버스회사에 가서 차량을 징발합시다."
"운전 경력이 있는 사람은 앞으로 나오시오."
"갑시다! 학생들과 청년들은 모두 모이시오. 함께 갑시다아!"
의견들이 즉석에서 모아졌다. 지휘자가 있는 것도 아니었다. 자발적으로 젊은이들이 차 위로 뛰어올랐다.
그들은 차량을 구하기 위해 시내로 흩어졌다. 일부는 공용터미널과 광주고속·중앙고속터미널 그리고 각 시내버스 차고지 등으로 달려가 차량 확보를 시도한다. 그러나 별다른 소득이 없었다. 전날 오후에 대부분의 버스회사들은 미리 차량들을 다른 곳으로 옮기거나 시외로 빼돌렸기 때문이다.
"안 되겠소. 아시아자동차 공장으로 갑시다."
"맞았어! 거기 가면 장갑차량 군용 트럭이 수도 없이 들어 있을 것이여!"
사오십 명의 청년들이 금방 모아졌다.
그들은 차창이 깨져나간 버스 한 대를 타고 출발했다. 각목이며 곡괭이, 쇠파이프 등으로 차체를 꽝꽝 두들기면서 노래와 구호를 외치며 아시아자동차 공장으로 향했다.
시 서북쪽 광천동 외곽에 위치한 아시아자동차 공장은 군납 방위산업체이기도 해서, 공장 안에는 대·소형 버스를 비롯해 장갑차, 군용 트럭 등 완제품 상태인 각종 차량들 360여 대가 출고를 기다리고 있었다.
시위대를 태운 버스는 정문 앞에서 정지했다. 육중한 철문을 굳게 닫아건 채 스무 명 가량의 경비원들이 황급히 뛰어나와 시위대의 앞을 가로막았다. 한동안 양측 사이에 험악한 상황이 벌어졌다.

"문 열란 말이오. 당신들도 광주 시민이오? 무고한 사람들이 죽어가는데, 당신들도 나서야 될 것 아니오?"
 "이거 보쇼. 우리도 똑같은 광주 사람들인디, 어찌 분이 안 나겄소? 하지만, 우리가 무슨 힘이 있다고 그러요? 당신들이 책임질 거요?"
 "책임 좋아하네! 야, 새꺄. 이 판국에 무슨 헛소리여! 빨리 못 열어?"
 "이, 이러지들 마시고, 진정들 하시오. 일단 협상을 해봅시다. 우리도 상부에 연락을 해서 허락을 받아야 할 것 아뇨?"
 "저 새끼들 콱 밀어불고 들어가잔께! 여러 말 할 것 없이!"
 "안 되겠구만. 공장이고 뭣이고, 사그리 불을 싸질러버려야제!"
 회사의 간부인 듯한 사내가 앞에서 막아보려하다가, 전화를 걸 셈인지 수위실로 허겁지겁 달려들어갔다. 그 틈에 시위대는 막무가내로 정문을 밀어내고 안으로 쏟아져들어갔다. 기세에 눌린 경비원들은 더 이상 막지 않았다. 그러나 공장은 대단히 넓었고, 건물들마다 문이 잠겨 있는 상태였다.
 한동안 우왕좌왕 몰려다니기만 하는 참인데, 마침 그들 중엔 아시아자동차 공장이나 그 하청업체에 근무하던 시민들이 몇 끼여 있었다. 그들이 앞으로 나서서 장갑차와 페퍼 포그 차량 등이 보관되어 있는 건물의 위치를 알려주었다. 장갑차는 제3공장에서 조립중이었다. 시위대는 그곳을 찾아내어 차량을 몰고 나왔다.

 오전 9시
 운전 경력을 가진 사람이 많지 않은 탓으로, 이때 아시아자동차 공장으로부터 끌고 나온 차량은 장갑차 7대, 소형 버스 3대, 대형 버스가 1대였다.

그러나 잠시 후, 더 많은 시위대가 소문을 듣고 달려와 각종 차량을 끌고 나오게 된다. 그리하여 21일 하루 동안 아시아자동차 공장으로부터 장갑차를 포함한 약 80여 대의 차량들이 시내로 쏟아져나온다. 그리고 이후 일주일 동안 이 공장에서는 모두 360여 대의 차량이 유출되어 시위 차량으로 사용된다.

시위대는 이들 차량을 몰고 시 전역을 돌아다니면서 수많은 시민들을 금남로로 실어날랐다. 마침내 전날보다도 훨씬 더 강력한 차량 시위대가 형성되어진 셈이었다. 차량 옆면에는 광목으로 급조된 플래카드가 나부꼈다.

'전두환, 반란자!'
'살인마 전두환을 찢어죽여라!'
'김대중을 석방하라!'
'광주 시민의 피를 보상하라!'
'노동 3권 보장하라!'
'구속 학생, 시민을 석방하라!'
'우리는 죽음으로 광주를 사수한다!'

시위대는 각목 등으로 차체를 두들기며 구호와 노래를 외치고 다녔다. 일부 차량은 시내 전역을 순회하며 홍보와 시민 수송을 담당한다.

또 다른 일부 차량은 인근 다른 지역에 광주의 참상을 알리고 또 그들의 동참을 호소하기 위해 시 외곽을 속속 빠져나가기 시작했다.

그 중 일부는 담양읍을 향해 서방 삼거리를 거쳐 교도소 쪽으로 달려갔다. 그러나 교도소가 위치한 고속도로 진입로에 이르렀을 때, 그들은 도로를 완전 차단중인 계엄군과 맞닥뜨렸다. 계엄군은 교도소를 지키고 있는 병력이었다. 양측엔 일촉즉발의 위기 상황이 연출된다. 결국 시위대 차량들은 더 이상 나아가지 못하고, 차를 돌려 다시 시내로 되돌아온다.

같은 시각. 또 다른 차량들은 시 남쪽에 위치한 화순읍과 영암읍 등 시외 지역으로 향하고 있었다. 그들은 정오쯤 이 지역 일대에 도착, 헤드라이트를 켠 채 경적을 마구 울려대며 주민들을 불러모은 뒤 광주의 소식을 알리고 또 그들의 동참을 호소하기도 했다.

결국 이로부터 불과 몇 시간 뒤인 오후 1시경 도청 앞 집단 발포가 벌어지게 되는데, 바로 그 시각부터 이 지역 일대엔 상당수 차량들이 무기를 구하기 위해 본격적으로 진출하게 된다.

오전 9시 30분
도청 광장을 중심으로 금남로 일대에 운집한 시민은 이미 십만의 숫자를 넘어서고 있었다. 각종 차량들에 의해 수송된 외곽의 시민들이 속속 집결하고 있었고, 초파일 행사를 위해서 혹은 피난을 위해 시 외곽으로 빠져나가려던 사람들도 다시금 이곳으로 모여들고 있었다. 시외로 나가는 모든 도로가 계엄군들에 의해 차단되었기 때문이다.

이제 계엄군과 시위대는 가톨릭센터 앞 차도를 가운데 두고 대치중이었다.

양측의 거리는 불과 삼십여 미터.

그러나 아직 심각한 충돌은 일어나지 않고 있었다. 공수부대는 차도를 차단한 채 좁은 간격으로 대열을 지어 '앞에총 자세'로 도열해 있고, 시민들 역시 발 디딜 틈 없이 빽빽하게 모여서서 그들과 대치해 있는 참이다.

선두의 시민들은 공수부대 병사들의 얼굴을 똑똑히 바라볼 수 있었다. 잔뜩 긴장한 채 이쪽을 주시하고 있는 그들의 얼굴은 몹시 지쳐 보였고, 어딘가 겁에 질려 있는 듯한 기색이 역력했다.

분위기는 분명 완전히 역전되어 있었다. 선두의 시민들은 불안함을 이겨내려는 듯 연신 뒤를 돌아다보며 그 뒤바뀐 분위기를 확인하곤 했다. 그들의 뒤편으로 엄청난 숫자의 시민들이 새까맣게 도로를 채우고 있었다. 대열의 끝조차 보이지 않을 정도였다. 도로 양쪽의 건물들 역시 창가와 옥상에까지 수많은 사람들이 올라가 거리를 주시하고 있다. 그 엄청난 군중의 규모를 확인한 선두의 시민들은 부쩍 자신감에 차올라서, 이젠 대담하게 계엄군 병사들을 향해 말을 건네기도 했다.

"이보시오, 당신들. 어디서 온 부대요?"

"어이, 거기서 시방 뭣 할라고 서 있는 거요? 당신들도 다 같은 대한민국 국민인디, 전두환 허수아비가 되어가꼬 죄없는 시민들한테 이럴 수가 있는 거여? 말 좀 해봐."

"나도 공수부대 출신이여. 당신들 이러다간 전부 재판에 회부되어가꼬 처벌당하게 된단 말요. 총 버리고 당장 튀어나와버려!"

"야, 이 살인마 같은 놈들아. 너희들도 눈깔이 있으면 봐라. 우리가 무슨 죄가 있다고 개 잡디끼 때려죽인단 말여. 우리가 이대로 당하고만 있을 줄 아냐?"

"이봐. 너희들 진짜로 경상도 군인들만 보냈냐? 왜, 한번 다 쥑여봐라. 우리 전라도 사람들 씨를 말리겠다고 했담서?"
 "아, 그러지들 마쇼. 저 사람들도 알고 보면 우리랑 똑같은 심정일 것이요. 어쩌다가 군복 입고 명령에 따라 저러고 있을 뿐이제, 저 사람들이라고 양심이 없고 죄책감이 없을랍디까?"
 시민들이 그렇게 더러는 장난하듯, 더러는 싸움을 걸 듯 소리를 질러대자 공수부대 쪽에서도 이따금 말을 받기도 한다.
 대위 하나가 나서서 애써 부드러운 표정을 지으며 대꾸했다.
 "여러분, 우리도 똑같은 대한민국 사람입니다. 우리도 좋아서 이러고 있는 것 아니오. 벌써 며칠째 밥 한끼 제대로 못 먹고, 잠 한숨 편히 자보지 못했단 말요. 어서 집으로 돌아들 가시오. 이러다가는 피차 엄청난 사태가 벌어질지도 몰라요. 우리 군인들도 피해가 막심하단 말요."
 "돌아가라니? 당신들이야말로 지금 당장 철수하란 말이여. 그러면 손가락 하나 안 다치고 얌전히 보내줄 텐께."
 그러자 이번엔 지휘관인 중령이 앞으로 나서서 말했다.
 "자, 시민 여러분, 진정하고 해산하세요. 우리들로서도 정말 당장이라도 철수하고 싶지만, 아시다시피 명령에 살고 명령에 죽는 것이 군대 아닙니까. 이렇게 흥분해서 대치하다가는 더 큰 불행만 낳게 될 뿐입니다. 우리가 이렇게 혼란 상태에 빠져 있으면 김일성이한테만 좋은 일 시키게 되지 않겠습니까. 그러니 어서 해산해서 각자 가정과 직장으로 복귀하십시오."
 그것은 얼핏 조금은 희화적으로 보일 만큼 긴장감이 풀린 풍경이다. 불과 몇 시간 전까지 벌어졌던 심야의 그 격렬한 공방전을 생각하면, 지금의 상황은 차라리 평화롭게까지 느껴질 정도였다.

한낮에 서로 빤히 얼굴을 마주하고 서 있다는 그 지척의 거리 때문일까. 시민들은 두려움이 훨씬 줄어들었다.
　한쪽에서는, 배가 고프다는 병사들의 대꾸에, 즉석에서 돈을 모아 손수 빵이며 우유를 사다가 건네주는 순박한 시민들의 모습도 보였다. 시민들에겐 아직 조금이나마 어떤 기대랄까 믿음이 남아 있었기 때문이리라.
　지난 사흘 동안 벌어졌던 끔찍한 상황들에 하나같이 경악하며 치를 떨면서도, 그러나 설마 더 이상으로 사태가 악화되랴, 이 정도로 시민들의 반발이 커졌으니 이젠 도리 없이 뭔가 계엄군 쪽에서도 변화가 있지 않겠느냐, 라는 식의 막연한 기대를 상당수의 시민들은 가지고 있었던 것이다.
　그렇게 한동안 긴장된 대치 상태는 이어졌다.
　그 사이 맨 선두에는 두 구의 시신을 실은 손수레가 놓여졌고, 그 곁에서 젊은 여자가 확성기를 쥔 채 시민들을 향해 줄곧 열변을 토하고 있었다. 전날 오후부터 방송 차량을 타고 다니며 애끓는 육성으로 시가지를 누벼온 바로 그 여자였다.
　전춘심. 혹은 아명으로 전옥주. 서른한 살인 그녀의 이름이었다.
　훗날 흔히들 오월 항쟁이 낳은, '혜성같이 나타난 탁월한 여자 선동가'라고 불리게 되는 여자. 전직 경찰관의 딸인 그녀의 고향은 전라남도 보성군. 원광대학교 체육학과에서 무용을 전공하다가 학내 문제와 관련한 소요 주동으로 제적당한 뒤, 한때 무용학원 강사를 하기도 했던 경력의 소유자.
　워낙 활달한 성격에 의협심이 강했던 그녀는 19일 오후부터 자발적으로 시위에 뛰어들었다. 그녀는 시위 도중에 우연히 만난 차명숙이라는 처녀와 함께, 마침 확성기 기자재를 구하려고 뛰어다니는 대학생들과 합류하여 급기야는 직접 마이크를 쥐고 방송을 도맡게 된다. 학교 시절 웅변을 했던 경력도 있는 데다가 성격 또한 대담해서, 확성기를 통해 울려나오는 그녀의 선동적인 말솜씨는 거의 프로급이었다. 그녀는 벌써 이틀째 밤을 꼬박 새운 채 날계란을 깨먹어가며 거리를 누비고 다녔다.

오전 10시경

시민들의 항의가 거세어지자 공수부대 쪽에서도 11공수여단 61, 62연대장인 중령 두 명이 시민들 앞에 모습을 드러냈다. 2구의 시신을 사이에 두고 시민들과 그들은 설전을 벌였다.

두 사람은 시체를 눈으로 확인하고는 그것이 공수부대의 짓이 아니라고 부인한다. 당장 철수하라고 요구하는 시민들에게 그들은 이렇게 말했다.

"우리는 명령에 따라 움직이는 군인들이오. 설사 철수하고 싶다 해도, 일선 대대장 신분에 불과한 우리들로서는, 여러분의 요구대로 철수 명령을 내릴 권한이 없소. 과잉 진압이라니! 오히려 우리가 할 소리요. 시민들이 애당초 군을 공격하지 않았다면 우리가 왜 시민들에게 피해를 주겠소? 여러분은 지금 일부 불순분자와 극렬분자들의 농간에 이용당하고 있다는 걸 알아야 합니다. 또 조선대와 전남대 등지에 학생들과 시민들이 연행되어 있다는 소문도 전혀 근거 없는 말입니다. 체포했던 인원들도 이미 모두 풀어주었소. 방송에서 듣지 못했습니까?"

그 말은 오히려 시민들의 분노에 기름을 부은 격이었다. 흥분한 시민들은 그 자리에서 일종의 성토 대회를 열었다. 잠잠하던 분위기가 달아오르기 시작했다. 함성과 구호, 노래가 이어졌다.
 분위기가 심상치 않게 변하기 시작하자, 그 두 장교는 시민 대표와 전남도지사와의 면담을 주선하겠다며 대표를 뽑아줄 것을 요청했다. 시민들은 네 명의 대표를 즉석에서 뽑았다. 시위를 주도하던 전춘심과 대학생 한 명, 그리고 두 명의 회사원.
 이리하여 오전 10시경 시민 대표와 행정 기관 관계자간의 최초의 면담이 이루어지게 된다. 이때 시민 대표들이 장형태 전남도지사에게 제시한 요구 사항은 모두 네 가지였다.

 첫째. 지난 사흘 동안 발생한 유혈 사태에 대해 전남지사가 사과할 것.
 둘째. 연행해간 시민, 학생들을 전원 석방하고 입원중인 학생들의 소재와 생사를 알려줄 것.
 셋째. 계엄군은 21일 정오까지 모두 시내에서 철수할 것.
 넷째. 전남북 계엄분소장과 시민 대표와의 협상을 주선할 것.

 시민 대표 네 사람은 장교 두 사람에 의해 도청 안으로 안내를 받아 들어갔다. 도지사는 반시간 후에야 나타났다. 도지사는 공교롭게도 며칠 전 모친상을 당한 처지였다. 도지사는 자신 역시 현재의 상황에 대해 대단히 분개하고 있으며, 계엄군을 주둔시킬 경우 자신에게 사전에 통보하도록 되어 있는데도 불구하고, 군이 그 절차를 무시했다고 말했다.
 정오까지 시간을 달라는 도지사의 대답에 대표들은, 지금 시민들이 극도로 흥분해 있으므로 도지사가 직접 나와서 상황을 설명하고 시민들을 달래주어야 한다고 요구했다. 결국 도지사는 승락했고, 대표들은 금남로로 돌아와 시민들에게 도지사가 곧 나타날 것이라는 소식을 전했다.
 그 말을 듣자 시민들의 분위기도 조금씩 달아올랐다. 뭔가 대화의 물꼬가 비로소 터지기 시작한 모양이라고, 설사 도지사의 손에 의해 현상황이 일시에 호전되기는 어렵다 하더라도 최소한 계엄군측과의 협상은 가능하게 되지 않겠는가, 라는 식의 막연한 기대를 가졌던 것이다.
 사실상 도지사에 대해 시민들은 비교적 나쁘지 않은 인상을 가지고 있는 터였다. 시원스레 큰 키와 호인답게 생긴 용모는 상당히 호감을 주기도 했었다.
 어쨌건 이 상황에선 시민의 행정을 책임지고 있는 자가 아닌가. 이 고장 출신인 데다가 지역 행정의 최고 담당자인 도지사 역시 뭔가 나름대로 최선의 해결책을 찾아보려고 노력중이지 않겠는가……
 그런 막연한 기대감에 젖은 채, 금남로에 모인 십만여 시민들은 도지사의 모습이 나타나기를 기다렸다. 「애국가」와 「선구자」 「투사의 노래」를 부르고 구호를 외쳐대며 모두들 도청 정문 쪽을 주시하고 있었다.
 그러나 어째선지 도지사의 모습은 좀체 나타나지 않았다. 십 분. 이십 분. 마침내 누군가 정문으로 모습을 드러냈다. 도로변의 콘크리트 화분대로 급조한 임시 연단 위로 엉거주춤 올라선 사람은 광주시장이었다.
 "시민 여러분. 저는 광주시장입니다. 도지사님께서 나오시려고 했으나……"
 "야, 넌 뭐야! 당장 꺼지고, 도지사를 불러내!"

"우우우. 집어치워라!"

마이크를 쥔 시장이 채 인사말을 시작하기도 전에 시민들의 입에서 일제히 야유와 욕설이 터져나왔다. 흥분한 군중들이 급격히 동요하기 시작했다.

그런 어느 순간 대열 선두까지 전진해 있던 시위대의 장갑차 한 대가 시장이 서 있는 연단을 밀어낼 듯 앞으로 튀어나왔다. 시장은 비서의 부축을 받으며 허겁지겁 관광호텔 쪽으로 몸을 피했다.

바로 그 순간, 투투투투투! 엄청난 양의 페퍼 포그와 최루탄이 시민들의 머리 위로 하얗게 쏟아져내렸다. 눈 깜짝할 사이에 벌어진 일이었다.

와아아아아.

시민들은 비명을 지르며 도망치기 시작했다. 무지막지하게 쏟아지는 최루탄, 최루탄……

결국 혹시나 하는 생각에 기다리고 있던 시민들의 순진한 기대는 그 한 순간의 폭음과 함께 산산조각이 나고 만 셈이다.

그러나 최루탄에 밀려 정신없이 흩어졌던 시민들은 잠시 후 다시금 금남로로 모여들고 있었다. 또 다른 분노와 배신감으로 그들은 몸을 떨고 있었다.

오전 10시 50분

돌연 머리 위로 헬기의 프로펠러 음이 들려왔다. 이내 헬기에서 들려오는 소리. 그것은 그들이 기다리고 있던 도지사의 목소리였다.

"친애하는 광주 시민 여러분. 저는 도지사 장형태올시다. 시민 여러분의 요구 사항을 전해받고, 최선을 다해 해결하도록 노력하고 있는 중이올시다. 에에, 친애하는 시민 여러분. 그러하오니, 저를 믿으시고 자제해주시기를 간청드립니다. 낮 12시까지 공수부대를 시에서 완전 철수하도록 조처하겠사오니, 시민 여러분께서는 부디 자제하시고 질서를 지켜주시기 바랍니다. 제발 12시까지만 기다려주시고, 질서를 지켜주시기 바랍니다……"
"야, 이 개자식아. 당장 안 내려올래. 저런 비겁한 자식. 너 따위가 도지사냐아!"
시민들은 헬기를 향해 분노에 찬 함성과 야유를 퍼부었다.
"여러분. 그렇다면 한 번만 더 도지사의 약속을 믿고 기다려봅시다. 어차피 밑져야 본전 아닙니까아."
누군가 대열 앞쪽에서 확성기를 쥐고 그렇게 설득했다.
결국 시민들의 분위기는 또 한번 기다려보자는 쪽으로 돌아섰다. 비겁하게도 직접 시민들 앞에 나서겠다는 약속을 저버리기는 했지만, 공수부대를 철수시키겠다는 약속만큼은 지킬지도 모르잖은가.
그런 실낱 같은 기대를 다시 한번 되살리며, 십만 명이 넘는 시민들은 금남로 거리를 완전히 메운 채 기다리기 시작한다. 12시가 되기를.
노래와 함성, 구호와 박수 소리가 다시금 금남로 거리에 울려퍼지기 시작했다.　　　　　　　　　　〔4권에 계속〕

봄 날　351